黄淳耀全集

上

上海市嘉定區地方志辦公室 編
陶繼明 點校

上海古籍出版社

圖書在版編目(CIP)數據

黄淳耀全集 / 上海市嘉定區地方志辦公室編；陶繼明點校. —上海：上海古籍出版社，2022. 8
ISBN 978-7-5732-0324-3

Ⅰ. ①黄… Ⅱ. ①上… ②陶… Ⅲ. ①黄淳耀—文學研究 Ⅳ. ①I206. 48

中國版本圖書館 CIP 數據核字(2022)第 119725 號

封面題簽　鞠曉楓

ISBN 978-7-5732-0324-3

本書是上海文化發展基金會圖書出版專項基金資助項目

黄淳耀全集

(全二册)

上海市嘉定區地方志辦公室　編
陶繼明　點校
上海古籍出版社出版發行
(上海市閔行區號景路 159 弄 1-5 號 A 座 5F　郵政編碼 201101)
(1) 網址：www.guji.com.cn
(2) E-mail：guji1@guji.com.cn
(3) 易文網網址：www.ewen.co
常熟人民印刷有限公司印刷
開本 850×1168　1/32　印張 27.25　插頁 17　字數 600,000
2022 年 8 月第 1 版　2022 年 8 月第 1 次印刷
ISBN 978-7-5732-0324-3
K·3183　定價：158.00 元
如有質量問題，請與承印公司聯繫

嘉定古籍整理領導小組

組長　沈越嶺

副組長　張建華　宋振宇

主編　張建華　陶繼明

顧問　黄霖　朱瑞熙　夏咸淳　高克勤

本書是上海文化發展基金會圖書出版專項基金資助項目

黄淳耀像

（嘉定博物館藏）

民國侯黃二先生紀念碑

（嘉定區文物保護單位）

二黃先生墓

（上海市文物保護單位）

陶菴留碧碑

（嘉定區文物保護單位）

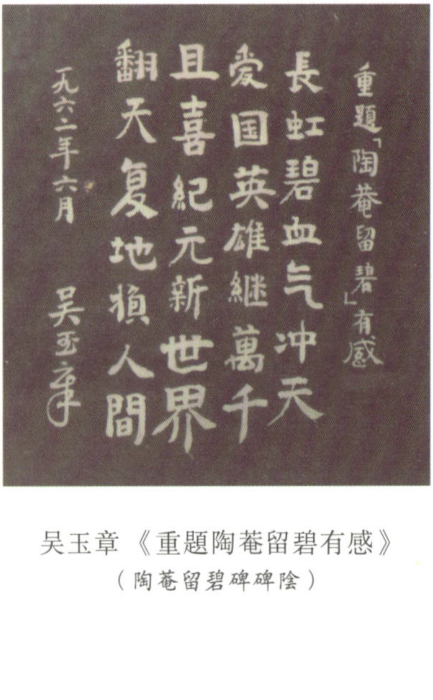

吳玉章《重題陶菴留碧有感》

（陶菴留碧碑碑陰）

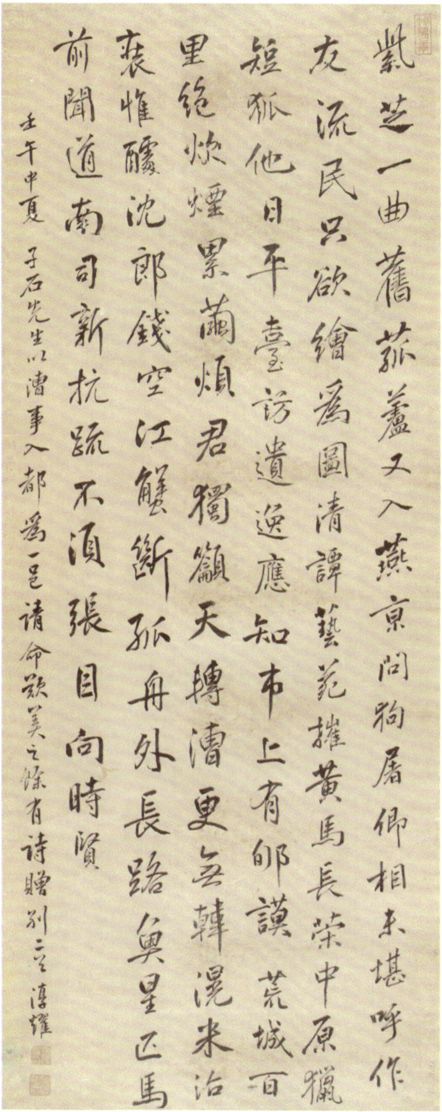

黄淳耀《送張子石遊燕》手迹

（上海翥雲藝術博物館藏）

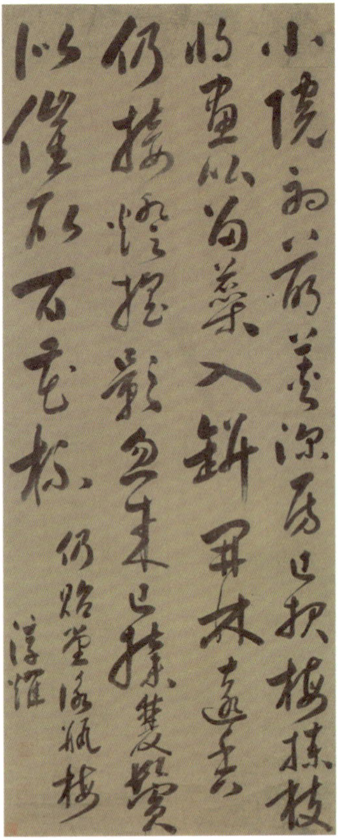

黄淳耀《元日席上咏瓶梅》手迹

（嘉定博物館藏）

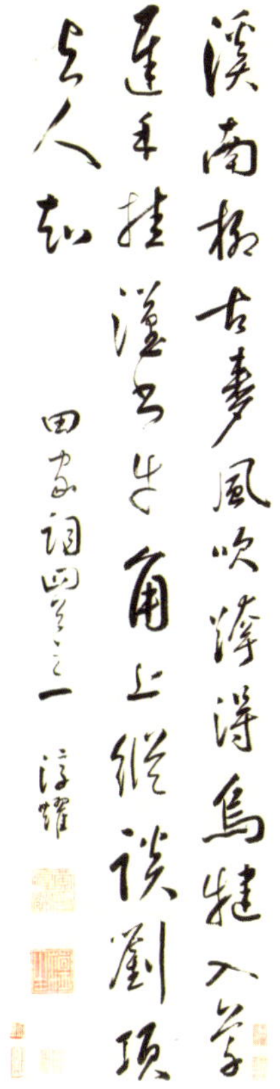

黄淳耀《田家詞》手迹

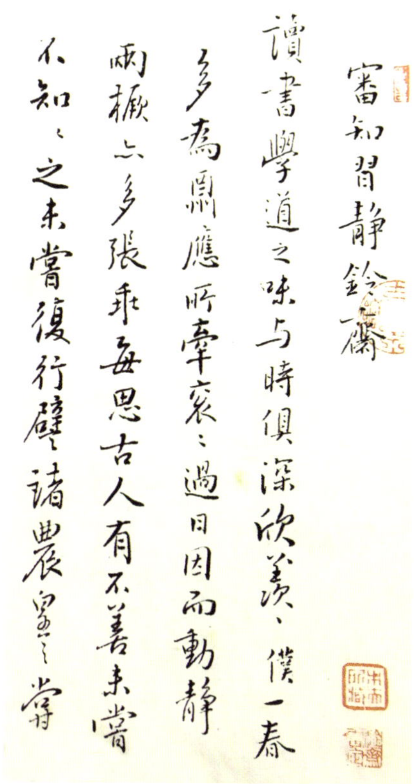

黄淳耀《答侯雲俱智含兄弟書》手迹
（上海博物館藏）

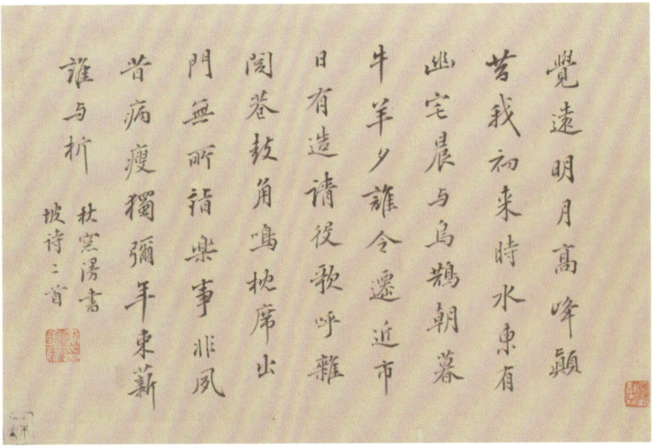

黄淳耀《蘇軾和陶移居二首》手迹
（嘉定博物館藏）

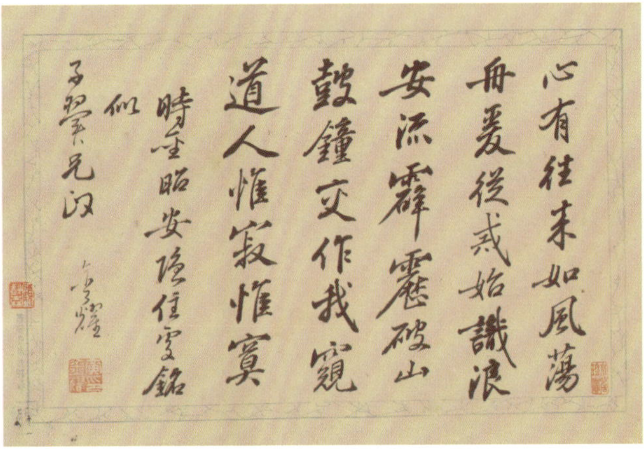

黄淳耀《贈子翼兄》手迹
（嘉定博物館藏）

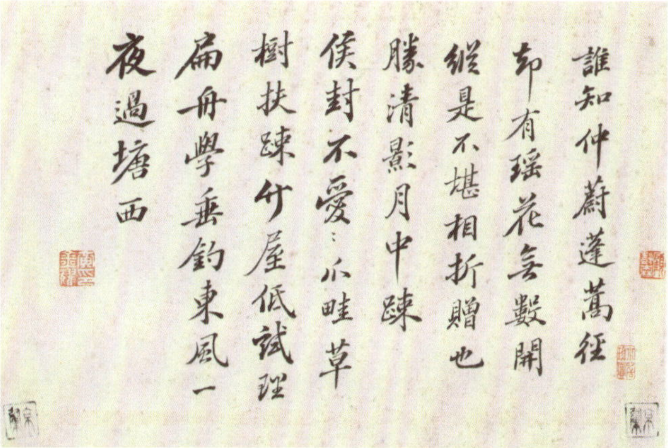

黄淳耀《過塘西二首》手迹

（嘉定博物館藏）

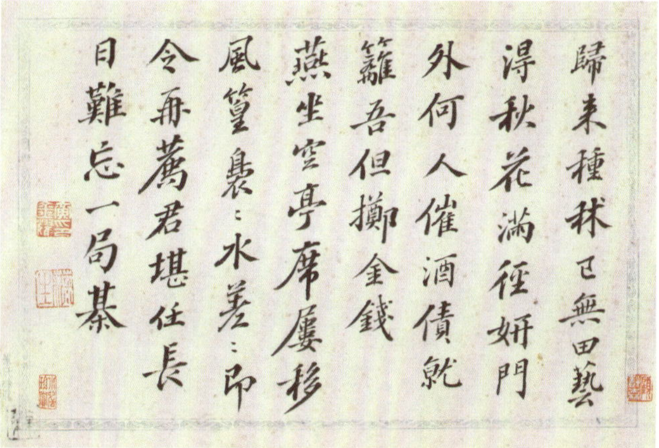

黄淳耀《歸田二首》手迹

（嘉定博物館藏）

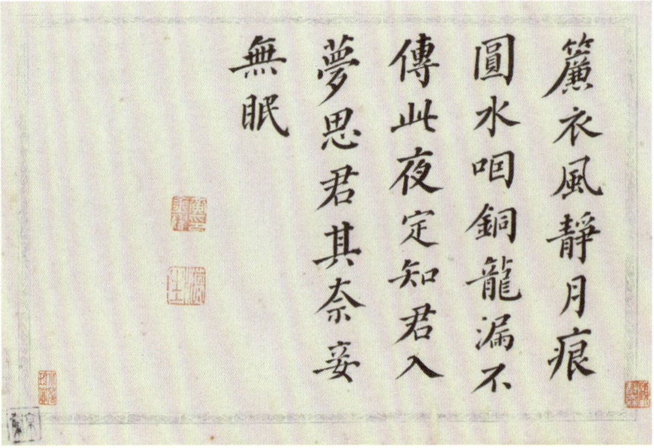

黄淳耀《思君》手迹
（嘉定博物館藏）

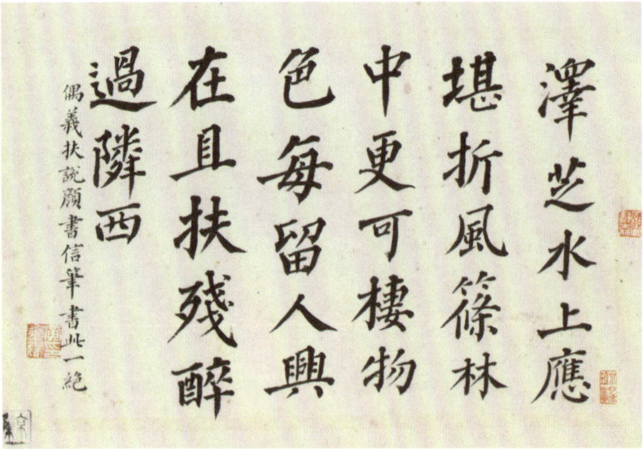

黄淳耀《偶書》手迹
（嘉定博物館藏）

《陶菴集》乾隆辛巳本

（明止堂字磚館藏）

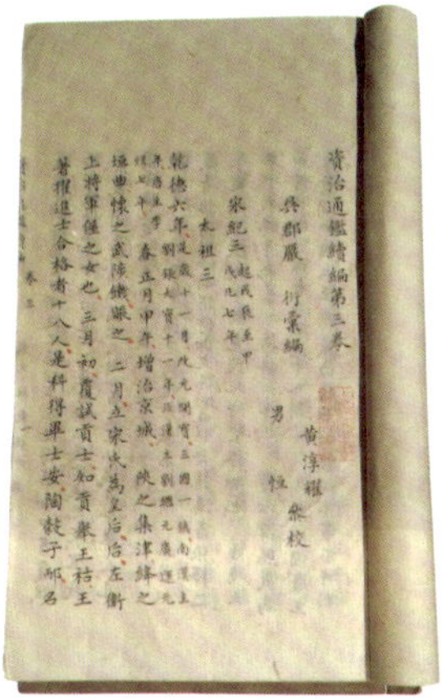

嚴衍彙編，黄淳耀參校《資治通鑑補》書影

（上海圖書館藏）

黄淳耀印

陶庵印

黄金耀印

蘊生印

前言

黄淳耀（一六〇五—一六四五）是一位聞名遐邇的抗清志士，也是明末最傑出的「嘉定文派」代表人物。黄淳耀，初名金耀，字蕴生，一字松崖，號陶菴，又號水鏡居士，出生於南直隸蘇州府嘉定縣西南方泰鄉茭門涇（今屬上海市嘉定區安亭鎮）一户普通的耕讀人家。从清代陳樹德所編纂的陶菴先生年譜得知：黄氏原籍江夏（今湖北），至明代中葉，黄起明始遷居嘉定，爲遷嘉始祖。黄起明以能詩名。黄氏遷居嘉定後，「三代均爲諸生（俗稱「秀才」），無更高的功名，也無人入仕。直至黄淳耀的祖父黄世能，纔由普通吏員進入仕途。黄世能，字濟夫，號敬塘，「以掾史歷三考赴京」（黄淳耀先大父經略公事略），補平凉衛經歷，曾擔任過崇信知縣、安定知州，爲地方革去浮費，有政績，頗得民心。他還參與了嘉定「折漕爲銀」的賦税改革運動，有功於地方，死後入祀崇信縣名宦祠及嘉定縣折漕報功祠，黄淳耀曾爲其作先大父經略公事略，稱黄世能「忼慨倜儻，嗜義若饑渴」。黄淳耀的父親黄家柱，字完初，是一名儒醫。

黄淳耀聰明早慧，三歲時，父親教其千字文，過目成誦。五歲時，其親戚錢氏授書里中，黄淳耀入其私塾學四書、孝經。十歲時，特聘請昆山耆老顧先生來家執教一年，黄淳耀讀書十分用功，白天用心攻讀，晚上秉燭夜讀，父母「憂其得疾，乃每夜輟燭。伺父母寢息，更從鄰舍兒乞火繼之」（陳樹德、宋道南陶菴先生年譜）。據史料記載，黄淳耀先後曾在嘉定西門外護國寺、孔廟南濤閣、南城竹勝菴潛心讀書。

天啓元年（一六二一），十七歲的黃淳耀考中了諸生。天啓三年，黃淳耀結識了同邑的侯峒曾、侯岐曾兄弟，並與侯岐曾一起赴南京參加江南鄉試。侯岐曾長黃淳耀十歲，南直隸督學楊宏科曾將其及兩個兄長侯峒曾、侯岷曾合贊爲「江南三鳳」。侯岐曾對黃淳耀敬重有加，結爲摯友；侯峒曾長黃淳耀十四歲，天啓五年進士，當侯峒曾見到黃淳耀的文章後，十分推重，贊嘆曰：「此人才識，吾遠不逮也！」（陳瑚黃陶菴先生墓表）兩人一見如故，亦師亦友，成爲忘年交，黃淳耀曾隨侯峒曾漫遊過江西、浙江等地，增長了見識，侯、黃後來保持了終生友誼。

天啓四年，黃淳耀應同邑孫九實（科學家、愛國名將孫元化子）邀請，擔任孫家的塾師。之後，黃淳耀一邊繼續攻讀，準備參加鄉試，一邊受聘教書，以充生計，曾先後在本縣及松江等地任塾師。在此期間，黃淳耀曾四處拜師求學，曾跟從嘉定儒學大家龔欽仕研習易經；向寓居嘉定的文學家、「嘉定四先生」之一程嘉燧討教詩文，程嘉燧十分賞識這位青年學子，「甚推許之」（陳樹德陶菴先生年譜）；他又拜「嘉定四先生」中的婁堅爲師，學習古文。黃淳耀的詩文受到了同邑文學家、通政司使歸子顧的激賞，歸子顧對其父黃家柱說：「此子當大興君門，可使博通載籍。」（陳樹德陶菴先生年譜）

崇禎六年（一六三三），黃淳耀與侯岐曾一起赴南京參加江南鄉試，放榜時，侯、黃雙雙名落孫山。回嘉定後，黃淳耀接受了侯岐曾的邀請，到侯氏家塾任塾師，長達六年之久。黃淳耀到侯家後，精心教授侯氏弟子，與侯峒曾之子侯玄演、侯玄潔、侯玄瀞；侯岐曾之子侯玄汸、侯玄洵、侯玄涵等結爲十分親近的師友關係，名師出高徒，侯氏六子皆成早慧英才，人稱「上谷六龍」、「侯氏六俊」。侯、黃二家也成了通家之好。

崇禎十二年，因程嘉燧的熱情推薦，黄淳耀到明末文壇領袖、常熟錢謙益家任了三年塾師，在詩文創作上，受到錢謙益的指點和影響。黄淳耀對錢謙益的學識和文章十分崇敬，與錢謙益相處也不失禮節，但對其爲人卻頗不認同。儘管錢謙益十分器重黄淳耀，「待以殊禮，序先生文稿，推尊甚至，然先生終心薄其爲人，因作見義不爲及鄙夫題文示意，遂辭去」（陳樹德陶菴先生年譜）。

崇禎十五年，黄淳耀參加江南鄉試，中舉人。第二年，經會試與殿試，成二甲第三十一名進士，但他未授官即回鄉讀書著述。他曾寫信給好友歸莊説自己「志在立言」（歸莊送黄藴生會試序），他讀書是爲報國，不在乎高官厚禄，他的志向是要做「數千百年一個的人」。他在中進士後，曾給黄淵耀去信表述了自己的心迹：「傳臚時，見鼎甲三君，先上，俗輩往往好此，不得與者，皆嘖嘖稱嘆，以爲登仙，甚者至閉目摇頭不欲觀，蓋羨之之極也。吾此時嘆息無限。……天地間自有數千年一個者，數百年一個者，數十年一個者，今人必不肯爲數千年一個的人，而必欲爲三年一個的人，已是可笑！」（黄淳耀寄弟偉恭書）

崇禎十七年，李自成的農民軍攻入北京，明思宗朱由檢在景山懸樹自盡，明王朝滅亡了。同年，南明弘光朝廷在南京建立，「諸進士悉授官，淳耀獨不赴選」（明史儒林）。時任弘光朝禮部尚書錢謙益曾專書黄淳耀，催邀他到南明朝廷任職，黄淳耀無意出仕，父親命令他寫文章祝賀錢謙益升官，他纔寫了排律弘光改元感事書懷寄錢宗伯五十韻作爲回復，詩中有「憶鱠秋風起，騎驢暮雪旋」的句子。他又拿出珍藏已久的婁堅手書陶淵明的歸去來辭長卷，一並送給錢謙益，以此婉言謝絶了錢謙益的催促。

清王朝定鼎北京後，黃淳耀原準備隱居鄉間，潔身自好，對清政府采取不抵抗、不妥協、不合作的態度，以前明遺民的身份處世，繼續讀書著述。他在給同邑好友、同科進士王泰際（字研存）的信中表達了這個想法：「吾輩唯有去城而鄉，雖埋名不能，而潛身必可得也，果有新縣正，必無見理，冠婚喪祭，以深衣幅巾行禮，終身稱前進士而已，一事不應與州縣相關。絶迹忍餓焉可也，弟之愚見如此。」（黃淳耀《答王研存書》）。打算「向海濱村落中尋塊乾淨土，與二三同志讀書談道，長爲鄉人以没世而已」（黃淳耀《與龔智淵書》）。

然而，當清順治二年（一六四五），嘉定民衆因抵制清廷的剃髮易服令，爆發了大規模的反清運動，十萬鄉兵自發進城，黃淳耀與侯峒曾被公推爲「嘉定恢剿義師」之首。在這個嚴峻的歷史關頭，黃淳耀放棄了隱居自保的念頭，没有任何遲疑和推卻，勇敢地擔當起這個没有任何勝算的使命，義無反顧地投入到抗清守城中，立志「人在城在，城亡與亡」，誓與嘉定城共存亡。抗清鬥爭失敗後，黃淳耀與其弟黃淵耀在南城竹勝菴懸梁殉節，殉節前，在僧舍牆上題寫「大明進士黃淳耀，於弘光元年七月初四日，自裁於西城僧舍。嗚呼！進不能宣力王朝，退不能潔身自隱，讀書寡益，學道無成，耿耿不没，此心而已。異日虜氛復靖，中華士庶再見天日，論其世者，尚知予心」（朱子素《嘉定乙酉紀事》），以表心迹，時年四十歲。清順治八年，弟子陸元輔、侯玄泓、侯玄汸、侯玄涵等私謚其爲「貞文先生」；康熙四十二年（一七〇三），嘉定知縣王樑在東城建「二黃先生祠」；乾隆四十一年（一七七六）清廷謚其「忠節」，並入祀嘉定鄉賢祠。民國二十二年（一九三三），正值「九一八」事變不久，在民族危亡的時刻，修築滬宜公路時，西門外跨練祁河的公路橋，邑人就以侯黄先生命名爲「侯黄橋」。民國二十五年（一九三六），嘉定教育界師生捐資在匯龍潭東樹立「侯黄二先生紀念碑」，並由耆老黄世祚撰寫碑文，今已公布爲嘉定區文物保護單位。一九六二年，嘉定縣人民委員會在西林庵原址樹「陶菴留碧」碑，由辛亥革命前輩吴玉章題寫碑名及詩一首，也已公布爲嘉定區文物保護單位。一九九〇年，上海市文物管理委員會在黄淳耀故鄉方泰重修「二黄先生墓」，並公布爲上海市文物保護單位。

黄淳耀的一生是短暫而輝煌的，身處明清易代之際，在風雨如晦，雞鳴不已的嚴峻歲月中，在血與火的洗禮中，他不僅實現了人格和道德上的自我完善，更成就了他作爲傑出文學家的思想境界的超越和飛躍，讓他的文學作品有了别樣的風采。然而，長期以來，人們對黄淳耀的認識與關注局限於人格和氣節，而忽視了他的文學思想和藝術成就，作爲文學家的黄淳耀理應在中國文學史上占一席之地，尤其是晚明文學史上占有重要地位。

文學思想

黄淳耀的文學思想同他的政治理念和學術思想有密切的關聯，要瞭解黄淳耀的文學思想，就應先鳥瞰一下他的人生理念和學術思想的總貌。黄淳耀身處明王朝無可挽回地走向崩潰，民族危機空前嚴重的大動亂時代，他的學術思想有明顯的時代特徵。

黄淳耀儘管崇尚性命之學，但他不是腐儒，而是清醒者、思考者和實踐者。貫穿在黄淳耀全部思想中有幾條鮮明的線索：第一，宣導實學，主張經世致用，直言不諱，反對空談，反對華而不實的空疏學風。黄淳耀是較早加入復社的成員，復社成員衆多，後因内部紛争劇烈，引起黄淳耀的不滿，崇禎十五年（一六四二），黄淳耀發起組織了獨立的文社——「直言社」，其宗旨爲「以學行互相諮考，不以闇昧自欺，不以輭媚之談相取説」（陳樹德陶菴先生年譜），提倡「讀書須一言一句自求己身，方見古人用心處」，大體上已反映了黄淳耀的主張。第二，黄淳耀崇尚獨立的人格，曾説：「獨立不懼，是何等氣概！」「所謂豪傑者，見得定後，猛力去做去，更不顧人是非毁譽。」第三，黄淳耀仰慕古代聖賢，氣格高潔，主張「學古人要學第一等古人，雖力不能至，不敢不勉」。第四，黄淳耀注重性命之學，强調知行合一。黄淳耀不僅注重儒家經典的學習，更强調儒家思想的實踐。「聖賢論學，知行二者必不相離，離之不可以爲學」，「經學之不明自不務實始」（黄淳耀自監録）。黄淳耀的文學思想，也正是他總體思想指導下的産物。他注重博學於文，經世致用的觀念，但對文學有自己的美學追求。他認同元代文學家虞集的觀點，好文章就應當像浙江菜一般，柔甘清齊，五味協調，能滿足各種人的胃口，如果做成了川菜，用濃湯厚醬覆蓋了原味，就失去了本真，「爲文當如浙人之庖者，不當如川人之庖者。川人之爲庖也，麤塊而大臠，濃醢而厚醬，非不果然屬饜也，而飲食之味微矣。浙中之庖者則不然，凡水陸之産皆擇取柔甘，調其涪齊澄之有方，而潔之不已。視之泠然水也，而五味之和各得其所，求羽毛鱗介之珍，不易其性，故爲文之妙，惟浙中庖者知之」（黄淳耀王周臣學古偶刻題辭）。黄淳耀的晚年思想值得關注，他晚年的文章中經常引用程頤、程顥、朱熹、吕祖謙、劉因、陳獻章等理學家及醫家孫思邈的論述，以及楞伽經、善慧大士語録、黃蘗心要、六祖壇經、轉大法輪、小止觀等佛學典籍，涉及道學、理學、佛學等諸多學問，信手拈來，常在文章中自由引用，顯得廣博精深，以少勝多，呈汪洋恣肆的趨向。

黃淳耀沒有長篇大論的文學批評理論著作，他的文學觀念大都體現在零星的文章中，其文學思想有如下的內涵：

一、文未有不復古而能開宗者

黃淳耀認爲文學發展的規律，必然要在傳承的基礎上，纔能發展創新。黃淳耀每日都要認真閱讀先秦諸子典籍和唐宋以來的文學作品，尤其喜歡讀史記，這部兼具史學和文學雙重價值的著作，攻讀的時間最長，對他的思想和著述有深刻的影響。黃淳耀認爲「世之論文者恒曰『某某能開宗，某某能復古』，予以爲不然，夫文未有不復古而能開宗者也。詩至於李杜，文至於韓柳，天下之所稱開宗者也。然李杜以前盧、駱、沈、宋，雖稱作者而不無尚沿齊梁之餘波，至少陵一則曰風騷，再則曰陶謝，太白亦慨然以大雅不作爲己任，是李杜之於詩不過能復古而已。前乎韓柳者，燕許稱『大手筆』，然其體制駢偶去古甚遠，至昌黎始能本原三代兩漢，力追孟、荀、遷、固之文，而子厚亦云參之穀梁、參之孟荀、參之莊老、國語、離騷、太史諸書而後爲文。是韓、柳之於文亦不過能復古而已。復古以爲詩文，而詩文之能事盡，天下後世之言詩文者皆範圍焉。吾故曰『文未有不復古而能開宗者也』」（黃淳耀董聖褒文稿序）。

黃淳耀學習和繼承古代文學極爲認真，讀書務求根本，每涉及一篇文學作品，就一定要讀到首尾貫穿，成誦若流爲止，「通知古今，在勤讀詩書；文章壯麗，在筆墨追古」（黃淳耀自監録），黃淳耀對文學創作繼承與發展的思考是切中肯綮的，這個「復古」當然不是簡單的復舊，它無論在形式和内容上都已蜕變，應該是揚棄基礎上的復興。

二、文章以氣爲主

黄淳耀認爲好文章必以氣爲主，「凡爲文章，必使神理骨法達於氣勢、薌澤之間而後止，文無氣色，是山無煙雲、春無草木也」（黄淳耀兩徐子合稿序），「文章小道耳，然以氣爲主，氣弱者雖爲之，不至也。試看古人擺落萬物，高蹈獨往，文章安得不妙」（黄淳耀自監録）。

在黄淳耀認爲「氣」作爲作家的思想道德修養，比文學作品的技巧更重要，要想寫出好文章，作家應該養氣，從加强道德修養入手，不斷地錘煉和充實自身，作家只有這樣，他作品的「文字從肺腑中流出，自然峻拔不群」（黄淳耀自監録）。

三、文章須千錘百煉

黄淳耀在每寫一篇文章前，都要反復推敲，從不輕易落筆，也不輕易示人，創作態度極爲嚴謹。他曾說：「古人著述多至晚年乃定，蓋中歲所爲，或風格未成，波瀾欠老，皆它日遺恨。」「爲不朽之業，遲之，深之，將來火候至足，自當泚筆從悤。」（黄淳耀答張子灝書）

四、文章須放縱

黄淳耀認爲，寫文章自然應該精緻嚴謹，但不要被形式所局限，在規範的基礎上，如果作家打開了思路，讓肺腑之言自然流淌，文章就能如行雲流水，酣暢淋漓，還須放縱，即先寫放膽文，纔能使文章達到一定的高度和境界。他在師從婁堅學習古文時，婁堅在看了他的文章後，認爲他「文太精緻，不如放縱爲之，使氣昌詞流，則必勝矣，此予良藥也」（黄淳耀自監録），因爲只有放縱，纔能使得文章的氣勢昌盛，文辭流動，黄淳耀酣暢淋漓的文風，就是這樣形成的。

史學觀

黄淳耀兼通文史，對歷史的喜愛，不亞於文學，少年時期他就癖好史書，十一歲時，就「日讀通鑑廿葉」（陳樹德、宋道南陶菴先生年譜）。除了資治通鑑，他還喜讀史記、漢書、後漢書、三國志，對史記尤下功夫。他諳熟歷史事件、歷史人物、典章制度等，史學造詣很深。

晚年的黄淳耀更專注於史學。他對同鄉前輩、布衣史學大家嚴衍窮畢生之力著述資治通鑑補，充滿了敬仰之情，决心終生追隨嚴衍，準備在嚴衍家旁購房，與之結鄰，潛心讀書著述，甘作嚴衍的助手，並已與嚴衍之子嚴恒一起參與了資治通鑑補的校勘。在嚴永思先生七十壽序一文中，表達了自己的心迹：「予少懷述作之志，牽於時學，不暇以爲，年近四十，始登一第。今方請假南還，欲終隱林壑，與先生卜鄰，又未知得遂與否？徼天之惠，買地百弓，貯書千卷，俯而讀，仰而思，洗然盡去胸中之癥結，然後修明一經，傳之無窮，於生平之願畢矣。」崇禎十七年，他在與馬巽甫書一文中説：「天崩地坼，雖欲爲曲江之哭，而不可復得矣，痛哉，痛哉。翁丈著書論古，以遺牢愁，此又今日避秦之一法也。生嘗謂前宋遺民，皆在越中，故國初諸儒承傳其學，爲一代功首。今翁丈獨抱遺經於殘山剩水間，使後世讀書種子不絕,固莫大之功也。」信中以秦比喻爲清,借馬巽甫(即馬元調,也參加嘉定抗清而陣亡)事,抒寫出自己對未來的念想和打算。

黃淳耀的史學著作以論述歷史人物爲主,文體各異,短文爲主,長文較少。主要爲史記評論六十二篇,另有范增論、衛青論、諸葛亮論、馬謖論、夏侯玄論、祖逖論、李密論、紀信不侯辨等八篇歷史人物專論,還有紀信贊、哀岳侯辭等,對歷代人物與事件有獨到的見解和精彩的點評。此外,在其他不少文章中,他雖不通篇講述歷史,也往往大量引用史料,傳達自己獨具的史識。

一、闡述、弘揚積極的社會史學觀

黃淳耀在史學著作中闡揚了「愛國、忠誠」的價值觀。在歷史人物中,他十分推崇紀信、衛青、岳飛等人的精神。

紀信隨劉邦起兵抗秦,由於身形樣貌酷似,在滎陽城危時扮作劉邦,向項羽詐降,讓劉邦脫險。項羽見紀信忠心,有意招降,但遭紀信拒絕,被項羽用火刑處決。黃淳耀高度評價紀信慷慨赴死:「方漢困滎陽時,羽視高帝猶俎上肉耳,信乃詐而脫之,此復以何道求不死哉?知必死而爲之,此信之所以爲真知忠義烈丈夫也!」(黃淳耀紀信贊)。

衛青論分上下兩篇,洋洋灑灑,他在文中提出保衛邊疆要有衛青這樣的「大將之才」,明末邊關吃緊,將才匱乏,這個時代亟需衛青這類將才禦邊,此說有一定針對性。同時,他也指出了衛青有大將之才而無大將之道,缺乏總體戰略思想和政治遠見:「青以肺腑在行間,鳴劍擐甲,唯所發縱,不聞進一規，獻一策，以回天子窮兵黷武之心，此可謂之知大將之道者乎？」

黄淳耀崇敬民族英雄岳飛，爲岳飛壯志未酬而被冤殺深感惋惜，寫有哀岳侯辭。岳飛作爲在外之將，當朝廷發出召回他的十二道金牌，儘管明知來者不善，本可以君命不受。但他爲「顧臣節」，顧秩序，仍從前線回到臨安，終遭不測，「竊獨悲夫趙宋之不造兮，愍岳侯之精忠，死而無罪兮」。

二、善於從常見史料中提煉新觀點

黄淳耀讀史十分仔細，善於從史料中發現問題，帶着尖鋭的批判精神，提出自己的新觀點。司馬遷的封禪書、河渠書、平準書「爲譏武帝而作」，在封禪書中，他尖鋭地批判了秦始皇、漢武帝迷信怪力亂神。而所謂「封禪」，乃是花費鉅資，荒唐無稽的勞民傷財之舉。秦始皇「以『八神』之説，杳渺無稽」；而漢「武帝之封禪乃在於求神仙也，始於求神君，終則崇信李少君，於是燕、齊之士翕然來臻，競述其嵬，談訞説以惑帝，而帝終已不悟矣」，可悲的是作爲一代雄主的漢武帝寵信方士李少君之流，卻沉湎於求仙封禪的荒誕事。在封禪書最後，黄淳耀宕開一筆，寫道「太史公封禪書之妙，全在敍舜、禹、三代，及秦始皇事爲案，而入武帝後，隱然見帝之異於舜、禹、三代，而同於始皇」，可謂鞭辟入裏，諷刺辛辣，點出了問題的本質。

在張釋之馮唐列傳一文中，黄淳耀説：「君臣隔絶，則君益尊，臣益卑，雖開之使言，而不敢盡其説，天下之不治，皆坐此哉。」王權高度集中，帝王深居簡出，君臣之間没有互動，聽不到臣子的意見，成爲真正的孤家寡人，最終造成「天下之不治」後果。

在酷吏列傳中，黄淳耀認爲「臺諫者，權臣之鷹犬也。酷吏者，人主之鷹犬也」。漢之武帝「怵民之不服，而不得不用張湯、杜周之流」。酷吏現象的産生不是偶然的，專制帝王爲了維護和加强自己的獨裁統治，不讓臣民有獨立的思考和犯疑，「而人主假酷吏以箝制天下者」，深刻地揭露了酷吏的本質乃是謀取自身利益的「阿上」之舉。

黄淳耀敢於對舊史料提出大膽的懷疑，提出自己觀點。上古時期，堯殛鯀於羽山，是一個流傳甚廣的故事，黄淳耀認爲，鯀治水失敗，只是方法不對，並没有犯下死罪，以堯的智慧和理性，不可能將鯀誅殺，這裏的「殛」是「以言語責之，非有刑罪也」（黄淳耀殛鯀於羽山附作者自記），堯對鯀處置只是將其流放至羽山，而各種史書卻「以『殛』爲殺，向屬沿誤」（同上）。此外，漢初風傳一時的「商山四皓」，其實是張良爲了阻止劉邦廢太子劉盈，不讓其更换劉如意爲太子，而「遣人僞爲『四皓』，不過偉其衣冠，敏其應對而已」（黄淳耀史記評論留侯世家），所謂「四皓」是不真實的。

黄淳耀還模仿古人寫了兩篇文章：擬管幼安責華歆書、擬漢昭烈皇帝伐孫權告廟文。他因不滿前人對華歆不公正的評價，模擬管寧，寫了擬管幼安責華歆書，對華歆「『弑后』事稍爲平反」，覺得這是「於魏武多醜詞，因而及歆，未必皆實」。同時也批判了華歆在亂世中不能固守清貧，追求榮華富貴。更不該「以己欲富貴，便謂人亦欲之，豈不謬哉」，要管寧出山，遭到管寧的以死相拒。黄淳耀的擬漢昭烈皇帝伐孫權告廟文，是因他看到「程篁墩集有此文，予怪其體純用四六，似宋以後文字」，覺得寫得不古雅，無氣勢，便以蜀主劉備的口氣，寫了這篇討伐吴主孫權的文章，也是一種嘗試。

詩歌藝術成就

黄淳耀從小喜愛詩歌，熱愛大自然，對陶淵明的詩情有獨鍾，「愛讀靖節詩」（陳瑚黄陶菴先生墓表）。陶淵明天然淳樸，率真純粹，與他的心是相通的。他在創作實踐中又「宗杜陵」（歸莊黄藴生先生文集序），師法杜甫，奠定了現實主義的基本特色。他也愛李賀的詩，曾讀過李長吉集，寫下了洋洋數千言的點評，表達了他對李賀詩作的理解。他的詩想像力豐富，瑰麗多彩，風格偏於豪放。

黄淳耀是個早慧的詩才，據陳樹德陶菴先生年譜記載，他十四歲在嘉定西門外護國寺讀書時已能作比較像樣的詩了。陶菴先生全集現存詩作五百五十五首，大多是他後期的作品，只占他全部作品的一小部分，約十分之一二，而大多數作品已在「嘉定三屠」中毁損。黄淳耀的詩歌，既能叙事，更兼抒情。他曾嘗試多種形式，有擬古樂府、竹枝詞、五言古詩、七言古詩、五言絶句、七言絶句、五言律詩、七言律詩、五言排律等，除了未見詞，幾乎囊括詩歌的全部樣式。詩歌的題材也很豐富多彩，他擅長擬古樂府和五言古詩「咏史」；另模仿陶淵明的和陶詩數量也較多，成爲黄淳耀詩歌的一大特色。他還擅長難度較大的排律，一氣呵成。

黄淳耀的詩歌從内容上分，大體有以下幾種類型：

一、時政類

黄淳耀關心時政，以天下爲己任，他的全部詩作中，這類作品儘管數量不多，但仍可以看到他的憂國憂民之心。

野人嘆五首中的第一首就是這類作品：

野人嘆息中原亂，胡馬憑陵歲將半。
燕齊杳杳無信來，但聞官吏多逃竄。
東南財賦如山丘，漕河一帶真咽喉。
無計滅之仗天力，春深濕熱留不得。

黄淳耀對形勢有清醒的認識，在内有李自成、張獻忠的農民起事，外有後金侵擾威脅的嚴峻形勢下，加上朝廷自身也朝綱鬆弛，腐敗糜爛，前有閹黨之禍，後有朋黨之爭，造成「河決魚爛，幾於不可收拾」（黄淳耀徐定侯文稿序）。明王朝面臨着衆多的社會問題。内外交困的明王朝，爲了鎮壓農民運動和對建州後金用兵，不斷加重賦税的徵收，而因江南富庶，賦税尤重，導致「東南財賦如山丘」、「但聞官吏多逃竄」，民衆深受其苦，最終只能「無計滅之仗天力」，王朝在聽天由命中無可挽回地走向滅亡。黄淳耀以詩歌尖鋭、深刻地揭示了當時的社會危機。

崇禎十六年（一六四三），黄淳耀赴京參加會試，沿路進行社會考察，對底層人民的苦難生活有了切身體會。在京期間，他耳聞目睹，對當時的宫廷内部有更深的瞭解，使他對明王朝的前景十分憂慮。考中進士並没有讓他興奮，相反産生歸隱回鄉，潛心讀書的想法。大學士楊嗣昌因圍剿農民軍失敗，絶食而死，張獻忠攻克了武昌，他在給其弟黄淵耀的五言長古釋褐後以詩代書寄舍弟偉恭中，寫道「故相伏劍死，烝黎墮沸湯。中夜仰天嘆，星月無晶光」，前景一片暗淡。

明亡後的清順治二年（一六四五）新年伊始，黃淳耀和侯峒曾詩，作甲申除夕感懷次廣成先生韻二首，其一曰：

風雪南轅憶去年，河山北望淚如泉。
戈揮白日真無力，扇隔黃塵也自賢。
事業雲臺新宛洛，畫圖督亢古幽燕。
山中老宿閑談話，擬續離騷一問天。

黃淳耀北望河山，愴然涕下，他痛心於明王朝的覆滅，憂國憂民，又無可奈何，字裏行間充溢着不能爲前朝建功、復仇的悲傷和沮喪，滿腔憂愁，只有寄托於離騷。

其他還有弘光改元感事書懷寄錢宗伯五十韻、贈徐將軍等，都關注邊防，無時不在憂心江山的安危，家國情懷溢於言表。

二、民生類

黃淳耀關心民生，關心桑梓，同情底層人民的遭遇，一生未入仕的他有濃厚的平民意識，在他的詩歌作品中，這類作品數量較多。

如送張子石遊燕二首時朝議嘉定復漕，子石以伏闕入京：

一

紫芝一曲舊菰蘆，又入燕京問狗屠。
卿相未堪呼作友，流民只欲繪爲圖。
清談藝苑摧黄馬，長策中原獵短狐。
他日平臺訪遺逸，應知市上有郇謨。

二

荒城百里絶炊煙，累繭煩君獨籲天。
轉漕更無韓浞米，治裝惟釀沈郎錢。
空江蟹斷孤舟外，長路魚星匹馬前。
見説南司新抗疏，不須張目向時賢。

「折漕」是嘉定歷史上的一個重大事件，其影響延綿二百餘年，明代中葉，由於自然環境變化，嘉定已不宜種稻，而宜植棉，農田作物的分佈是十畝中爲「九棉一稻」。棉花種植和棉布生産形成産業化傾向。但十畝九棉的産業化種植，産生糧食供應嚴重不足的現實問題。不僅市民的吃糧要依賴外縣供應，就是農民的糧食也要依靠鄰縣産稻區供給。然而，朝廷規定嘉定必須以稻米爲漕糧上繳，導致嘉定農民不堪重負，紛紛逃往外鄉，一度十室九空。嘉定有識之士提出將漕糧折合成銀兩再上交朝廷，史稱「折漕爲銀」。這個運動發端於民間，嘉定在朝或者在野的知識份子、志士仁人幾乎先後都參加了上書朝廷建議折漕爲銀的活動，他們前赴後繼，九死無悔，黄淳耀的祖父黄世能也是一位積極的參與者。諸生張子石等人不顧個人安危，專程赴京，在宫門外伏闕上訴，要求朝廷永折漕糧爲銀，最終獲准。張子石是黄淳耀的摯友，黄淳耀也是折漕的支持者，詩句「荒城百里絶炊煙，累繭煩君獨籲天」，高度贊揚了張子石爲民請命的精神。

再如暑日見耕者嘆之：

我行適田野，火雲何盤盤。
農夫荷鋤過，揮汗流食簞。
側身還讓畔，敬我儒衣冠。
見此發深愧，我何良自安。
憶昨經高門，涼風韻琅玕。
八珍將九醖，暴殄非一端。
席間行炙人，也復沾盤餐。
豈知力耕者，秋至有飢寒。
鞭朴晝夜加，骨肉晝夜剜。
驅驅六合内，數步殊悲歡。
天豈賤稼穡，此人難復難。

誰爲撫循吏，偕之隴上看。

這是一首憫農詩，面對烈日下辛勤勞作的農夫，詩人不禁想起昨日參加高門富家的一次宴會，涼風習習的高門亭園內，「八珍將九醖，暴殄非一端」，就是傭人「也復沾盤餐」，與此相比，日夜辛勞的農夫卻「秋至有飢寒」，生動地反映了明末社會貧富兩極分化現象。詩人具有自我批判反省的精神，作爲被農夫尊爲「儒者」的詩人，「側身還讓畔，敬我儒衣冠。見此發深愧，我何良自安」，面對他們，詩人自愧不如，這是十分難能可貴的。

類似的作品還有田家三首、和勸農、饋歲等。

三、咏史類

黃淳耀有很深厚的歷史造詣，常發思古之幽情，他擅長咏史題材的詩歌，他對歷史人物和歷史事件有深刻的洞察力和非凡的識見。黃淳耀的全部詩作中，此類作品的數量最多。如有擬古樂府二十八首，五言古詩咏史二十四首，在和陶詩中也有大量的咏史作品。如悲臺城：

王鸞嚚嚚夾路守，帝在講堂僧衆走。
千緡足陌贖不回，幅幅詔書稱頓首。
石頭城北火酣酣，歲在丙寅八十三。
内料罷供春殿閉，鶯飛草長愁江南。
古來南北本無別，不獨涅槃經内說。

君不見長淮築堰時，壽春百萬爲魚鱉。

黄淳耀在詩題下寫了「譏梁武帝也，帝雅好奉佛，其築淮堰以灌壽陽，死者蓋數十萬人」，寥寥數語，譴責了梁武帝蕭衍癡迷佛教，又好大喜功，濫用民力，盲目築大堰，以致「壽春百萬爲魚鱉」，最後導致亡國的慘痛歷史教訓，歷史諷喻，意味深長。

類似的作品還有諷刺陳後主的胭脂井，陳後主的生活極其奢靡荒淫，「蠻箋照映珊瑚鈎，玉樹陵臨文石陛」，他不理朝政，也不顧及蒼生百姓，最後終於導致亡國，落得了「胭脂井裏涴青苔」的下場。錢謙益稱黄淳耀的咏史詩「出風入雅，含宫咀商，有鶴鳴沔水，殷勤諷諫之志，而無大東、正月哀思噍殺之詞」（錢謙益陶菴集序），是很準確、到位的評論。

四、咏物類

黄淳耀喜愛山水，有煙霞之癖，曾説「我生癖山水，蠟屐饒幾兩」（黄淳耀望廬嶽）因執教和參加科舉考試，他走過許多地方，開闊了視野。他的咏物類詩題材廣泛，他的山水風景詩中也寄托着濃郁的家國情懷。明末邊外患嚴重，詩人在遊歷時，心中充滿了憂慮和惆悵，又歌頌了邊關健兒的樂觀精神。如塞下曲四首中的二首：

一

黄雲如岸壓孤城，邊騎千群夜紮營。
衣帶自書忠藎字，健兒雖死貴留名。

二

雁門秋曉角聲長，湩酪新開酥酒香。

邐迤東頭無牧馬，騂弓白羽射黃羊。

另如過彭澤中「滿目傷時運，何心傲督郵。南昌有梅尉，同是挂冠休」的詩句，充滿了國事蜩螗的深沉憂慮。

自然，他也有不少描寫江南美景的詩作。如夏日錢牧齋先生攜同泛舟尚湖：

永日扁舟在碧潯，停舟往往得園林。

一川魚鳥如相識，百態湖山合賞心。

竹澗靜通棋局響，荷花閑笑酒杯深，

紅燈白月城隅晚，剩伴先生有醉吟。

詩中傳達出詩人與前輩文人錢謙益夏遊尚湖的愉悅心情，顯得輕鬆愜意。他寫過許多類似的詩，如在京口、太湖、石湖、西山、西湖、錢塘江、衢州、蘭溪、富陽、鉛山、彭澤、烏江、無錫、南京等地都留下了他的詩篇。

他還有較多數量的題畫詩，如閻立本畫鎖諫圖歌、嵇康彈琴圖歌、題宋明之畫、題葉石農聽田水圖、夏日戲畫等，這些題畫詩中顯示出黃淳耀很高的美學情趣。

五、懷人類

黄淳耀重感情，重師友之情，他的懷人詩篇寫得感人肺腑。如哭侯生文中十首，侯文中即侯玄洵，字文中，侯岐曾子，「上谷六龍」之一，黄淳耀的得意弟子，有詩才，精理學，英年早逝。黄淳耀詩中「夜闌燈燼落虚堂，細雨疏花引語長」、「友生伏地盡悲啼，蘭文凋枯等作泥」的詩句，真是一唱三嘆。另哭程孟陽先生二首也寫得悽楚感人，程孟陽，即程嘉燧，字孟陽，「嘉定四先生」之一，黄淳耀師。程嘉燧曾介紹黄淳耀到錢謙益家作塾師，對黄淳耀有厚恩。「生死茫茫總別離，魚書纔到訃音隨。凋零耆舊今方盡，談話風流轉合思」的詩句，説明程嘉燧臨死前還有書信寫給黄淳耀，可見兩人關係之深，詩句也表達了他對恩師的無比懷念之情。

黄淳耀的詩歌藝術主張，力主形象思維，反對道學、理學浸染詩歌，説「文可談理，詩不可談理也」（黄淳耀答張子灝書）。他繼承杜甫的傳統，形成了自己的特色，用事用典比較貼切，善於以景寫情，融情入景，善於選擇特徵性的事物和動作來概括情境，表現人物，有蒼涼沉鬱之風；黄淳耀也喜愛李賀，評點過李長吉集，故黄淳耀的詩也受李賀詩風的影響，想像豐富奇特、語言瑰麗奇峭。鍾煉語言，造語奇雋，凝練峭拔，色彩濃麗。在詩歌創作實踐中黄淳耀形成了比較鮮明的藝術風格，清代乾嘉學者、詩人王鳴盛有很切實的評價：「其詩渾古蒼鬱，高者似少陵，次亦在隨州、東坡之間。自唐、李、婁、程四先生而外，繼起者惟陶菴先生一人。」（王鳴盛重刻黄陶菴先生全集序）

散文藝術成就

黄淳耀是明末文章大家，他的文章在嘉定文派中具有典範意義。所謂嘉定文派，兼含「學」和「文」二部分，而嘉定文派的根本是在學術思想，文章則是表達學術思想和藝術情趣的工具，二者不可分割，言之無文，行之不遠。

黄淳耀是一個嚴謹的作家，不附炎，不趨時，一生留下的作品中極少有應酬之作。他的散文類著作有論、辨、議十二篇，傳、祭文、哀辭十四篇，書簡三十七通，序跋四十篇，雜著十四篇，科舉文六十四篇，另有吾師録一卷、自監録四卷、谿己録一卷，以及甲申日記等。黄淳耀的文章大致可以分爲以下幾個類型：

一、學術類散文

黄淳耀的學術性散文主要是專論、序跋等，是他學術研究成果的體現。

黄淳耀的科舉論是學術類散文中最具代表性的，全文由序、上、中、下、後語五部分組成，洋洋五千餘言，是一篇全面論述中國科舉制度的專論，在中國科舉史上也屬罕見。科舉制度是中國最根本的選官制度，對中國文化産生過深刻的影響。黄淳耀多次參加科舉考試，對科舉考試有切身的體會和深刻的思考。他對科舉制度，尤其是明代科舉作了全面的回顧和梳理。他肯定公平、公正、公開的科舉制度合理性，以及在選官制度中的作用，使人材興旺，尤其是明初，「其時人材益出」，驅使所有人去追求功名利禄。然而八股文成爲永制，導致讀書人不讀書，尤其是不讀那些對人真正有用的書，束縛了讀書人的創造性思維，「積弊甚深者也」。

針對當時的科舉時弊，該文提出了全面改革的必要性、可能性，以及具體的改革措施，條理清晰，切中肯綮：反對獨重科舉的單純考試主義，主張不拘一格選拔人材。認爲應在「科舉之外，辟舉、歲貢三途並用」；重視學校的作用，選用德才兼備的學官，因當時國子監中「紈絝之不學者入焉，商賈之多金入焉」，魚龍混雜，故主張「學校所急，在選學官，學官得人，則士子之賢、不肖可辨」；改革科舉考試内容，主張考試内容要切合時代所需，以實學爲主，經世致用，「驅天下之士而出於實學，則制科之弊可革。雖然，所謂實學者，亦止於言詞之間而已矣。吾他日之所取而用者，非即用其言詞也」。

黄淳耀還有一批序跋，如州邑文紀序、張子翼救荒賑饑録序、上谷五子新撰評詞、易文自序等，這既是他學術研究的成果展示，知人論世，也是他與直言社友人交遊情誼的見證。如在閔裴村詩集序中，他對這位科舉坎坷，生活貧困，但醉心作詩的底層文人，給予極高的評價，閔裴村「所居老屋數椽，竹厨土銼，餔糜不給，君日仰屋梁語，雖家人呼之不應，其精苦如此」，而「君之詩清而不瘠，質而不俚，一唱三嘆，有古者衡門詩人之風」。

二、應用類散文

黄淳耀也有相當數量的應用類散文，如祝壽文、祭文、書簡、科舉時藝文等，其中數量較大，不少文章也寫得别具一格，成爲其著作的一大特色。

黃淳耀的祝壽文、祭文、書簡數量不多，屬交往之作，應酬之文，有的係爲人代筆，但也有出彩之文。摯友蘇淵之母六十壽辰時，他寫了蘇母金孺人六十壽序，文中「孺人以名家女，幼嫺姆教，孝恭慈儉，聞於姻族。既歸泰醇先生，值家道中落，先生隱於耕，讀鈔等身書，訓課諸子，立行剛方有介性。孺人椎髻操作，攻苦食澹，有人情之所不能堪者。然祭祀酒食，未嘗不潔齊也；尊章之養，未嘗不具醇醴羞甘毳也；盥浣擷擱之節，未嘗不整理也。」寥寥數言，以洗練的筆法把一位日夜操勞，爲家庭奉獻了一生的慈母形象，栩栩如生地呈現出來。

黃淳耀的書簡大多短小精悍，筆端流露出的感情自然真誠，文采斐然。如他崇禎十七年寫給友人馬元調（字巽甫）的信中説：「天崩地坼，雖欲爲曲江之哭，而不可復得矣，痛哉，痛哉。翁丈著書論古，以遣牢愁，此又今日避秦之一法也。生嘗謂前宋遺民，皆在越中，故國初諸儒承傳其學，爲一代功首。今翁丈獨抱遺經於殘山剩水間，使後世讀書種子不絶，固莫大之功也。」（黃淳耀與馬巽甫書）全文僅一百餘字，把故國滅亡之痛，以及今後爲人處世，交待得清清楚楚。他寫給弟子答侯雲俱智含兄弟書中，不忘傳授讀書經驗：「讀書學道之味，與時俱深。」另上座師王登水先生啓、答歸恒軒書等書簡中，對歷代與當時的學派、學風都提出了自己的真知灼見。

黃淳耀在較長一段時期内在科舉道路上不得志，他的内心抵觸當時科舉考試的那種形式，但並不妨礙他在科舉時文上有很深的造詣，他也是此中的高手。他「爲諸生時，深疾科舉文浮靡淫麗」（明史儒林），便投入對時文的鑽研、改造與振興中去。由於他善於引用經史，又關心時政得失，時事興廢，爲能自由表達其救亡拯世之見，他的時文都以古人理念作法爲之，以左傳、史記、漢書的筆法，發孔孟之理，切當世之弊端，筆端蒼勁而常帶感情。指事類情，肝膽呈露，使古文與時文渾然相合，氣格雄渾闊大，筆法古健老到，情韻沉鬱蒼勁，在晚明八股文壇獨步一時。黄淳耀是堅定的唐宋派，他也主張將唐順之、歸有光等文章大家、理學家的方法和精神，都滲入科舉制藝文上，他説：「毘陵、震澤諸先正之文所謂古也，得先正之理法氣機而變通生焉。」（黄淳耀董聖褒房稿序）在形式苛刻的科舉時文，融入自己的創見，顯示了鮮明的時代特色和個人風格。他的科舉時文文采斐然，警句迭出，如在見善如不及一文中的「仗清剛以勵人倫，立廉尚以輕富貴」這兩句話，足以成爲士人的座右銘。

黄淳耀在常熟任塾師時，已編就了時文集，收文章三十篇，書名黄蘊生經義集，錢謙益爲其作序，稱贊他「口不絶吟於六藝之文，手不停披於百家之編，記事必提其要，纂言必鈎其玄，焚膏油以繼晷，恒兀兀以窮年」，「文章沉浸醲鬱，含英咀華，張惶幽眇，閎其中而肆其外」。之後，又編了黄陶菴文鈔，收文章四十九篇，錢謙益再次爲之作序，稱「蘊生將昌明古學，障狂瀾而東之」，「余向序蘊生之文，擬於唐之韓子，由熙甫之學，進而之於六經，所謂不爲俗變而能變俗者，不獨制義而已也，蘊生勉之矣」。錢謙益的黄陶菴文鈔序中有「今蘊生亦既登於賢書」之語，「登於賢書」即是科舉登第之意，時間當在黄淳耀崇禎十五年鄉試中舉之後，證明黄淳耀在世時，這兩本科舉時文集均已編就，並在當時的讀書人中流傳。

明末清初的學者朱鶴齡高度評價黄淳耀制藝文，稱「陶菴先生四子經義，爲有明三百年一人」（俞寧世一百二十名家制藝）。同一時期的評點家金聖嘆稱黄淳耀的制藝文構思與風格「神理畢現，如空中行雲」(金聖嘆黄淳耀曾子養會進也評點)。金聖嘆在編著其小題才子書時,曾收入黄淳耀的曲肱而枕之、棄甲曳兵、百姓皆以王爲愛也、曾子養會等四篇制藝文,還作了削改。

康熙進士、制藝名家俞寧世所編的一百二十名家制藝一書中,有黄淳耀的見義不爲無勇也一文,堪稱爲範本,文開宗明義説:「聖人以取義望天下,而激其本明之心焉。蓋勇生於義,義立於爲,第曰見之而已,吾何望哉!」他有感於當時許多官員表面上滿口仁義道德,暗地裏男盗女娼,以此文刺之,宣導在節義前不避生死,捨生取義的精神。人們認爲黄淳耀的時文,是有益於世的。

雍正十二年(一七三四),雍正進士、儒學大家王步青在黄陶菴文鈔的基礎上,又加上新收得的四篇黄淳耀時文,計五十三篇,付梓面世。王步青在序言中説:「先生嘗自謂求義理於六藝,求事迹於諸史,求萬物之情狀於騷賦詩歌,求載道之器於漢、唐、宋諸家所爲,涵揉隱括以得於心者,亦已至矣。及其放而之於文辭,則又能達於治亂之源,以通之世,故而可以施於爲政,文如先生其得謂之無益乎?惜乎甫釋褐而明遂亡。以明體達用之身,爲致命遂志之烈,則亦世之不幸而非文之無益於世也。」

乾隆元年(一七三六),内閣學士、著名學者方苞奉敕編纂科舉欽定四書文,遴選明代的科舉制藝範文,黄淳耀入選,並被推爲明代八大家之一。方苞在編欽定四書文時,提出入選欽定四書文在内容上「詞達理醇」及在風格上「清真雅正」的基本要求,其中黄淳耀的文章,入選有二十篇之多。

三、修養類散文

黄淳耀的品德修養類散文,有獨立成編的吾師録、自監録、繇己録,以及甲申日記,在其全部著作中占的數量較大。他在二十多歲時已經開始撰寫自監録，每日反省自己的言行和思想，以追求人格的完善。他崇敬理學家程頤、程顥、朱熹，把砥礪人格品行放在首位，認爲「習靜是第一義，讀書是第二義，作文是第三義，求友是第四義」（黄淳耀自監録）。他對自己有極嚴格的要求，他的學生陸元輔曾説：「陶菴先生以三事自誓：不妄取，不二色，不談人過。」（陸元輔菊隱集）他不僅恪守這三不信條，而且還十分注意糾正自己性格上的缺陷，「吾性易怒，易憂，最宜戒」，「人能暴吾過者，吾師也！人能是非吾言者，教我者也！切不可當面錯過，反生嗔忿」（黄淳耀自監録）。

黄淳耀十分注重自己品行的修煉，甚至關注到細枝末節。借書不還是讀書人常見的毛病，他也曾沾染過這個不良習慣，「借書不還，大過也！而人每忽之。借書遲還亦不可，憶楊萬里集中有謂『生平未嘗借人書不還，而人借之者多不還』。噫！此亦寧人負我，無我負人之一事也。今後借書當記年月日，最遲不得過一年，借書不還與借財物不還者何異？白晝攫金，人謂之盜；昏夜胠篋，人謂之賊。借書無盜賊之名，而享其實，不大得計乎？予向借友朋書，委積未還，今逐一開列於後，次第還之，惟借閩初上人書三四種，今已成故物，益以重吾過，可嘆也！」（黄淳耀自監録）

自監録還有一些格言、座右銘也很出色，如「閑人少見，閑話少説，自是寡過法門」；「古人不可輕議，先輩不可輕詆」；「心要安靜，慮要深遠」；「勿與庸人謀事，勿與俗人共事」等，文字通俗淺顯，明白如話，但涵義卻暢曉深刻。

吾師録是他搜集先賢的美德和格言，以此激勵和鞭策自己，要向先賢們看齊，希望時時刻刻以他們爲榜樣，培養自己的高尚氣格。

甲申日記、谿己録是黄淳耀晚年的日記，他晚年喜讀黄蘗心要、大慧語録、妙喜語録等佛學著作，更注重品德的修煉，對自己的要求，近乎苛刻，每天都要以口、意、身三方面來反省自己，在做了任何事情後，更是要考量自己的言行，是否符合儒家規範。「凡日用動静，未嘗有絲毫放過，其得聖賢用功鈐鍵，斷非希風掠影，與夫鑿空談玄之徒所能企仿於萬一也」，「早起、粥後、午後、燈下、夜夢，刻刻提撕，不令稍懈」（劉承幹黄忠節公甲申日記跋），成爲他晚年此類文章的一大特色，又因爲他諳熟歷史典故和名人詩文，常在文中巧妙地插入這些内容，使文章顯得生動活潑，增强了藝術感染力。

四、藝術類散文

黄淳耀的藝術類散文，在他的全集中數量占得並不多，但幾乎都是精品，價值最高。他是思維敏鋭、藝術修養全面的作家，賦、傳、記等各種文體均有涉獵。

他的頑山賦是一篇傑出的文學作品，他在遊歷江西時，偶然看到水邊一座無名小山，慨然興感而成。其小序也可稱一篇微型的賦，「塊然生，黝然黑，骨然立，草木泥土，一不得附麗焉，徵其名於土人，皆不能答」，作者將其定名爲「頑山」。這篇洋洋數千言的賦揮灑自如，淋漓盡致，突出山的一個特點「頑」，但頑山之頑代表一種人格：外樸内秀，大智若愚；不嘩衆取寵，亦不無謂競爭，不趨炎附勢，亦不藏污納垢。作者自言「且責且譽」，態度卻是欲揚故抑，表達了對頑山的贊美和景仰。頑山的形象中，有黄淳耀的影子。頑山賦與柳宗元的愚溪詩序，在立意上有相似之處，柳宗元貶永州時，住在小溪旁，名之「愚溪」。愚、頑同義，兩文也有相通之處。柳文顯豁，意在被貶後憂讒畏譏，遠禍全身。而頑山賦含蓄，體現出一種渴望理解，有志入世而又嚴於操守的心情，境界要高於柳文。

黄淳耀的題李龍眠畫幀一文，記羅漢渡江這幅畫，把羅漢的神情都描畫出來了，讓人能想像出栩栩如生的情態。最後一段推測作畫者的用意，文章顯得更有深義。這是一篇受到重視、傳播較廣的散文，現在一般的明代散文選集，大都選有此文，甚至中學語文課本都選有這篇文章。

黄淳耀有很深的布衣情結，同情與關注弱勢群體，注重描寫身邊親人的喜怒哀樂。他有一篇僮乙小傳，有小説家的筆法。奴僕叫張乙，是黄淳耀家在四五歲時買來的傭人。他是個傻子，長相奇特，心智愚鈍。「問其年，曰『不知也』；與之錢令記其數，自五六以下則能知，至七八以外，輒愕眙不知所措」，常常受到別人的欺負耍弄，最後他卻以誠實和執著，得到人們的尊重。黄淳耀用寫這個非正常人的傳記，來反襯所謂正常人身上的種種醜陋的東西。描寫細膩，絲絲入扣，有歸有光寒花葬志之遺響。

黄淳耀散文還受到當時正在興起的文學樣式——小説筆法的影響，特别注重對器具、環境，以及人物的衣著、對話等細節的描寫，有很强的文學氣息。如他在爲友人吴見未的制藝文集撰寫的序文中，談及兩人在南京的一見如故，繪聲繪色地寫道：「吴子見未以文章鳴江左垂二十年，今始舉於鄉。予獲與見未同榜，相遇金陵，極論文章利病風氣開塞之故，以及今之離經畔道者，因相與推案大笑，聲撼江水，水鳥皆礫礫飛去。」（黄淳耀吴見未文稿序）。在這篇尋常的應酬文章中，黄淳耀充分調動了文學元素，所謂「推案大笑，聲撼江水，水鳥皆礫礫飛去」，細膩而生動，形象而誇張，分明是小説家的筆法。

黄淳耀是一個品行高潔的性情中人，他的文章，遠宗韓愈、柳宗元，近學歸有光。他傳承了「嘉定四先生」尊情的文學傳統，文章中有對長輩的尊敬，如先大父經歷公事略；有對老師的崇仰，如祭龔默思先生文；有對朋友的深情，如祭張子宣文。閱讀黄淳耀的作品，常常會令人眼前一亮，甚至產生不由自主的激動，這是因爲其中有真性情的抒發，也是因爲其作品中常常滲透着文學的魅力。

與嘉定文派的關係

嘉定文派的最早提出者是黄淳耀的文友歸莊和朱子素，昆山歸莊的知曉度較廣，而朱子素鮮爲人知。朱子素，字九初，又字堪菴，嘉定竹刻創始人朱鶴的曾孫，與黄淳耀、侯岐曾、陸元輔交遊，明崇禎十三年（一六四〇）諸生，也是嘉定文派的中堅。他是嘉定三屠的親歷者，所撰嘉定乙酉紀事，是清軍嘉定之屠最權威的史料。入清後，他以遺民自居，清廷曾授以貢生的功名，遭其拒絶，一生著書立説，他在與友人論吴瞟文獻及遺民録書中説：「吾邑文派出自昆山。前乎『四先生』時，如傅元凱之才略，張茂仁之經綸，潘子實之理學，龔子完之政化，皆熙甫入室弟子。今讀其遺文軼稿，如睹熙甫，而湮没無傳，莫有知爲歸氏之學者。以此汲汲焉心摹手追，而並不能無遺憾於婁、唐諸公也。」（康熙嘉定縣志）

嘉定文派的源頭，最早可追索到明初邑人王彝。而真正形成這個文派是在明代嘉靖、隆慶時期，昆山著名文學家歸有光在安亭江畔聚徒講學，對嘉定文派的形成起到了重要的推動作用；而嘉靖、萬曆時期，任禮部尚書的邑人徐學謨更是嘉定文派的重要組織者和實踐者，終成一代「製作巨手」（光緒嘉定縣志)。萬曆、天啓時期,「嘉定四先生」唐時升、婁堅、李流芳、程嘉燧等人,則是嘉定文派的成熟期。

至崇禎時期,黄淳耀成爲嘉定文派之大纛,由於他詩文書畫,無不精通,是一位文藝全才,在他周圍,以直言社成員爲主幹,團結了一批文人學者,亦師亦友,有侯岐曾、高穎、高凝、馬元調、朱子素、龔用圓、張鴻磐、王泰際、閔裴村、唐昌全、陳俶、蘇淵、金德開、夏雲蛟、陸元輔、張懿實、張子灝、張子翼、張子宣、侯玄洵、侯玄汸、侯玄瀞、侯玄涵、侯玄演、侯玄潔、張珵、黄淵耀、金起士、趙克聲等人,他們吟詩作文,切磋學問。黄淳耀、馬元調、侯岐曾、龔用圓、侯玄演、侯玄潔、黄淵耀、夏雲蛟、金德開、金起士等人死於嘉定抗清鬥爭。而其餘的成員則爲嘉定文派的傳承和發展起到了重要的作用。

值得一提的是陸元輔。陸元輔,字翼王,號菊隱,是黄淳耀生前最得意的弟子之一。崇禎九年諸生,明亡後,他潛心搜集整理黄淳耀的遺稿,將黄淳耀的遺像挂在書房中,朝夕瞻拜,終生不輟,以遺民自居。偕張懿實等重立「啓社」,康熙十七年(一六七八),應詔舉清廷「博學鴻儒科」,因無意入仕,故意出錯,應試落第。他學問淹博,名震京師,爲海内文章大家,終生授徒著書。

嘉定文派是以布衣爲主體的士群,歷來鮮爲人知曉,黄淳耀在州邑文紀序中交待和總結了其中原由:「古之家皆以婁東爲功首,士或竊其緒論者,輒登巍科,四方負笈出遊者,有不至婁東而返,則慚愧不敢比於人數。然則婁東之文震耀鏗鍧,宜無所用予之贊述矣。獨吾嘐人士,素稱樸茂,科目差少於旁邑,天下之稱壯縣者不屬焉。然士之讀書嗜古有師法者,視旁邑亦差過之。言古文者,率知泝唐宋以進於秦漢,師其意,不師其詞,其剽剥形摹、緝拾字句者,則曰,此非文也;言詩歌者,率知泝三唐以進於漢魏，以博取爲工，以自然爲至，其比擬荒澀、造作纖巧者，則曰，此非詩也。父以此詔子，兄以此訓弟，子弟推其旨以見於時文，大抵雅而澤，華而不靡，尊傳注而不失之拘，本經史而不失之雜。而其才氣振踔者，則又極其奔詣，蘄至乎古之立言者而後止。徒以吾嘐爲天下窮處，士子寡交遊、遠聲譽，故旁邑猥以嘐爲少文云。」

黄淳耀在州邑文紀序不僅總結了嘉定文派不慕浮華，而求古樸的本質和内涵，又從另一角度描寫了嘉定文人學者「樸茂」、「寡交遊、遠聲譽」的風格崇尚，這不正是黄淳耀自己的人生寫照嗎？

誠然，黄淳耀雖生性不喜交往，但他與吴越一帶的文人學者仍有着良好的關係。如他與瞿式耜、鄭元勳、毛晉、王時敏、王古直、王子堅、葉石農等都有交往，他們與黄淳耀切磋學問，交流詩文，讓他擴大了視野，爲他的詩文創作帶來了積極的促進作用。

著作的整理與出版

據侯玄汸在陶菴全集跋中所載，明亡後的「乙酉夏四月」，即公元一六四五年初夏，黄淳耀曾「遜迹北郭之卓錫菴，手選古文一卷、詩一卷，大抵起丙子，迄乙酉。十年所得，其删去者蓋什之八」，可見黄淳耀生前曾經整理過自己的詩文集，但因未能付梓面世，經「嘉定三屠」的戰火與劫難，「此本遂不可得」。在這場明亡清興的歷史大變動中，黄淳耀的作品大量佚失，存世僅十分之一左右。

對黄淳耀著作的整理、出版和傳承，除了陸元輔外，張懿實、陸廷燦也有積極而重要的貢獻。

清順治五年戊子（一六四八），在黃淳耀弟子侯玄汸、侯玄涵、陸元輔、張懿實、張理等人的共同努力下，搜集了黃淳耀的古今體詩八卷，編成陶菴集，由錢謙益、吴偉業作序，並開始鋟刻，至順治十七年庚子（一六六〇），由絳雲樓首次刊印，然庚子絳雲樓本今已不存。

不久，陸元輔潛心搜集整理黃淳耀的遺作，與侯玄涵一起編成了陶菴全集較全的稿本。陶菴全集有陶菴文集七卷、陶菴詩集八卷，計十五卷，有陸隴其、蘇淵序，侯玄汸、張懿實、侯榮跋，黄垐記。全書共「得文八十有二篇、詩三百八十篇、史記評一卷、吾師録一卷」，一本大致完整的黃淳耀詩文集已整理完成，但由於意外的「人事牴牾，未能卒業，垂二十年」（黄垐陶菴全集跋）。直至康熙十五年丙辰（一六七六），在張懿實主持下，纔正式付梓，稱康熙丙辰本（又稱「康熙張刻本」）。張懿實，字德符，號方瓢，明參政張恒曾孫。嘉定江橋人，少學於黃淳耀，崇禎五年（一六三二）諸生，直言社主幹。不僅搜集整理黃淳耀遺作，還精心校刊康熙丙辰本，其功大焉。然而，這個本子付梓時，康熙帝玄燁已開啓了文字獄的大幕，一些涉及後金的稱謂，如「北虜」、「黑海」、「胡人」等均成了禁忌，以「闕」、空格的方式，删除了這些內容。

二十七年後，即康熙四十二年癸未（一七〇三），在邑人陸廷燦的資助下，内容較爲完備的黃藴生先生陶菴全集，由其陶圃壽椿堂再次付梓印行，稱康熙癸未本（又稱「康熙陸刻本」）。對搜集、整理黃淳耀的著作，陸廷燦更是傾注了大量的心血。陸廷燦，康熙二十四年（一六八五）諸生，被録取爲貢生，曾任安徽宿松教諭、福建崇安知縣，爲官有政績，喜著述，有續茶經、藝菊志等。黃淳耀是他十分敬仰的先賢，兩家有很深的淵源。陸廷燦的曾祖父陸春園與黃淳耀是金蘭之交，六十歲壽辰時，黃淳耀曾賦詩壽陸春園六十（見陶菴全集七言律詩）。陸氏家藏手迹，有黃淳耀三十首詩作，加上另藏於張子翼處的十三首詩作真迹，使這個本子篇幅增加，内容更臻豐富。同時，還增收了黃淵耀的詩集谷簾學吟刊於卷末。

乾隆時期，時任寶山縣訓導的陶應鯤在康熙癸未本十五卷的基礎上，又增輯詩文補遺三卷、自監録四卷，全書擴至二十二卷，由沈德潛、王鳴盛作序，於乾隆二十六年辛巳（一七六一）刊於寶山學署。陶應鯤，字澹泉，溧水人，因仰慕黃淳耀，以「廩貢生來任，勤於講藝，以先賢緒論爲後學程式，邑人黃淳耀陶菴全集藏板於尊經閣」（光緒寶山縣志）。稱乾隆辛巳本（又稱「乾隆陶刻本」）。

乾隆辛巳本不僅包涵了康熙癸未本的全部内容，又增加了後來新發現的黃淳耀詩文，還收入了當時各類書籍中所記有關黃淳耀的史迹和評價，以序、原序、史傳、行狀、記略等内容編成一卷，刊於正文之首。這個版本比起康熙癸未本來，内容更加豐富完善，堪稱善本。乾隆朝在編纂「四庫全書」時，采用的就是這個版本。但囿於乾隆朝嚴酷的文字獄，乾隆四十五年（一七八〇）編纂「四庫全書」的陶菴全集時，删去了一些當時有違文禁的作品，如五言排律弘光改元感事書懷寄錢宗伯五十韻，七言古詩北客行、野人嘆等。此外，因避諱，凡涉及康熙帝玄燁、乾隆帝弘曆的姓名時，都作了改動，如「玄」改成「元」、「弘」改爲「宏」。此次整理點校，都恢復了原樣。

光緒五年（一八七九），邑人童式穀、宋道南又啓動了黃淳耀著作的重版工作。這次重版工作得到了鄉紳廖壽恒、王文韶、徐致祥等人的鼎力襄助，時任嘉定知縣程其珏也出資助刊。童式穀，字詒孫，咸豐九年（一八五九）諸生，擅長文章；宋道南，字枚卿，光緒元年恩貢生，曾任羅陽書院主講，熱心地方文獻的搜集整理。此時内憂外患的清王朝已進入了末期，文禁開始鬆弛，他們在乾隆陶刻本的基礎上，又增加了部分過去認爲忌諱的内容。早在乾隆時期，陳樹德在編撰陶菴先生年譜時，曾經看到過嘉定湯氏所藏的黄淳耀手稿本甲申日記，並將全稿四分之一内容輯録入了年譜。童式穀在重刻陶菴集時，搜集黄淳耀的佚作，從陶菴先生年譜中輯得黄淳耀在崇禎十七年三月十五日至三月二十九日間的日記，編爲繇己録二卷，收入新版的陶菴集中。此外，這個本子還收入了當時編者所能見到的有關黄淳耀的史料，「恭録提要，及殉節録冠諸卷首，傳文、像贊、年譜、表祠，依次增入，諸家詩文記載爲附録」（光緒陶菴集重刊凡例）。同時，又按内容對全書進行了重新分類編輯。歷時兩年餘，經縣内黄宗起、黄世祚、周保璋、周保珪等飽學之士參與校勘，新編的陶菴集完工，並於光緒七年付梓，稱光緒童宋刻本（又稱光緒己卯本），全書仍爲二十二卷。

比起乾隆陶刻本，光緒童宋刻本的内容更臻於完善。陶菴集在經歷了順治、康熙、乾隆、光緒這四朝的整理、編輯、出版之後，基本定型，再也未出現過新的本子。此次筆者整理、點校黄淳耀的著作，就采用了光緒己卯本作底本。

黄淳耀還有幾種著作未收入當時的陶菴集。其中，甲申日記，記録了自崇禎十七年正月至二月底，他所記的全部日記，同年三月十五日至廿九日的日記則爲繇己録，反映了他晚年的心路歷程，是研究他思想和行動的重要文獻，因内容爲當時所忌諱，僅長期在民間保存和傳鈔。至清末民初，吴興嘉業樓藏書家劉承幹從太倉友人錢履樛處獲得黄淳耀甲申日記全部鈔本，民國十三年（一九二四），作爲「留餘草堂叢書」的一種付梓，甲申日記終於正式面世。此次整理時，删去了光緒童宋刻本中的蹠己録，收入了「留餘草堂叢書」的蹠己録，相比原本，内容更爲豐富完整。又收入新發現的書簡十四通、詩兩首，對個别篇目進行了調整。

黄淳耀還有一些零星的著作，如他曾點評過唐代詩人李賀的詩集李長吉集，留下點點滴滴的文字，也是他美學觀的反映，此次也整理入書。

黄淳耀的科舉制藝時文，清代坊間流布甚多，不少文章編入各種制藝時文的集子中。黄淳耀在錢謙益家坐館時，已先後編有黄藴生經義、黄陶菴文鈔的書稿，錢謙益爲兩書均作了序，從錢序中可知，黄藴生經義收「其文三十篇」。但這兩種書稿是否付梓，無從考證。雍正十二年，王步青編輯出版了黄陶菴文鈔一書，將所見黄淳耀的全部制藝時文編入，計得文章五十三篇。乾隆四十二年（一七七七），王步青在黄陶菴文鈔基礎上，又編成、付梓黄陶菴先生全稿，全書共收有文章一百八十七篇，二書相距四十三年，後書數量大大增加，多出了一百三十四篇。考慮到黄淳耀「制義傳者頗多，間有非其手筆而僞托者，亦有非先生欲存之作，而未及删者」（陸隴其黄陶菴先生制義序），難免魚龍混雜。爲嚴謹計，在編輯本書時，采用王步青雍正十二年的黄陶菴文鈔爲底本，此書有錢謙益的原序，去錢謙益時代未遠，原真性較强，應是一個較早、較可信的版本，而不采用王步青之後所編的黄陶菴先生全稿。同時，參考方苞欽定四書文、金聖嘆小題才子書等書進行互校。黄淳耀的科舉制藝時文，原光緒童宋刻本中有六篇，此次新收入五十八篇，共六十四篇。此次新編輯整理的陶菴集，因内容的增加，拓展成二十五卷。此外，黄淳耀曾批注過周易，因與本書的關聯性較少，又不易輯録，故此次暫未整理收入。

另有山左筆談一種，署名「黄淳耀」，「山左」爲舊時對山東省的别稱，係地理類著作，光緒嘉定縣志藝文志稱：「揚州程晉芳家藏是編。紀山東風土、形勢、山川、古迹及海運事宜。」黄淳耀因北上赴考，雖曾途經山東，但他是否考察過山東的地理？是否寫過這本書？無從得到確切的答案，四庫存目叢書稱此書疑爲「僞托」，然也未能提出令人信服的依據。山左筆談並非是一部深奥的地理著作，文字也不多，以黄淳耀的學養和功力，寫一本這樣的書，並不困難。爲完整、謹慎計，也附録於書中。

此次整理點校黄淳耀全集，爲了本子的純正，剔除了黄淵耀的詩集谷廉學吟。

陶繼明二〇一九年孟秋於古疁菖蒲書屋

凡例

一、本書由兩大部分組成：第一部分陶菴集；第二部分附録，包括序跋、諸家評述、陶菴先生年譜、山左筆談等。

二、陶菴集以清光緒五年己卯所刻黄忠節公陶菴集爲底本（簡稱光緒己卯本），參校康熙十五年丙辰所刻陶菴集（簡稱康熙丙辰本）、康熙四十二年癸未所刻黄藴生先生陶菴全集（簡稱康熙癸未本）、乾隆二十六年辛巳所刻黄陶菴先生全集（簡稱乾隆辛巳本）及四庫全書本。歷次刊印時新增入的作品，均注出來源。因各刊本均出自清代，爲避清廷時諱，各個版本改竄删節處甚多，此次整理，予以改正；無法改正者，以「□」標之。此次新編輯整理的陶菴集，共二十五卷，依次爲：論、辨、議卷，序、跋卷，表、策、制藝卷，啓、書卷，傳、祭文、哀辭卷，雜著卷，史記評論卷，吾師録卷，自監録四卷，甲申日記卷，谿己録卷、咏史樂府卷，和陶詩卷，四言古詩卷，五言古詩卷，七言古詩卷，五言律詩卷，七言律詩卷，五言排律卷，五言絶句卷，六言絶句卷，七言絶句卷。黄淳耀有些詩文標題下注有干支紀年，可以較爲準確地反映寫作年代，具有特殊價值，光緒己卯本卻將其删去；本次整理時，根據多種參校本予以恢復。

三、全集的目録，大體依據光緒己卯本爲基礎，然不完全囿於底本，爲閲讀和檢索方便，對個别有干支紀年的篇目順序依時間先後作了調整。

四、全集的標題，基本依照底本光緒己卯本，個别標題則從參校本，取其義長。

五、附録部分，序跋收録陶菴集各個時期的序跋，有來自本人各版本文集的，也有從他人文集中輯得的，均交待出處。

六、諸家述評彙集海内外一百餘家對黄淳耀爲人和作品的述評，係從文集、方志、手迹、碑刻等處輯得，均交待出處。爲全面收入相關内容，個别重複亦不作删節。

七、陶菴先生年譜，爲清乾隆間邑人陳樹德撰寫，刊於思遠堂。光緒五年，邑人周文禾參與校刊陶菴集，囑外甥宋道南重訂，附於光緒己卯本之卷首。因其有獨立價值，將其單立。

八、山左筆談，因其作者尚有爭議，故附録備考，所用版本係商務印書館「叢書集成」中的一種，於民國二十四年出版。

九、本次整理采用通行繁體字，加專名線。異體字、避諱字均改爲正字，方便閲讀。明顯錯字、漏字，以及史料錯誤，均出校勘記。凡字迹模糊、空缺而無法校定者，以「□」替代。

黄淳耀全集目録

陶菴集卷二

陶菴集卷四……一九二

陶菴集卷十六

陶菴集卷十九……五一四

七言古詩三十一首……五一四

陶菴集卷二十……五三一

五言律詩 一百零二首……五三一

陶菴集卷二十一……五六〇

七言律詩八十七首……五六〇

陶菴集卷二十三……五八九

陶菴集卷二十四……五九二

陶菴集卷二十五……五九三

陶菴集卷一

論辨議十二篇

論

科舉論序

三代以後，設[一]科取士之法，莫善於漢之賢良方正，莫不善於唐之詩賦取士。宋初稍沿唐制，及安石變法，始專用經義。而詩賦之科，終宋世，數起數廢。要其所謂經義者，特安石之新説而已。雖紹興以後王學稍衰，而河南、荆舒對立爲兩，則學者猶多踳駁也。至我明高皇帝，釐正經術，宗濂洛之義理，存先漢之注疏，使士子有所據依。於是釋老莊列影響依附之言廓然盡矣。且其制有論，有詔誥表判，有時務策，三場並重。而科舉之外有辟舉，有歲貢，三途並用。故我國初得人之盛雄視西京，士子之應科目者，無上書覓舉之弊，無群聚京師之擾，無請謁舉主之隙。規制之善，漢、唐、宋皆不及也。自憲皇帝以後，所謂三途者遂廢其二，而科舉始獨重矣。近則三場之所重者，止於七義。七義之所重者，止於三義。而科舉之法弊矣。或者議欲廢之，或又以爲國家三百年來文武忠孝之士皆出是科，但當遵行無變。予竊以爲二者之論皆非也。廢科舉者，其意一出於薦辟，而不得其法，其弊更有甚於科舉也。

然科舉之法則誠弊矣。易曰：「通其變，使民不倦。」今誠少變科舉之法，參用辟舉、歲貢之法，何爲不可？夫天之有象緯，一定者也，然治曆[二]者非隨時修改，則數十年而一差。況人才氣運之相推，如江河而未有極乎？使吾變之而畔違乎祖制，無變可也。其大者適與我祖制同，而其小者質之立法之意而無謬，何爲不可？愚不自揆，作爲科舉論三篇，以俟知言者折衷焉。

【校勘】

〔一〕「設」：康熙丙辰本、康熙癸未本、乾隆辛巳本、四庫全書本均爲「設」，光緒己卯本改爲「開」，今據上述各本改爲「設」。

〔二〕「曆」：康熙丙辰本、康熙癸未本爲「曆」，乾隆辛巳本、四庫全書本、光緒己卯本均爲避乾隆帝弘曆諱改爲「歷」，今據康熙丙辰本改爲「曆」。

科舉論上

國家之以經義取士也，將以明經乎？抑以晦經乎？其出於明經也必矣。然吾觀今之經義，則其弊適足以晦經。夫晦經非設科意也，蓋宋人之有帖書墨義也，離其前後之文，以驗其記誦，其事至陋，才士耻爲之。至一變而爲經義，則剖析義理，不徒記誦矣，故當時名之曰大義。而我國朝因之。蓋其著爲功令者，不過以觀士之能通經術與否，而初非以此困之，使出於不可知之途也。今取洪、永間經義讀之，言約理明，渾厚朴直，亦何嘗剽剥割裂而爲無根之辭乎？起昔人於今日，而爲其剽剥割裂者，將或有所不能。進今人於洪、永，而爲其渾厚朴直者，歲月之間可至矣。惟昔之爲經義也易，而上下之好尚出於一，故士子氣完力餘，得以究心於天下之實學。惟今之爲經義也難，故士子勞精神、窮日夜以求工於無益之空言，而不可施於用。且爲之者益多，則其趨益亂。趨益亂，則上之人無所據以定其取舍，而其途益惑。趨亂而途惑，則士子益咎其文之不工，而無暇於實學。實學荒，則其不遇者文質無所底，而其遇者以貪冒爲得計，以廉耻爲迂疏，且盡舉其所以徼幸於科名者而推之於政事之間，而科舉之法遂大敝。夫科舉之法敝，則郡縣無循吏，疆場〔一〕無能臣，欲寇盜平而四裔服，不可得也。

然而科舉之敝所以至此者，無他，上之人不知驅士子以出於實學，而聽其所趨，反相率而從之故也。嗟夫！如是而猶以科舉之設爲明經者，其亦不思而已矣！吾故以爲，將驅天下之士而使之出於實學，則必宜復祖制五篇之法，於七義中減其二道，而閱卷必三場通校〔二〕，不以一場爲去取。經義取辨析義理而已，浮華者務在必黜，則士子亦安肯故爲其難，以出於必不利之途哉？論則求其馳騁經史，表則求其駢儷〔三〕四六，判則求其明習法令，策則求其曉暢治道。此雖與經義等爲空言，然工拙易辨也。宋人既立經義，尚爲宏詞科，以收詞賦之士，以繼古者之制科。今獨不可推其意於二三場哉？

昔黄庭堅在貢院四十六日，九人半取一人。今主司鑒裁之明或不如古，而以數十人取一人，又程之於數日之中，日力無餘。故所棄之卷，有不及閱二三場者，有不及閱經義者，有並不及閱書義者。所棄如此，則其所取可知也。吾又以爲，當寬其校閱之期，使得研覈再四，以定其去取。至於士子平日所習之書，若經若史，一以頒諸學官者課之，而盡焚其私刻，使耳目不淆。此數者行，則天下之實學可以漸而復矣。

【校勘】

〔一〕「疆場」：康熙丙辰本、康熙癸未本、乾隆辛巳本、四庫全書本均爲「疆場」，光緒己卯本改爲「封疆」，今據上述各本改爲「疆場」。

〔二〕「校」：康熙丙辰本、康熙癸未本、乾隆辛巳本、四庫全書本均爲「較」，光緒己卯本改爲「校」，今從光緒己卯本，以下同改。

〔三〕「儷」：康熙丙辰本、康熙癸未本、乾隆辛巳本、四庫全書本均爲「麗」，光緒己卯本改爲「儷」，今從光緒己卯本。

科舉論中

驅天下之士而出於實學，則制科之弊可革。雖然，所謂實學者，亦止於言詞之間而已矣。吾他日之所取而用者，非即用其言詞也。夫宋世偉人如富弼，而猶以科舉文字爲難；如司馬光，而猶不長於四六。近世如陳真晟、胡居仁之流，則又不屑爲科舉之文矣。使吾無以收之，則天下篤實之士皆格於科舉而不進，而吾之法又敝。將救其敝，非嚴薦舉之法、重歲貢之科不可。

夫薦舉，近固行之矣，然而未睹其效者，是不得其方也。漢世之舉賢良方正也，天子臨軒親策，至於再，至於三。其所言，上自君身，中至貴戚大臣，下及宦豎，皆直言極論，無所忌諱。不稱者罪坐舉主，有保任之罰。夫人情畏罰，則不敢妄舉，而知上之重己也，則不憚於直言，故兩漢得才爲多。然猶曰此往事也。我明高皇帝行薦辟法，親自校閱，不稱職者輒坐舉主，往往至於謫戍。故當時文武忠孝之士，布滿在位，內自〔二〕卿宰，外至藩臬，皆是也。今則不然。名爲保舉，不復嚴重其事。士之被薦詣闕下者，吏部試以策論而已，天下不知其所謂策論者何等也。故其願仕者得一官以去，而其不願仕者亦不至，彼豈真不願仕哉？知薦舉之重不及科舉故爾。而薦人者則仍取諸有聲場屋而不第，與其平日所親幸之人，薦墨未乾，而責任已塞矣。夫薦至而不知其稱否，姑試之而姑爵之，而薦人者又不尸其罰，則又安能拒不肖之倖濫，而致奇偉非常之人哉！且不幾以漢世賢良方正之名而居魏晉九品中正之實哉！

今如吾說，不過兩言而已，曰：其求直言也必重，其罰不稱也必嚴。此所謂明薦舉之法者也。按國初歲貢之科，在薦辟之下、科舉之上，儒生之居學校者，先德行而後文藝，歲課月考，其法甚嚴。成材者循序而進之於國學，與察舉之賢並擢爲給事中、參政、主事等官，故南北之二雍與郡國之學校表裏稱盛。今自歲貢之科輕，而士之廪於學而歷年多者，無賢不肖，皆得貢。既貢，則使之爲學官。歷一二遷至縣令，或郡佐，輒注下考罷去之。故士之爲歲貢者，齒暮〔三〕氣衰，榮路有限，其自待甚輕，在學校則壞學校，在州郡則壞州郡。上之人知其如此，復姑寬之，曰：是齪齪者爲，可矜憐而已。夫舉朝廷之士民，姑寄此齪齪可憐之人以塞其無聊，豈理也哉！

竊以爲學校所急，在選學官。學官得人，則士子之賢不肖可辨，而歲貢之舊可復。然所謂學官者，不復可求之於今日之舉貢也。或取諸薦辟之中，或擇諸甲科之内，務求其德醇而文高者俾居其職，以行先之，以學課之。其廩於學者，不可專取文詞。苟孝友忠信發聞於鄉者，學官言於督學，覈實而廩之，然後教以文學。而擇其士之尤異者，不待年而貢之闕下，而天子即用薦辟之法親試之。試可，則不待選舉，即爲録用。其次則俟其材成，循次貢之國學，以待甄叙，一如祖宗朝授官之法。有文無行者勿貢，誤貢有罰。此所謂重歲貢之科者也。

薦舉之法明，歲貢之科重，則士之實勝者出此兩科，文勝者出於科舉。不出於此，必出於彼矣。

【校勘】

〔一〕「自」：康熙丙辰本、康熙癸未本、乾隆辛巳本、四庫全書本均爲「自」，光緒己卯本改爲「至」，今據上述各本改爲「自」。

〔二〕「暮」：康熙丙辰本、康熙癸未本、乾隆辛巳本、四庫全書本均爲「暮」，光緒己卯本改爲「莫」，今據上述各本改爲「暮」。

科舉論下

嗚呼！人才之生於今，其能自立也難矣。上所以成之者未嘗有法，而所以壞之者又不一端。吾每見大比之歲，禮臣申明學制，非嚴限字數，即禁用子書，以爲文體士習蓋在是矣。而弊有積之甚久而其實不可以一日安者，則概未之及。然則人材何繇而成耶？蓋今有漢、唐、宋以來所無之弊而不幸有之者，有數十年以來名爲革弊而其弊彌甚者，此皆積於學校而病於科舉。吾故盡言之。

今夫太學者，天子所以教化天下之始，而禮義之宗也。虞、周宏遠，吾不暇論，論後世之尤敝者。桓帝以鴻都學生入太學，士類耻之。夫鴻都者，天子之私學，其人本以經術相招，後爲尺牘及玉書鳥篆，其在今日，則亦材藝過人之士也。太學之士以其微蔑小道，爲天子私人，則耻之矣。宋世立三舍之法，朱子、吕東萊皆非之。夫三舍之法，考校藝文，參以行實，而降升其間，其在今日，則亦奬誘人才之方也。先儒以其試之以浮靡之文，誘之以利禄之途，則非之矣。然則太學之重可知也。太學之人才，宜有以長養成就之，可知也。非國子及四方之成材者，不宜入太學，可知也。今自援納例行，百餘年來，遂爲功令。士以廪、增、附之額分其入粟之等差，而其餘則學校之廢棄者入焉，紈絝〔一〕之不學者入焉，商賈之多金者入焉。此何爲乎？入粟之後，挂名其間，有終身未嘗跋胄監之席者。問其人，則國子生也。此何爲乎？然而士之貢於學、舉於鄉者，猶施施然與之並列。則使東漢之士復興，南宋之儒可作，吾不知其嘆息又當何如也！此吾所謂唐、宋以來所無之弊而不幸有之者也。

古者校士，有中年、比年之法，蓋掌教之官視有司不同。吕氏謂周禮六官，惟學校之官不在官聯官屬，其意所當深思者是也。今者師儒之説既爲具文，而督學使者之官，其體尊嚴，與生徒相去遼絶，其所掌有歲試，有科試。其稽考行義也，不過俯聽於學官，而其殿最文義也，雖試有前後，而一人之目，無大相遠。今使督學官於三年之中，科、歲各一試，士方試歸，席未及暖，而繼試者又至矣。是一歲之中嘗得一再試也。然科試則郡縣之官必先去取之，而後進於督學，是受試無已時也。以不甚相異之殿最與不甚稽考之行義，而受試無已時，乃欲望其敬業樂群、知類通達，則亦難矣。此吾所謂數十年來名爲革弊而其弊彌甚者也。

吾以爲，援納之例必當禁絶，而一以勳戚命官子弟及士之貢於學、舉於鄉者實之，妙簡儒臣，以爲祭酒、司業。其立教，則當以胡瑗之教湖學及朱子分年立課之法爲準。督學則簡其考校，即以科試爲歲試，合格者使之試於鄉，否則黜之，而不必又爲歲試。使士子得休其力，以從事於學。此二説行，然後薦舉歲貢之法可漸施也。

抑吾又得一説焉。可暫罷而徐議之者，騎射是也。夫射者，學官之古法，我明高皇帝嘗用之以試士矣。然前此不習既久，一旦舉而責之綴文之士，則不便者十九。夫將復古制，固不論其便否也。然吾以爲可暫罷者，以其本之未立，則不可齊其末也。

或曰：考校之簡，其法則誠善矣。今天下兵寇交訌，泥沙用財，取之援例入貲，足以贍軍。且騎射所以習兵也，在平世猶不可廢，況多難乎？曰：子以東晉之南渡爲盛於今乎？東晉猶能立太學，徵生徒，而謂今世不能者，謬也。謂藉此以資財用者，無術也。且學校興，人材盛，則其所得有過於騎射者矣。今雖不罷騎射，騎射其有益乎？

【校勘】

〔一〕「綺」：康熙丙辰本、康熙癸未本、乾隆辛巳本、四庫全書本均爲「綺」，光緒己卯本改爲「袴」，今據上述各本改爲「綺」。

科舉論後語

予既作科舉論，向難予者又曰：「天之生斯人也，如置器然。苟生金玉，必不置之於泥塗。苟生賢才，必不使之阨窮於牖下也。科名特寄徑耳，子何患焉？」曰：「金玉之生於山川也，制之而後生焉，範之而後成焉。不遇良工，則没於丹砑朽石之下而已矣，子何從知之？由今之道而不變，吾慮人材之日没也。」難者又曰：「今朝廷之所求者奇士耳，非中人也。經義能困中人，豈能困奇士乎？」曰：「南宫三歲一試士，士之釋褐者必三百人，不知此三百人者皆奇士乎？抑中人雜出其間乎？如中人雜出其間，則其敗天下士〔二〕多矣。所學非所用，所用非所學也。」又曰：「賢良方正之科，固將器人於文辭之外也。信如子説，不過嚴責保任而已，而取士之法終不能有異於漢世之對策，是以行求之而以言取之也。」曰：「豈獨漢世哉？敷奏以言，雖堯舜不外是也。今天子赫然震動，引見闕廷而親策之，假以言色，通以問難，則人之賢不肖出矣。夫人才之赴人主，如百鳥之追鸞鷟也。」又曰：「學校之官，吾何以識其賢而用之乎？」曰：「如東漢之先試博士可也。如虞集所云『令長各自禮聘』亦可也。其任必久，其擢必優，所以廣教化、隆儒術也。」又曰：「凡學之掌教者三人焉，試且聘之，則不勝其優矣。」曰：「固也。吾以爲三人者，可省其二也。無已，則虚其二焉以待。教諭之擇賢者而聘之，亦我國初之制也。」又曰：「胄監入貲，不自今日始也。羅圭峰玘嘗以貲入矣，已而爲文人，爲名臣。近則學校之有文者入焉，何必禁也？」曰：「玘不足法也。爲入貲濫觴者，未必非玘罪也。我國家近有璫禍，獻諂頌功者多出太學諸生，何無一人如范滂、陳東者乎？史推東漢之亂而不亡，歸功於太學數君子。靖康、建炎之間，三學生義聲震天下，彼皆養士之效也。今則非止失養而已，其溷淆而挫辱之，抑亦甚矣。有文之士入焉者，倦於場屋、厭於考校，不得已而入焉也，非宜入也。」又曰：「子之論則美矣，然子之論騎射也，猶謂待學校興乃可徐議。今一旦欲於二三場責經史時務之實學，於薦舉責賢良方正之全材，於太學、鄉學責有道之師儒、率教之生徒，不已亟乎？吾將以子之矛入子之盾也。」曰：「宋臣葉適有言：『今宜暫息天下之多言，進舉無親策，制舉無記誦，無論著，稍稍忘其故步。一旦天子自舉之，三代之英才未可驟得，亦不至如近世之冗長無取也。』我明高皇帝已行科舉法，仍停至十餘年，其時人材益出。今能遠采葉適之言，上師我高皇帝通變宜民之意，何爲不成？何求不得？予之前論，特平平者爾。雖然，使以予之論告當路，則駭笑而目以爲狂者不知凡幾矣。時勢之變，日新月異，而天下大事獨曰守常，痛乎成俗之難回也！」

【校勘】

〔一〕「士」：康熙丙辰本、康熙癸未本、乾隆辛巳本、四庫全書本均爲「士」，光緒己卯本改爲「事」，今據上述各本改爲「士」。

范增論

蘇氏論范增，以其勸羽殺沛公爲人臣之分，而義帝之立增爲謀主，羽殺卿子冠軍爲弑義帝之漸，弑義帝爲疑增之本，故增之去當於羽殺卿子冠軍之時。予獨疑蘇氏之期增太重，而未核其實也。增，智謀之士耳，非能以仁義事君者也。其勸項氏立楚後，非爲懷王也，爲項氏耳。

天下並起而亡秦，秦有可亡之實，而我無可亡秦之名，故不得不有所挾以令天下。增之説項梁立懷王，猶張耳、陳餘説陳勝立六國後也。使勝遂行耳、餘之計，則耳、餘將事勝乎，將事六國乎？夫人必有相許之素也，而後可責其相急之誠。增之於懷王，非若張良之於韓五世相之而日夜求爲之報秦者也。彼其視喑嗚叱咤之夫以爲可定大事，而杖策從之，其視懷王直奇貨焉而。羽之謀已集，而事已濟，則又贅旒焉爾。彼豈與懷王同禍福者哉？使其心果在懷王，必不勸羽殺沛公矣，何則？沛公與宋義皆懷王所遣也，沛公先入關則其功不啻伯倍高於義，義且以懷王之故不可殺，況沛公乎？羽即忌而殺之，增宜奮起而爭之。今羽且不忍於公，而增惓惓欲甘心焉。是先有無君之心，而後動於惡也，其尚得爲有懷王矣乎？夫羽之不殺沛公，投鼠忌器也。其卒弒義帝，蓋增有以啓之也。羽以陳平間行，故疑增稍奪之權，方圍滎陽時，尚以增言急攻漢，則前乎此者，其不聽增計亦鮮矣，獨殺沛公之計未行耳。置沛公於漢中，史固以爲增計也，使漫〔二〕不見省，則增之發憤而去，不待攻滎陽之日也。吾又烏知弒義帝之謀，非增畫之而羽聽之乎？則謂弒義帝爲疑增之本，殆亦遠於情矣。至殺卿子冠軍，增又本不宜去，夫卿子冠軍之先關秦、趙也，其名曰乘敝。乘敝之師深溝高壘勿戰，使人入敵境，絶其餉道，然後彼坐困，而我可得志，漢之於楚是也。李左車以此説武安君，不用而敗，周亞夫用之於梁、楚七國而勝，蓋其要在於絶敵餉道，而不在於不戰明矣。今章邯甬道之粟，義未嘗出偏師綴之，士卒凍飢，軍無見糧，是自敝爾。殺一自敝之將，拔數百萬人之命於虎口，是羽有微罪於懷王，有大功於諸侯也。若之何以此時去哉？羽之言曰：王坐不安席，掃境而屬將軍，今不恤士卒而徇其私，非社稷之臣。此雖假竊之詞，然亦何遽爲弑義帝之兆哉？弑義帝之兆，蓋始於怨義帝之欲如約，王沛公於關中，此則增有罪焉，而不可以此專責羽也。夫增之宜去亦多矣，坑秦降卒二十萬人也，屠咸陽也，殺子嬰也，王三秦降將也，分封不均也，數者無一不足以失天下，而增不去。

吾故曰：增非能以仁義事君者，蘇氏期增太過，而未核其實也。

【校勘】

〔一〕「漫」：康熙丙辰本、康熙癸未本、乾隆辛巳本、四庫全書本均爲「漫」，光緒己卯本改爲「謾」，今據上述各本改爲「漫」。

衛青論上

淮南王安將反，獨憚大將軍青與汲黯，而蔑視丞相弘以下。大將軍凡七出擊匈奴，斬捕首虜五萬餘級，一與單于戰，收河南地，遂置朔方郡，其將兵多至五萬騎，少或三萬騎，未嘗折北。而李廣嘗以偏師出塞，多不過萬騎，少或四千騎，往輒無功，間爲敵所生得，其才器不及青遠甚。然司馬遷爲兩人立傳，譽廣不啻口出，而於大將軍青但記其斬首獲生之數，至於壁壘行陳，料敵出奇之法，闕如也。心竊怪之。及觀蘇建責大將軍選擇賢士之言，及大將軍謝以奉法遵職，不敢招士，乃釋然曰：遷所以不取大將軍之故，在此矣。蓋自戰國四豪，以及漢初張耳、陳餘之徒，好爲卑躬厚禮，籠取天下之豪傑，流風餘韻，浸淫成俗。魏其、武安以此搆大獄，掇奇禍而卒莫之懲。如鄭當時見客，無貴賤皆執賓主之禮；張湯造請，不避寒暑；韓安國推舉壺遂、臧固之屬，爲士論所慕，至天子亦以是稱爲國器。由三子者推之，則西京士大夫二百年之好尚略可見矣。彼李將軍死日，天下知與不知皆爲盡哀，以其結客多而延譽廣也。大將軍奮自奴隸，托身椒房，一日赫然威震四裔，其意以爲非避勢遠嫌，謝絶賓客，不能固結人主之心，而免於禍患。司馬遷窺見其旨，則曰是謹身媚上之人而已矣，曷足道哉！於是並其戰陣方略俱抑没之，而獨咨嗟嘆息於李廣。然即其實而論之，則廣雖有奇氣，不過翹關曲踴之材，而青能將數十萬衆而不亂，則其爲大將之材終不可得而掩也。昔者淮陰侯謂高帝曰：「陛下不過能將十萬。」尒朱榮謂兄子兆曰：「爾不過將三千，多則亂矣。」蓋用兵猶角力然，有百鈞之力，有數十鈞之力，有不能勝匹雛之力。大將軍青百鈞之力也，李廣父子數十鈞之力也，李蔡、公孫敖不能勝匹雛之力也。數十鈞之力過於能勝匹雛者，而亦終不可以舉百鈞。今乃曰彼有他長，遂並譽其力，以爲出於舉百鈞者之上，可乎？故夫李廣無功，誠不可謂之數奇，而大將軍之戰法不傳，是亦有遺憾爾。

衛青論下

嗚呼！若衛青者可謂有大將之材矣，而吾獨惜其不知大將之道。何謂大將之道？荀卿有言曰：「可殺而不可使處不完，可殺而不可使擊不勝，可殺而不可使欺百姓。」此所謂大將之道也。秦將白起不過一鷙忍之士耳，非其有仁義節制爲之根本也。然而秦王使起攻邯鄲，起真見邯鄲之不可復攻也，則爲之堅卧不起，至於干犯嚴主之怒，身首分離而終已不悔。此無他，不勝不完，不可以冒而行之也。今以武帝用兵言之，今年出塞擊匈奴，明年匈奴亦入塞寇鈔，不可謂之完。沙漠之地如石田之不可耕，雖驅畜産百萬而還於胡，漢之大勢不能增損毫末也，不可謂之勝。虛内事外，使海内蕭然繁費，天子卒爲之縱告緡置平準，不可謂之不欺百姓。此三者，皆冒而行之，而青以肺腑在行間，鳴劍擐甲，唯所發縱，不聞進一規，獻一策，以回天子窮兵黷武之心，此可謂之知大將之道者乎？

今夫陷陣克敵，偏將事也，長算遠略，大將事也。青以大將行偏將之事，雖材武優於李廣十倍，而其猥陋無術學，不知軍國大計，校之李蔡、公孫敖亦無異矣。吾因有感於王忠嗣、哥舒翰之事焉。唐玄宗欲攻吐蕃石堡城，忠嗣謂非殺十萬人不可，不如休兵秣馬，觀釁而動。玄宗不悦，李林甫因媒孽其短，忠嗣知之而確守前説，雖奉詔以數萬人給董延光，而不給軍賞，陰奪其謀，其謂李光弼曰：「忠嗣豈以數萬人之命易一官哉？」未幾，爲延光所奏，幾陷極刑，既而哥舒翰大舉兵伐之，死者大半，竟如忠嗣之言。

嗚呼！賢哉，忠嗣；殆矣哉，哥舒翰之爲將也。其後安禄山反，翰守潼關，是時賊利速戰，官兵利堅守，翰實知之，而爲中使所督責，不得已引兵出關，遂有靈寶之敗，身爲俘虜，唐室幾亡。由其中有所見，而不能死守，以輕陷於不勝不完之地也。然則爲大將而不知道，阿徇人主之意，而以兵事僥倖者，幸則爲衛青，不幸則爲哥舒翰矣，悲夫！

諸葛亮論上

先主將東征孫權，以復關羽之耻。群臣多諫，一不從。章武二年，大軍敗績，還住白帝。亮嘆曰：「法孝直若在，則能制主上，令不東行；就令東行，必不傾危矣。」或曰：「甚矣！武侯之處此爲可議也。法正之見信於先主，孰若武侯？運籌帷幄之中，決勝千里之外，孰若武侯？今伐吴之失計，群臣皆能知之，武侯既不力諫於前，傾危已及，而始追思法正。何哉?」黄子曰:此以形迹論人,而未嘗設身處武侯之地者也。古者小臣之諫其君也,爭之以是非而不得,則爭之以去就;爭之以去就而不得,則爭之以生死。大臣則不然。彼其君臣相與之際,義已深矣,情已戚矣,勢不能以一言之不合奉身而去。則度其君之不我從也,而其言不可以徒發,必將權一敢言之人,以去就生死爭之於前,而吾因而導之,則吾之言行而無變色易容之患。

昔者高帝入秦宫,見其宫室狗馬、重寶、婦女之美,意欲留居之。樊噲諫帝出舍,帝不聽。張良曰:「夫秦爲無道,故沛公得至此,爲天下除殘賊,宜縞素爲資。今始入秦,即安其樂,此所謂助桀爲虐也。且忠言逆耳利於行,毒(良)藥苦口利於病。願沛公聽樊噲言。」帝乃還軍霸上。人知帝之從良,而不知樊噲之言有以爲之先也。及即位,數欲易太子。周昌諫曰:「臣口不能言,然臣期期知其不可,陛下雖欲易太子,臣期期不奉詔。」帝欣然而笑。叔孫通繼昌而諫,至欲以頸血污地。帝曰:「公罷矣,吾直戲耳。」及張良招四皓,從太子入見,上乃遂無易太子志。人知帝之陰從乎良,而不知周昌、叔孫通之言有以爲之先也。先主、孔明相與之際,有過乎高帝、留侯,而先主股肱虧喪,義在復仇,則其理之是非,不至如留秦宫中與欲易太子之斷然其不可也。度孔明必嘗進諫,諫而不聽,固無面折廷諍之理,而時又無法孝直佐之者,故先主遂行耳。且正之爲人，權譎多智，與孔明好尚不同，而以公義相取。蓋先主之有孫夫人，固肘腋之患也，而正爲之輔翼，遂使先主翻然翱翔，無内顧憂，則其爲人可知矣。孔明以正，法正以奇，奇非大臣之所以施於其君，而或可以輔大臣之所不及。此孔明之所以反覆嘆息於其人也，而豈可執此以議孔明爲不諫哉？嗚呼！古大臣之所以匡君謀國者，多存於不可見之間，其言與事之載諸史册者，什一二三而已。而世之儒者乃欲執是以議其短長，亦多見其不知量也夫。

諸葛亮論下

諸葛亮伐魏，與群下計議。魏延欲請兵萬人，與亮異道會於潼關，如韓信故事。亮制而不許，延嘗謂亮爲怯，嘆恨己才用之不盡。黄子曰：蜀、吴、魏血食五六十年，先主備、大帝權、武帝操，及漢丞相亮，皆命世之傑也。三國者皆有事於戰，而其意不同。魏嘗以戰爲取，吴、蜀嘗以戰爲守，何以明之？先主與操頡頏起兵，而操得勝勢獨先，先主領徐州時，操已破南單于，降黄巾三十萬，屢破陶謙，挾天子令諸侯矣。先主爲吕布所襲，狼狽奔操，則固游操彀中者耳，及先主得出，而操已破吕布、袁紹，大勢成矣。計操之所憚者獨先主，而天若杌先主，以待操之成。及孫、劉並力，僅足支操。故操之戰嘗主於取也。孫氏先蜀立國，乘間抵巇，可以難操，而伯符降年速隕，襲許之計不成，則過此無取操之時矣。赤壁雖敗，操之根本尚完。先主間關入蜀，復挫於吴，雖有武侯爲之相，而宿將謀臣後先凋盡，蜀民輕脆，兵力單少，則其不能難魏明矣。故吴、蜀之戰嘗主於守也。武侯之屢出祁山，所以守蜀也。而魏延之計乃欲懸軍深入，是所以取魏也。夫使魏而可取也，武侯豈不欲取之哉？

昔者曹操欺劉表之不能襲許也，冒兵家之忌，以攻袁紹，而倖勝於官渡；欺周瑜之非我敵也，冒兵家之忌，以攻孫權，而卒敗於赤壁。故夫行師而不出於什全者，非大勝則大敗之道也。操敗不可以遽亡，蜀敗不可以復存，曾是孔明而出於不可復存之地，以倖其一勝乎？吾觀孔明之告後主曰：「今不伐賊，王業亦亡，惟坐待亡，孰若伐之？」又曰：「今民窮兵疲，而事不可息，事不可息，則住與行勞費正等。」吾是以知孔明之意，常在於守也。人之守蜀在劍閣，孔明之守蜀在祁山。人之守吴在長江，孫權之守吴在合肥，其意一也。吴之諸葛恪破魏於東興，遂欲違衆大舉，幸而身死，吴得以延數年之命。蜀之姜維破魏於狄道，而仍歲出師，不幸而身不死，蜀遂爲墟矣。恪與維皆不知大帝、武侯之深意，而從乎魏延之策者也。

吾嘗爲之説，曰：今有禦盜者，於此盜至其門而禦之，則無及也，持兵出門若將捕之，而盜自不至，此諸葛武侯之謂也。一夫奮梃而追盜，此盜卻於前，而彼盜入其室，執其主以出，此姜維之謂也。嗚呼！後世之守危國者，其必以孔明爲法與。

馬謖論

天下有可用之才，有無所不能之才。無所不能之才甚少，而可用之才甚多。因其爲可用之才也，不顧其才之所長而泛用之，則才窮於所短，而反見爲無才。

昔者帝舜之廷，禹、棄、契、皋陶、垂、益、夷、夔之屬，各擇其所長之命之，垂以工讓殳斨、伯與，則殳斨、伯與亦必能爲工；益以虞讓朱虎、熊羆，則朱虎、熊羆亦必能爲虞；夷以禮讓夔、龍，則夔、龍亦必能爲禮。而帝皆曰：「俞，往哉！汝諧。」是必垂、益、伯夷，較之所讓三人，有專長者焉。吾就其專長者而命之，則雖與之並長而不差及焉者，舉可以不用，且雖若不用，而其人又自有專長者焉，則吾又就其專長者而用之已矣，故曰及其使人也器之。吾觀後世之謀國者，用人各當其才則興，用人不當其才則亡，或當焉，或不當焉，或萬當而一不當焉，則其害皆立發於所不當之處，此必然之數也。

昔諸葛亮以馬謖才器過人，好論軍計，每引見談論，自晝達夜。先主嘗戒亮，以謖不可大用。亮不謂然。當亮討雍闓時，謖進規曰：「夫用兵之道，攻心爲上，攻城爲下，心戰爲上，兵戰爲下。願公服其心而已。」亮用其言，七縱七禽，以平孟獲，終亮之世，夷不復反。

此謖好論軍計之效也。及亮出軍祁山，不用舊將魏延、吴懿等爲先鋒，而以謖督諸軍在前，與張郃戰於街亭，謖兵大敗，亮乃收謖下獄殺之。後世咸以謖不可用，而亮知人之明不如先帝。以予觀之，謖可用之才也，亮特用之不得其當耳。夫蜀之有南夷，猶吴之有山越，其性不馴，易叛難服，以孫權之雄才而山越不賓至，爲之屈膝稱臣於魏，然則南夷不服亮，其敢北伐哉？使亮强以兵威臨之，不服其心，而唯紲其力，既乃兵挂於祁山之野而不得解。夷叛其内，魏攻其外，蜀之爲蜀未可知也。自謖以心戰爲言，亮始執其機而御之，雍容翱翔，如童牛之加牿於其首而不得肆，於是釋然北向，無復腹心之憂。謖之運籌帷幄可謂精矣。使謖但爲謀議之佐，豈非龐士元、法孝直之流亞哉？亮乃紲魏延、吴懿不用，以謖爲前鋒，則是以特將之任予謖也。

夫將才不可以參謀議，謀議之才亦不可以爲將。易之，則將才失其勇，謀議之臣失其謀。譬之牛可服也，馬可乘也，服馬而乘牛，則牛馬兩失其用。乃曰彼牛馬者皆棄物，豈理也哉？謖敗之後，衆盡星散，惟裨將軍王平所領千人，鳴鼓自守，張郃疑有伏兵，不往偪也。於是平徐徐收合遺迸，率將士而還。當是之時，平能敗而不亂，賢於謖多矣。然當亮南伐雍闓之時，猝然問計於平，吾知平之謀議必不能如謖之切中機要也。

嗚呼！人各有能有不能，以張子房之智略，而但爲高帝畫策臣，未嘗特將。謝晦嘗從劉裕征討，指麾處分，曲盡其宜。及宋文帝將討晦，檀道濟曰：「臣昔與晦同從北征，入關十策，晦有其九，才略明練，殆爲少敵。然未嘗孤軍決戰，戎事恐非其所長。」未幾，道濟遂禽晦。向使子房特將，豈必能成淮陰之功，而謝晦但爲謀臣，豈反出道濟之下哉？吾故曰：謖可用之才也，特亮用之不得其當耳。

夏侯玄論

夏侯玄求交於傅嘏，嘏不納，謂荀粲曰：「泰初志大，其量能合虛聲，而無實才，遠之猶恐禍及，況昵之乎？」世以嘏爲知人。

以予論之，嘏之策玄誠似矣，而所以拒玄之故，則非其無實才也。是時曹氏擁虛器於上，國政兵謀皆自司馬氏出，士大夫策名其間者，爲曹氏難，爲司馬氏易，玄蓋爲曹氏者也，嘏則爲司馬氏者也。夏侯、曹氏世爲婚姻，玄以貴戚之臣名冠四海，賣國與人，全軀保妻子，此非玄之所肯爲也。而爲玄黨者，何晏、鄧颺、李豐、張緝之徒，皆纖利小材，非有沉謀遠識，足以集事，且兵柄又不在其手。然則玄之危，無智愚皆知之矣。方司馬懿死，許允謂玄曰：「無復憂矣。」玄嘆曰：「士宗卿何不見事乎？此人猶能以通家年少遇我，子元、子上不吾容也。」夫玄且自知其不免，而況嘏乎？玄欲交嘏，蓋以嘏才名素著，欲與同奬公室，而嘏方傾心司馬氏，則玄之來交，所謂載禍相餉者也，故懼而辭之。以見詰於荀粲，故又飾爲近似之言，以匿其情實耳。且鍾會奸人之雄，以玄視之猶奴隸也。嘏以明智交會，其所著論，會又從而集論之，嘏不禁也。是豈峻於玄而通於會哉？以會與己皆司馬氏私人，不復能異同也。玄死之後，毌丘儉、文欽知司馬氏將篡，舉兵於外，嘏力勸司馬師將兵自行，而身與俱東，「儉、欽破敗，嘏有謀焉」。此嘏黨於司馬翦伐曹氏之驗也。

嗚呼！自古側身危亂之間，力不足而忠有餘者，吾讀史得三人焉：孔融、袁粲及玄是也。融殺於操，粲殺於道成，舉世皆知其忠也。而玄以嘏言，故僅見其空虛無實，悲夫！

祖逖論

祖逖牙門童建害新蔡内史周密，遣使降於石勒，勒斬之，送首於逖，曰：「天下之惡一也，叛臣逃吏，吾之深讎，將軍之惡猶吾惡也。」逖遣使報謝，自是兖、豫間壁壘叛者皆不納。君子曰：「逖於是乎失策矣。」晉世之所以得其民者，非有如周、漢之隆；而所以失其民者，亦非有如秦、項之虐。石勒以羯胡[二]無賴嘯聚其間，不過乘司馬氏骨肉相殘之隙，煽惑逋逃，迫而用之耳。曏者逖進説元帝，以爲「遺黎既被殘酷，人有奮擊之志，大王誠能發威命將，使若逖等爲之統主，則郡國豪傑必當因風向赴」。此數言者，可謂得其要領矣。故其濟江之日，所將不過二千餘人，未幾而黄河以南盡爲晉土。此雖逖之善於撫御，然亦人心未忍忘晉之驗也。

石勒狡黠多智，禽苟晞，誘王浚，摧劉琨，算無遺策。而獨差憚於逖者，以逖爲人望，中州豪傑多歸之，顧己以反爲名，能合其衆而不能固勢，將盡驅而歸逖也。故爲逖修墳墓，置守冢，冀以感逖。而又因其叛臣之來，斬而送之，陽以禮交，而陰以愚之。逖乃不悟墮其術中，以至兖、豫間壁壘叛者皆不納。於是乎自墮其黨，而毆慕義之人以歸賊也，豈不惜哉！夫天下雄傑智計之士，多出於虜掠之餘、奔竄之中，陳平歸漢而項籍亡，許攸歸魏而袁紹破，兩人之在當日，則亦叛臣逃吏也。設漢高、魏武皆拒而不納，則兩人者雖有深謀奇計，何由而效於明主之前乎？且夫慎固封守，各保分界，斯乃敵國相交之禮，如羊祜、陸抗之時可爾，逖之視勒則賊也。

語曰：名其爲賊，敵乃可服。背逖而往者，逖得目之爲叛臣逃吏；棄勒而來者，勒固不得而臣且吏之也。爲逖計者，斬勒使，焚勒書，正言以諭賊，曰向爲石勒詿誤者，皆吾赤子，自今以後，有斬勒首來歸者，請於朝廷爵萬户，賜千金，拔身歸命者聽。如是，則足以寒亂賊之膽，鼓忠義之氣，而亦示天下有能爲矣。惜乎，逖之慮不出此也。

【校勘】

〔一〕「羯胡」：康熙丙辰本、康熙癸未本因避清諱改成「羯□」，魏書石勒傳：「其先匈奴别部，分散居於上黨武鄉羯室，因號『羯胡』。」乾隆辛巳本、四庫全書本、光緒己卯本删去兩字，今據魏書石勒傳補。

李密論

漢、唐之得天下，皆以先定關中。漢高帝之在河南也，王離宿重兵於河北，其勢可以躡漢兵之後，而有項籍綴之，故高帝得以入關。唐高祖之在晉陽也，王世充宿重兵於東都，其勢可以躡唐兵之後，而有李密綴之，故高祖得以入關。夫項籍、李密豈知有漢、唐者哉？彼各爲其事，而適以取天下之機予漢、唐，所謂真主之興，必有爲之驅除難者，此爾。今夫李密之才，雖不足以希太宗，然在隋末群雄之中，固亦未有其比也。顧其人智足以知天下之奇計，而膽不能決，爲人謀則長，自爲謀則短。始楊玄感以密爲謀主，密陳三策，其上，以煬帝在遼，隔絶千里，當長驅入薊，扼其歸路。其次，以關中四塞、天府之國，勸玄感鼓行而西，經城勿攻，直取長安。其下，則謂襲取東都，而以百日不克，四方兵至爲憂。玄感從其下計，卒攻東都不克而敗，此密之所扼腕而嘆也。

及其身自起兵之時，煬帝在江都，徐洪客勸密沿流東指，執取獨夫，此即密之上計也。

柴孝和説密，留翟讓、裴仁基等牽制東都，自簡精鋭，西襲長安，此即密之中計也。從其上計，湯武之師也；從其中計，漢高之師也。密兩皆不從，而自用其下計，卒兵敗洛水，身死桃林，是何爲玄感謀之工，而自爲謀之拙也？密之言曰：「我所將皆山東人，見洛陽未下，誰肯西入？」夫漢高亦嘗將山東人，所收陳勝、項梁散卒，及奪剛武侯軍，殆不滿萬，而竟以入關。當帝未入關時，攻昌邑未拔，則過高陽，攻開封未拔，敗攻潁川，汲汲然以批亢擣虚爲事，而未嘗一頓兵於堅城之下。譬如善弈者然，得其大勢，則雖有所捐以與人，而吾固已勝矣。今密散洛倉之粟，而不能收；席士馬之鋭，而不能乘，棄天子之上游，而爭河洛四戰之地，雖得東都，唐固將折箠使之矣，況必不得哉？

吾嘗謂李密之智高於英、衛，項籍之勇過於英、彭，此兩人者，皆可以爲人用，而不可以自用，爲人用則將相之才，自用則獨夫而已矣。若夫唐之高祖則不然，卑詞以謝密使之綴東都之兵，而我得專意關中；兩從裴寂、世民之計，分兵以攻屈突通於河南，而自引軍西上。此二事者，雖謂之彷彿漢高可也。

聖人之心與天爲一論(二)

聖人之所以制天下者，無私而已矣。聖人之所以能無私者，法天而已矣。天下之變至無窮也，人之心至不可紀也。五方之俗異宜，五服之民異習，而各自以其心爲不可已之心，積之既久，而部居分焉，黨與衡焉，戰爭生焉，如火之燎於原不可撲滅，如絲之亂而不可理，如海波方怒而風擊之也。及其既定而觀之，則又皦然以明，汰然以清，夷然以平。若此者，蓋其人之天也。聖人得其天而制之運之於巍巍之上，措之於茫茫之中，而天下之部居合，黨與消，戰爭解，此豈有他謬巧哉？以吾心之天，合乎天下人心之天而已矣。故曰：聖人之心與天爲一。

請究論之：天者，物之不爲妄者也。以其不爲妄者，析爲四府，則有春夏秋冬；播爲五行，則有水火木金土，而統歸於一原，則曰「太極」。蓋仁之爲春，而義之爲秋，禮之爲夏，而智之爲冬，與信之爲季夏也，是人之五常與天之四府爲一也。貌之爲木，而言之爲金，視之爲火，而聽之爲水，與思之爲土也，是人之五事與天之五行爲一也。因是而肝應甲己，心應丙辛，脾應戊癸，肺應乙庚，腎應丁壬，則人之五性即天之十干也。又因是而好應申子，怒應亥卯，惡應寅午，喜應巳酉，樂應辰未，哀應戌丑，是人之六情即天之十二支也。是故日月之盈縮朓朒，星行之飛凌歷亂，萬有不同，而太極不變，則天亦不變，而人之所以與天爲一者亦不變。

太極者何也？曰天之心也。聖人居天之位，執天之紀，觀天之心，自其紫極閶堂，凝旒充纊，以及班朝莅軍，分田錫土之間，自其前英後傑，左輔右弼，以及宦官宫妾、侏儒優笑之際，祇祇乎，翼翼乎，洪範之所陳，丹書之所儆，詩之言「不顯無斁」，易之言「惕若自强」，禮之言「無爲」、「守正慮」，無不朝思而夕儆之，刀劍户牖以銘之也。而後聖人始油然自得其心，因而得夫天下之人所不言而同然之心。立一政焉，不咈人以從欲，不違道以干譽，曰此天理也。用一人焉，詢功言而甄叙之，度材質而高下之，曰此天民也。養一物焉，鳥獸之胎卵不敢不惜，草木之陰陽不敢不時，曰此天物也。刑賞無所私加，曰此天命也，天討也。禮樂無所私作，曰此天叙也，天和也。

凡聖人所爲，無一不推而本之於天。而天下之人亦虢虢焉如天帝之臨乎其上也。意諭色授，則九服承流；言傳汗渙，則萬里奔命。不頓一戟，不折一弦，不馳一辭，不質一訟，畏聖人之威如雷輥電決，仰聖人之德如日晶月明。於是聖人之德，上及飛鳥，下及淵魚，無一物不獲其所，而天下固已大治矣。然則太極者天之心乎，聖人者其全體太極而爲心者乎。嗚呼！三代明辟無論矣，漢莫盛於文、景，文帝寬仁恭儉，而僅得黄老清淨之遺；景帝綜核嚴明，而不無刑名深刻之習，迹其内治宫庭，外修典物，蓋亦駁乎，多可議焉。貞觀之治，追媲古烈，而十漸不終，論者致惜，則皆以私意累乎其心故也。惟宋藝祖有言曰：「洞開重門，如我心曲，稍有邪僻，人皆見之。」斯則幾有類於知道者，使稍加以學，漢唐諸君不足儷也。吾於是重有感焉。心猶矩也，古帝王之心則猶造矩而能用者也。夫矩，平之以正繩，偃之以望高，覆之以測深，卧之以知遠，環之以爲圓，合之以爲方，裁制萬物，唯矩所爲而已矣。後世人主天資雖美，入聖不優，自非忠信明達之臣，耆艾魁壘之士，終日陳天道，而以仁義中正迪之；終日稱天命，而以水旱盜賊戒之，則雖欲正心，其道無繇。此猶曲木之不自正，而聽命於檃栝也。故曰，木從繩則正，后從諫則聖。

嗚呼！漢之蕭、曹、丙、魏，唐之房、杜、姚、宋，其不足以與乎格心之佐矣。韓、范諸人幾近之，而其道未醇。必也伯子之辨王霸乎，必也元晦之論正心誠意乎，彼二子者，不得相位，故雖欲格君之心，其道亦無繇。後有君子可以慨然而作矣。

【校勘】

〔一〕此篇係乾隆辛巳本新收，出處不詳。

辨

紀信不侯辨

或曰：紀信有功於高帝甚大，帝不贈一爵爲寡恩。或曰：吕后紀「襄平侯紀通持節矯内太尉北軍」，紀通即信子也。信子封侯，則漢既明信功矣。予按紀通實紀成子。成從高祖入漢，定三秦，戰於好畤，死事，死同而事不合，則成非信也。史記高祖從鴻門脱歸，與樊噲、夏侯嬰、靳彊、紀信四人偕。漢書改夏侯嬰爲滕公，紀信爲紀成，滕公即夏侯嬰，故後人謂紀成即紀信。此實誤爾。然以漢不贈一爵爲寡恩，則予未敢謂然。

古者未嘗有追賜爵之禮，漢初去古未遠，故死事之臣，但封其子爲「徹侯」，而死者不復賜爵，終西漢之世皆然，不獨信也。至東漢之來歙爲刺客所害，始贈中郎將「征羌侯」，前此未有也。高帝時，周苛守滎陽，罵項籍死，子城封「高景侯」；酈食其使齊死，子疥封「高梁共侯」；吕嬰死事，子它封「俞侯」。此三人死事雖同，而功皆遜信，高帝則固已侯其子矣。帝生平於德怨之際甚明，若謂厚於苛等三人而薄於信，豈有此理哉？吾故謂信而無子也則已，信而有子則必侯，信有子而侯，則雖追封不及於信，而不可謂之寡恩矣。或曰：信無子則存而不論矣，信有子而侯，則高帝功臣年表百四十七人中，奈何其逸之也？曰漢世功臣之後，有罪失侯者不可勝數，信子或封未幾而國除，則史逸其名矣。且高帝封項伯四人等爲「射陽侯」、「桃侯」、「平皋侯」、「玄武侯」，今年表無「玄武侯」。張竦爲陳崇草奏，有曰公孫戎位在充郎，選由旄頭，一明樊噲，封二千户。今年表無公孫戎，此皆有罪國除，而史逸其名之驗也。漢寡恩誠有之，但不可以紀信爲證。吾虞夫學者之疏於考索，而果於持論，故詳辨之如此。

報政十辨(一)

史記伯禽三年報政,太公三月報政云云,此秦、漢間謬説也,其辨有十:蓋南面而君一國,以傳子孫,以成教化,此大事也。其立政之繁簡,報政之遲速,周公於伯禽,必嘗面命手畫而後遣之,豈待報政之後始訝其遲,其辨一也。

子産授政子太叔,猶有寬猛之説,如周公率爾而遣伯禽,是不如子産,如周公先有以教伯禽而伯禽違之,是不如太叔,其辨二也。

國無成俗,顧轉移何如耳。孔子生數百年後,猶思變魯,豈有三年之内立法一定如素之染緇,其辨三也。

按魯公之國,在成王踐祚之初,周公攝政方始。如以太公之簡易爲善,則失之於魯,猶可移之於周也。今乃三年而定東土,七年而還政,然後營洛邑,居九鼎,先是官政尚未次序,至是乃作周官。官得其宜,乃作立政,涵濡漸漬,殆有甚焉。是周公善善而不能行也,其辨四也。

洛誥、無逸等篇,訓辭諄復,卒不聞有所謂「簡易」之説,其辨五也。

三年者報政之常期,虞廷三載考績,孔子曰:「三年有成。」伯禽之報政,即孔子之所謂成也。豈得云遲,其辨六也。

太公以丹書授武王，孟子敘見知，以禹、皋、伊、萊爲比。若出於一切苟簡之法，何以爲太公。其辨七也。

伯禽變其俗，革其禮，喪三年後除之，故遲。太公既云從俗，則喪亦不必三年而後除乎？其辨八也。

鄭康成謂：「太公爲周太師，未嘗就封。」同屬漢儒之説，安在鄭説不可據，其辨九也。淮南子、韓詩外傳皆載此事，而與史記各異，足見其爲傳疑之説矣，其辨十也。

附識於此，以質高明。

清王步青黄陶菴文鈔，雍正十二年映旭齋梓。

【校勘】

〔一〕此文原附於卷三齊一變至於魯文後，今移至本卷。

議

大禮私議

本朝大禮之議，張、桂等傅會歐陽濮議。何公孟春謂歐陽議尊濮王時，兩制議本出司馬公，後彭中丞奏，又出程子伊川之筆，後朱晦菴亦以稱皇考爲不是，温公、王珪議是，又曰歐公之説斷不可據。此以爲道統之傳自有定論，忍復行其邪説乎？何公以議禮獲罪，其所云邪説，正指張、桂等。然予考歐公濮議是非固可兩存，張、桂則誠邪説矣。不得藉歐公爲口實也。

宋兩制，禮官議以濮王安稱皇伯。韓魏公在中書，與歐公定議據儀禮，爲人後者，爲其父母服。又據開元、天寶禮，皆云爲人後者，爲其所生父齊衰不杖期，爲所後父斬衰三年，是所後所生皆稱父母，而古今典禮皆無改稱皇伯之文。蓋韓、歐初意，止欲依漢宣帝謚史皇孫爲悼考故事，非欲追尊爲帝也。兩制議稱「皇伯」，實亦無稽，古人稱伯兄、叔兄，伯父、叔父，則是伯叔之稱諸父昆弟，皆稱而加之，未有斷然以爲本生父之稱者。歐公斥爲閭閻鄙俚，任情顛倒，雖云過激，然本生父天性之親，而稱伯又無明文，則知漢宣故事稱考，亦何渠不可爲訓乎？且漢宣之失在於立廟京師，不在稱考。

始議謚時，有司奏，爲人後者爲之子也，故降其父母不得祭，尊祖之義也。陛下爲孝昭皇帝後，承祖宗之祀，親謚宜曰「悼考」曰「悼后」，此當時公議，固未嘗以史皇孫稱考，爲有妨於昭帝，則安得以濮王稱考，爲有妨於仁宗乎？然而稱考可也，稱皇不可也。漢稱悼后，蓋諸侯王之母皆得稱后，非以是爲帝匹也。英宗以太后旨尊「濮安懿王」爲「濮安懿皇」，則非歐公本意，而至是不得不爲之辭，故引漢書師丹疏云，定陶恭皇，謚號固已前定，又不可復改。據此則恭王稱皇，乃師丹許以爲是，云云。夫董宏議尊定陶太后爲「帝太后」，丹常劾奏董宏以爲皇太后至尊之號，天下一統，宏註誤聖朝，免宏爲庶人。哀帝以傅太后必欲稱尊號，故下詔稱定陶恭王爲「恭皇」，此豈師丹之所許乎？其云不可復改，蓋亦既往不咎云爾。而謂丹許以爲是，此則歐公遂非文過之辭，而不可以此並罪其稱考也。今張、桂議云，漢哀、宋英立爲皇嗣，育之宮中，猶有父子之道，今皇上以倫序當立，循繼統之義，非爲孝宗後也。今惟別立興獻王廟，隆以帝禮，聖母亦以子貴，尊與帝匹，云云。夫世廟入繼，雖不如漢哀、宋英育之宮中，然止可以宣帝爲比，而不可以光武爲比也。光武削平禍亂，奮然崛起，尚以大宗之義，承元帝後，徙四親廟於章陵。故先儒以此斷宣帝立廟京師之失。張、桂建議不從光武之得，而從宣帝之失，可乎？濮安懿王止於置園，即園立廟，尚比於諸侯之禮。興獻廟用十二籩豆，舞八佾，則與二祖八宗並爲世數，是固歐陽之所譏爲二統，而其徒曾鞏氏之所譏「以子爵父，以卑命尊」也。吾故曰歐陽是非固可兩存，張、桂不得藉爲口實也。

陶菴集卷二

序跋四十篇

序

陸翼王思誠録序

交道之喪久矣，高者不過鬬炫詩文，下者乃至徵逐酒食。其聚會也，或甘言巧笑以取悦，或深情厚貌以相遁。求其責善輔仁者，蓋千百不得一焉。予爲之慨然而憂，惕然而恐。壬午春，有同志斯道者十餘人，爲「直言社」。前輩，則有高叔英；友人，則唐聖舉、陳義扶、蘇眉聲、夏啓霖；門生，則陸翼王、張德符、高德邁，侯記原、幾道、研德、雲俱、智含兄弟，暨吾弟偉恭也。平居自考，咸有日記，赴會之日，各出所記相質。顯而威儀之際，微而心術之間，大而君父之倫，小而日用之節，講論切偲，必求至當之歸而後已。諸子奮志進修，日新月異，而翼王以敦篤之姿〔二〕，爲精微之學，惟日孜孜，常若不及。苟一言不合乎道，一行未得乎中，小經指摘，立自刻責，飲食俱忘。今歲之春，取思誠名其日記，而乞予數語爲勖。

予惟大哉乾元，萬物資始，在天之誠也；乾道變化，各正性命，在人之誠也；不勉而中，不思而得，自然之誠也；擇善固執，弗得弗措，勉然之誠也。四者雖有不同，然由勉然以進於自然，盡在人以合乎在天，其歸一而已矣。今之學者，未能反身而誠，性與天合，漫云不假思爲，可以坐臻斯道。告以博學、審問、慎思、明辨、篤行之説，往往以爲支離而厭去之，其亦謬矣。夫聖以誠爲本，誠以思爲要，故洪範曰：「思曰睿，睿作聖。」昔謝上蔡見伊川，稱天下何思何慮，程子謂有則有此理，賢卻發得太早。在上蔡得此一句救拔，自是切問近思，理會事有不透，其纇有泚，故後來不至流於禪學。劉元城事温公凡五年，得一語曰：「誠。」請問其目，曰：「自不妄語始。」元城初易之，及退自隱栝日之所行，與凡所言，自相掣肘矛盾者多矣，力行七年而後成。

夫以上蔡之明敏，與元城之剛毅，百倍於今之人也。然猶精思殫力，而不敢高語自然如此。翼王勉乎哉！窮理以致其知，反躬以踐其實，庶幾乎孟子所謂思誠者，則劉、謝不難逮，而於立社之意無負矣。翼王勉乎哉！

【校勘】

〔一〕「姿」：康熙丙辰本、康熙癸未本、乾隆辛巳本、四庫全書本均爲「姿」，光緒己卯本改爲「資」，今據上述各本改爲「姿」。

張子灝輯感應篇序

世之言感應者，多推本於佛氏，以爲輪回因果之説著，而後有感應，儒者無是也。予不然其説，六經、四子之書，言感應者非一，但未嘗以某事係某應耳。列子曰：吾惡知死於此者，不生於彼乎。然則秦漢以前，學者知有輪回久矣〔一〕。考諸史乘，如杜伯之射宣王，公子彭生之祟齊襄，灌夫之殺田蚡，往往而有，斯皆佛教未入時事之合於因果者，未可謂傅會也。世儒之排釋也，如角力然，務求其勝，自退之、伊川、元晦諸大儒，以斥攘二氏爲任，後學陽浮慕之。其明道不如諸儒而獨學其排佛，斯亦病矣。且夫諸大儒之於佛，非能深窺之而見其不然也。望其崖略，以爲佛之道，如是已矣。故其同於儒者，則以爲出於襲取；異於儒者，則怪而不信，其於老也亦然。

善夫先民有言曰：孔子之心，佛心也，門庭施設不同耳。夫執其門庭施設，而以爲有二道焉，惡睹所謂三教者哉〔二〕。感應篇本道家言，而與佛氏相出入，其旨歸於獎善化惡，足以輔翼儒教所不逮。行世既久，人多樂誦之，顧一二高明自喜者，或置不道，曰：此道家淺説耳。嗚呼！三教之書之深者有之矣，世人見之而不能讀，讀之而不能信，則亦未如之何矣。獨是篇之指事也確，而立説也簡，簡易讀也，確易信也，讀而信之，悚然如雷電鬼神之交於前，相與黽勉，驅策而不爲惡，其利不亦溥乎。夫説有依托，而可以利天下，聖人猶將存之，而況的的如操右券者乎。

予友張子灦取昔人箋注事實，隨筆損益，授梓人流通之，要亦行吾所見而已，世有冥心獨契，得三教〔三〕聖人之心於千載之上，始可不讀是篇，不然者，幸毋淺視之也。

【校勘】

〔一〕「列子曰」至「學者知有輪回久矣」：乾隆辛巳本、四庫全書本、光緒己卯本均删去，現據康熙丙辰本補入。

〔二〕「世儒之排釋也」至「惡睹所謂三教者哉」：乾隆辛巳本、四庫全書本、光緒己卯本均删去，現據康熙丙辰本補入。

〔三〕「三教」：乾隆辛巳本、四庫全書本、光緒己卯本均删去，現據康熙丙辰本補入。

張大參玄津總持序〔一〕

大參張公伯常所著道書數萬言，其篇目曰真言、曰元樸、曰道符、曰要言、曰默語、曰的旨。公殁後二十年，而公之孫宏經，始得刻而傳之。嗚呼！世之言養生者多矣。其高者，誕謾穿鑿，率如係風捕影；而其卑者，至以衽席交接，爲神仙之捷徑。此無異狂惑喪心者，身入廁溷，指爲丹樓玉堂，方將褰裳赴之，而不知其身已與蛣蠰俱溺矣。

公之此書，所言皆清淨之旨，尤與彼家相反，故其引言曰：若不斷淫，而學道猶蒸砂爲飯，雖歷千劫，只名熟砂，不得爲飯。至哉，言乎！篇中抉擿奥窔，披露錮鐍，洞然無復留蘊，蓋公以此自證自悟而已，初不欲出以視人也。今宏經一旦付諸剞劂，譬猶天禾肉芝，陳列市肆，豈可以其倖見而驟得，遂與菽粟同觀耶。公殁後有異，識者謂其尸解，兹不具書。

【校勘】

〔一〕此文康熙丙辰本、康熙癸未本、乾隆辛巳本、四庫全書本均刊，光緒己卯本删去，今據康熙丙辰本補入。

吴弈季淫鑒録序

淫、殺二罪，於人爲最重，書之以戒殺名者多矣，而戒淫者絶少，豈以淫之罪爲輕於殺與？夫殺害物而已，匹夫寄豭則足以忘其軀，王侯漁色則足以滅其國；是淫者，自害害人之大者也。人無孌童季女之好者，其口腹必淡，而世所傳羽流禪伯，持戒數十年，而敗於妖姬、惑於炭婦者，往往而有。

然則不淫者固可以不殺，而不殺者未必能不淫也。世有以筆墨導淫者，如詩中之有香奩、書中之有豔異，裙屐少年，嗜若飲食，深入肌膚，不可除去，予常欲勒一戒淫之書以敵之，而遷延不果。

會友兄張子灝，持一書示予曰：「此友人吴弈季所作淫鑒録也，其有功於世俗甚大，子盍以一言助發之。」予受而卒讀，則其書所載先正格言，古人懿行，與夫世俗之爲淫獲禍者，班班具焉。因謂子灝：「此書行，吾可以輟筆矣！抑中人以下此書之所能戒也，中人以上此書之所不能戒也。胡澹菴上書請斬秦檜，遷斥嶺海，萬死歸來，而猶有情於黎頰之微渦；趙清獻壁立千仞，而猶屬意一官伎，使老卒召之，非此卒故遲其事，則清獻敗矣。世有如胡、趙兩公者，苟不自悔，則非一卷之書所能動，弈季且若之何？」

子灝曰：「然，誠有如胡、趙兩公者，未有不悔者也。吾所患者，裙屐少年耳。彼其人珠玉買笑，胡粉弄姿，而世又有書如香奩豔異者以導之，非使之知淫者之獲禍，其勢不能自悔。夫勸其不自悔而使之悔，則其能自悔者，聽之可也。」予作而嘆曰：「有旨哉。」因題其簡端，使歸弈季。

潘鱗長康濟譜序

晉世論人物，以温嶠爲第二流之高者。時名輩共談，至第一流將盡之間，温嘗失色。彼所謂第一流者何人哉？前之王夷甫，後之殷淵源之屬是已。天下屬安定，此曹子高自標置，嘘枯吹生；及四海有微風摇之，皆周章失據，至困踣不振，以迄於死。而一時奇策儁功，乃獨出於太真之徒。然則當時所謂第二流者，乃第一流也。而其第一流，固天下之棄材也。聚天下之棄材，尊之爲第一流，至於中原簸蕩，生民流離，而此論猶牢不可破，習俗之深，豈不痛哉！今天下崇尚經術，與晉世之老莊異甚，然而科舉之學，爛熟敗壞，日浸月淫，如寒熱之入人肌骨。士有談王霸之〔二〕略者，率見詆諆，以爲迂怪。二十年來，□□□□□□□□□□拱手圜視而莫之救也。

然則今日之異於晉世者安在歟！國不幸有變，容易色之慮，太真之徒，將誰屬與？抑所謂熟爛敗壞者，果可用以濟世，而過此者皆不必談歟。嘗與潘子鱗長論而悲之，鱗長出所著康濟譜示予，其書條分件繫，旁行敷落自古人救民應變之方。至近代兵制、屯田、魚鹽、茶馬、漕運諸法皆具。又與金子孝章詳爲論説，以警發當世之憒憒者。予讀之，未嘗不撫卷而嘆也。

會鱗長扁舟泝大江，覽衡嶽，徘徊故里，遇所交通人奇士，輒出此書示之，爭爲裒金助刻，流通四方。予戲謂鱗長：「子之書，經世之書也；子之身，未遇之身也。子方搰搰焉，以其身爲洴澼絖，而獨以其不龜手之藥公人邪。」鱗長蹙然曰：「使吾藥誠可用以取封，雖終身洴澼絖何憾。」予作而嘆曰：「大哉，潘子之言思深哉！潘子之志，在天下乎。」使潘子伏闕上書，以布衣召見殿上，亦不過潘子自行其學而已，唯此書之出，使天下知熟爛敗壞之學，無可藉賴。而喜談大略者，亦將有所稽考，是潘子之大有救於今日也。今天下之可憂者多矣，猶恃有潘子之徒，區區其間也。

【校勘】

〔一〕「之」：光緒己卯本作「大」，從康熙丙辰本、康熙癸未本；乾隆辛巳本改爲「之」，今從乾隆辛巳本改爲「之」。

張子翼救荒賑饑録序

辛巳壬午，歲大饑，張子子翼刻救荒賑饑録數千言，其心一以上之人，宜振廩同食有如趙抃者；一以下之人，宜分人以財有如李珏者。使上之人能心其心，必優爲抃；使下之人能心其心，必優爲珏。然而子翼之心，則非是書所能載也，亦在乎讀是書者，惻然動心而已。讀是書而不動心者，自賊者也。動心矣，以爲不可見之行事者，賊其民者也。

陸履長鄉兵議序己卯

籍民爲兵，其制尚矣。唐之抱真、德裕能以節度使行之於一方；宋之神宗、安石不能以天子、宰相行之於天下，其故何也？蓋抱真、德裕挾節鎮之權，其勢非有司所能格，而其臨民也，近於天子、宰相。凡蠲徭租、給弓矢、第能否，一切有實意存焉，故其法得行於澤潞、川蜀。神宗、安石之意，未嘗不善也，其去民遠，其所倚以行法者，有司而已。涑水氏云：比户騷擾，不遺一家。王巖叟亦云：羈縻之虐，鞭笞之苦，誅求之無已。天子、宰相皆不知也。而團教未成，即又以番上困之，故其法不得行於河北諸路。

今天下之言鄉兵者多矣，其説皆原於抱真、德裕，而度其既行之後，當與安石不殊，蓋亦幸而不見施行，以得免於熙寧之擾也。雖然，□寇〔二〕交訌，天下益急，練民兵以紓正兵，留募兵之費以贍民兵，豈非經武强兵之上策哉。懲有宋之弊，而謂此法必不可行，是懲噎而廢食也。吾友陸子履長著鄉兵議一卷，大意以編甲定户爲主，八十家而出一人，無唐世三丁稅一、三户擇一之苦；每日輸赤仄一二，無宋世質衣買弓之苦。其它繁碎靡密曲爲之制，如貫繩畫局，使人一望而曉。雖今世無抱真、德裕其人，吾知其斷斷可行也。王新建有言：弭盗所以安民，而安民又爲弭盗之本。故其開府、虔州，掃除群盗，一以嚴保甲爲先務。保甲嚴而盗無所匿，奇功克成。夫但行保甲而其效已如此，況以鄉兵寓保甲，以守寓戰，如履長之説之精且變者哉。語不云乎：如有用我，舉而措之可也。

【校勘】

〔一〕「□寇」：康熙丙辰本作「□寇」，乾隆辛巳本、四庫全書本、光緒己卯本均改爲「内外」，今據康熙丙辰本改回。「虜」爲時對北方少數民族的稱呼。

陳世祥寄弟小言序 壬午

吾邑文獻之族，近必稱陳氏。自潮陽公君陳先生以來，子若孫俱有大聲於黌序，曾孫世祥尤白眉也。其人端雅平恕，無年少才高之氣。其文清深秀麗，無襞積雕搜之陋。及門之士，未有過之者。今年八月，同射策南都〔二〕，予困場屋久，疇昔之飛揚跋扈，銷鎔已盡，而獨深望於世祥之脱穎。及榜出，竟不如人意。

夫文豈真有利鈍哉？鈍莫予若，而何以忽不鈍於此試，世祥可以憬然而悟，啞然而笑矣。仲冬之朔，别予省親常山，出所爲寄弟小言者，乞弁語。予讀而奇之，彌恐世祥之不能無介介於懷也，遂相慰勞曰：夫文豈真有利鈍，群千百人而摸索之，幸與不幸而已矣。使幸則侈然以喜，一不幸而即愀然以悲，斯其人之深淺爲何如也，願與吾子兩戒之。吾與子亦各求至其所未至而已矣。夫文章學問之理，譬諸行遠世，固有往返於三餐者，然亦有歷千里而脂車秣馬，未敢輕言乎税駕。何者？其各所期異也。

今吾子之所期，其規模大略，已足窺豹於此編，而可無三月聚糧，以極其車轍馬迹之所至也哉。子行矣，升堂問寢之暇，風雨連床，兄弟自相師友，待賈而深藏，逢年而大獲，吾知陳氏累世之文獻於是乎益遠矣。乾隆辛巳本按：「此文得之秦藻齋中。」

【校勘】

〔一〕「南都」：光緒己卯本改爲「南陽」，今據乾隆辛巳本改回。

馬巽甫遊横山記序丁丑

吴、杭接壤，吾吴之遊者，一放舟，輒至武林。蓋以西湖景物，柔淡娟好，在人耳目間也。予足迹未至湖上，然心知奇勝不盡於湖，嘗戲謂浙中之有西湖，如人之有眉目，一望可見，而其心腹腎腸，則必反覆抉摘而後得之。今遊者至湖而止，每輒言佳勝，其能捫幽歷險，與猿鳥爭道者，卒亦無有，此何異千里擇交，一揖而退者乎。聞予言者，無不大笑。

今年秋七月，馬巽甫先生歸自武林，出所作横山遊記視予。則自湖上以至此山數十里中，氣候之晦明，草木之濃淡，岑嶺之鬱紆，潭澗之沿泝，樓閣之位置，鳥獸之飛走，幽人奇士之酬酢往來，一一在焉。讀之神明忽開，毛髮盡磔，飄飄然不知此身之在塵土也。予所尤異者，山中之人，相親相愛如一家，至刻筍爲識，而可以禦盗，則其淳古淡泊之風，迥非人境所能有。

昔陶徵士作桃花源記，後世詩人，如摩詰、昌黎、夢得、聖俞諸公，皆形之咏歌，以爲神仙。至坡公，則謂淵明所記，止言先世避秦亂來此，則漁人所見，是其子孫，非神仙不死者也。又引青城山老人村爲比，以爲天壤間若此者甚衆，不獨桃源。坡公之論誠高矣，然予意陶公居晉宋溷濁之間，感憤時事，寓言桃源，以嬴秦況當時，以避秦自況。如記中所云：「乃不知有漢，無論魏晉。」及詩中所云：「淳薄既異源，旋復還幽蔽。」願言躡輕風，高舉尋吾契。」則其黄唐莫逮之感，固可概見，而非真有所謂桃源者也。疑坡公亦未得其旨，獨其謂老人村道險且遠，其人不識鹽醯飲水而壽，其後道稍通漸，致五味而壽益衰，則有至理存焉。今觀横山去湖稍遠，耳目不雜，而山中之人，獨能全其淳古淡泊之風，如此則亦未識鹽醯之老人村也，予故服先生之善遊。

而又嘆西湖一泓，爲趙宋君臣盤樂之所，論者目爲尤物破國，至比之西子，而横山以榛莽未闢，超然於酣歌恒舞之外，豈非幸歟。異日者松冠芒屨，從先生遍遊其間，庶幾爲太平之逸民，其亦足矣。

郁遠士詩文集序壬午

郁遠士嘗仿韓愈毛穎傳體，作小傳三通示人，人讀之無不仰天大笑，冠纓索絶，以爲此古者滑稽之流也。既而遠士貧不自聊，輒應里中推擇爲掾史，日抱簿書，立令側。令指曰：「若爲吾書某牘。」即俯而書牘。旦而入，暮而出，以爲常有，識之者曰：「是固向之爲滑稽者也。」遠士既溷迹掾史，復以其暇削荆握槧，矻矻不休，如舉子結夏課者，前後令廉得其所爲，皆器異之，而遠士之名，亦駸駸聞於四方。

一日，里中有高會，四方名士盡集，主人舉觴屬客，請即席賦詩，客多欠伸魚睨不能就。遠士乘醉操筆立書數十紙，奇氣淵然可誦，一座大驚，其思鋭而學贍，皆此類也。楚中潘鱗長尤愛遠士詩文，嘗搜其篋得若干，首刻之吴中，而遠士徵予一言爲序。予謂古稱善滑稽者莫如東方曼倩，今觀其因事納忠直言切諫，則自公孫弘以下皆不能及。視枚皋、郭舍人，直奴隸耳。遠士身處窮閻，而有當世之志，以文爲戲，而有憤時嫉俗、主文譎諫之風，異日待詔金馬門，陳農戰、强國之計，爲東方生有餘矣。若其詩之律切清新，覽者當自得之，玆不具論。

吴定遠小山集序乙酉

唐世詩人，以李、杜並稱，至王文公始置軒輊於其間，以謂太白辭語迅快，然十句九句，皆言婦人與酒耳。自此論出，而子美始獨爲雄霸。然考太白元本風騷，含嚼漢魏，其生平愛君忠國、愍時病俗之志，方諸少陵，無毫髮慙負，特以其才高氣雄，故精意深識反爲所掩，讀者徒得其横被六合，飄飄凌雲之致而已。今夫朱顔姝光，極美人之形容；清香凍飲，備醴齊之妙理，而後世卒不聞以酒色病騷人者，知其爲寓言也。希望有立，絶筆獲麟，太白之所挾持何如，而可以輕俊目之哉？近世詩人學少陵而得其皮毛者頗多，學太白而得其天機者絶少。蓋學可以漸進，而才不可以强爲也。

吾友吴定遠，天才獨出，其所爲古今諸體詩，皆絶類太白。予觀其感嘆時事，則遠别離、戰城南之悲壯也；遊歷山水，則廬山瀑、金陵臺之清雄也；俯仰古迹，則圯橋、鸚鵡之作不足爲其激昂也；陶暢衿懷，則秋浦、敬亭之篇不足爲其閑肆也。大約不追琢而工，不矜飾而豔，不逞繁密以爲富，不附寒澁以見長，如快劍斫陣，十步一人；如黄鵠臨風，貌逸神王，要之區區筆墨畦逕之間，誠不足以知之也。

定遠爲人，文武自將，自其弱冠時，著書數萬言，彎弓二百斤，既登賢書，再上春官不第，嘗短衣匹馬，往來燕趙間，與奇才劍客相追逐。歸而閉門距躍，慨然欲以鈐略自見，時人未之知也。故其愛君忠國、慜時病俗之志，一皆見於詩，乃至沉吟眩瞀，酣嬉淋漓，弄閑於倡條冶葉之間，埋照於痛飲狂歌之際，不知去古人遠近，視餘子蔑如也。兹定遠刻其詩爲小山集。予僭引篇端，以告世之知定遠者，其它文辭，亦可概見焉。

葉石農偶住草序

昔僧皎然論詩云：有越俗格其道，如黄鶴臨風，貌逸神王，杳不可羈；有駭俗格其道，如魯有原壤，楚有接輿，外示驚俗之貌，内藏達人之度。此二格者，吾欲以石農先生詩當之。

石農詩實自陶、韋門中來，清迥澄澹，不律而法。近從武林過鄮水，視予以達觀樓諸作，疾讀數過，恍如挾天風，凌險絶，下視齊州猶九點煙耳。蓋其遊戲塵中，胸次浩浩，如昔人所謂香象擺壞羈鎖而去者，宜其語言文字之間，超詣若此也。

吴義齋經畬堂詩集序

予覽前史，見古者高蹈獨往之士，心慕尚之。以謂近世人材，雖不逮古，要之吏治、武功、儒林、文苑，可與古人方駕者，往往而有。顧求一真隱者，何寥寥也。後有良史，將遂隱逸傳不立歟。或獻疑曰，所謂隱者，以其不可得而見也。使子能見之，則已非隱矣。且夫灌園磨鏡之流，負苓箍桶之客，山林城市，龍章魚服，子安得而遇之，雖遇矣，安得而知之。予不能答，然亦不以其言爲然也。一日父友葉石農先生出經畬堂集一卷視予，曰：「此吾鄉吴義齋先生所爲詩也。義齋服賈而行儒，好陰行善以濟物，伏匿韜晦，世罕有能知之者。所爲詩及小令，皆聊以寓意，未嘗規規比擬。而音節圓美，神彩流焕，翛然有塵外致趣。子試評之，以爲何如也。」

予受讀終卷，爲驚嘆失聲。若義齋，非古之所謂隱君子者邪。今世爲詩者多矣，未有工如義齋者也；其工如義齋者有矣，未有不以詩自名者也；詩工而不以名者有矣，未有潛德隱行，又高於所爲之詩者也。然則後有良史，將求隱逸其人而實之者，舍義齋誰歸乎！使予未讀義齋詩，猝遇義齋於市廛，則亦莫知其爲誰何之人矣，予是以知今世果未嘗無真隱也。予嘗泝錢塘，上嚴瀨，觀新安江水出處，山高峽深，慨然欲起方玄英、謝皋羽之徒，相與遊於黄山、白嶽之間而不可得。今考義齋之本末，實生於歙，賈於嚴、衢之間。予庶幾得見其人而已没矣，瞻望林壑，緬然長懷者久之。

王子堅詩集序

吾友張子灝嘗示予與王子堅先生唱和之什，予問子堅誰何？子灝曰：「此隱君子也，篤行好古，其詩有孟襄陽、韋蘇州之風，其食貧如黔婁、史雲，而嘗有以自樂。」予聞是言，鮮然異子堅之爲人。蓋子灝寡交，不妄許與者也。然子堅居荒江之上，無幾入城，而予又以傭書走四方，不得乘款段一至其處。坐是予胸中有子堅數年，尚未能使子堅知之。

癸酉之歲，始遇於雍瞻所，蟬連數日，出一帙示予，讀之，大抵陶冶性靈、流連光景之言，遇其合作，清遠閑肆，蕭然得意於筆墨之表。甚矣，其有襄陽、蘇州之風也。昔人有言，詩非能窮人，殆窮者而後工。予嘗反之，以爲窮矣，安能工哉？詩人之心蕩滌萬物，牢籠百態，必其有不窮者而後工也。今子堅困踣寂寞，宜其有戚戚見於顔色者。而子堅泊然，此其清遠閑肆之詩所繇出，而子灝所以爲知言也與？或曰，子堅嘗往來東佘山中，眉公先生亟稱其詩。夫眉公先生知之，世之人且將盡知之矣。

閔裴村詩集序壬午

嗚呼！此吾亡友閔君裴村之詩也。君家世力田，至君乃學制舉業，不就，去學詩。詩成，乃大困，然君好之益力，詩亦益工。嘗往來吳、越間，以篇咏自娱。

其居家，或爲童子師，或田作自給。其爲人，事母孝，撫二弟有恩。人有饋之者，君未嘗固拒，或挾富貴衣食之，輒拂衣去，終身不見也，亦以此取怒於人，至推墮溝中，跛其一足。君詩中所謂嘗切下堂悲者，蓋指此也。所居老屋數椽，竹厨土銼，餔糜不給，君日仰屋梁語，雖家人呼之不應，其精苦如此。

君殁於崇禎之十一年，殁之前，爲檇李故人延致家塾，得寒疾歸，未至家數里，力疾盥櫛，堅坐舟中，家人驚往逆之，已不能言矣，扶舁入門，一夕卒。卒時，手執一卷書牢甚，家人取視之，則其平日所爲詩也。嗚呼！可悲也已。

世謂詩能窮人，歐陽子則謂詩非能窮人，殆窮者而後工也。以予論之，唐世以詩取士，上自王侯、有土之君，下至武夫卒史、緇流羽人、妓女優伶之屬，人人學詩，一篇之工，播在人口，故詩人易以得名。降至貞元以後，王澤既竭，而劉魯風、姚巖傑之徒，猶得挾其區區之聲病，所至爲諸侯上客。其恬淡隱約，如方干、陳陶者，鄉國之人，皆愛而敬之，則謂詩能窮人者非也。今世以帖誦取士，士知詩無益，固不好。即好之，亦不能深知。雖有能言之士，上薄曹、劉，下追李、杜，將亦不免於飢寒困踣之憂，況其下者乎，則謂詩不能窮人者，亦非也。

若君之詩，清而不瘠，質而不俚，一唱三嘆，有古者衡門詩人之風。則所謂窮而後工者，其亦信矣。夫君生平最善予，嘗欲予删定其詩，且爲之序，予有遠遊未果。既歸而君死矣，索其家，踰年乃得其臨殁時所手執者一卷，爲之出涕。因商諸同好二三子，裒金刻之。嗚呼！君之於窮，固已不怨不憾矣。而猶不能無望於後世之傳，其詩傳與否？未可必也。予之力，又非能使君必傳者也。則亦攟拾集比，以遺所不知何人而已。

王古臣寒谿詩草序

虞山王古臣先生，以清詞麗句聞於吴中。所至名山勝水，僧窗驛壁，可喜可愕之觀，輒爲詩若文以記之。好事家傳寫諷誦以爲唐世陸魯望、方玄英之流，實能遺外聲利，玄對丘壑，非夫䠊履朱門以終南爲捷徑者比也。往予應宗伯錢公招〔一〕，讀書虞山，數聞古臣之名，並見其一二詩歌，求與之友而不可得。今年古臣適以它事過疁，予乃得交其人，盡讀其前後篇什，恍然如歷籐溪，陟烏目，過破龍澗，盤礴於古松流水之間，嶔岑峭蒨，移人情性。甚矣，古臣之詩之有得於山水也。予昔年嘗經盧皋，客歲往返燕、齊之間，所遇可喜可愕之觀，爲不少矣。觸事感懷，不能盡見之於詩。詩成，又不能如古臣之工，豈山水之遇詩人，亦有幸不幸邪？欣賞之餘，因以予之所愧者告之。

乾隆辛巳本按：「此文得之秦藻齋中。」

【校勘】

〔一〕「往予應宗伯錢公招」：四庫全書本改作「往予嘗遊先生里中」。

王周臣學古偶刻題辭

勝國虞公伯生有言，爲文當如浙人之庖者，不當如川人之庖者。川人之爲庖也，麤塊而大臠，濃醯而厚醬，非不果然屬饜也，而飲食之味微矣；浙中之庖者則不然，凡水陸之産皆擇取柔甘，調其湆齊澄之有方而潔之不已，視之泠然水也，而五味之和各得其所，求羽毛鱗介之珍，不易其性，故爲文之妙，唯浙中庖者知之。

予嘗引此以論今人之文，險膚踳駁，華縟纖詭，雜然而出，譬猶置鴆毒於醍酒之中，屑糖糜於粱肉之内，雖求如川中之庖，已不可得矣。王子周臣，以古文辭視予，乃能黜險膚以爲實，去踳駁以爲醇，約華縟以爲質，變纖詭以爲雅，淵淵乎其有先漢古文之風，充充乎其進而未止也。周臣其有意於浙中之庖者歟？欣賞不已，因爲題其簡首。

州邑文紀序代

洪都萬侯來蒞吾邑，甫踰年，邑之管庫清，訟獄理，傜賦平。侯常旅進邑諸生試之，其甲等者，共以爲宜，而其下第者，亦默以服。久之，太倉州大夫去官，上官檄侯往攝其事，嘐之人惟恐其果攝也，婁之人惟恐其不果攝也，相與詰難。良久，侯竟往攝州事，數閲月以返。其在婁時，治績與其所以考校諸士者，亦如嘐。於是侯於聽政之暇，彙其州邑試牘及士子平日所贄之文，選而梓之。而國門之未懸者，名山之未及藏者，皆附見焉，刻成郵書屬予爲序。

予惟婁東之重於天下久矣，三百年來鴻生碩師，後先輩望，言文於此邦者，譬之粤無鎛、燕無函，非無鎛與函也，夫人而能爲鎛與函也。近則海内通經學古之家，皆以婁東爲功首。士或竊其緒論者，輒登巍科，四方負笈出遊者，有不至婁東而返，則慚愧不敢比於人數，然則婁東之文震耀鏗鍧，宜無所用予之贊述矣。

獨吾嘐人士素稱樸茂，科目差少於旁邑，天下之稱壯縣者不屬焉。然士之讀書嗜古有師法者，視旁邑亦差過之。言古文者，率知泝唐宋以進於秦漢，師其意，不師其詞，其剽剥形摹、緝拾字句者，則曰，此非文也。言詩歌者，率知泝三唐以進於漢魏，以博取爲工，以自然爲至，其比擬荒澁、造作纖巧者，則曰，此非詩也。父以此詔子，兄以此訓弟，子弟推其旨以見於時文，大抵雅而澤，華而不靡，尊傳注而不失之拘，本經史而不失之雜。而其才氣振踔者，則又極其奔詣，蘄至乎古之立言者而後止。徒以吾嘐爲天下窮處，士子寡交遊、遠聲譽，故旁邑猥以嘐爲少文云。於戲！觀於侯之此選，亦可以知邑治之大都矣。

予聞先漢循吏首推文翁，其治至使人爭欲爲學官子弟，蜀地之學比於齊魯可謂盛矣。然不能如黄次公，以郡守入爲宰相者，以孝文方尚黄老也。今朝廷加意作人，侯之治績既爲天下最，而其所以誘進文學者又如此，吾知其將來洊膺異數，又不但璽書增秩而已也，是爲序。

送趙少府還松江詩序甲申

崇禎十七年夏六月，於潛趙公自松江〔二〕少府，來攝嘉定縣事。時賊陷京師，海内震驚。嘉定沿海不逞之民，多結黨伺釁者，適村民見弑於僕，並其家七人，皆被殺。於是酒傭竈養，皆起爲亂，什什伍伍，白晝持兵，迫脅主父，使出券以獻，僕坐堂上，飲噉自若，主跪堂下，搏顙呼號，乞一旦之命。幸得不殺，即燒廬舍奪錢物以去。不三日，而火及城之南隅。

公下車，適與變會，而備兵使者程公以他事行縣，乃與公日夕計議，發兵捕殺二十人懸首以徇衆，爲稍定。居數日，程公以邑事委公而去，公多設條教，旌善罰惡，立保甲申鄉約，誘諭之如子弟，疏導之如江河，期月之間，邑以無事，説者謂「嘉定之變」，實前此所未有。而程公以嚴法制之於前，趙公以寬政撫之於後，生死而肉骨，亦前此治嘉定者所未有也。

公每旦起坐堂皇，民有持訟牒至者，閲竟乃受之，其瞞讕不可受者，立罷去之。間一日，出奉錢市鮭菜，無一錢侵公帑、科里役者，其强力潔廉皆此類。視事僅兩月，撫軍祁公，以卓異薦公於朝。直指周公，以公旦夕柄用，不可久居下邑，遂具疏請以進士嘉善錢公補嘉定令。而公遂去嘉定，暫還松江。諸生某某等，以公之德不可無頌也，相率爲詩若干篇以送其行，而屬予序之。

予昨歲計偕北上，遇公漕河，公方部糧至京，予同行。數舟與糧艘爭鬧，艘發數十人守鬨，百方諭之不得過，勢且後期，不得已走訴諸公，公徐至，一麾而散。予嘗私語同人：「公御下如此，將相材也。」應者皆嘸然。既踰年，而公來治嘉定，其整暇不亂，與御數十人不異，然後知予言之驗也。昔仲山甫之賢，以吉甫作頌而傳。若漁陽之頌張堪、蜀郡之頌廉范，則堪、范初不以頌而傳也。而頌者之詞，反以堪范而傳。今公治行卓卓如此，他日傳循吏者，必將以嘉定之詩附見焉，是其爲吉甫不足，而爲漁陽、蜀郡有餘矣。予既竊附知公者之末，而又幸斯言之得傳也，遂援筆爲之序。

【校勘】

〔一〕「松江」：康熙丙辰本、康熙癸未本均作「嵩江」，乾隆辛巳本、光緒己卯本改作「松江」，今從。查松江府志，趙元會蓋自松江同知任代理嘉定知縣。

陳義扶近藝序

昌黎之文，學孟子者也；歐陽子之文，學韓子者也。二子之似古人者，神也，非貌也。近代之學古人者，貌也，唯制舉業亦然。王、唐以機法倡之於前，歸、胡以理氣振之於後。讀思泉之文，未有言其似守溪者也。予聞思泉日置守溪之文於座右，心慕手追，久之乃以其博大名家，即思泉亦以昌黎學孟自況，乃知先輩之嚴於師法，而精於用意如此。今帖誦家或言古文，或言先輩，究其所謂古文先輩者，襞績而已爾，拘牽而已爾，拘牽襞績，既不足以服天下。於是鹵莽者一切反之，以陋爲奇，以腐爲新，以俗爲雅，以穢爲華，而制舉業之道，日以敗壞，爲可嘆也。

吾友陳義扶，以高奇之才，斂入規矩，蓋常取機法於王、唐，取理氣於歸、胡矣。其言曰，軼理而背法，非文也。墨守理法之中，土木據尊位，而餓隸入嚴家，亦非文也。於是精之以濂、洛、關、閩性命之書，博之以遷、固、韓、歐雅正之文。上有所規，下有所逮，正有所本，旁有所參，然後研精覃思，一於制舉業發之。讀其文，如齊魯大儒，揖讓興俯於朝堂也。如大將用兵，變八門爲六花也。如丸投區，矢赴的，流雲在岫，而風出之也。如湖江之水，藴珠涵璧，而吐吞羲娥也。於戲！若義扶，可謂能自名其家者歟，可謂得古人之神而遺其貌者歟。以王、唐、歸、胡救今文之敝，以義扶之文救王、唐、歸、胡之敝，其誰能易之？義扶浮沉諸生中十年，其文益精，而其收效，與今之陋腐穢俗者等，且不若焉。論者誹譽相半，於是義扶不能自釋，以決於予。

予曰：昌黎之文，不云大怪小怪乎？歐陽子之文，小子輩不有議之者乎？卒之怪且議者，不能使二子不傳，以二子之誠於爲文也。吾子之文誠矣，誠則必傳，其何有於一遇！義扶起而笑曰：「善哉，黄子之張吾軍也。」遂刻其稿若干篇以行。

陳義扶文稿序壬午

吾友陳義扶嘗刻其稿二十篇問世，而予爲序之，以謂義扶之文，取機法於王、唐，取理氣於歸、胡，精之以濂、洛、關、閩性命之書，博之以遷、固、韓、歐雅正之文，上有所規，下有所逮，正有所本，旁有所參，然後研精覃思，自名其家，出其餘力，足以救今文與今之僞爲先正之文之弊，而其收效反遜於今人，故論者誹譽相半，然而義扶之於爲文，則可謂誠矣，誠則必傳，一遇不足道也，蓋予之推服義扶如此。未幾，義扶以羲經舉於鄉，闈中擬冠多士者數日，而姑抑爲第二人。墨義既出，都人士捧手嘆賞，以爲斯文之美，如瑶金虹璧，雖抑揚其價，而金與璧自如也。時予亦與義扶同舉，於是義扶彙梓其稿以行，復使予序之。予惟主者之評義扶也，曰：「無欺人之言，無媚人之韻。」是即予前序之所謂誠也。誠於文者必遇，予言則既驗矣，而誠於文者必傳，予言其不驗者乎？雖然，義扶之誠於文也，則以其誠於人者爲之本也。

今夫唐之有張均、蘇渙，其詩未嘗不本於風騷；宋之有丁謂、吕惠卿，其文未嘗不本於經術，彼其詩若文，可謂誠矣。而後世卒莫取以爲法者，無他，以其不誠於爲人也。今義扶孝於其親，而信於朋友，其持己也，訶訶然若有所畏；其謀道也，菑然惟恐失之。視名利如脱髮，視進取若不得已，此所謂誠於其爲人者也，以此而爲人，亦以此而爲文。其視世之抽青媲白，梔言蠟貌，以追取時俗之好，與夫昔人所云鳳鳴而鷙翰，孔子讀而儀、秦行者，其相去爲何如哉？

予既自幸其言之有中，而又樂與義扶交勉於將來也，故亟稱義扶之爲人以告世，且自勖焉，是爲序。

金懷節文稿序

東漢諸君子，以德行稱者，莫如有荀季和氏、陳太丘氏，是二君子皆闇篤無文者也。而季和之後，有才子八人；太丘之後，仍世卿宰，彬彬乎，彧彧乎，何其祖父之質，而子孫之文也。蓋文者，質之餘也。子孫之文，祖父之質之餘也。祖父以文教，文勝則質瀉矣。夫子孫之質日瀉，則子孫將不能有其文。是故，韓愈之文，比於荀、揚，而其子有不識字之誚。李、杜之詩，上規風雅，而宗武、伯禽無聞焉，文勝故也。夫惟祖父以質教，而子孫以文應，則質有其文，質有其文，則文之行於世也益遠。此荀、陳二氏之後，所以多賢歟。

吾邑金群玉先生，以孝友至行，爲一鄉所宗。自學士大夫，兒童廝役，無異言。及其歿〔一〕也，臨哭者皆失聲，而子孫不知其姓氏，論者方之太丘、季和，有過之無不及焉。其長君，爲吾友爾宗，而懷節，則先生之孫，爾宗之子也。爾宗之所聞於先生者，皆忠信、孝友、立身、事君、處朋友之道。懷節之所聞於爾宗者，皆先生之道也。吾嘗與懷節處矣，朝而肄業，晝而服習，夕而計過，無憾而後即安，其修於身者粹如也，其積於學者充如也，其發於文辭之間者沛如也。是宜其制舉業之文，淵奇灝博，英華瓌麗，爲吾黨所屈服歟。異日懷節立朝，以經術陳便宜，發明家學，當如荀氏之慈明、仲豫；有功於人，有紀於史，則陳氏之元方、長文，不足慕也。會懷節刻其制舉業若干首以行，而予爲之序如此。先生諸孫七人，皆賢有文，懷節爲之長。

【校勘】

〔一〕「殁」：光緒己卯本改作「没」，今據康熙丙辰本改回。

陸道協文稿序

制義之所言者，理與事而已。理則古人往矣，吾不能面質其然否於毫分之間。唯取鎔傳注，不爲所汩，而後達於文辭者爲至；事則比物連類，博取約出，大足以極萬物之狀，而細足以發瑰怪之文，此二者未能或舍也。然以今之爲制義者觀之，則有二弊焉。言理而失者拘守繩尺，無所發明，其弊至於質木痟酸，咀之無有；言事而失者，穿鑿淫辭，移此儷彼，其弊又如美錦覆阱，履之立陷：是二者予皆病之。且夫六經之後，言事者備於史，言理者詳於子。史之所以推遷、固者，以其羅絡千載，善敗得失，的然可見也，此以理言事也。子之所以推荀、揚、文中者，以其各言所明，踳駁互見，而其精者，固可施諸萬世也，此以事言理也。夫事理合，而後可以立言，合事理以立言，而後射策決科之文，與古文辭等。今人反之，乃欲以此譯聖經，應王制，繆種流傳，豈不可嘆哉。

吾友陸道協，才高智多，年未及壯，讀書盡四庫。其意毅然欲追唐宋作者，視近代能言之家，蔑如也。所爲制舉業，精於擇理，而辨於論事。當其震蕩捭闔，奇氣鏠出，如韓、白提百萬衆，鏖戰於河山之間。定而觀焉，則又粹然以清，盎然以和，蓋駸駸乎入古人之室矣。會道協刻其稿百篇問世，屬予序之。予爲述其所見如此，以告世之讀道協文者。若夫道協之爲人，寬通靚深，貌若子房，而志烈恢然，有翁歸文武之器，此又非予所能測矣。

吴見未文稿序 壬午

吴子見未以文章鳴江左垂二十年，今始舉於鄉。予獲與見未同榜相遇金陵，極論文章利病，風氣開塞之故，以及今之離經畔道者，因相與推案大笑，聲撼江水，水鳥皆磔磔飛去。吴子執予手言曰：「吾於時文無所好，獨好子文。」又曰：「子之文，甚似曾、王。」予笑曰：「子言過矣，吾非能似曾、王者，直好曾、王者耳。」宋潛溪評曾氏之文，以爲信口所談，無非三代禮樂；其評王氏之文，謂如海外奇香，風水嚙蝕，木質俱盡，唯真液靳然而存。今於制舉義中，求足以當此二評者，非吴子而誰乎？吴子之文，春融而不迫，醇質而有光，子固氏之作也；嚴勁而能裁，古雅而有體，介甫氏之作也。然則曾、王之文，乃吴子之所自有耳，而予何能爲彼哉。吴子曰：「子與予之文，無有同乎？」曰：「有取理解於先儒，而未嘗墨守訓詁；取氣脉於古文，而未嘗剽賊陳言；取矩法於先輩，而未嘗規規於程尺之内，是則我二人之所同也。雖然，吾與子其可自畫乎哉。進此而居省寺，則有疏議之文。居史館，則有制誥之文。紀一代事迹，實録直書，則當學遷、固之文。玩思神明，嚅嚌聖涯，通天地人而爲言，則當學六經之文。吾與子其可自畫乎哉！」吴子曰：「子言善矣，吾適有制義百篇問世，子即書吾二人往復之言，以識交勉之意焉，其可乎？」予唯唯，因退而書之。

徐定侯文稿序

國家重熙累洽垂三百年，一旦有崇禎甲申之變，河決魚爛，幾於不可收拾。逮夫世遘中興，天下顒顒思治矣，而寇未即殲，□未即服者，其故何哉？士大夫才多而氣弱也。才者，所以用世也；氣者，所以用才也。氣有餘則激，不足則弱。激與弱均非所以善其才，而弱爲甚。昔者東漢之末，士大夫競爲危言訐辭，污衊朝廷，批抵卿寺，卒至以身塞禍，而國家之亂亡隨之，其氣激也。南宋之末，士大夫伈伈俔俔，拱手圜視，以苟歲月，陳同甫謂之「風痺不知痛癢」，積數十年而國亦亡，其氣弱也。

今天下之患不在於類東漢，而在於類南宋。吾嘗與一二識者憂之間，亦執此意以論文。以爲制科之弊，庸虚狹陋，戍削單疏，剽剥割裂，冗沓浮蔓，其惡不可勝數，一言以蔽之，曰弱而已矣。善夫昌黎韓氏之言曰：「氣，水也；言，浮物也。水大而物之浮者大小畢浮，氣之與言猶是也。氣盛，則言之短長與聲之高下者皆宜。」信斯言也，其吾友徐子定侯乎？定侯之文，於物理事變，無所不窮；於三代兩漢之能言者，無所不仿；於性情，無所不抒；於矩法，無所不合。森乎如翔鴻班馬之行也，渾乎如滄江八月之濤也，凛乎如壯士之怒髮上指而色不變也，充乎如元夫碩士雍容鳴佩而風采焰爛也。牢籠怪奇，穿穴險固，破豔冶之堅陣，擒雕巧之酋帥，其殆昔人所謂氣高天下，乃克爲之者矣。

定侯生長右族，高曾以下至尊大父先生暨尊府先生，皆學有淵源，爲世偉人，而難弟儀侯，復互相師友，壯盛之氣，全注語言。是以年未勝冠，即與儀侯同舉於鄉。未幾，進捷南宫，天下誦習其文，咸謂賈生、終童復出於世也！今定侯筮仕山陰，政績之美，行將追配趙清獻、范希文諸公，璽書召用，邊難廓清，有日矣。若其操筆授簡，亦必爲天子撰平淮之碑，勒摩崖之頌，不止見奇制舉業而已也。予與定侯稱同年生，風期相尚，恒有祖生先我之嘆。兹者定侯版行其國門之文，猥以弁詞見屬，輒爲道其素所感慨於世者，而欲救之以定侯之人與其文。予之傾倒於定侯者至矣。

葉念菴文稿序 戊辰

世之好古辭者，多薄時義不爲。夫時義之與古辭異者，邊幅爾。若其苦心致力，以參古聖賢之旨，六經、百家之説，涵澹深微，不誣不游，則雖庬然稱古辭者，所得未嘗或異焉。陸務觀曰：「前輩以文知人，非必鉅篇大筆也。殘章斷稿，憤譏戲笑之詞，皆足知之。」故時義小物也，而爲之者之心氣浮實，學問深淺，可求而得也。

吾不及見念菴先生，間嘗取先生之文而讀之，見其於古聖賢之旨，六經、百家之説，無之而不涵澹焉，無之而不深微焉，悚然嘆曰：此非先生之文也，先生之人也！其人深，故其文抑之而奥；其人通，故其文揚之而明；其人寬，故其文廓之而大；其人潔，故其文澄之而清。先生之於文可謂稟厚而發遲，志慤而得精者矣。顧逢掖三十年，九獻不售，卒之坎壈以没。嗟夫！世未有知先生之文者也。今出先生之文以示人，皆掩卷不欲觀，或勉强卒讀，皆以爲文而已矣。嗟夫！世未有知先生之人者也！

熙時曰：「知吾先子之文與人者，一人焉，趙定宇先生是已。先生在南雍時，拔吾先子於輩俗中，敬之，愛之，每試必冠其曹伍。其與吾先子書牘，皆嚴重若先輩，古道鬱然可觀也。」夫趙先生天下伉直使，僅知先生以文，其愛且敬之必不爾。使先生文人也，何至爲趙先生所重若此？故曰：天下有一人知己可以不恨，趙先生之謂也。先生遺稿無慮千百篇，今熙時取其十三篇以行，蓋皆晚年筆云。讀是編者，勿問爲古辭，勿問爲時義，亦視其苦心致力之處而已矣。

乾隆辛巳本按：「此文得之秦藻齋中。」

董聖褒文稿序

世之論文者，恒曰：某某能開宗，某某能復古，予以爲不然。夫文未有不復古而能開宗者也，詩至於李杜，文至於韓柳，天下之所稱開宗者也。然李杜以前盧、駱、沈、宋，雖稱作者，而不無尚沿齊、梁之餘波。至少陵一則曰風騷，再則曰陶、謝，太白亦慨然以大雅不作爲己任。是李、杜之於詩不過能復古而已。前乎韓、柳者，燕許稱大手筆，然其體制駢偶去古甚遠。至昌黎始能本原三代、兩漢，力追孟荀、遷固之文，而子厚亦云參之穀梁、參之孟荀，參之莊老、國語、離騷、太史諸書而後爲文，是韓柳之於文亦不過能復古而已。復古以爲詩文，而詩文之能事盡，天下後世之言詩文者，皆範圍焉。吾故曰：文未有不復古而能開宗者也。

二十年來制舉業之文，凡數變，始剽諸子，繼填六經，繼又傅會諸史，近則六朝之丹艧粉澤，無不竊焉。其作俑者，咸自以爲奇創，不移時而聲色俱腐，讀者嘔噦從之矣，此無他，唯其不能復古耳。毘陵、震澤諸先正之文，所謂古也，得先正之理法氣機，而變通生焉，所謂復古也。

董子聖褒起於毘陵，其爲文精於理而嚴於法，厚於氣而靈於機，齋房九莖之芝，清廟三嘆之瑟，神采流渙而音節霏微，以方其鄉荆川、方山諸公風流彌邵，神理一也。甚矣，聖褒之能復古也，今年聖褒舉於鄉，其文爲四方所尸祝，吾知後數十年學者之宗師聖褒，亦如聖褒之宗師前哲無疑也。聖褒爲人澹泊堅靜，在貧如客，頃過瞟城，與予數共晨夕，汪然不見涯涘。吾又以知聖褒之文，皆本於聖褒之人也。然則以聖褒之文，爲能開宗、能復古者，其猶輕量已夫。

徐宗題文稿序 庚辰

嘉、隆之間，吾瞟大宗伯徐公以文章、政事名天下。公之言曰：「文自六經至七大家，而精髓始盡，剿賊者遺其首尾。」又曰：「昌黎文不摹史、漢而得其精神。」又曰：「古於辭而不古於意，如夏畦之學漢語。」蓋其意以譏當世之鏤琢言語自號秦漢者。公與弇州爲同年友，周旋四十年，持論斷斷不爲之變。弇州晚年頗好唐宋而不薄歸熙甫，則亦自公發其端云。嘗嘆公以元老鉅人，爲世推重，即無文章已足不朽，乃其砭陋起衰如此。此徐氏之家學所以闇而益章，久而滋大也。

宗題於公爲曾孫，沉篤嗜古，壯思湧出，嘗以數年下帷，盡發其先世藏書讀之，所爲制舉文，上遡經訓，下攬諸家，旁貫橫陳，高翔捷出，模範山海，排戛雲霆，洗削纖巧，藻黼大章，固已闖然升作者之堂而嚌其胾矣。嗟夫！宗題之才，誠有大過人者，然豈可不謂之得於家學也哉。昔陸務觀有言：「歐、王、蘇諸公，皆科舉之士，彼在場屋時苦心耗力，凡陳言淺説之可病者，已知厭棄。如都市之玉工，珉玉雜治，積日既久，望而識之，一旦取荆山之璞，以爲黄琮蒼璧萬乘之寶，珉固不可復欺。」夫前世科舉之文，與今科舉之文不同，而其繇科舉之文以進於古文，則一也。予故讀宗伯公古文而知其珉玉之辨，當在爲舉子時。今宗題於珉玉之辨精矣，過此以往，萬乘之寶將出矣。會宗題刻其稿若干首問世，予爲序其淵源，書之首簡。

乾隆辛巳本按：「此文得之秦藻齋中。」

兩徐子合稿序壬午

徐蔚生、汝馨兄弟，以高文篤行稱於邑中，而皆出吾友侯雍瞻之門。雍瞻之論文也，引繩墨，別分寸，片善不掩，微纇必指，如漢廷老吏，平反疑獄，國工診疾，見垣一方。居平嘗誦言曰：凡爲文章，必使神理骨法達於氣勢薌澤之間而後止，文無氣色，是山無煙雲，春無草木也。又曰：吾之斤斤於二三子者，非以爲文而已也，人能平其心，易其氣，與聖賢之理相傳而行，則爲人之道，亦不遠矣。是二説者，予皆韙之。

邑中少俊遊雍瞻之門者，類能推闡師説，彬彬焉，彧彧焉，讀書削行，日有聞矣，而兩徐子實爲之首，雖同遊者多奇士，皆自以爲不及也。昔人作唐詩主客圖，每推一人爲主，則必有數人入室，又擇其尤者爲上入室。今吾黨論人與文者，固必以雍瞻爲之主，而其上入室者，則兩徐子也。

夫雍瞻之人與文，其雄於壇坫而重於鼎呂者，垂二十年。則遊於其門而入室焉者，其人與文之淵源，不亦深且遠哉。兩徐子勉之！有郭林宗之弘獎風流，則必有茅容、孟敏爲其徒；有韓退之之起衰八代，則必有李翱、皇甫湜承其後。是數子者，皆以得所依歸而後傳，其可傳之本，則必有在矣。兩徐子方版行其文，屬予一言爲序，予於蔚生稱僚婿，而汝馨與吾弟偉恭同學，又皆以予爲與於斯文者也，於是乎言。

暹社題辭

少俊之應童子科者六人，曰：朱子旭，徐汝馨，陳求章、建純兄弟，暨吾弟獻臣、偉恭也。其齒自弱冠至成童，其學各宗一師。其人或聚處一室，或遥相應和；其文瑰富精工，清通秀傑，不相蹈襲，而能彼此相濟。雖所詣不必止此，然持此示人，人已服之矣。

於是諸子各錄其文十篇，合爲一集，以代繕書應索者，刻成以質於予。予告之曰：朱子有言，文字有筆力，有筆路，筆路隨時增益，筆力自二十餘已定，旨哉言也。子美夔州之詩，頓挫沉鬱；東坡海外之文，精深華妙，此筆路也。誦雲垂海立之篇，觀帶餘馬後之句，已知其晚年所造如此矣，此筆力也。雖然，此言乎文爾，朝賢而夕佞，惡始而美終，人之爲人，豈有定也哉。諸子勉之，毋鳳鳴而鷙翰，毋孔子讀而儀、秦行。十年之後，質諸是編，使人疑其文之無定，而信其行之有定也，則善矣。

侯記原慧香社册序〔一〕

侯記原持一册子視予曰：「吾於來歲庚辰，欲爲一社，入社者，人持銀錢以來，隨力多少，遞推一人主之。耳有聞也，目有擊也，或人或物，可悲可憫，可用財物利濟者，取諸社，一歲中當數舉焉。與社者籍而記之，當用銀錢，按籍而取之，用已，復按籍而銷之。先生以爲何如？」予曰：「善哉，侯子之志。夫見物有急而心不動者，忍也；心動而不能濟者，吝也；心動而能濟之矣，取之宫中，久而不繼者，愚也；獨爲君子者，隘也。繇子之説，可以澤物，可以廣善矣。」然則此社宜何名？曰：「子嘗讀六祖壇經乎？自心無礙，常以聰明觀照自性，不造諸惡，雖修衆善，心不執著，敬上念下，矜恤孤貧，名『慧香』。此釋典也，與吾儒近。子之説，未嘗不與佛氏近也，宜名其社曰慧香。」慧香社成，予亦其中之一人也，因序其緣起，書之簡首。

【校勘】

〔一〕此文康熙丙辰本、康熙癸未本、乾隆辛巳本、四庫全書本均刊，光緒己卯本删，今據康熙丙辰本補入。

易文自序乙酉

漢人得一經，必聚五經諸儒共讀而詁之。予嘗以此意讀易，求之於詩，得易之性情；求之於禮，讀得易之法度；求之於書、於春秋，得易之事業。乃至二十一史之記載莊、列諸子之微言，屈、宋、蘇、李以下之詩、騷、詞、賦，一卷一篇，所見無非易者。又恐其溺於文也，端居靜思，斂耳目，聚精神以求焉。如是者十有五年，而未嘗測易之畔岸。間出其餘，爲制舉業，非予好也。前後所得，率以之薦几席，飽蟫蠹。徐子蔚生顧從而掇拾吾後評之騭之，猥授梓人流通，凡若干首，予亦不禁也。

嗟夫！易之道大矣。自漢以降，言易者無慮千百家，其精者，發揮理性；其觕者，爲陰陽術數之言；而其至觕者，爲今之制舉業。今誠以易道視之，則其精者，去太極已遠。而其觕者，亦不可以謂之非易。譬猶天地之内，金玉瓦礫等爲一物而已矣。予之此文，方之瓦礫，固天地之所不棄也。

嚴永思先生七十壽序甲申

韓愈論史書不可輕爲，自丘明、遷、固、陳壽、王隱諸家而下，皆不免於天刑人禍；柳宗元反之，以爲前數子者，或出於不幸，或行事本不合中道，非以紀録褒貶之故而然也。二家之説以宗元爲得，然予嘗妄論之，天地間風雲、水石、禽蟲、華蘤，無情之物，非能有所愛憎報復於人也。或者操吟咏之小技，穿穴幽隱，掐擢瑣細，其得罪造物甚小，而猶或以此致窮，又況世之人傑鬼雄，抱感慨不平之氣，生無所遇，猶冀死而見伸，乃作史者，洗垢索瘢，抑没其事，則其人之長恨於天壤，爲何如哉。是宜退之所云，亦有未必不然者。今夫酷吏文致人罪，或不旋踵亡身赤族。而慈惠之師，明允之吏，嘗以多所平反，獲報於數世之後，作史者苟懷平反之心以處之，則其得報，亦當與遷、固諸人相反，非有富貴福澤之加其身，亦必康强老壽，此又物理之必然者也。

吾邑嚴永思先生，讀史三十年，嘗患司馬氏通鑒多所闕略，遂爲發凡舉例，是正其書，闕者補之，訛者訂之，人有俶詭倜儻者收之，文有關繫治道者采之。美如四皓安劉，章章見於馬、班之書，而爲通鑒所不録；惡如華太尉破壁取后，僅見於吴人所作曹瞞傳，而爲通鑒所輕信，皆别白而去取之。旁行敷落，間見錯出，其大旨歸於成人之美，不以成敗論英雄，不以聖賢大學之道格一切非常可喜之士，蓋先生之用心爲至仁矣。

先生於世泊然無所嗜，天亦未嘗以富貴福澤强加之。然生長四朝，爲太平之遺民，家有負郭之田，門多載酒之客，于于而行，陽陽而樂，不知老之將至，是丘明、遷、固所深羨而不可得也。

傳曰：「仁者壽。」先生有焉。予少懷述作之志，牽於時學，不暇以爲，年近四十，始登一第。今方請假南還，欲終隱林壑，與先生卜鄰，又未知得遂與否？儌天之惠，買地百弓，貯書千卷，俯而讀，仰而思，洗然盡去胸中之癥結，然後修明一經，傳之無窮，於生平之願畢矣。猶恐搜奇不力，疾惡之心太嚴，則於先生之道，一無所得，而深犯退之之所戒。故於先生七十誕辰，謹述其生平作史之意以爲壽，而亦因以自勖焉。先生讀之，其爲我听然而釂一觴乎。

唐宗魯先生壽序

今年七月七日，爲唐宗魯先生六十之誕辰，諸辱交於先生之子惟時者某某，咸謀所以壽先生，而屬某執筆以紀先生之梗概，且曰：「吴俗介壽之辭，必托諸貴人鉅公，今先生體尚高素，視榮利如土梗，諛詞詭説，非其所好。吾屬以子交於惟時最久，其知先生宜悉，子當爲一言以侑先生觴，且固惟時之志也。」予唯唯，不敢以陋且僭辭。

予惟唐氏之先世有隱德，至先生而早失怙恃，廬産蕩析，乃慨然屏去儒業，居物於家，視其時之詘信，而操其奇贏，不十年竟復其産，且加廓焉。然生平深耻陶白之術，刻意厲行，一本禮教，不啻如昔人之遊於商賈，而蹋稱折之者，故其家亦終不甚穰也。其家政嚴而有法，客有過從者，見其子弟，立不跛倚，坐不横肱，其與人交，衎衎樂易，不爲嶃絶之行。里中人皆愛而敬之，稱唐翁性無喜愠云。

惟時嘗謂予曰：「亮工自結童時，粗習句讀，家大人即訓以忠孝大義，聞市肆有佳書，必購置塾中。已而亮工遊鄉校，試於有司，時有利鈍，大人無幾微見於顔色，每讀書它所，旬日歸省，大人必舉經史疑義相詰難。亮工對稱旨，則命酒爲樂，曰：『子能是，吾不羡富貴也。』是以亮工與世推排，十餘年不敢改操，蓋大人之教也。」予聞其言，喟然嘆曰：「先生之賢於人遠矣。昔陶侃之母截髮易酒，以燕范逵，使其子有當世名，史稱其賢。予竊非之，以爲才如士行，何患不達，其母既稱明智，乃不能教以堅忍靜重，而使之汲汲於富貴，無論士行有愧茅容，其母亦異於尹焞之母矣。至若陳萬年之在漢，名在于定國、杜延年間，蓋亦一時之偉人也。而教譎之言，爲笑古今，豈非重富貴而輕道義故歟。繇此而觀，則先生之賢於人遠矣。」

今惟時學成志樹，業已祭酒諸生間，其他子姓，皆詵詵振起，克世其業，而先生方與四三親故，杯酒聚會，談説山林魚鳥之樂，暇則逃於浮屠氏，相與推究其旨。吾於是知其心之不嬰於物，而可以長年也已。若夫世俗所稱駟馬高蓋，鳴鐘列鼎之榮，宜皆惟時所自有，故置不論，獨論先生之高風潛德如此，且以識諸子親愛之私云。

歸母陳夫人六十壽序代

當穆皇帝御極之季年，上恬下熙，朝章漸疏，士大夫相習爲奉身資家之學，而少司寇歸公自釋褐中翰，擢官黄門，稍遷尚寶卿，晚繇銀臺，進貳秋官。數十年中清白一節，此可謂天下之偉人矣。

當公之宦成也，室廬墊隘，田畝不足以給饘粥，故衆以爲清，雖公之立朝忠精，居家孝友，學古淹博，在他人一莫能至，而概以清蔽之，猶之稱國僑以惠，稱公叔以文云爾。不知者至有平津布被之疑，及聞公之夫人糲食敝衣，親執家苦，無幾微見於顔色，乃始嘆息以爲不可及。然居公之時，亦僅歸美於公而已。夫人之德以公掩，猶公之德以清掩也。洎公即世，長君全卿，以才名耿亮遊公卿間，時時稱夫人慈撫之惠。次君玄卿尚幼，夫人以嚴代慈，朝夕訓以讀書、修身、睦族、信友之道，不數年蔚爲儒宗，人始知夫人爲母之賢，而益追誦其爲婦，且嘆司寇公之清白一節，其得於夫人之所助不淺也。夫公之清白一節，出於天性，所謂騶虞之不殺，竊脂之不縠也，而以爲得於夫人之助，不已過與。蓋攻苦食淡者，人情之所不堪，而豪華靡麗者，閨閤之所競慕。舍閨閤之所競慕，就人情之所不堪，此在君子能得之於身，而不能得之於同室之人，夫至不能得之於同室之人，則不必身通苞苴，而其操固可敗矣。昔王荆公以虚名實行，傾動天下，自其買宅京師，必欲得修身齊家，事事可法；如司馬公者，而與之爲鄰，而嫁女用錦帳，乃出於夫人所爲，荆公不知也。然則近世賢人，砥礪名節，而敗於不見之地者，可勝道哉，謂夫人無助於公，吾不信也。

嘗觀前史傳列女者，於潛德則稱孟光，謂伯鸞之隱逸，光成之也；於明達則稱山濤、許允之婦，謂濤、允之出處，二婦成之也；而清節如吴質、吴隱之之流，爲其室者甚難，而姓氏獨不傳，豈清者之行，固不欲見知於人，而并晦其室歟。抑所謂至德者，固無得而稱也歟，不然則其爲子若孫者，不能推闡其德以見於世也歟。今全卿之才名耿亮既如此，而玄卿又將進爲世用，吾知公之德，固不以清掩，而夫人之德，亦不以公掩也已。

今孟冬廿又八日，爲夫人六十之誕辰，諸同人千里貽書，以介壽之辭見屬。予以通家子，義不敢辭，因爲掇其大者，書之爲序，而夫人之壽考康寧，則諸君子固能言之矣。

陳母張孺人六十壽序代

往者，陳靖甫先生以博物好奇聞於四方，四方之人，自詩翁、畫史、奇材、劍客，彈棊、格五、馬醫、灑削之屬，挾一技者，皆過從先生。先生左圖右史，旁列三代彝器，引客就坐，問何所長，客前自贊云何，輒隨客所長應之，客皆遜謝不及。已而釃酒擊鮮，絲肉間作，窮日浹夕以爲常，或值先生郊居，則輿馬之僦直踴貴，其好客如此。然先生之家貫，不逾中人，先生性高朗，絕不問生産，生産亦不見其落，人多怪之。

間有私於長君熙孟者，熙孟爲具道其母張孺人，節衣縮食，操執家秉，先生即有所需，未嘗乏絕。即乏絕，必拮据以進，不使先生知之。於是聞者驚嘆，以爲非孺人之賢，不足以成先生之高也。孺人爲大參明初公女，公深中隱厚，閨門肅雍，孺人之所得於家教者深矣，不偶然也。先生既觀化數年，孺人始年六十，是時長君學益成，志益樹，吴中推爲諸生祭酒，諸孫五人，皆賢而有文。於是同邑諸君子，千里移書以介壽之言屬予，且曰：「君於陳氏稱世講，宜知孺人尤詳。」

孺人於古列女誰比也？予惟范史所載梁伯鸞夫婦，人人能言之，以先生方伯鸞，所謂易地皆然者也。若方孺人，亦唯德曜爲可媲，雖然，當伯鸞賃舂時，所謀者一身耳，裘葛於整理，饘粥於潔齊，一庸婦人能佐之矣。德曜之賢於人者，特以其必敬必戒也。若先生以布衣諸生，門内嘗有數十人醻酒，門外嘗有數十人仰食，米鹽淩雜，一切責之孺人，而孺人皆能給之，終其身無倦容，無德色，非誠與才合者能之乎？是故爲德曜易，爲孺人難。伯鸞既没，史稱妻子歸扶風，夫以伯鸞爲之父，而其子無聞焉，則其人之賢否可知也。德曜之所處，又可知也夫。王霸之妻，不以蓬髮歷齒慙其子，故與德曜同傳，以德曜之明達，豈不足以處此，然其得於天者，或已嗇矣。今孺人有熙孟爲之子，熙孟之子，及猶子，又賢也，是故爲德曜難，爲孺人易。夫難者今之人所不可能也，易者古人之所不必得也，能今人之所不可能，得古人之所不必得，其亦可樂也已。遂書而寄之，以復諸君子之請，以侑孺人百年之觴，以志予不獲躋堂之愧焉。

蘇母金孺人六十壽序

吾邑蘇氏世居湄浦之上，以耕稼爲業，二百年來士大夫所稱孝友肅雍、有德有行之家也。至泰醇先生，以績學爲鄉祭酒而長，次君眉起、眉聲繼之。眉聲以易經魁鄉薦，當世誦習其文，擬諸淵雲、鼂董之間。一上公車罷歸，杜門著書，日侍母孺人膝下。與眉起賡閑居之賦，補白華之詩，用以燕樂其親，而孺人亦康强悦豫，左饘粥而右孫子，愉愉如也。

初，孺人以名家女，幼嫺姆教，孝恭慈儉，聞於姻族。既歸泰醇先生，值家道中落，先生隱於耕讀，鈔等身書，訓課諸子，立行剛方有介性〔一〕。孺人椎髻操作，攻苦食澹，有人情之所不能堪者。然祭祀酒食，未嘗不潔齊也；尊章之養，未嘗不具醇醴羞甘毳也；盥浣擷攟之節，未嘗不整理也。既而先生早歿，二子孤露，孺人亟延良師傅講授，而躬自訓以忠孝大節。稍長，擇交里中，問某某姓名，知其人賢者輒喜，試於有司，小有利鈍，不加譙訶。眉聲登賢書，亦無得色，曰：「吾所喜者，在此不在彼也！」惟孺人以婦道而兼子，以母道而兼父，辛勤數十年，得見其子之樹立爲當世大賢，而其身固已老矣。

淳耀聞古之賢母，有樂其子與李、杜齊名者；有翦髮供饌，爲其子延四方奇士者；有聞義養不聞禄養，許其子不就科目者。高風淑行，焜燿彤史，然亦幸有大賢人焉。以爲子故，其母得藉之以傳，即不幸而其子不賢，母之傳與否未可必也。孟子推仁、義、禮、智之德，皆本於性，而又以爲有命焉。彼所爲高風淑行，其殆出乎其性者歟！有是母，適有是子，其殆得乎其命者歟！世稱君相能造命，然又以爲孝子百世之本，仁人天下之命，則夫孝子仁人盡性以至於命，其權固與君相等歟。昔漢世有赤眉、銅馬之亂；而劉平、趙孝之徒，至信格於盗賊；唐至元和之後，王澤竭矣，而董召南獨隱居，行義化及雞、狗，此皆性命精微之極致，不可思也，不可言也。今天下彝倫攸斁，豺狼食人，河決魚爛，幾於不可收拾。尚賴有仁人孝子如蘇氏兄弟者，本其孝友，施於有政。在家，如董召南；出爲公卿大臣，如劉平、趙孝。而孺人内德隆茂，將與漢、晉以來諸賢母並傳，豈不盛哉。

淳耀與眉聲同學同志，又同舉於鄉，往歲驅馳南北，兩人如左右手也。憶舟渡黄河中，夜不寐，眉聲爲述昔年大雪中，徒步赴試歸，自數十里外，母氏倚門望之。淳耀喟然嘆息，想見爲人親者之心焉！

今當孺人六十之誕辰，得從侯子雍瞻、傅子令融、陳子義扶之後，敬進一觴，因述其世德，以爲壽詞無虚美，庶幾見而知之者云。

【校勘】

〔一〕「先生隱於耕讀，鈔等身書，訓課諸子，立行剛方有介性」：此二十一字諸本均無，今據康熙嘉定縣志卷二一藝文四寡母金孺人序補入。

跋

尹伯衡先生詩集跋

蒙不知詩而喜言詩。詩者，持也。古之人持此物以爲訓，非取其廉纖綽約，聊有風采而已，將必有裨於世者而後言之。三代以後，詩人之與風人合者，晉淵明、唐子美，自染翰爲詩者，無不置兩公口齒間。乃數千年來學陶者恒失之枯，學杜者恒失之累，求其神似者，幾如咸池之音，不可復聞。此無他，古之人有所持，今之人無所持故也。夫賢達之士，奇情浩氣，素蘊畜於胸中，仕則托功名氣節以傳，不仕則爲詩若文以微自表見。陶、杜兩公之詩，大抵從窮入也。有陶之挂冠乞食，環堵蕭然，而後有其恬澹任真，超絶六代之詩；有杜之流離轉徙，浮游避亂，而後有其沉鬱頓挫，跨壓三唐之詩。豈獨陶、杜而已，古之人皆然。蓋窮則閑，閑則多讀書，多遊名山水，交天下幽憂沉廢之士，凡國家之治亂，人事之得失，土風物宜之瑣細，皆遡覽而周知之。故其爲詩，可興，可觀，確然有以備一代之風雅。嗟夫！此豈世之淺淺〔一〕者所得而究與。

吾師伯衡先生工爲制舉業，稟經酌雅，廿年揣摹，亦既老於斫輪矣，卒無知先生者。先生亦不以不知故有所貶以逢世。蒙於衆中覽察之，魁閎寬通，神宇落落，信其中之所得深矣。乃其無聊不平之意，亦往往見之於詩。詩多咏物擬古，餘爲酬贈，凡若干首。蒙卒讀之曰：窮之益人，甚矣哉！使先生不窮，或未暇爲詩，即詩亦未必其工至此也。今擬古則逼古，咏物則肖物，政使陶、杜復作，何必去人有間哉。獨惜先生之奇情浩氣，僅僅以胸中之萬卷，目中之數子了之，而語及於山水遊歷，則猶有歉焉。夫山水者，天地之真詩也。向使奪陶公之廬山，杜老之巴蜀，而求其詩，如今日之所稱陶與杜者，不能也。以兩公之所不能，而先生當之，此其窮有甚於古人者矣。雖然，古之人不有積書以當卧遊者乎，徐仲車杜門不出，而四方之事，無不知者，多讀書故也。傳曰：「知者樂水，仁者樂山。」知仁之於山水，豈必身至之，而後爲樂也哉？今先生之所與遊多緇流墨客，一丘一壑者，能各出其詩，鼓吹而陶咏之，若其於古人之書，則又深探力取，如悍將之窮追而未有已也。其所持以立言者，豈小生世儒所能測邪？耀也何知，知先生之詩之甚有似乎古人而已。

乾隆辛巳本按：「此文得之秦藻齋中。」

【校勘】

〔一〕「淺淺」：光緒己卯本改爲「戔戔」，今據四庫全書本改回。

補入

易憲序癸未

五茸臨秋沈君，予同門友也。吾師巢軒嘗稱其爲「篤於行誼，而邃於易學」，及予與之交，知母宋太君茹荼撫孤，以長以教。君幼即感奮，潛心力學，迨兩闈奏捷，而慈幃見背，雖苦節邀旌，而君猶痛太夫人之不親見也。補比部主政後，即陳情歸葬。讀其疏詞，言言皆從至性所發。將來移至孝作忠，所建豎正未有艾，豈第假著述以垂後世者哉？

君所著易憲一書，斟酌群言，探躡根窟，該注疏經解之説而去其疵，宗程傳本義之旨而達其意，真足以垂世行遠，而爲後學所宗奉者矣。君自視欿然，僅庋之篋衍，然而珠光劍氣，終不久湮櫝匣。予於易義亦頗有論著，今觀此編，予滋愧矣！因書之簡端，以志此書之必傳於後云。時崇禎癸未仲冬，郿城同門弟黄淳耀序。

明沈泓易憲，清乾隆九年補堂刻本。

丙子季夏詩稿跋〔一〕

丙子季夏，偕雍瞻南行，途中觸事，口占所云，書時記朝夕耳，非敢自以爲詩也。方擬文戰，後縱觀秣陵諸勝，棲霞、牛首皆吾囊篋間物爾，特可得詩數十首，乃人事參差，不果所願。回視夏秋之間，又成陳迹耳。子翼出此卷，强予書之，手腕生獰，真愧紙費，奈何。九月十有六日，松厓識。

【校勘】

〔一〕此篇原附於康熙癸未本「五言律」卷末，今將其移至本卷。丙子爲崇禎九年（一六三六）。據康熙癸未本按，詩稿共載詩十三首：閑居、遊王氏園亭、李舜良挐舟相送、虎嘐待濟、晚泊示彦舟、自壘前韻示彦舟、舟雨、舟過梁溪、登惠山椒望太湖、發自段橋至龍潭三首、衢雨入石頭宿廣成銓部邸中。見卷二十。

陶菴集卷三

表策制藝六十四篇

表

擬上念歲祲獄繁頒詔中外悉蠲十二年以前未完錢糧特諭輔臣會同三法司官清理淹禁務稱好生至意群臣謝表崇禎壬午

伏以帝德罔愆，啓殷憂於民瘼；王心惟一，廑清問於時艱。道唯約己以裕人，心在勝殘而去殺。石田茅屋，乍見陽春；棘木槐廳，共騰嘉氣。竊惟禹分九等，作貢惟均；周訓五刑，亭疑不濫。月要歲會，先計有年無年之殊；羑里夏臺，並懸重用輕用之典。漢世之蠲除有二，繇田租以及賑貸，史不絶書；高帝之約法惟三，自盜賊以至殺傷，過此皆赦。

　　蓋當勞止之歲，衮檟且賜於朝廷；況秉欽哉之心，獄岸敢苛乎雀鼠？慨鹽鐵始於敬仲，而祖其説者，酒酤茶漆無所不算，亦無所不征；洎督責本於李斯，而揚其波者，宫墨劓黥有罪必加，亦有加必酷。起元朔，迄延熹，得官多在於輸粟；前崔實，後劉頌，議論間主於肉刑。海魚增三倍之租，木鶴絶千聲之鼓。入職貢者，熊皮鵰羽，即珠飛窮海而必追；隸刑官者，荼苦脂凝，雖錢有雇山而罔貸。歷觀唐宋除陌間架、青苗手實之文，與凡酷吏拂足捎雲、突地死豬之法，心乎痛矣，涕既隕焉。蓋黄紙放而白紙收，不禁品屋圍桑，則以頭會繁而刑章益峻；赭衣多而畫衣少，因之屨貴鼻醜，則以金贖重而賦入滋艱。不覩聖明，何知民病？

　　茲蓋伏遇仁侔覆載，道協禹湯。起藩邸，入鈞陳，二十而以德盛；攬河魁，握金鏡，千年而快河清。嗣王業於千畝之間，祈田祖而祀農皇，儉勤日著；拔元慝於崇朝之頃，清掖庭而肅盤水，威武彌尊。重思昭代之興隆，實繫本根之深厚。高皇帝念民疾苦，始編賦役黄册，而升勺斗合，皆自糧長以輸官倉；宣皇帝法天好生，因讀立政周書，而笞杖徒流，皆責三司以平冤濫。蓋歲漕東南米粟四百萬，水旱則蠲；更定大明律令六百條，矜疑必赦。是以農政修而蠶繭被於山谷，馴致斷獄少而鵲巢依於貫城。

列聖以來，淳風茂矣。惟天運承平既久，暫焉穀貴人荒，兼有司訓導不明，漸覺鬣鶩魚亂。屑榆無粥，家家掘蟄燕於寒山；覆日有盆，往往泣黄沙於虎穴。楓天棗地之國，鵠作面而較枯；嘉石圜扉之旁，蟲化肝而猶憤。召杜既遠，于張不生。遂使百姓倒懸之悲壅於聞見，則朝廷無繇而知，朝廷子惠之意格於奉行，則百姓無繇而被。驅蒼赤作雕題鑿齒，積怨愁爲雉雊石言。禱甚桑林，嘆深梧象。用涣綸音於薄海，俾寬籌筴於大農。除積欠斷自十二年以前，軫兵荒極於十三省之内。繼降再三之敕，并諮不二之臣。操丹筆者敬哉，無令請室幽魂，乞餘靈於渡蟻；嘆蒼鷹者誰也，務使海濱孝婦，聞吉語於金雞。聖意丁寧，人情忭舞。頓使河山千里之外，龐眉鮐背，盡同酺醵於一堂；天威咫尺之間，棺絮歐刀，立起然灰於白骨。若夏税若秋糧，知百姓寄財如外府；或翦除或減等，知王者用法如江河。人無卜式之心，詎譏平準；獄罷皋陶之祭，盡是福堂。臣等心存撫字，意主明清。讀孫樵驛壁之題，知囊有金錢，即是王民之蟊賊；咏蘇軾獄中之什，念魂飛湯火，重干天道之陰陽。

值兹大誥之重申，竊以官箴而自矢。穀方秧節，麥方吊旗，民最苦青黄之不接；頭有針薰，足有刺猁，因敢言奏報之皆虚。永惟周廩漢倉，可無長計以足國；若彼鄭書晉鼎，實則古人所不談。政寧拙於催科，文勿深於析律。庶幾撫摩瘡痏，待疲甿生意之復還；亦或接踵循良，爲聖世太平之一助。伏願軒圖廣照，堯鏡增輝。因已蠲推所未蠲，雖尺帛束穗，皆女織男耕之所積；因已赦思所不赦，彼青巾白馬，豈金科玉律之所寬。量其入而出可知，殲厥魁而餘罔治。將見蝗蝻不敢爲虐，泠風清畝，歌樹桑納稼之休；獬豸皆能觸邪，潢池緑林，邀衅甲銷兵之樂。

策

君道

執事策士之首，即以古帝王之術，本於誠一者爲問，生竊有感焉。我皇上日旰求食，未明求衣，可謂誠矣。拔去大憝，修舉祖法，兢兢焉思所以新美天下之風俗者，十五年於兹，可謂一矣。然而敵不靖，寇不滅，旱蝗洊臻，道殣彌望，此皆天所以啓翼我皇上，而底斯世於綦隆也。豈誠一未至之咎哉？又豈誠一外别有操持而後可哉？蓋亦仍就執事所引臯陶之言知人安民者，求之而已矣。知人者，上自元寮，下及州縣，皆能擠掇而後可。安民者，内自輦轂，外及邊庭，皆能扶持安全之而後可。二者相提而較，則安民必本於知人，不易之論也。請言知人之法。古者三代盛王，出則見三公六卿，入則御綴衣虎賁，攜僕奄尹之屬，無小無大皆朝夕遊處，而後能知其爲人。降至於漢，去古已遠。然而馮唐、袁盎之徒，皆郎官小臣，或得與人主直言曲譬，如朋友然。或參處深宫之間，至斥言其嬪妾之可否，而人主不以爲忌，其臣不自以爲嫌，故宫中、府中，咸若一體，耳目不壅，而政事疏通也。孝武失德頗多，乃其知人之明獨絶千古者，亦以霍光、日磾諸大臣，皆取諸周廬環衛之間也。

自時厥後，若唐太宗於房、杜、王、魏諸臣，皆一一評騭，深中其隱，諸臣亦釋然服之。雖太宗之天賦英敏哉，亦其君臣之間相與無間，而後至此也。我皇上聖明首出，同符三代，不可以文帝、太宗爲喻，生請以祖法言之。始置中書省，召許元、胡翰日會食其中，輪講治道，非聖祖之所以禮耆儒乎。徵宋濂、劉基、章溢、葉琛日備顧問，非聖祖之所以親法從乎。州縣所貢孝廉人材，皆得引見長吏，以治行稱者召見、獎勵，賜坐宴而後遣，非聖祖之所以接遠臣乎。生故以爲欲盡誠一之義，必極知人之明，欲極知人之明，必通下濟之義。公卿府部召對平臺，綸音傳諭未已也，必朝夕繼見以詢之；州縣小吏卓異奏聞，天章褒慰未已也，必臨軒清問以察之，務使人材賢否邪正之故無不明，中外纖悉隱微之情無不達，然後本任官稽成之法，設移風易俗之條。推之輦轂則輦轂清，推之九邊則九邊靖矣，是則知人者，安民之本也。知人安民者，治天下之本也。誠者誠此者也，一者一此者也。若夫玩心神明，涵養聖敬，則有典謨所載，與夫二祖列宗之心法，煌煌矣。

賞罰

夏后先賞而後罰，殷人先罰而後賞。賞罰者，礪世之砥石也。有功不賞，有罪不誅，雖聖王無以爲治。雖然，懸賞罰以爲權，而以精神加厲其間，則董江都所謂琴瑟不調，必解而更張之者，倘亦可參用其意乎？今天下之精華稍竭矣。求之以足國裕民，而鑄山煮海，泄盈劑虚者，未之有也。求之以奇謀異勇，而飛蒼走黄，捭陰闔陽者，未之見也。章服不可謂不榮也，蕭斧不可謂不凛也。然而薾然如病者之未愈，矻矻然如芒刃之頓而不行者，何也？生竊以爲足國裕民之無人者，士溺於科目之習，所學非所用，所用非所學也。奇謀異勇之不出者，士拘於資格之説，始以是求之，旋以是困之也。馬端臨有言，以銓曹署官，而所按者資格，則磨勘小吏，得以司升沈之權。以科目取士，而所程者詞章，則操觚末技，得以階榮進之路。今使漢桑、孔，唐劉晏日操三寸柔翰，剽剥緝拾。一旦處之以大農，管之以國賦，其能精思熟計，如曩昔乎？必不能矣。今使謀若孫、吴，勇如黥、彭，俯首弭耳，奔走諸大吏前，稱門下厮役，其能安然而爲之乎？吾又知其不能矣。

國初三途並用，其最重者薦辟與鄉貢，次乃及於科目。其有茂才異等，曉習兵農、禮樂、天文、地理、河渠、律歷、兵陣、壬奇諸科者，皆不繇場屋，一出即爲臺閣妙選，方面大臣。

若國初用師，則詔總兵官，佩將印領之，而以文大臣總督參贊。其勇智足仗者，雖拔起行間，亦未嘗鄙之爲粗人，目之爲噲伍也。故其時豪傑有義之士，既得專意於實學，而纖利小才亦趯然思所以自見。蓋文士之鮮實學也，自輕鄉貢，罷薦辟，而獨崇科目始也。謀勇者之不樂自見也，自痛抑武弁始也。近則薦辟之法稍施行矣，而州里不勸駕，舉主不連坐。邊隅多事，日增武臣，而其求之也不精，制之也多方。古之推轂而命者，不如是也。誠復國初鄉貢之法，責成學臣務重實學，不獨以觚槧從事。士之華實相副者，年書月考，學成而貢之朝，勿拘限年之例。而於薦辟至者，稍爲隆重。其文重之，則吾之責之也深，而舉主有甘受不稱之罰，士之足國裕民者出矣。武弁則開以丹青之信，誓以茅土之言，有能滅寇平賊者，朝廷不中制，文墨吏不掣肘，但用唐世以裴度督李愬之法，節制遥聽於度，而兵機進止一斷於愬，彼才氣既伸，而飛揚跋扈之心亦不得作也。士之奇謀異勇者出矣。夫有燕昭之金臺，而何患無樂毅；有漢王之拜大將，而何患無淮陰。苟行此而奇士不出，盜寇不平，則許綰有言，臣請以臣首爲徇。

吏治

明道有言，一命之士，苟存心於物，亦必有濟語。吏治於今日蓋其亟也，吏治不越威愛兩端，然威愛豈雜用之術，並施之方哉。古者國僑治鄭，有火烈之言。董安于理晉陽，有峭澗之論。黃霸治潁川，實以精密行其慈惠。孔明治蜀，亦云法行而後知恩。然則内以愛爲本，而外以威濟之；始以威爲導，而終以愛拊之。吏治止是而已。漢之「六條」，唐之「四善」，所以制官方也，不可舉而施乎。宋璟之爭限年，陸贄之議七患，所以正銓選也，不可擇而避乎。卓茂之自密令入爲廷臣，黃霸之自潁川入爲丞相，所以優守令之叙也。

今豈無循良乎？唐太宗書刺史縣令之名於屏風，宋仁宗之牘記其名臨辭陛見，所以嚴守令之課也，今豈有異術乎？生竊以爲今日吏治之弊，在考察太寬，遷代太亟，牽制太多，督責太嚴。祖制設撫按官巡行州縣，考察守令，舉其循良清白者，劾其貪酷罷軟者。又諭吏部考察賢否，以牧愛宜民者爲最，撫按官所舉不稱，一體論劾，今皆不能舉其實矣。所謂考察太寬也。先臣周忱繇長史徑升侍郎，陸瑜繇布政徑升尚書，此皆嘉以布聞就加官秩，久於其任，然後責成。今則近在三年，遠歷再考，輒得美官以去。吏視州縣，如傳舍耳。所謂遷代太亟也。等守令而上之有二司，等二司而上之有撫按，奔走伺候惟恐不力，跪拜造請惟恐不虔，昔人喻之衆身而加一臂，衆臂而加一指。所謂牽制太多也。軍興以來，催科辦者爲能吏，轉輸緩者爲棄材，如祖制所頒祀神、恤孤、學校諸科皆廢而不舉，非其不能，實不暇也。所謂督責太嚴也。

誠能申敕考功，振刷風紀，以救考察之弊；璽書慰勞，增秩記功，以救遷代之弊；慎選方面大臣，具報所行所禁，以救牽制之弊；旁諮地方水旱，量議所征所貸，以救督責之弊，吏治其有鳩乎。抑有說焉：吏之威愛，皆本於廉，廉則不可以不養也。古太守禄二千石，縣令禄六百石，今守令之禄才及古者四之一耳。彼内顧父母、妻子之養，無以爲資，而退循其耳目口體之際，傫然也。禮俗之酬應迫之，上官之苞苴迫之，交遊、親黨之邪説迫之，則其勢不得勉而爲善。生竊以爲國家宜嚴汰冗員，稍節水衡、工役，及燕賞、織造諸不急之費，而以其所節者，量加守令之禄，以養其廉。至於奉事上官送往迎來者有禁，竿牘遊説之屬有禁，私買利田宅盈千畝者有禁，而又嚴高皇帝犯贜謫戍之罰，則吏治之興，日可俟也，生請歌羔羊矣。

積貯

積貯者，天下之大命也。奉上德意，勸農課桑，使旱澇有備，而百姓給足者，守令之事也。兼權熟計，與周官九式九賦相出入者，非守令之事，而廟堂之事也。今天下豈憂財少哉，患所以耗之。耗財之患，莫大於兵。

國初九邊糧餉多資鹽引、屯田，不全藉輓輸也。萬曆中，九邊始藉京運，增至二百餘萬，當時已苦其多。今自兵寇交訌以來，遼餉剿餉歲增不已，新舊幾二千萬兩，計其額，已十倍於萬曆時。國初無論矣，敵人闌入，或曰將少也，則增督、增撫、增都督，增參謀、贊畫，增副總兵、參遊以下諸員，不知其計也。流賊公行，或曰兵少也，則增兵二十萬，而文武諸臣之在行間者，召募家丁，挂名幕府，不知其計也。竭生民之膏血歲輸九邊，適以充債帥之囊，飽乾没之腹，而國計於是乎大病。夫金穀相輸，猶血脉也，日流於身，故無疾。一或壅之，而癰疽生焉，疾病作焉。今則其壅之之時也，雖使守令日搰搰焉以勸農爲職，其富至於土等黄金、穀量牛馬，而兵日益加，餉日益增，則亦拱手圜視末如之何已矣。雖然增兵、增將者，亦曰顧事體何如，不當惜財耳。生觀古者大將，握兵於外，獨出獨入，始能成功。高仙芝、封常清之兵，敗於中使督戰，李臨淮、郭汾陽之兵，敗於節度不一，是將宜擇而不宜多也。勾踐伐吴，信陵救趙，皆下令三日，汰其癃弱，思歸者過半。曲端之對張德遠，亦曰見兵四十萬人，必斬二十萬人，乃可用也。是兵宜擇而不宜多也。

夫兵與將本不宜多，而況重之以冗禄浮餉，使中國蕭然繁費哉。今宜嚴擇將，精練兵，汰軍中不必設之官，以減冗禄，汰軍中不必用之卒，以省浮餉，則民力寬矣。然後師充國、孔明、羊祜、杜預、韓重華、李抱真之成法，以屯田；變葉淇之折色，以中鹽；通宋、元以來交子、會子之意，以制錢鈔；採晁錯「募民入粟塞下」之論，以通開納：則有司之事，次第舉行可也。雖然，四者之中開納亦弊法也。不足則行之，有餘則直罷之而已矣。

馬政

事固有若不相繫，而實相繫者。詩頌衛文而曰：「秉心塞淵，騋牝三千。」頌美魯僖而曰：「思無邪，思馬斯臧。」夫思之無邪，心之塞淵，本於幾微。而騋牝從焉，而馬臧焉，此皆有深意至理，可繹思也。故馬政有得失，而世之古今，吏之勤惰，兵之强弱，皆在乎此矣！

生請略言前代馬政，以復明問可乎？漢之馬盛於文帝，而耗於武帝。蓋文帝時，馬養於官，又養於內郡，又養於邊塞。至武帝侈心好大，青、去病窮追幕南，士馬恒耗十之六。雖其時匿馬之罰甚峻，大宛之使益出，而於馬政無補也。是漢之失，不在於求馬之不勤也。唐之馬盛於貞觀至麟德，而耗於開元，蓋唐興養馬於監牧，又養馬於飛龍廄，張萬歲實能其職。至玄宗倦於政事，安史禍生，而苑監之馬皆没。雖前有王毛仲善牧養，後與突厥、吐蕃互市，而於馬政無補也。是唐之失，不在於牧馬之無人也。宋之馬盛於治平，而耗於熙寧，蓋其初市馬於邊，而於河東、京西宜馬之地，興置監牧。至安石散國馬於編户，賦監苑於民間，民病而馬亦大耗。雖文彦博力爭新法於前，李綱申復舊制於後，而與馬政無補也。是宋之失，不在於議保馬者之無正論也。

我國家建監設苑馬事，至詳。説者謂兩京、河南、山東牧於民，即宋之保馬。山、陝、遼東牧於官，即唐之監牧。然在邊者病其無實，而在民者苦其有害。近則春秋二運，折色之弊既行，西北二邊，和市之路並絶。京師三大營，所需馬三萬匹，而倒死兑補之餘，嘗不盈數千。九邊各鎮，所需馬四百餘萬，冏寺折色，嘗苦其不繼也。爲今之計，如清察草場之侵占者，優卹馬户之窮苦者，隴右、岐豳宜勘實牧地，廣行字畜，養馬丁田宜悉徵租金，以召牧圉，而又重冏寺之權，慎牧卿之選，復川、陜馬政都憲之舊，此皆大略也。生則以爲，兵不强，馬政不可得而復也。三大營之兵不强，各鎮之兵不可得而强也。漢初天子不能具淳駟，唐初止得突厥馬三千，隋馬三千耳，而馬卒蕃息，豈非南北軍與府兵爲之根本乎？若今日京營之兵不强，雖渥洼汗血之駒，驌驦一骨之駿，將安用之。且夫制蹂躪之邊庭，當用古偏箱車；搜深山之流賊，當用步卒；登海防邊，楚、蜀上流，防寇當用舟師。此皆與馬政相維持者，譬諸一髮牽而衆髮隨動，未有馬政獨强者也。聖明在上，行將内清銅馬，外服屠耆。生且言其進於此者，而造父、非子之事，不暇以詳焉。

補入

制藝

敬事而信 一句

治有先務，貴使天下見其心焉。夫國所憑依，將在君心矣，而敬與信相因而見，豈非要術歟？且爲國者，雖計安元元之意甚備，而本務未得，未有能舉天下於三代之降者也。

蓋君心先治而後治其餘，朝廷先正而後正其下。自古賢聖之君，廣宣厥道，其所操必有本於至約者焉。吾爲道千乘者思之，國大則幾務易繁，其始見以爲不足圖，其終常失於無所及，故臨政顧治而好言大略，非所以承天地也。人殷則虞詐易起，其始見以爲有可勝，此終常患於不可欺。故建邦立制而參用權謀，非所以於萬國也。蓋必敬焉屬其事以相操，而即信焉本其敬以相守。無逸作所之心，見其大矣。推此心以敬國家之大事，常與慮衰，在安思危，凡以紹帝王之遠圖也。其事甚深難成，而其及於民也，必不爲朝文暮質，以自瀆亂，蓋科指一定，中更利害而不惑；制度一行，綿歷子孫而可守，則國家之大事立矣，非幾冒貢之戒，嚴其小矣。推此心以敬國家之小事，遠害必防，微隙必補，凡以禁天下之本然也。其事纖悉具備，而其措於民也，亦不待隆賞峻罰，以示必行。蓋始和以布，上與下若出一心；歲終以考，宫與府若出一體，則國家之小事立矣。蓋綏定之基精神焉已爾。

嚴恭不著，則難臨朝淵默，而下多戲豫之臣；注厝非誠，則雖千里肅然，而内有紛紜之變。敬信者自内及外，緩急之間，堅忍持重而不可奪，故人心無所倖於其際也，守成之務機要焉已爾。無其難之思，則雖斷而敢行，或拂天人之意。無必達之志，則雖懼而加敬，或以阻剛大之心。敬信者從體合用，君民之交表裏洞達而不可間，故庶政無所格於其後也。道在敬，則學問先有所始，而盤盂在前，勸誦在後，豈至輕物力以縱慆淫。道在信，則情僞當有所悉，而饑民在甸，夷隸在門，豈至傷仁恩以來怨畔。由是道之之方，次第舉矣。

清王步青黄陶菴文鈔，雍正十二年映旭齋梓。

人而無信一節

無信之不可，聖人於其行慮之焉。夫信者，人所以行之具也，無之，自有必窮者，亦奚便於己而出此乎？今夫人遊三代之世而推誠相與，然諾不欺，彼蓋以爲道固然也，亦何嘗逆計其事之可濟而後出於此哉？自夫人有速求濟事之心，則其詐必至無所不爲；自夫人有無所不爲之心，則其術終於一無所濟。君子既傷其譎，又病其窮，於是成敗通塞之間，不得不爲斯人熟計之矣。

蓋信者所以成也，反是必敗；信者所以通也，反是必塞。人無智愚，各有其心，心在而誠感之，所爲一室之内聲應千里也，若夫告天下以欺而曰「爾姑從我」，則人必笑之矣，一行敗，而百行盡屬可疑；片言虚，而千言盡爲飾說。雖至數窮悔起，不惜指天日以明之，而人猶不諒，蓋謂其已用之智又將施於今日也；遇無險夷，貴白其志，志在而辭將之，所謂胸中之誠，明於皦日也，若夫設天下以詐，而曰「後不復然」，則衆共疾之矣，我行而背誕焉，而傳聞其背誕者又過於所行，我言而矯誣焉，而指目其矯誣者又甚於所言，即至情見勢屈，猶欲邀末路以贖之，而聞者不應，蓋謂其巧詐之謀又將托於拙誠也。

雖朝廷之上，詐諼者時起而有功，然急則用之，緩則棄之，彼其君非得已也，忠悃不孚於平日，明主早疑其心，故其後雖無可指之罪，而戮辱有所必及；雖朋友之間，權譎者亦力能相濟，然或盛禮貌以謝之，或戒子弟以遠之，彼其友非得已也，反復已見於他人，智士必危其繼，故其時雖無身受之禍，而擯斥有所必加。若此者，豈非無信之不行章章可考哉？

人之有信也，猶車之有輗軏也。輗軏之用去，則車不行；傾危之俗成，則民不立。而或者乃欲挾其區區之小數，以得志於世，不亦惑乎？在昔武王不愆甲子之期而，商國徠臣，桓王實申交質之文。而鄭伯懷貳，非桓王之力不如武王也，不信而已矣；至若齊桓稱盟約之長，而諸侯叛其晚節，季路爲市衣之雄，而郳子重其一言，非季路之勢大於齊桓也，信而已矣。

清王步青黄陶菴文鈔，雍正十二年映旭齋梓。

子貢欲去告朔之餼羊 一章

觀聖賢之議禮，而知空名猶可念也。夫無禮，是無魯也，無餼羊，是無禮也。聖賢之用愛孰深哉？嘗謂亂之所生，惟禮可以已之。魯秉周禮而一亂於大夫，再亂於陪臣，豈禮至是爲無用哉？以其外負守禮之名，而内無愛禮之實也。

然則辯論朝章，翼戴公室，是在仁人君子之用心爾已。告朔之廢，昉自文公，文之一不視朔也以閏，其後雖不閏而亦然，文之四不視朔也以疾，其後雖無疾而亦然，雍佾自此僭也，寶玉自此竊也。此何異祖宗之遺器，子孫棄之，僕隸竊之，而行路傷之者哉？至是子貢發憤太息，以爲告朔廢矣，餼羊何爲？雖去之不爲過也。子曰去之誠是，然吾獨悲夫與羊俱去者，禮也。今夫先王之制爲告朔也，一事而三善備焉：於歲首行之，有朝正之禮，使諸侯尊朝廷；於每月行之，有廟享之禮，使子孫敬宗祖；於廟中行之，有視朔之禮，使臣庶親君公。朝正廢天子下堂矣，廟享廢君臣跛倚矣，視朔廢國命二三矣，設有命世之主出乎其間，因羊以思禮，因禮以告朔，則是一舉而三善可復也，則是民之死生，國之存亡，胥聽命於此也。魯誠無腆，然使日封一羊而棄之，於事胡傷？國誠後亡，然使歲取一禮以廢之，於時何望？吾與賜爲人臣子，得無於此少躊躇乎哉？吁，子貢之愛羊也，激而傷，夫子之愛禮也，婉而篤。定哀之間，危而不亡，清議之由也。

清王步青黄陶菴文鈔，雍正十二年映旭齋梓。

賜也何如一節

定賢者之品，可謂有成矣。夫能以器名，斯亦可矣，矧其爲瑚璉耶。此亦聖人之所樂有也。嘗觀學者之自知也，難於知人，故有鑒裁當世尺寸不失，而反躬未審爲何等者。此大賢以下所不免也。聖人之知人也，勝其自知，故有瓌偉傑特，高視輩流，而一言能使之心服者，此及門以來所早定也。若孔子之於子貢是已。

昔端木氏之遊於聖門也，世多疑勝於孔子，而子常以爲不如顔淵。蓋以九等論人，則在中上之間，而以一節取人，當過小成以往。賜顧未之知也，曰：「賜也如何？」如子之抑賜則有時矣。子之褒賜亦有時矣。而今則褒與抑皆非其時，何也？以賜固先挾一器而來也。器在山澤，蘊焉結焉；器在工師，制焉剖焉。賜之生而賦才也，如在山澤；而其進而受教也，如遇工師。故雖生不及先王之時，而猶能矯革涵揉，不患其文質之無所底。器在陶冶，融焉釋焉；器在泥塗，毀焉裂焉。賜惟離於樸而不能自還也，非陶冶之所妝；而亦惟過於儁而不至傷道也，非泥塗之所辱。故雖身未膺天下之選，而猶能濯磨砥礪，不憂其進退之無所成。

子曰：「女器也。」賜之品定矣。抑器則有精也，又有觕也；有良也，又有楛也。今有人於精觕雜陳良楛博設之地，指而示之曰：是中有爾焉！則當之者懼矣，懼其幾幾乎觕與楛也。雖然，賜何懼之有。賜不見夫，夏后氏之器，曰四璉耶，殷商氏之器，曰六瑚耶，凡器當時則貴，非時則賤。若瑚璉之在周世，非其時矣，然而貴之彌甚，方其薦明粢於清廟，珠樂玉敦，豈得儷其光澤哉。凡器多用則取，寡用則置。若瑚璉之在平日無所用矣，然而取之者自若，原夫配八簋於昭代，瓦登木豆，豈得傲以質樸哉？故賜之爲賜，日在目前則以爲不必有，暫去吾側，又以爲不可無。

聰明辨慧，與世無與，而世人自將即之。紛華靡麗，於汝日親，而汝若抑而就焉，甚矣其似瑚璉也。蓋夫子之品賜如此，吾於是知賜之有造矣。分用其才，言語政事文章，固不優也，其亦身兼數器也歟？吾於是知夫子之善教矣。使賜出，卻齊存魯霸越，惟所厝也，其亦用人如器也歟。

清王步青《黄陶菴文鈔》，雍正十二年映旭齋梓。

暴虎馮河 一句

兩言小勇，其狀類賢者矣。夫虎不可暴，河不可馮，夫人而知之矣，易言兵者，得無類之。夫子若曰：天下有至猛之材，而勝之不足以示武；大險之地，而履之不足以立名。吾意攘臂稱首者，自當有人，必不以之累吾門也。

乃觀由所謂行三軍者，而知子真其人矣。夫兵，危事也，不得已而用之，不啻驅百萬虎狼而觀其搏噬也，當此而瞋目語難者，其人必能暴虎。將，死官也，鑿凶門而出之，不啻遊龍門呂梁而試其游泳也，處此而撫劍顧盼者，其人必能馮河。虎之爲獸，厥名戾蟲。必暴虎而後稱知兵，是卞莊賢於呂望也，而若人曰：否，吾於人下無不可勝。獨忍爲虎所勝乎？推此志也，虎不持兵，吾亦不持兵，必袒裼攖之而後可也。河之爲勢，懸流千仞，必馮河而後爲奇致，是浮海不必乘桴也，而若人曰：否，吾於天下一莫能阻，獨甘爲河所阻乎？推此志也，河之氣盛，吾之氣尤盛，必曲踴過之而後可也。

吾嘗讀易而得履泰之爻詞矣，一則曰履虎尾，再則曰用馮河，此言乎兑説乾剛之用，其戰兢也如此，而過此以往，則更無可以相因之事也。彼象也而有危詞，此真也而無難色。吾安知其所税駕哉？吾嘗觀詩而得小旻之卒章矣，一則曰不敢暴虎，再則曰不敢馮河，此言乎冒没輕猥之夫，其所畏者止此，而舍此以往，則更無不可嘗試之事也。彼甘爲庸人也，而一隙猶明，此自負豪傑也，而大端先昧，吾烏測其所用意哉？今日者，進三軍而閲之，使一人有搏熊拉虎之力，誠可謂之材官；且人人有蹈湯赴火之心，信足名爲勁卒。然亦必練以節制，訓以仁義，而後成軍也。若將領之材，則異日談也。善夫高順之諫吕布曰：「將軍舉事不肯詳思，輒喜言誤，誤豈可數也。」夫布所謂虓虎之姿也，而卒爲人擒，况勇不如布，而誤則類之者乎？是謂澤麋而蒙虎之皮，溺人必笑者也。

清王步青黄陶菴文鈔，雍正十二年映旭齋梓。

曲肱而枕之一句

再言貧境，即所以就寢者而見焉。夫人莫不寢，至曲肱以爲之枕，則甚不適矣。此聖人未必有之，而設言之者乎。嘗觀一人之身，必備百物以養之，一物不備，則以爲不足，是資於物者無窮期也。然身與我爲周旋，物不與身爲附麗，則人亦終無如物。何矣？

蓋物有非其時則甚緩，當其時則甚急者，寢之於枕是也。舉一枕而其等於此者可知也。物有習有之則甚無關，適無之，則甚有累者，枕之於寢是也。舉一枕而其大於此者可見也。今且食而蔬也，飲而水矣，稱此而爲枕，則何必不以曲肱矣。常人不期逸而恒逸，貧者不期勞而恒勞，蓋至於嚮晦晏息之後，而逸可知也，庶幾哉拮据之所不至已。然而體有四，猶用其一，則一體煩，而四體俱爲之不適矣。以視夫安神閨房者，曾不得高枕而擬焉。

常人不好惰而恒惰，貧者不好勤而恒勤。蓋至於獨寐寤言之，頃而惰不免也，庶幾哉胼胝之所不及已。然而肱有二，僅虛其一，則此肱疲，而彼肱亦爲之靡暇矣。以視夫棲情筦簟者，曾不得安枕而效焉。

蓋枕在，而以肱代之，枕不在，而以肱代之。等代也，而人心變矣，猶之膏粱在前，則反慕乎蔬水，及引而置之蔬水之中，而仍不願也，推之此枕，得無有惻然申且者乎。名其爲枕，而以枕用之，名其爲肱，而以枕用之。等用也，而人心又變矣，猶之饑渴方殷，則同需此飲食，及徐而別其飲食之味，而致不同也，鉗之此枕，得無有焦然終夜者乎。身外之物，反寄身内，即悟盈虛消息之機，物外之身，反遊於物内，即此見化裁推行之理。我之樂，雖不在此，然而必有以樂乎此也。

清王步青黄陶菴文鈔，雍正十二年映旭齋梓。

唐棣之華二句

逸詩托物而咏，而先美其所托之物焉。夫唐棣之感人亦微矣，彼乃寄情於偏反，豈誠有與之俱深者耶？今夫六經之道同歸，而詩獨主情，故常以小夫爲之，且詩獨主感，故常以小物見之，所感之物不必殊，而懷道者寓温柔之旨，結心者深流宕之情，則即其發端而指歸亦可睹矣。昔者聖門引詩，有斷章之法焉，作者一説，引者又一説，而要必其先有可引之端，如咏衣錦者非爲惡文，而亦可以爲惡文是也。聖人删詩，有獨斷之義焉，作者一説，删者又一説，而要必其先有可删之本，如咏盼倩者，可悟禮後而本旨，則非爲禮後是也，乃求之逸詩，有引之不得而删焉者，吾不知其意之何所寄也，而先之曰：「唐棣之華，偏其反而。」

夫覽春物之殊狀，欣百卉之向榮，彼唐棣兮，王姬肅斷，其當與夭桃摽梅，同其流玩可知也。而彼若曰：此依然婉孌之容與清揚之度耳，所可近而可即者，獨此而已矣。夫襲芳氣之菲菲，佩華萼之韡韡，彼唐棣兮，兄弟孔懷，其得與蓼莪杕杜，同其愛惜可知也。而彼若曰：此猶然搔首之姿與衾裳之態耳，所可望而可攀者，獨此而已矣。然則詩人之辭雖未終，而吾知其爲興也。

當春和時，草木亦有以自樂，而流連光景，不有咏言，是唐棣有知，對唐棣者無知也。迹所自命，豈非多慧易流之人也歟？抑詩人之辭雖未終，而吾知其爲興而比也。

當春和時，草木亦若非無情，而緬懷今昔，不有舉似，是在物有唐棣，在人竟無似唐棣者也。迹所連類，豈非憫默深傷之人也歟？夫學詩者，貴得其大意，故寓言所至，如風之過物，一往而不可知，讀詩者當識其歸趨。故義類所存，如覆之將發已見而不可掩，則吾且正襟讀之，而想見夫子所以删之之意也。

清王步青《黄陶菴文鈔》，雍正十二年映旭齋梓。

加之以師旅 二句

内外交困，任事者難矣。蓋師旅饑饉，有一焉則國不得安，而況既加之矣，又因之乎。今夫軍旅數動者，朝廷之深憂；荒政無奇者，古今之通患。故君子謀國，未論其才之所能受，而先問其國之所能受，蓋國所能受者兵荒，而國所不能受者洊至之兵荒也。由所云千乘之國，亦既攝以兩大矣，疆理不正於天子，則兼數圻者無誅，小則掃境而興師，大則連兵而摟伐，我雖不往，終不能禁彼之不來。司牧已廢於周官，則罹凶祲者無告，内既助天而爲虐，外又遏糴以尋仇，歲即無災，終不能贍人之多費。

是故師旅則有加矣，饑饉則有因矣。國號千乘，則其供征繕者三軍，於以扞彼牧圉，誠足用耳。然至玉帛四出，盟會鼎來，則雖桴鼓不聞於郊，而民心已懼，從此復被兵焉。是有事之國，加以多事也，且夫加則非一端也。吾備其所能備，而所不備者之釁已生，吾勝其所能勝，而所不勝者之心反怒，由是敵來亦憂，敵去亦憂，將置以爲不足憂，而國非其國已。國號千乘，則其入提封者千萬，於是制彼井田，誠足贍耳。然至士有析骸，師生荆棘，則雖蠡蝝不見於天，而國力大屈，從此復告饑焉，是大兵之後，因以大凶也。

且夫因則非一歲也。吾竭昔歲之儲，以供今歲，而今歲已荒，又因今歲之後，以傷來歲，而來歲預之，由是歲歉亦凶，歲豐亦凶，將悉焉以聽其凶，而民非其民已。夫耕戰者，立國之先資也。貧寡者，天下之博患也。是二患者，霸國受其一而辭其一，故齊多兵車之會，而鹽鐵内修。秦并西夏之戎，而汧渭蓄息。豈非有師旅而無饑饉歟。

今欲去此饑饉，則以師旅之故無餘財，王者修其一以去其一，故武王克殷，萬邦歌其屢豐。宣王憂旱，江漢繼以薄伐。豈非因師旅以治饑饉歟。今欲振此師旅，則以饑饉之故力，二三子而處此也，則誠難哉！

清王步青黄陶菴文鈔，雍正十二年映旭齋梓。

君子質而已矣一章

文質無去一之理，則激論者過矣。夫去文而質亦不能獨立，文果可去哉？子成之激，殆不如子貢之平也。今夫文質異尚之説，此後世之所以揣測前王，而其實不然，質家之不能廢文，猶文家之不能廢質。特以其世有升降，而文亦爲之損益於其間。此蓋出於不得已爾。

學者第取文而辨之，孰爲古初之文？孰爲衰季之文？孰爲有文之質？孰爲無文之質？夫藻火飾於虞帝而群后四朝，雅頌息於東遷而紀綱蕩廢，此不得謂衰季之文，盛於古初之文也，執玉而見者，豈必皆忠信？而以致飾能亨。被髮於野者，豈必無天懷？而以直情爲狄。此不得謂無文之質勝於有文之質也。棘子成者，有見於質而無見於文，一旦欲決而去之，其用意亦無惡於天下，而其立説之謬，不亦甚哉。君子曰：樂至必歌，哀至必泣，哀樂質也，歌泣文也。因是而羽籥干戚，以文其歌焉。因是而擗踴袒括，以文其泣焉。而聞其歌者亦樂，見其泣者亦哀，則文復生質矣。孝者，施愛，弟者，施敬。孝弟，質也，愛敬，文也。因是而撰屨祝噎，以文其愛焉。因是而盥洗揚觶，以文其敬焉。而感其愛者思孝，感其敬者思弟，則文又生質矣。

夫樹木之有本末也，枝葉删則根幹亦撥，而人身之有標本也，膚革病則精神失榮。文與質亦若是焉爾。今子成之言曰：吾惡夫人之相誇以僭而相飾以詐也，必盡去之，乃足以爲理。嗟夫！侯不敢僭王，臣不敢僭君，以文在也，即過而僭之，而執其車旗服物之等以相繩，彼安辭哉？文去而丘園之子不異於君公矣，僭之階矣。愚不敢詐智，不肖不敢詐賢，亦以文在也。即暫而詐之，而置諸琴瑟射御之旁以爲驗，彼安所匿哉？文去而頑嚚之夫，不異於聖哲矣，詐之媒矣。

是則虎豹犬羊同存一鞟，固無別之甚者也。子成聞子貢之説，得毋自悔其持論之輕耶？學者取子貢之説以治天下，則綢繆繁飾，固周禮之舊坊。取子成之説以治一身，則儉陋深思，亦唐魏之遺意，是兩得之矣。

清王步青黄陶菴文鈔，雍正十二年映旭齋梓。

百姓足君孰與不足二句

舉行徹之效，而國有與立矣。夫與君爲體者，百姓也。足則皆足，豈必專言國用哉？此有若終以正對曰：聖主爲國，不在乎苟廉而無所求。蓋亦求古之遺法，而依之以爲治，使天下之大利無所私於己，亦無所私於人而已。

君憂國用，而臣以徹進，固非曰朝行而夕利也，亦非曰循循爲之，而其利獨歸於君也。思天所以立君師牧之意，一民餓當曰己飢，一民寒當曰己寒，本無别異於閭閻而自爲國用之理。思民所以仰給公上之心，二十以上上所長，六十以上上所養，亦無慳惜於門内，而獨供己用之財。有如徹行，而百姓足乎？則君又孰與不足矣。

籍田出粟之制，廬舍内而公田外，則重公之意，不以先於重私，於是所飲同井，所食同田，所服同事，則雖鄰保亦有相牧之意，而況於君？且君之貽百姓以足也。水澇旱乾不爲患，而凶災獨在國乎？此固有以信其理矣。井牧疇均之世，駿發歌而雨公答，則急公之誼不以後於急私，於是水泉有道，器械有給，登耗有稽，則雖長吏有父兄之親，而況吾君？且君之予百姓以足也，一登再登，有所餘，而正供獨安往乎？此又足以信其事矣。

蓋制用於什一之内，而軍國祀戎，皆取諸此，則入少者，用必節用，節而積貯獨留之民間，則凡大兵大役所以耗國家之左藏者，無釁可起，而民得以其餘養老息物，此教之所由成也。夫百姓之衣食農桑，化而爲誦歌弦舞，則上之獲報豈其微哉？均田於百同之内，而强族大家皆準諸此，則産均者，業必世業，世而攘奪不至於私門，則凡小恩小惠所以竊國家之感澤者無端可生，而君得以其餘，繕兵昭武，此師之所由寓也。夫百姓之苧蒲襖襏，至衍而爲車輦馬牛，則下之所供不已厚哉！在昔有田一成，禹甸以復；徹田爲糧，周制以興，故寬大久長之風，在弱小爲尤近。日者税畝既行，民財已匱，兵甲再出，民力復單，則勞來安集之德，因承弊而易施。苟謂未然，請觀不足之弊矣。

清王步青黄陶菴文鈔，雍正十二年映旭齋梓。

爲命裨諶一節

鄭以命著，集衆思以成之也。夫鄭所憑依，將在命矣，四子者爲之而善焉。此其所以謀鄭者，不從可見乎？且有國者，居三代盛王之時，何其幸哉！其相與有中聘世朝之典，故遣使爲不煩。其立國有行葦泂酌之風，故參盟爲不事。蓋至王命阻絶，伯道復衰。大邦圉奪以爲雄，小侯離削而自守，命之不可無人矣。

抑鄭之命爲尤重焉，夫鄭邑於嵩、洛之間，而南北視爲要領，夷不得則無以猾夏，夏不得則無以攘夷，此被兵最多而恃賴之方，不獨出於修德固圉之間也。夫鄭强於東遷之初，而王師爲之撓敗，其時可以有爲而不知慕義，其後稍知慕義而不可以有爲，此晉、楚坐大，而綏靖之謀，不能已於馳辭執禮之際也。

而二三子之處此也難矣。甘言自結，則强鄰生鄙我之心，盛氣相加，則不腆有抗兵之勢。是故秉慮研思，規矩虛位，其道在草創。稽古御今，斟酌典文，其道在討論。鎔裁繁略，趨時無方，其道在修飾。矯揉文采，綱領昭暢，其道在潤色。而若裨諶，若世叔，若行人子羽，若東里子産，一何彬彬各有其長哉？

夫人之稟才大小異宜，而用之忌其傷當。故精專之思，以之尋煩則詘矣。美秀之資，以之立斷則躓矣，乃彼此兼資，如成一手，而博物者復身入其中，而折其不然之心，故其時壞垣清墠，威伸霸國，非直其理勝也，亦其有以文之也。人之處位，高卑異秩，而謀之忌其相嫌，故已無專對之責，而謂我不越俎則陋矣，已有從政之才，而謂不取小則亢矣。乃首尾相爲如出一人，而秉鈞者亦自取所長，以共其擠掇之用。故其時叔向、韓起，越國相謀，非直其人賢也，亦其有以感之也。成之簡牘，無祓甲嬰胄之勞，見之策書，免背華即夷之辱，數世賴之，其謂此歟。要之文傾補弊，區區其間，則子産爲深遠矣。

清王步青黄陶菴文鈔，雍正十二年映旭齋梓。

臧武仲以防求爲後於魯一章

明魯大夫之要君，不可以他詞飾也。夫據防請後，仲將以季氏爲解耳，不知要君之罪即在於此矣。昔魯之臣，有得罪以死而仍爲之立後者，叔牙是也；有得罪以奔而亦爲之立後者，臧紇是也。是兩者皆成於季氏，而武仲之事則尤有可論焉。武仲何以出奔？彼爲季氏廢長立少，而公鉏懷毒，孟氏協謀，譖於季孫攻武仲以出也。武仲何以立後？彼以大蔡納於臧賈，而身如防邑，使告於朝，既立後而避邑以去也。古來有身在逋逃，據其私邑，必立後而始避焉者？乃當世卒無一人以武仲爲要君，何哉？蓋季之專政二世矣。武子能攻武仲而使出，則亦能廢臧氏而使之無後，其事瞭然也。然而武仲於季孫有立愛之德，其平日之交深。季氏於武仲有作亂之疑，其一時之隙淺，則固無必廢臧氏之心。武仲之才本勝武子，而挾防尤足以有爲。武子之心尚畏武仲，而立後姑足以塞責，則又有相爲籠絡之勢，是故魯人見武仲之如防必曰：此要季氏也。即襄公見仲之如防，亦必曰：此要季氏也。此當世所以無一人謂武仲要君也。

雖然，武仲之於此，豈得謂之要季氏而已哉？夫防，誰授之武仲？非魯之先君嘉文仲、宣叔之勳，使有食於魯乎？夫武仲之請立後，將於誰氏之國？非以爲魯實有防，冀文仲、宣叔之後，終有食於國乎？然則憑君之寵，得以有邑，而憪然懷走險之思，不復待命於朝廷，此其心亦狡矣。雖曰擅廢置者出於私家，不幾尤而效之也哉！微天之靈，庶幾有後，而奮然鼓狙詐之智，不復屏身於荒野，此其勢亦橫矣。雖曰蔑君公者在其同列，不幾踵而甚焉也哉！

正之曰要君，則知武仲雖智，欲謝此無將之罪而不能，故嫌微之辨審；季氏雖强，欲尸此迫協之名而不得，故君臣之分明。是春秋之旨也夫！

清王步青黄陶菴文鈔，雍正十二年映旭齋梓。

管仲非仁者與一章

救時之才，非一節之士也。夫仲之才，與仲之時，適相值者也。相則不死，死則不相，又何疑焉？且天生俊傑之才，不數；生俊傑之才，而適當須才之世，亦不數。若夫有其才，又值其世，能事見於天下矣。而其人又有遺行，則君子略焉。非遺行之不足累乎其人，而遺行之不足累乎其功也。

子貢嘗非管仲矣，以爲仲也奉糾而不終，於義不當相桓也。君子以爲不然。蓋仲之身，是爲時而生者也；仲之才，是及時而用者也。前此百餘年，爲宣王之時，其臣則有方叔、召虎；又前此數百年，爲文武之時，其臣則有吕牙、姬旦。設也仲生其間，不過一良有司耳，有仲何益，無仲何損？

今者荆熾於南，狄横於北，戎又介居河山之間，諸侯拱手環視，虚無人焉，此真管仲之時也。仲也挾一中主，攝尺寸之柄而圖之。聲罪召陵，則荆帖矣；陳旅聶北，則狄退矣；

獻捷過魯，則戎弭矣。王禁明而王臣不下聘者六十年，侯度戢而諸侯無私爭者三十載。可不謂天下之駿功偉烈哉！向微管仲，則鮑叔牙能爲之乎？曰「不能也」；隰朋、賓胥無能爲之乎？曰「不能也」。能不能，何足深論，獨惜荆不帖、狄不退、戎不弭，則主中國者，將非中國也。然則仲之身不可死，而仲之時不可失也。

且夫君子之臨難有二：曰生，曰死。君子之立身有二：曰節義，曰功名。爲節義於舉世不爲之時，則生不如死，死而後三綱明焉，九法正焉，是即死者之功也、名也；立功名於舉世不立之日，則死不如生，生而後朝廷尊焉，中夏安焉，是即生者之節也、義也。使仲舍格天之大業，就匹夫之小諒，陷胸決脰，死不旋踵，即又烏睹所謂節義者哉？是故君子録仲之功，許仲之不死。學者聞之，自度其身有可死之責，而無不可死之才者，將斷斷然必出於死，藉令無死，而吾亦有以責之矣。是夫子之重功名，固甚於子貢；而子貢之重節義，亦終不如夫子也歟？

清王步青黄陶菴文鈔，雍正十二年映旭齋梓。

以杖叩其脛俎豆之事

以儆異端者，抑幼學而禮通於國矣。夫叩原壤者，以其無禮，教童子者，欲其知禮也。

然則衛之亂也，惟禮可以已之歟。嘗謂安上全下，莫大於禮。夫禮，學之爲君臣焉，學之爲長幼焉，平居則筋骸有以相束，臨事則精神足以折衝。起乎州黨，放乎朝廷，而斯須莫能去也。

是道也，夫子嘗奉之以覺人矣，蓋自幼學以來嬉戲，即陳俎豆，而其後設教於閭里，周旋進反，莫非是焉。不意有蔑禮廢教如原壤者，此其人非微言之所能感也，亦非法言之所能徵也。彼有脛在，以杖叩之。若曰壤也耄，不足惜也，使非角之年而胥爾傚焉，風流其蔑如矣。壤也賤，不足惜也，使君公之貴而咸若是焉，典物其芻狗矣。

斯時從夫子而往者，咸惕然深思，瞿然顧化，幼者勉爲孫弟，長者耻爲無述，闕黨之中，斌斌如也。乃其中又有可異者。問其人，則曰：童子。問其來，則曰：求益。問其所居所行，則先生長者不啻焉。嗟夫！此童子之長也，其有異於原壤否乎？彼原壤之幼也，其有異於童子否乎？計夫子處此，必當夏楚以妝威，觵撻以示戒，與昔之杖，異事而同用可也。而僅僅使之將命，則又何也？蓋和鸞佩玉，即具有移人氣質之功，而承祭見賓，兼亦有治己威儀之意。吾第與之循循於俎豆之間，而童子已益矣。

不寧惟是，雖治國亦然。惜衛之大亂者三，而皆起於君臣父子之間。夫子之至衛者五，而只操此名正言順之原，蓋亦曰禮而已矣。有禮故有事，有事故有俎豆，惜乎靈之無道也。彼其先有耄而好學者，若罔聞知，而沾沾於問陳，則猶有童之心也。彼豈知俎豆爲何物，而俎豆之事爲何事也哉？吁！觀夫子之叩原壤，而知無禮者之老而衰矣。觀於夫子之使童子，而知有禮者之謙而尊矣。觀於夫子之對靈公，而知爲國以禮者之弱而强矣！

清王步青黄陶菴文鈔，雍正十二年映旭齋梓。

見善如不及一章

士不貴於徒守，故聖人以達節望天下焉。夫守節者賢也，達節者聖也。明善有餘，而出處不足，能無慨於見聞之際哉？今天下功名之士多矣，非氣節之士不能振而起之。氣節之士亦不少矣，非道德之士不能變而通之。蓋處三代以下之氣運，則必爲三代以上之人材，誠非孤意立行之所得而盡也。

以今衆萬雜揉，賢否殊貫，其卑卑者置不足論，論其有關得失之林者。景行前喆，賢者之志也；離俗遠去，狷士之性也；成名立方，衆美之積也；疵物激清，不肖之讎也。以予所聞，見善勇而見不善嚴者，其人仁義著於本心，疾惡發於天性，朝聞一善，夕欲追而企之，及嘗以性之所不樂，則倜倜然遠矣。

若而人者，遊處吾門，則仗清剛以勵人倫，立廉尚以輕富貴，雖丘之志意不立，亦時借之以自閑。散佈天下，則鄰敵重其一言，强禦憚其不屈，雖國之將相無人，亦間出之以禦侮。所見若此，所聞若此，惜乎其未能廣，已而造大也。我善而人不善，其將已乎？我善而人亦善，其將同乎？大義之不明於天下久矣，士各有志，不可强也。吾聞古之人弋釣爲伍，玩心於神明，元凱爲群，揖讓於明主。當其確乎不拔，則潛深伏隩，彌深和樂之情，及其與時偕行，則仗節從王，不改高棲之素，志必求也，道必達也。若人其猶龍乎？曰潛曰見，蓋在乾之初二爻，吾嘗誦之云爾。雖然，此其語何語，而其人何人哉？一由韜養，深沉數十年而成大而鍾一人，或在畎畝，或在山林，如百物之有精華不可掩也。一由氣運，隆厚數千載器，一變修禮，一變修樂，如山川之出雲雨不可禦也。蓋至於今，雖有嘆惜之流慕之已矣，安可見耶？安可見耶？嗟夫！居平無失足失色之慚，臨難有徇國徇家之節，自有天地以來，不可廢也。然而包含弘大，開濟明豁，則伊周之徒爲不可及矣。若丘也志在春秋，行在孝經，蓋勉焉以求行藏之道者哉？後世應曜、嚴遵之徒，得其節，公瑾、景略之徒，得其才，武侯兼之而或未之能盡也。至夫依隱如曼倩，釣名如种放，君子譏之，則與其一龍一蛇，無寧守吾獨行。

清王步青黄陶菴文鈔，雍正十二年映旭齋梓。

道聽而塗説 一句

好言其所無，雖多聞無益矣。夫天下之可容人説者少矣，而況其隨聽隨説，又豈真能説者哉？且吾黨有闕疑之學，大儒無立言之心，蓋有益於己者，無與於世者也。其人可思者，其言不可聞者也。彼惟無聽，聽必不以耳，無心之言，亦必以靜深之體迎之。彼惟無説，説必不以口，信心之理，亦必以簡寂之意持之。蓋聽則不厭多也，説則不厭寡也，若之何？有道聽而塗説者。敏行之人，聞一言而有未行之恐，凡夫之聽之也，亦似有所大恐焉。知過之人，聞一言而有意外之喜，凡夫之聽之也，亦似有所大喜焉。喜其得於聽者之足以資吾説，茹之而不及茹也，并吐之而不及吐也。

天下惟了然於心者，始能了然於口，而茲亦已洋洋灑灑矣。恐其得於聽者之不足以暢吾説，朝聞之而不及俟夕，夕聞之而不及俟朝也。天下有了然於心者，時或不能了然於口，而茲更已津津亹亹矣，則有但見其説之成文，而不知其聽之無得者，必且驚而顧焉，以爲若人之不可及。至是而識者知之，曰：此其説從何來乎？從剿竊來也。則有但見其聽之寂默，而不知其説之張惶者，以爲若人之不可測。至是而識者知之，曰：此其聽從何往乎？從口給往也。語雖會心，經演説則浸失其旨，故有聖人之言，賢人述之而可議者，爲其害志也。詩書載道之文，出之以率然之抵掌，庸愈於無稽。理雖衆著，供裁擇則恒若無多，故有聖人之言，賢人聞之而不信者，貴其獨見也。精義入神之解，襲之以附會之游談，庸愈於憑臆，嗚乎！今之學者，吾見之矣，記醜而博，言大而誇，其意儼然，自命爲聞人，其弊隱然，流濫於末學，一言以破之，則曰：道聽而塗説也。道塗之聞，豈有學問哉？

清王步青黄陶菴文鈔，雍正十二年映旭齋梓。

鄙夫可與事君也與哉 一章

發鄙夫之心，所以戒擇交也。夫擇交而不得，則終身不安。彼鄙夫之於得失何如者，而可與之事君也哉？夫子若曰，君子窮視其所與，達亦視其所與，所與一定，善惡共之，蓋有心本無他。而天下坐之以阿黨之罪，交則已絶，而後世病其無知人之明。此皆事起於朋友之間，而毒發於君父之際也。今天下有鄙夫焉，其人口不言富貴，而取富貴之術甚精，吾不知其底裏，而誤以爲有品，則必與之事君矣。其人心不愛國家，而徇國家之色甚摯，吾不察其佞邪，而誤以爲有用，則必與之事君矣。

吁！慎之哉！不可與事君也。蓋事君者之所遭有二，非得即失而已。仕宦而至卿相，時也。屏斥而老田間，命也。終朝三褫其服，常也。一歲九遷其官，幸也。而鄙夫皆以爲不然，曰：此可以心計求之，以學術固之者爾。故當其始也，挾長持短，伺候王侯之闕廷，此鄙夫之一變也。既而筮仕升朝，侃然有方格之狀焉，此鄙夫之又一變矣。當其中也，持粱齒肥，稍縱生平之所欲，此鄙夫之一變也。既而氣勢將衰，隱然有持牢之計焉，此鄙夫之又一變矣。若此者豈非得亦患，失亦患哉？其患得也，在未得之時也，其患失也，在既得之後也。至於患失，難言矣。子又生子，孫又生孫，而必欲其長如今日也。國無不亡，家無不破，而必欲其利在一身也。稱此而求，安可究詰？雖使鄙夫靜而自思，亦但知其心之所至，而不自知其事之所至者矣。

吁！可畏哉！天生若人，爲氣運之所繫，雖有英君察相欲誅殛之而不能。人傳是術，爲氣焰之所憑，雖有志士仁人欲變化之而不得。計惟有識其人，勿與共事，絶其人，勿與定交，庶足以明吾立身之本末而已。

吁！可畏哉？昔華歆爲漢末名士，人望歸之，既而投軀霸府而命新朝，所得不過三公，而其行事遂爲天下口實，彼所謂鄙夫者，非耶？不寧惟是，魏武一世梟雄，吾觀其人亦鄙夫也。使其果有伊霍之心，何人之敢圖？何兵柄之不可釋，而乃狐媚其術如石世龍之所譏者耶？士大夫遇子魚其人，則當爲管幼安，遇孟德其人，不可爲荀文若也。

清王步青黄陶菴文鈔，雍正十二年映旭齋梓。

微子去之三句

觀殷臣之自靖，而忠臣之變備矣。夫貴戚之臣，國所憑依，自後人責之則皆死耳，而三臣之各行其是乃如此。嘗觀國家危急存亡之際，其臣有同事一君而邈不相知，同爲一事而絶不相謀者矣。古之人處此，則從容談笑而商之，雖其後事移勢改，而卒不謬其生平之言。故死者復生，生者不愧也。殷祚既危，紂焰方虐，人臣處此，豈不難哉？嘉生而惡死者，人之情也，至宗社痛於其心，而雖死有所不避，則惟此時爲然。專死不任，專生不勇者，事之常也，至綱常繫乎其命，而生死兩難塞責，亦唯此時爲然。是故有不得已而生者，有不得已而死者。生者以去以奴，死者則以諫也。

方王子之謀及父師也，殷其淪喪，豈意自全？其鰓鰓於告予顛隮者，夫亦慮存乎天命之難反，而悼三宗之不祀也。使父師曰：「我其行遁，王子敢不徇國耶？」少師曰：「我不受敗，王子敢不效死耶？」然而舊云刻子，父師告之悉矣，王子之諫必不入矣。此而不去，是稔君惡也，是墜吾宗也，是死而無益也。故去之，所以爲微子也。而箕子、比干乃進而驟諫，諫入則皆生，諫不入則皆死，此致命遂志之情，亦號泣隨之之義也。厥後箕子爲之奴。嗟乎，奴豈箕子之心哉！震雷憑怒，萬一速即五刑，舉生平洪範、九疇之學，泯然還諸太虛，此亦事之無可如何者。然而魂魄不愧也。至死之不得而奴，遂若留其身以有爲。夫吾君之不存，而遑恤乎吾身，特以計無復之之故，感慨自殘，則箕子有所不爲已矣。至於比干，則諫而死。嗟乎，死豈比干之心哉！天王聖明，萬一虚懷悔過，舉在傍飛廉、惡來之屬，蕩然流諸四裔，此亦事之日夜撫心者，即須臾無死猶可也。乃并奴之不得而死，遂若舍其生以取義。夫吾謀之可用，而何惡乎吾生，特以力不能救之故，靦顔委屈，則比干有所不爲已矣。蓋微子之去，出於箕子、比干之所許，有托而逃，所以行天下之大權。箕子、比干之奴且死，出於紂之所命，不擇而蹈，所以守天下之大經。經權合，而仁出乎其中矣。

愚嘗論之，微子之去，去殷耳，非奔周也。宗國阽危，而逃之涬海之邦，是以國外市矣。司馬遷謂微子與太師、少師謀，遂去，其後比干死，箕子奴，然後太師、少師抱器奔周。然則抱器者非微子，而太師、少師，豈亦别有其人耶？肉袒面縛又何爲者，其事要不可信。向非夫子斷而歸之仁，則後之論者，不知以微、箕爲何如人矣！

清王步青黄陶菴文鈔，雍正十二年映旭齋梓。

所謂齊其家一章

傳者釋修齊，而知好惡之宜慎也。夫好惡出乎身，而先受之者家也。觀於不可以齊者，而修身其亟矣乎？且聖王出治，必有以素信乎天下，而豫服之者家是也。家之不齊之情，未必不同於天下之不治；家之可齊之勢，未必不甚於吾身之易修。君子觀此，可以得術矣。

經所謂齊其家，豈非以家之美惡，各就於理之爲齊哉？經所謂在修其身，豈非以身之好惡，不傷其當之爲修哉？或者致疑其説，則胡不以常人之身之不修者而觀之也。

夫親愛賤惡，與夫畏敬哀矜敖惰之情，雖修身者不必其無，而不修之身，則之其所而常至於辟。無他，好惡之情乘而美惡之形變也。朝廷之好惡猶有共成之者。一家之好惡，獨斷之而已，斷之愈獨，則蒙之愈多，旁觀太息，而身親者猶有餘情焉，比比然矣。朝廷之好惡，猶有明爭之者，一家之好惡，深諱之而已，諱之愈深，則章之愈疾，門内不知，而行道者指以爲戒焉，比比然矣。

故好而不知其惡，諺亦有之，曰：「人莫知其子之惡。」夫人之於子，不僅稱好而用、好而辟者，其意則相似也。是即親愛之一端而推之，畏敬哀矜亦然。惡而不知其美，諺亦有之，曰：「莫知其苗之碩。」夫人之於苗，無所可惡而用、惡而辟者，其意則相似也。是即賤惡之一端而推之，傲惰亦然。身之不修，其蔽若此。使人主不幸而以此至於其家，吾知父子兄弟之間，或縱之已深，或操之已蹙，睽孤横逆，禍倍下民可也。閨門衽席之間，或義不足以相制，或仁不足以相懷，淫荒篡奪，亂至十世可也。家之不齊，可勝道哉！然不待其家之不齊也，即身之不修之日，而斷斷乎知其不可以齊家矣。先王自戒於此，故動靜燕游，必得其序，而復警之以瞽史之密，臨之以師保之尊；攜僕奄尹，不敢有加，而必領之以家宰之官，制之以有司之法。嗚呼，敢不敬哉！

附：作者自記

兩節皆是「身不修」，下節乃證上語，而家之不齊，意在言外。蔡虛齋、林次崖兩先生之説甚明。

清王步青黄陶菴文鈔，雍正十二年映旭齋梓。

節彼南山二節

國不可以徒有，得失之故昭然矣。夫以不慎之心處國，而自謂無患也。殷何以失，周何以得耶？詩可以觀已。且積萬衆之勢而成國，積萬國之勢而成天下，而天子以一人撫之，此禍福之宗而得失之林也。日慎一日，而施及黎庶，罔不興；日荒一日，而虐及四海，罔不亡。蓋自天地剖判以來，未有不出此兩途者。粤若周至幽王時，淫侈不尚德，而世卿擅朝，家父所爲賦南山也，其言至深痛不可讀，然大抵爲有國者戒爾。

蓋國家之事，有可知，有不可知；有可言，有不可言。九鼎而既定矣，人主尊天敬地，畏命重民，亦不過奉守宗廟，而於前王無以加也。此可知者也。耳不聞殿屎之聲，目不見檀車之事，貴極富溢，其心以爲莫如予何也，而忽然喪其國都，此不可知者也。敬德而日崇矣。後王推闡聖明，導揚至治，亦不過謚爲明帝，而於古今不數數也。此可言者也。靡瞻不眩而自謂明，靡聽不惑而自謂聰，捨安召危，其勢將不得比於編户也。而亡主憪然得意，此不可言者也。以慎若此，以辟若彼，有國者即不爲永世延祚之計，而獨忍以南面之尊，爲天下僇耶？

且古之能逸樂者，莫如殷紂，其致亡之速者，亦莫如殷紂也；古之好憂勤者，莫如周公，其致治之盛者，亦莫如周公也。公所作文王一詩，援天命以寤來世，述祖德以教戒沖人，大都兢兢於得國、失國之際，讀者謂可與南山之詩相發明也。由今思之，邠岐棲竄，不過小諸侯耳，既而虞芮至，彭濮來，天室爲之遂定，耿亳數傳猶然，盛天子也。俄而民反側，人僭忒，九廟蕩爲平原，詩若曰「如此則得衆」，如此之得衆則得國，自今以往，得國者咸視此也；「如彼則失衆」，如彼之失衆則失國，自今以往，失國者咸視此也。

嗚呼，其言可謂深切著明者矣！使上帝必私於一姓，則殷商之後，何以遷命於我周？使祖宗能庇乎子孫，則成康之後，何以大敗於幽厲？是故周之宜法者文武，至家父作刺之詩，則當并法成康；周之宜鑒者殷紂，至崎嶇河雒之間，則又并鑒幽厲矣。可不慎哉！可不慎哉！

清王步青黄陶菴文鈔，雍正十二年映旭齋梓。

民其爾瞻 一句

詩戒亂臣，而以衆望聳之焉。夫民之瞻爾，好惡所從出也。詩豈獨爲師尹作乎？嘗觀君民之間，而知民猶土也，雖有崇山，土無演則崩；雖有貴勢，民無與則蹶。蓋三公承弼乎一人，而民即以責備一人之義歸之，爲夫平天下者，彼亦與有責爾。維石巖巖，家父所爲，況師尹也，而即總之曰「民具爾瞻」。夫憲萬邦者吉甫之功，而師尹實爲其後，則其繫係於民久矣，將無念爾之祖者深，則責爾之躬者恕乎？坐論道者，三公之職，而尹氏實爲太師，則其闊絶於民遠矣，將無畏爾之勢者多，則闚爾之微者少乎？

而民則不瞻他人而瞻爾矣，且不止一人瞻而具瞻矣。望爾之疵者有天子，民不得見天子而言情者，以爾爲之隔也。其君子知禮，曰「爾庶撫我」；其小人善怨，曰「爾將殺我」。初莫知其所起之端，而道路以目，殆人人有棟折榱崩之患焉。覆爾之餗者有姻亞，民不復向姻亞而嘆嗟者，以爾爲之道也。其智者見遠，曰「我姑俟爾」；其愚者察近，曰「我亟避爾」。

初莫知其所被之毒，而中外失望，殆人人有土崩瓦解之恐焉。蓋爾者賤簡之稱也，由爾而下之爲我師，我師則既空矣；由爾而上之爲我王，我王則既訩矣。而戴高食厚者，巍然自以爲公輔，我雖不言，爾能無愧乎？故以爾之者外之，且以奪其三事之尊，瞻者疾視之詞也。「顧瞻周道」，周道則既如此矣，「我瞻四方」，四方則又如彼矣。而日引月長者，隆然獨生其亂階，口雖可弭，目能無怒乎？故以瞻之者惕之，聊以志夫千夫之指。

夫師尹非有天子之尊也，家父亦非遽責以平天下之事也，而其詞如此。然則匹夫匹婦，不必具而一能勝予；離德離心，不必瞻而忽然以去。此誰當之耶？是在有國者矣！

清王步青黄陶菴文鈔，雍正十二年映旭齋梓。

秦誓曰若四節

賢相有待於仁臣，反是者可鑒也。夫進一臣而舉世之人才係焉，彼不仁者，即不爲人才計，獨不自爲計乎？今天下安得有治亂哉？立於朝廷之上，與人主相可否者爲大臣，推大臣之類，以聚於朝廷爲百執事，此治亂所由分也。人主莫不欲治，而治日常少；莫不患亂，而亂日常多，則以制置失當，在於一二臣之間而已。

吾讀秦誓，而知繆公之所以瀕於亂亡，而卒霸者有故焉。今觀其所深好者，有容之臣也；所深惡者，妒賢之臣也。此兩臣者，一則推獎氣類，易涉朋黨之嫌，而其心實爲國家；一則批抵朝士，若爲孤立之迹，而其心實爲富貴。所爲不同則必爭，爭則人主必有所左右於其間，而勝負分焉，天下之士又視其勝負之所在而左右焉。君子勝則衆君子畢升，小人勝則衆小人接迹。然而君子之不勝者常也，小人之無益於子孫、黎民者又常也。挈人主之子孫、黎民以供衆小人之喜怒，則人主大不利。

夫知其不利者，唯仁人而已，仁人之去惡，不去不止；仁人之進善，不進不休。讒殄堲，則四門穆穆矣；郊遂移，則周廷濟濟矣。其端在一好一惡之間，而黎民獲樹人之休，子孫蒙禎國之業，故曰「仁」也。

今自中主以下，其心皆知有子孫之當安，與黎民之無罪者也，究其所爲則一切不然，彼有以小察爲知人之明，以多疑爲御下之術，以悋惜誅賞爲善核名實，以雜用賢奸爲能立制防，其弊也，上下狐疑，枉直同貫，此不仁之一道也。則又有以忠蹇弼亮之人爲奸慝，以陰賊佞邪之人爲忠良，以公論爲必不可容，以衆智爲皆莫己若，其弊也，群邪項領，方正戮没，此不仁之又一道也。前之所爲慢也，過也，幸則没身而已，子孫吾不知也，後之所爲，拂人之性者也，我躬之不閲，遑問子孫黎民哉。

是知君誠不仁，則雖俊乂滿朝，而或散之河海，或逃之列國，其積怨發憤者，至反爲社稷之深憂。君誠仁，則雖詐諼林立，而或束身司敗，或伏死山林，其革面洗心者，或轉受正人之驅使。是故興唐虞者堯舜，非稷契也；傷周道者幽厲，非榮虢也。君子亦仁而已矣。

清王步青黄陶菴文鈔，雍正十二年映旭齋梓。

生之者衆四句

綜論生財，惟劑之以其平而已。蓋聚人以生財，而所以耗之者即出其中，故生財之道無他，平其人焉耳。嘗謂國有不治之日，天地無乏財之時，原其所自有而爲之方，因其所從無而制之法，則人無滯用，而家有餘藏矣。是故知大道者，權衡而去其偏重，不使天下之財盡入於私室，亦不使天下之財盡入於公家。兼綜而察其源流，不以爲天下有豐盈之勢，而法制可輕，亦不以爲天下有富貴之情，而風俗可苟。

蓋嘗合衆寡之數計之，聖王之世，四民陳力，而懋遷有無，是之謂人有餘；後世遊手之人甚逸，而不墾之土尚多，是之謂地有餘。夫地不可使之餘於人也，因口而授田，因田而制賦，而商賈之末，亦得自隸於天子，則可謂知務者矣。然賤者之食常觕，而貴者之食常精，故有一人而兼五人之食者，有一人而兼數十百人之食者。且夫惟百惟倍，浸至一官而有三百六十之多，其勢不欲復省，惟是中外相貫，名實相稽，則冗食者無所出於其間，是衆常在生也，寡常在食也，衆寡之得其平者如此。

又嘗合疾舒之數計之，聖王之世，衆著於本，而竭作有時，是之謂力有餘；後世官府徭役之用深，而送往迎來之節備，是之謂事有餘。夫事不可使之餘於力也，冬則畢入於邑，春則畢出於野，而勸相之職，下至不遺於閭胥，則可謂勤動者矣。然國家用之爲錙銖，而民間出之爲鉅萬，故有一歲之入而僅足供一歲之食者，有一歲之用而遂足費十百年之用者。且夫有頒有予，大至備物而供百神山川之祀，其勢不可但已。惟是量地産而取之，量凶荒而備之，而應用者有所權於其際，是疾常在爲也，舒常在用也，疾舒之得其平者如此。

下可以域民，上可以弊吏，億醜萬常奔走而爲吾用，初不必計及於山林川澤之饒。外可以立政，内可以制心，歛散闔闢，精義而入於神，亦未嘗少損其富貴崇高之樂。財之足也，豈顧問哉。

清王步青黄陶菴文鈔，雍正十二年映旭齋梓。

長國家而務財用者七句

終言内末之害，而歸其罪於有國者焉。甚矣，使人不可不慎也，小人壞之，善者任其咎，豈有國家者宜爾哉。且平天下有道，平其財而已矣；平天下之財有道，平其人而已矣。

夫陰陽消長之數交戰不决，則小人必窺君之所甚欲，以中其意而固其交。原其初，本非有必敗國家之心，而末流之失，則雖小人亦不自知其致此矣。

吾觀長國家者之於財用，未有能去之者，即有善人立其朝，亦未有斷然以財用爲可去者。然而，一小人進，識者輒鰓鰓焉，何也？蓋小人嗜利而無恥，其文深又足以飾之，故至私之術，若皆出於仁義，使天下辨之而不窮，至辨之而窮，罪已不可悉數矣。小人耑欲而無厭，其佞邪又足以濟之，故一己之爲，若皆本於人主，使天下攻之而無間，至攻之而間，事已不可勝諱矣。故長國家者不可不慎也。

夫操得爲之器，布德流惠而天表應，非萬世之業歟？而曰「我從其浚剥者」，則是一舉而國可也，家可敗也，而彼不知，故曰「長國家者過也」。夫進潔白之士，興禮之誼而頌聲作，非清和之理歟？而曰「吾用其心計者」，則是一舉而國必凶也，家必害也，而彼不知，故曰「長國家者過也」。

雖然，長國家者豈終不知也哉？天道神明亦既仁愛之以譴告，而意廣心逸，則必至於訖天命而降嚴威，衆怒難犯，亦既怨誹之以風謡，而賦重政苛，則必至於裂制防而作不順。斯時長國家者始瞿然悟矣：予實不德。今者盡殛小人以謝天下，所不辭也，而天下不快也，而昔日之發憤懣吐忠言者，又摧傷而莫進。

國維不造，今者委心君子以寄安危，亦去從也，而天下不與也。而此日之明天時察人事者，復坐視而不憐。雖曰「慷慨之士，世所常有」，然分之以憂則亦憂之而已矣，莫知其終之何所底也。雖曰「社稷之臣，事不辭難」，然委之以任，則亦任之而已矣，莫必其後之何所濟也。乃知無事之時善者可以有爲，而常患其不用有事之時。善者不患不用，而常不可有爲，無他，禍起於不聽，蔽生於多欲也。

清王步青黄陶菴文鈔，雍正十二年映旭齋梓。

詩云鳶飛戾天一節

引詩以言道，可以觀其粲然者矣。夫道無往而不察也。詩之言鳶魚者，如或遇之，則可以人而聽其隱乎？且妙萬物而爲言者道也，乘氣而浮，不以氣有所分而不接；因形而賦，不以形有所際而或窮。君子於此，言其可言者，其不可言者聽之而已。然至昭晰呈露，而一物不遺，則其不可言者亦在焉。

今夫自地以上皆爲天，故語道於天運之不窮，斯其至矣，然其示我者，清虚而已；自天以下極於淵，故語道於淵泉之不竭，斯其至矣，然其引人者，深遠而已。是不若詩人之詞約而談，顯而可信也。曰：「鳶飛戾天，魚躍於淵。」親上之族，飛者爲一物，能飛之族，鳶又爲一物，當其翱翔虛舉，無遺趣焉。然以爲鳶自飛耶？鳶不能自飛也。以爲天飛之耶？天又何以能飛鳶也。親下之族，躍者爲一物，能躍之族，魚又其細物，當其江湖相忘，有餘樂焉。以爲魚自躍耶？魚何能自躍也。以爲淵躍之耶？淵又何以能躍魚也。

蓋詩之言有旨矣：「言其上下察也。」凡肖貌於陰陽，則鴻纖皆迹，故可指一域以爲有，即可指一域以爲無。而道非迹也，則吾知其皆有焉，時至氣動，萬物並作，上無所貸於下，而下亦無所貸於上也，殆曉曉然性命各正耳。凡闔闢於造化，則出入皆機，故可分此境以屬顯，即可分彼境以屬藏。而道非機也，則吾知其皆顯焉，天高地下，萬物散殊，上無所秘於下，而下亦無所秘於上也，殆昭昭然潔齊相見耳。

然則由上下推之，其居上下之間者可見矣：草榮木落，聖人以察陰陽；山峙水流，君子以觀仁智。此有説也，庶類統於法象，法象統於人心，惟戒懼以持之，則其察焉者留而不去也。然則由上下思之，其絶上下之通者可見矣，生民至秀，至不得與蠕動程能；袵席至邇，至不得與空虛等妙。此有説也，物不爭於物所具之外，人或遺於人所有之内，唯知能以體之，則其察焉者斂而歸我也。是在君子哉！是在君子哉！

清王步青黄陶菴文鈔，雍正十二年映旭齋梓。

子曰射有似乎君子一節

中言君子之正己，於射得其似焉。夫君子之反求，終身焉而已，以夫子之論射觀之，即以爲論君子可。中庸論道之費而約之於身，以爲知命者聖人也，俟命者君子也。聖人之於身無所不盡，故優游泮涣之意多；君子之於身無所不求，故戰兢惕厲之心密。苟以爲推直前，而其不可爲者聽之而已，猶非君子所以自得之本也。夫萬物之動，吉一而凶悔吝三，則雖君子所處，亦無盡如吾意之時，而其可以自必者，事前之懷，不喪於事後而已。且人之遇富貴少，而貧賤、夷狄、患難多，則雖天命所予，亦無獨豐聖賢之理。而其可以自信者，寡過之身，常視之如多過而已。

昔者夫子觀射而嘆，其旨蓋深遠也。曰：「射有似乎君子，失諸正鵠，反求諸其身。」斯言也，論射非論君子也，而吾即射之似君子者思焉。正之設也，賓射有之也，俎豆在前，長幼在列，德行之善否？於是乎觀。故天下有不善射之人，無不欲中之人，誠欲中也，其求諸志正體直者久矣，如是而失焉，吾亦可以免矣，而必熟復焉，思所以矯乎其前。鵠之設也，大射有之也，天子備官，諸侯時會祭祀之與否？於是乎擇，故天下有不矜得之人，無不慮失之人，誠慮失也，其求諸心平體直者早矣。如是而失焉，吾亦可以止矣，而必究圖焉，所以慮乎其後。何怨耶？何尤耶？則甚矣。射之似君子也，而君子之似射，從可識矣。

夫忠臣孝子，遭時不幸，而無幾微慚負於心。其視射者之扞格於心手失同，而所以失不同也。然君子終不敢歸過於尊親，如大易之所繫「文明正志」，皆責躬而他無所憾耳。志士仁人，處世齟齬，而無一事罪累於己，其視射者之不勝而揚觶失同，而所爲失不同也。然君子亦不敢厚誣乎天下，如詩人之所咏「儀一心結」，皆世亂而不改其度耳。是則貧賤而無殞穫之患者，富貴而亦無充絀之心，患難而不失其常者，夷狄而亦勿之有苟矣。嗚呼，君子之身，其子臣弟友之道之所凝，而日進於高遠者歟！

清王步青黄陶菴文鈔，雍正十二年映旭齋梓。

子曰鬼神之爲德一章

中庸合顯微以明道，而本其説於誠焉。夫鬼神者，先王所以設教，而微顯合焉者也。鬼神無往而不寓，則天下無往而非誠歟。今夫道之妙，費隱盡之矣，費隱之説，顯微盡之矣。微之根極於喜怒哀樂之原，顯之條貫於三重九緯之大。其爲精氣通行而義理昭著也，豈顧問哉！雖然，此析顯微而言之也，合顯微而言之，則莫如鬼神。

昔者夫子嘗繫易明神道矣，嘗定禮詳祭義矣，一旦覽天地之精微，究百王之制作，喟然嘆焉，以鬼神爲盛云爾。以鬼神爲盛，盛於其德云爾。夫君子之庸德，不勝舉也，而求之於所不見、所不聞，則已躐。鬼神之德，至不可知也，而欲視所不見，聽所不聞，不已過歟。然而鬼神非他，即此能視能聽之物是已。太虚不能無氣，氣至而物生，神體之也；氣不能不散爲太虚，氣散而物藏，鬼體之也。

古者聖人饗帝，孝子饗親，率天下以駿奔於壇壝郊廟之間，意亦有權道歟，而不知天下之人久矣，陰驅潛率於鬼神而莫之知也。盡物盡志，愛慤之思也；報氣報魄，幽玄之義也。亭毒遼邈，知此者智也；恍惚呈露，事此者仁也。向使無鬼神則無禮樂，無禮樂則無王道，無王道則亦無天下之人也。

抑之詩可繹已，彼自威儀政令之間，以及話言臧否之際，其所企者聖人之庸言庸行，而非馳思乎高遠之境者也。忽而曰：「神之格思，不可度思，矧可射思。」豈非窮理盡性，妙達氣機之言耶。

微矣哉，鬼神顯矣哉，鬼神之不可揜乎，觀天察地而鬼神在焉，世莫敢以天地爲無有，則安得以鬼神爲無有乎？尊祖敬宗而鬼神在焉，世莫敢以祖宗爲無有，則安得以鬼神爲無有乎？其實有者誠也，其真見鬼神之誠者，是我之誠也。以我之誠，感鬼神之誠，則天神降，地祇出，山川百神莫不歆饗，而王道四達於天下。吁！此虞周聖人之所以事天、事親，而百世聖人之所以盡人達天也。

附：作者自記

中庸首章是總冒，末章是總結，此章是前後筋脉結聚處。拈出「鬼神」，爲虞周制祭祀張本，拈出「誠」字，爲下半部張本。

清王步青黄陶菴文鈔，雍正十二年映旭齋梓。

官盛任使 二句

敬大臣者，貴行其意而已。夫官不足以供其使，則大臣先自眩已，安能及我。經所爲以勸之之道敬之歟。且臣無問大小，皆有比肩事主之義焉，則似小臣者非大臣之所得使也。然而大臣不敢擅權者，所以尊人主之勢，小臣有所役屬者，又以盡大臣之才。不盡大臣之才，亦不能尊人主之勢也。

臣言敬大臣，而極於不眩，則夫敬之也者，殆將有以勸之矣。古者三公處論道經邦之地，而出爲牧伯，至六官之屬有闕，不聞以此累三公，則知鉅可兼，細不可兼。古者冢宰爲詔王廢置之官，而並掌六典，至府史之事不舉，不聞以此責冢宰，則知上可攝，下不可攝。其不兼者，非曠之而已，將必有主者在焉。天子曰：「予一人敷求良弼，以爲憑依，惟庶政在朝，聽其彌綸，惟庶官在位，聽其遷序。」今者董治衆工，而魁之以柄，俾三公居中持重焉已矣。其不攝者，非委之而已，將必有殷輔存焉。天子曰：「予一人倚毗元寮以康萬事，惟宫中、府中，合爲一體，惟官屬官聯，統於一人。」今者率職駿奔而枋之以國，俾冢宰得雍容廊廟焉已矣。若此者，非所以博收天下之人材也，又非所以體貌大臣而爲之文具也。蓋大臣不敢僭擬朝廷，而其可擬者惟此執要之體，有如員空於署也，權落於旁也。則大臣之體褻，體褻則小臣得膺耳目之寄，以箇察台司，是不足以防奸臣，而適足以傷信臣也。尊其體以畀之，則大臣亦以體自爲矣。贊元經國，輔成聖性之高明，其以此歟。大臣不敢上同天子，而其可同者，此知人之明，有如殿最莫與課也，誅賞莫與操也。則大臣之明窮，明窮則小人反資捷給之才，以侵轢上宰，是徒知權臣之不可有，而不知重臣之不可無也。因其明以展之，則大臣亦以明自效矣。激濁揚清，坐決天下之大議，其以此歟。

敍百揆以偁功，如冕服之登山龍，必籍文章之助；集衆思而廣益，如崧喬之出雲雨，初無運動之勞。信乎其爲勸大臣也，則信乎其爲敬大臣也。向非官盛任使，安見其能不眩耶。

清王步青黄陶菴文鈔，雍正十二年映旭齋梓。

可以贊天地之化育一句

覆舉至誠之所贊，將以明天道也。夫事之難者，莫如贊化育，而誠至則優爲之，獨不可以思其進焉者乎？且言誠有兩端，道器而已。化育以前，形而上之道也；化育以後，形而下之器也。人必不能中立於道器之間而無所處，則僞之所積日以下，而誠之所積日以上矣。今夫至誠自盡性而後，亦既人物交盡而至於贊化育如此，則由己而視人物，所謂推其餘而致之者也。故在我曰「盡」，在人物亦曰「盡」，一貫之理。初不俟乎更端，由人物而視天地，所謂求其本而合之者也。故在人物曰「盡」，在天地則曰「贊」，兼舉之中，不能無所歸重。計天地之有化育也，不猶人物之有性乎？計贊天地之不足盡至誠也，不猶盡人物之不足盡至誠乎？

凡主輔之位，一定而不易，贊天地者，固以輔自予爾。然至薄海内外，有清和咸理之氣，而嘉祥不過協應於其間，則天地亦降而爲輔矣。因主者之降而爲輔，則知輔者之勢將有所移，詎可曰「父天母地」，盛節也，而聖域止是歟。凡後先之義，交發而互生，贊天地者，固以後自爲爾，然至昆蟲草木，有陽和醉德之風，而雨暘不過時若於其間，則天地亦退而處後矣。因先者之退而處後，則知後者之勢將有所反，詎可曰「明天察地」，偉烈也，而王猷竟是歟。

且夫傳誦稱説之下，概多虚美，而加之至誠，則以爲無所辭，猶之頌君德者，必曰「齊聖」，及移之於三五之君，則不足以爲頌矣。夫乃知贊之爲言，第以明乎其實，而實至者其名自隆。且夫擬議推測之下，必無遺物，而施之至誠，則以爲有所憾。猶之勖世主者，必曰「法天」，及進之於光裕之廷，則無所用其勖矣。夫乃知贊之爲言，第以舉乎其功，而功崇者其德益峻。與天地參，又何疑哉。

清王步青黄陶菴文鈔，雍正十二年映旭齋梓。

棄甲曳兵而走三句

同走而異止，皆敗軍矣。夫走則非佯北也，止則非能軍也。戰者如此，其不謂之無勇乎？吾聞古聖王之師矣，其言曰：不愆於六步七步，乃止齊焉。蓋慮其輕進致衄也。夫輕進且不可，矧其輕退，一人輕退必斬以徇，而況其牽率以共退，是必擐甲執兵，推鋒以往，至於破堅擒敵，而後止焉可矣。

乃令之戰者異是，當其兵刃既接，非有彼衆我寡之勢也，非有我客彼主之分也，非有示緩示怏設伏佯退之智也。組甲被練，所以沖堅，而忽以爲不利於走趨，曰：犀兕尚多。吾姑棄以餌敵乎。於是敵人登巢車而望之，曰：彼師其遁。厹矛鋈錞，所以折馘，而忽以爲無暇於擊刺，曰：倒戈在昔，我姑曳以自衛乎。於是敵人援枹鼓而進之。曰：彼師其遁。當斯時，左拒右拒，既遼遠而不相聞；上軍下軍，或自顧而不相救。紛紛籍籍，如鳥獸散耳。及其既止而觀之，則有百步焉者，有五十步焉者。其百步也，不自知其爲百步也，非靷絶不能收，即馬逸不能止。逮鋒鏑既遠，遂休憩焉，以異徒旅之復振，而不覺五十步者之瞠乎猶後矣。其五十步也，不自知其爲五十步也，非驂絓不能前，即馬蹶不能進。適追歸未來，因逡巡焉，以幸同列之分謗，而不謂百步者之瞻之在前矣。

當其走也，必有一人先走，而群走者□然失次。吾不知百步者走，而五十步者隨之耶？抑五十步者走，而百步者過之耶？當其止也，必有一人先止，而群止者聊以自堅。吾不知五十步者先止，而百步者卻視而亦止耶？抑百步者先止，而五十步者遥望而遽止耶？是皆可知也。然敗軍之中，已有粲然而笑者！

清王步青黄陶菴文鈔，雍正十二年映旭齋梓。

省刑罰 七句

仁有所必施，惟著民於本計而已。夫刑稅交迫，民且力田之不暇，而暇爲善哉。故有所輕於彼，而後有所重於此也。且王者舉事，必有所深入教化於民而後用之。急而求民，民弗應也。故盡夫上之所能爲，而上之所不能爲者民必不責。則盡天下之所能爲，而下之所不能爲者民必不忘。是持操不謬而民情大可見也。

居今而言政，吾知之矣。大勞未艾，而斬殺以病其民。斬殺既多，而徵求以靡其産。民於此奔走暴露，而精英之氣，倜然不復集於身。故民之甚可愛者氣也。闢土世廣，而毒賦以浚其生。毒賦年滋，而峻文以制其命。民於此傾側擾攘，而愧畏之心泯然，不敢必諸己。故民之甚可念者心也。則施仁政於民者，其可曰刑亂用重，而時詘取盈哉。

刑罰吾省之，蕩滌宿惡，以報農功，而民緣南畝矣。税斂吾薄之，什一中正，毋盡地力，而民安本業矣。蓋國家之利，莫大於民爲人民之主，而田爲人主之田。民爲人主之民，則居者不流，而流者日來。田爲人主之田，則入者不出，而出者不竭。若此者，力耕積穀，固所以養斯民之氣而堅用之也。

雖然，民自勝冠以還，耆艾而上，皆非朝廷之所有者，獨其壯歲耳。而人主曰：疆場有事，吾將及其鋒而用之。安顧此區區之恒性爲。嗚呼！民之背其長上也，自棄父兄始也。民之棄父兄也，自孝弟忠信之不修始也。今者政立矣，民多暇日矣，環視兩河之間，其人謹節度思儉約，唐、魏之遺風，得無猶有存焉者乎。此日幸而復暇也，爲之陳古誼，稱天性，以開廣其心。使之循循然知有父兄之親，而以親父兄之故，長上亦不得疏。抑觀大梁之郊，其人尚氣力，通奸俠，燕趙之失俗，得無已有漸焉者乎。此日幸而猶暇也，爲之興學校，置師儒，以矯革其志，使孜孜然如有父兄之急。而以急父兄之故，長上亦不得緩，其所以正民之心者又如此。田萊甚辟也，弦誦甚修也，朝廷州里甚有人也。然而楚秦不卻，則是平刑簡賦，果亡謂也。

清王步青黄陶菴文鈔，雍正十二年映旭齋梓。

百姓皆以王爲愛也一句

設言齊民之疑王，所以致詰之本也。夫王一舍牛，百姓未必以王爲愛也。孟子亦設言之，將以觀齊王耳。若曰：人主善敗不能自明，則臚言固多可采。而胸懷既有獨任，則輿論不必盡參。

如王以羊易牛之舉，胡齕言之，臣聞之。而先是百姓藉藉傳於國中，則王所未知也。其言非他，直以爲王愛此一牛爾。夫愛之生心也有二：其一矜全之意厚，而憯刻不能移，此愛之出於正也；其一悋惜之情多，而斷決不能勝，此愛出於私也。乃百姓論王，竟不出於前説之至正，而出於後説之至私。吾不知始自誰人？而遍國中以爲然矣。

蓋王之民，有愚者，亦有智者。愚者之言曰：惜哉吾王，擅臨淄之富，而爲鐘簴吝一物。智者曰：善哉吾王，太牢之費，而以節嗇訓齊民。夫愚者興謗讟之辭，智者存護惜之論。其説不同，然誦詩者不引蜉蝣而引蟋蟀，則其説同也。王之民有怨者，亦有德者。怨者之言曰：甚哉！吾王。狗彘餘肉，又沾沾以畜大牲。德者之言曰：美哉！吾王。鐘鼓方在懸，姑徐徐以留鼎實。夫怨者深凍餒之愁，德者受壺漿之惠，其意不同，然觀易者不譏禴祭而譏丘園，則其意同也。

蓋百姓生於齊，長於齊，初不若唐、魏遺民，有儉陋深思之俗。故人人鬥雞走狗，而闊達自居者，其天性然也。一旦見王之此舉而駭之。他國不易牛，而吾國易牛，何異乎？既未嘗奉教於君子，則訛言四聞，亦其宜矣。抑百姓見王，日聞王，又不若古先哲王，有澤及枯骨之誦，故擊鮮炰魚，而斬殺自若者，平日事也。一日睹王之此舉而疑之，殺人不聞以牛代，殺牛則以羊代，一何紊乎？兼未及折衷於有道，則物論回惑，無足怪矣。

信如百姓之云者，則是王雖有全牛之事，實操可以殺牛之心，其待王過刻。且王今日有易牛之言，異日並將有易羊之事，其處王太卑矣。是説也，臣蓋存而不論云。

清王步青黄陶菴文鈔，雍正十二年映旭齋梓。

莊暴見孟子曰全章

樂無古今，惟同民者爲能好也。蓋先王樂民之樂，故其樂至今傳也。如齊王之所好，與獨樂何異？昔齊自敬仲奔齊，韶樂在焉，至宣王之世猶存。孟子之齊，與王論政者屢矣，無一言及於古樂，以爲仁義不施，則雖日取先王之樂而張之於庭，無益也。

一日，莊暴以王之好樂語孟子，有疑辭焉；及孟子以莊子之語詰王，有愧辭焉。彼特以古樂在齊，而耽此鶩辟驕志之音爲非宜爾，雖然，王果以昔日之樂，爲足以治今日之齊乎哉？

夫國不期於大小，期於好樂；樂不期於今古，期於同民。今也知獨樂之不若與人，知少樂之不若與衆，是天下之知樂者莫如王也；知與人之爲樂而故獨之，知與衆之爲樂而故少之，是天下之不好樂者莫如王也。王之心必曰：吾何獨矣，吾不有妾御乎哉？吾何少矣，吾不有便嬖乎哉？

嗟夫！此王之所以爲獨，此王之所以爲少也！今夫臨淄之中不下十萬户，王之妾御、便嬖不過數百人。王日與此數百人者鼓樂、田獵之是娱，而此十萬户中耳不絶悲嘆之聲、目不絶流離之狀。此雖伶倫復作，儀舞再來，民亦必疾首蹙頞，以爲安得此亡國之音也，況世俗之樂乎？然則好樂之甚者可知已。欲民之樂聞，莫如發德音；欲民之樂見，莫如下膏澤；欲民之善頌善禱，莫如播仁聲。

至於德洋恩普，收六國而臣之，擊壤有歌，殿屎不作，則王之樂亦洋洋乎來矣，後世聞之，以爲此非東海之風而王者之作也，豈不盛哉？言至此，則王必動容而思已，吾故曰天下之知樂者莫如王也；言至此，則王必斂衽而退矣，吾故曰天下之不好樂者莫如王也。

清王步青黄陶菴文鈔，雍正十二年映旭齋梓。

文王之囿 一章

即以囿論，而仁、暴分矣。夫古之爲囿也，所以行仁；今之爲囿也，所以行暴。然則古固無囿，而今亦豈有囿哉？古者生民之道多途也，雖遊戲之時亦生；今者殺民之道多途也，雖遊戲之時亦殺。生與殺，皆有所不自知，而受者知之，并其不及受者，亦無異其身受之而已。

昔文有靈囿，其小大可以意揣也，而宣王之言以爲方七十里。異哉問也，於傳有之，「文王以百里」。果若王言，是割十之七以爲囿也。於傳有之，「文王之城十里」，果若王言，是分囿之餘以爲城也。此其有無殆不足辨，夫既不足辨矣，則王謂有之，孟子亦以爲有之可也；傳未必有之，設以傳爲有之可也。至於以四十里之齊囿爲小於文囿，則大不可。夫文安得囿，直周民藪耳、澤耳；王安得囿，直齊民之機耳、網耳。

今夫文王之囿，以豳地爲基址，以雍岐爲結構；以江漢爲藩籬，以六州爲門户。薪之槱之，名才多矣；肅肅兔罝，漁獵多矣。夫然後規磽確之地，審面勢之宜，以爲觀望勞形之所。當斯時也，天下熙熙，皆爲囿來；天下攘攘，皆爲囿往。是故民氣樂而頌聲作也。今王之爲囿也，則不然。絶陂池水澤之利，棄桑麻梨栗之盛；擴荆棘之林，廣狐兔之苑。高高下下，以罷民於臨淄。雖羈旅遠人欲覽於高明，而惴惴焉懼有大戮。嗚呼！是尚得稱囿耶？

且夫麋鹿不可以耕耘，而令耕耘者養食之；養麋鹿者或誤殺麋鹿，而又殺其養麋鹿者以謝之。四十里之外，民以賦斂死、戰爭死，不知凡幾矣；四十里之内，民又以殺麋鹿死，是無往而不得死也。彼民畏威遠罪，不敢直斥爲「阱」，而但曰「王之囿太大」。此其意，亦可深念矣，而王尚曰小乎？王一旦恫其苦斯，慨然悔悟，廢鐘鼓帷帳之具，罷馳騁遊獵之娱，慰安元元，復其壤土。然後修文王明堂，而坐以治之，民惟恐王之不爲囿也。

清王步青《黄陶菴文鈔》，雍正十二年映旭齋梓。

春省耕而補不足九句

因遊以便民，而天下其則之矣。夫天子以補助爲遊，而群侯式焉。即受賜者豈惟一國而已，此夏諺所由作歟。且人君奄甸萬姓，豈湛樂是安，將萌庶是養。如其蕃息之政無聞，而遊畋屢出，將四境之呻吟作焉。求其歌思遍於海隅，而風美扇於來葉，抑或難矣。

粤若先王自祭告河嶽而外，則有藉田報社，以釋其爲民請命之懷，於是諸侯自宣風展義以還，亦惟教穡勸分，以盡其敬奉禹功之意。時維春矣，天子其有思乎。思百姓之稼器，同田不足以相供；思百姓之種食，合耦不足以移用。土膏發矣，倘有失時者歟？爲之鸞輅，以即近郊，而保介是諮。無闕乏也，則自甸服以外庤錢鎛而觀銍艾者，其政咸視諸此。時維秋矣，天子其有憂乎？憂水潦之頻仍，歲不發於九穀；憂土田之磽陿，人不給於二鬴。繇賦近矣，倘有流亡者歟？爲之戎輅，以臨西疇，而賑窮有令。胥沾洽也，則自薄海以内，弛射侯而闕廷道者，其法悉準諸此。

吾嘗觀諸三后之世矣，井救本於疇均，其人主泮涣優游，而不失其樂。公田荅夫駿發，其小民土鼓葦籥，以咏歌其情，若夏諺其章章者也，言有遊也，必有以也。法宫明庭之中，所目營手畫者，無日不在甽畝，而民則何知，直以爲高居禁禦，吾無幸焉。故其言曰：吾王不遊，吾何以休。言有豫也，必有故也。履遺簪挂之日，其刻心削志者，未嘗涉於康娱，而民又何知，直以爲皇心愷樂，我亦與焉。故其言曰：吾王不豫，吾何以助，遊矣豫矣。農官奉其德意，子孫遵爲法程，不待言矣。

若夫耳目有所不接，則受田還田，一聽於天下之君公，奢儉有所不齊，則有年無年，咸責以必盡之民力，是又天子有所不得而知也。然而王國有鴻雁之鳴，侯國乃賦碩鼠；王國無黍苗之潤，侯國乃刺蝃蝀。有如天子仁心覃敷，諸侯敢或縱於民上哉。故其言曰：一遊一豫，爲諸侯度。由此觀之，知稼穡之艱難，而言傳汗渙，風行海流，此三代之所以興也。棄蠶織於不務，而淫心舍力，上行下效，此三季之所以衰也。察祁寒暑雨之所由怨諮，審田功康功之所由推本，其尚無怠無荒，正是四國哉。

清王步青《黄陶菴文鈔》，雍正十二年映旭齋梓。

得百里之地而君之爲也

「三聖」有王天下之德，惟不以天下動其心也。蓋不有天下者其時也，能有天下者其道也，而不忍偷取天下者其心也。大賢之知聖如此。今夫一聖人出，而天下之豪傑皆廢，智無所用其謀，勇無所施其力，而聖人傑然立於萬物之上，此其中亦必有所恃者矣。乃道足於己而不遇，或遇矣而不王，説者遂以不王之人爲不如王，而又以不遇之人爲不如不王也。則何貴於通識哉？

今夫商末之大勢，不歸於武，必歸於夷；夏季之遺燼，不收於湯，必收於尹；及周之衰，上有桀紂，下無湯武，則宜王者斷歸孔子矣。然而夷、尹不王，孔子不遇，則何也？湯有百里之景亳，尹無有也；武有百里之西雍，夷無有也；淮泗小侯擁百里之國者十數，孔子無有也。

設也得百里之地而君之乎，百里甚小，君百里甚難，聖人撫甚小之國，席甚難之勢，氣盛則規模偉，心精則事業弘，手不煩麾，色不煩動，制諸侯如子孫，運天下如臂指。事有固然，無足怪者。雖然，古者得天下以道，而其次則有以德者矣，又其次則有以功者矣，及其變也，有出於詐與力者矣。夫論其得天下之本，則萬有不同；而不論其得天下之本，則雖詐力之雄，亦得與聖人皆稱天子。故夫朝諸侯、有天下，猶未足以觀聖人也。

蓋聖人之得天下，必本仁也，必輔義也；而聖人之爲仁義，充之至也，達之力也。天下潰決，有日行不義、日殺不辜而自以爲取天下之速；又有少行不義、少殺不辜而即以爲謀天下之迂。聖人曰：一事謬而可以傷天地之心，一夫冤而可以盡民物之氣。吾在野則以出處爭之，吾在朝則以去就爭之，吾有國則以國之存亡爭之而已。嗚呼，此其氣何如，此其心何如者耶！

吾觀孔子攝政三月，强國歸其侵地，則知得百里之地而君之，能以朝諸侯、有天下，若阿衡之革易乎兩朝，大老之重輕乎天下，風烈尚矣，又知其皆能以朝諸侯、有天下也；抑孔子接淅去國，微罪無所復留，則知行一不義、殺一不辜而得天下，有所不爲。若桐宮之不狎於嗣王，牧野之明心於共主，神明定矣，又知其皆有所不爲也。

清方苞欽定四書文四庫全書本。

爲巨室一節

用人猶擇木，齊王僅有一室之智焉，夫材大者無所不任，而竟不能邀王之一喜，故齊王之爲室則善矣。戰國特君好以喜怒示其下，而臣復好以喜怒逢其上，相窺相意而揣摩之學起焉。蓋羆士築室，而驕君處堂覆壓之患至矣。

孟子曰：臣請與王爲隱，王不好隱，則正言以繼之。有室於此，王其居之者也，王之諸臣其蔭之者也，國人其環拱而護之者也。王而爲之，則必進工師若匠人而命之。工師之學爲室，自其幼而已然矣。匠人之學爲室、爲工師，亦自其幼而已然矣。經營爰始之日，王不曰「惟我執事」，而曰：「女工師庀材。」楩楠既列於庭，王不曰「惟我操斤」，而曰：「女匠人奏技。」倘此時王忽作一想，曰：「姑斫女木而小之。」工師不禁也。然而王且喜得木，王且怒其斫小者，何也？則勝任與不勝任之别也。有是夫？王不學爲室而知爲室乎？

臣請爲王言學。今夫人之爲學，非其小小自試而遽已者也，將必大行之以竟吾事，是故棟欲其隆，則扶性命以爲宇；基欲其厚，則藴道義以爲堂；居欲其安，則距邪放淫以措不傾；圖欲其大，則黜伯崇王以示善建。學成矣，謀所以行之者而未得也，聞山東之國有齊焉，其王明而善爲室，智而能擇木，於是不遠千里，輦長材而致之闕下，曰：「吾王庶幾其任之歟，喜可知也。」而不謂王之怒甚也。向不曰舍大木，今乃曰舍女所學；向猶曰從工師，今乃曰從我。甚矣，其不善爲室也。

則試設爲工師之詰王也者，曰「王之喜我以得大木也，今王自得大木而未喜也」，則何如？則試設爲匠人之詰王也者，曰「王之怒我以斫大木也，今王自斫大木而不怒也」，則何如？又試設爲夫人之詰王也者，曰「王之所喜者勝任也，王之所怒者不勝任也，今王怒勝任者」，百姓聞之嘖於室，左右諸大夫聞之笑於室也，則何如？

清王步青黄陶菴文鈔，雍正十二年映旭齋梓。

是動天下之兵也五句合下節

齊開天下以兵端，則亟謀其去燕者矣。夫天下將爲燕兵齊而衆，獨無所以謝燕者乎。度一去固不足以自解耳。策宣王曰：王者之師，我無瑕而後戮人；霸者之師，微用兵而以義動。王今者兩失之矣。

天下見齊之强也，又見齊之倍地而不行仁政也，脊脊然謀曰：是蔑三晉，鄙荆楚，輕秦也。夫於是承齊之敝，結燕之親，不祟朝而下兵於臨淄矣。夫燕有見亡之危，天下有被兵之勢，是不謀而同患也。王有伐與國之誹，是偏激天下而重攜其黨也。物極必反，居滅絶之中而不知；致至則危，臨不測之淵以爲利。殆乎哉，齊其不得爲齊也哉。

爲王計者，視燕之所致憾於我而亟反之，視天下之所將致討於我者而因以爲德也。天下曰：「燕之旄倪何在？」王出令曰：「燕民即吾民也，速反之，其死亡而莫之省憂，寡人將以爲戮矣。」天下曰：「燕之重器何在？」王出令曰：「燕寳非吾寳也，速止之，其專欲而侵盜無厭，寡人將以爲討矣。」天下曰：「燕之國君何在？」王出令曰：「燕之不祀吾憂也，速置之，其立賢以奉宗廟，寡人將圖利之矣。」之死而生，之亡而存，因是有救死扶傷，睹故鼎之復還，而諮嗟太息者，亦遺黎之所藉以不恨也。無國有國，無君有君，於是有合好掩惡，幸社稷之無隕，而慷慨征繕者，亦小人之所恃以無恐也。

令者王之所擅，出於口而無窮；國者人之所貪，取諸懷而見德。雖天下窺王之所不言，猶以此去爲太晚，然王實先天下之未動，而隱然奪其兵端矣。計定於先故有成，兵出無名將自解，失今不爲，非吾所能及耳。

清王步青黄陶菴文鈔，雍正十二年映旭齋梓。

守望相助 一句

助行於鄉，而知井田可以寓兵也。夫同井固有取於助也，則守望之間，獨不可以相助乎。識者以爲師田之制備於此矣。昔者先王定九一之法，而必掌之以司馬之官，戎甲兵草，固不具焉。此非不知兵事神密，不可無故而習也。而特不容聽吾民之不習。不習焉，而知兵民之勢將分矣。故即同井之中，而使之帖然爲民。又即同井之中，而使之隱然爲兵。

何則？禾稼既登之後，不能無侵盜也。雖閭胥足以制奸宄之發，而有備無患。則國家所以衛城郭者，即可通其意於畎畝。場圃既築之餘，不能無懈也，雖溝塗足以限戎馬之足，而以人輔法，則軍中所以明斥堠者，即可制其用於鄉遂。於是出入相友未已也，又使之守望相助焉。

凡守者聚而處，望者散而布，聚之則苦其多也，散之又苦其寡也。今即平日之什伍聯綴者，彎弧擊柝，而互生其形勢。此爲彼守，不必仰食於所守之家，故不厭多；彼爲此望，不必身踐其所望之處，故不厭寡。是耰耡棘矜之間，而儼然有旗鼓之節矣。凡守者來而拒，望者往而伺，彼來則恐其力不敵也，我往則恐其情不得也。今即平日之耦俱無猜者，獻禽饁獸，而馴習於險阻。以八家爲一家守，而實則自爲守，故其力悉敵；以八家爲一家望，而實則自爲望，故其情悉得。是芋蒲襏襫之下，而森然有部勒之方矣。

方國家有事，則提封萬井，賦出如林，或疑其以兵興之故，不暇於相助。然有正卒以充行間，仍有羡卒以事田作，則自四丘出甲以上，皆守望之人也。且夫水旱洊加，則此遂可以助彼遂，況其爲禦暴客者乎。方國家起徒，則追胥竭作，下及餘夫，或疑其以役要之故，不暇於相助。然近地多役故税輕，遠地少役故税重，則自歲收稯禾以外，皆守望之時也。且夫患難相及，則秦人可以助越人，況其爲衛婣黨者乎。

夫如是，故君子之鄉，寇盜不入，土著之民，勍敵知畏，其蟠也如山，其動也如川，王道之興易易也。

清王步青黄陶菴文鈔，雍正十二年映旭齋梓。

陳代曰不見諸侯一章

且吾觀戰國之士，其所以求用於當世者何多途也。卑論儕俗而自容，回面污行而不愧，囂囂然號於天下曰：「吾將以有爲也。」世主惑焉，爲之疏高爵出厚糈以寵之。而循道之士，獨温温無所試，是宜不得志於時者之發憤嘆息，思變節以用其所未足也。如陳代之説孟子，猥以不見諸侯爲小。夫孟子豈不見諸侯者哉，不枉見也。代亦知其不枉見也，而勸勉之若此者，以枉少而直多也。孟子曰：從子説，小可霸而大可王；從吾之説，則不免於窮而死。吾豈一節之士，齗齗自好者耶？顧吾念之，懷當世之具者，無求於人者也；有濟物之思者，無利於己者也，此其道皆不宜枉。

即如齊有虞人，此小匹夫耳，然猶孤立行意，以拒非道之招，君子聞而偉之，高其志，壯其勇，以爲死生之意備矣，獨奈何處賢豪間，而行不肖之事耶。且子之欲枉，不過曰：「圖王不成，尚可以霸。」即安知不遷其説，謬其詞，而曰「圖霸不成，尚可以當强」乎？惟利是趣，惟枉是爲，此不獨虞人羞之，亦王良所不道也。

王良者何？趙簡子使之，與嬖奚乘者也。其人以御爲術，日與貫顧奮戟之士，挽强命中之夫，摩肩而趨，接迹而立，非巖處奇士之行可稱述者。乃守法則獲少，貶枝則獲多，傲弄貴勢，凌轢近倖，士大夫至今稱之。如用子枉尺直尋之説乎，則一朝而獲十焉，又一朝而不止於十焉，積日累月，可以至於丘陵者御，得此亦榮矣。顧良也去之若浼，人各有志，不忍爲此態也。假而使君子出於枉，則必伺候世主之顔色，奔走天下之要津，放棄師説，而出於陰陽名法之言，違背正人，而屈於婢妾賤人之下。嗚呼，不已甚歟！且夫因人而進者，人亦各以其私意撓之；於主而仕者，主亦終以其前事疑之。大則以學術誤國家，小則以詐諼取禍敗，尋亦不可直也，尺亦不可直也，徒枉而已矣。由此言之，必有守死之志，而後無慕於功名，無慕於功名，則其重在我，是霸王之器也。陳子或未之知也。

抑戰國之士賢者有四：不爲楚相者，莊周也；不屈齊王者，顔蠋也；輕世肆志者，魯連也；廢死蘭陵者，荀卿也。以上四子較之，則荀卿近於孟子。周也、蠋也，雖有王者作，終不用也。而魯連者，亦不能無意於人世之功名。然則守道如荀卿，其可以言性之失概貶之歟？

清王步青《黄陶菴先生全稿》，乾隆丁酉重鎸。

孟子謂戴不勝曰 一章

欲善其君者，非多得士不可也。蓋以善士與不善士較，則不善之勢常處勝，故爲戴不勝計者，得數居州焉則可矣。且大臣之輔其君，與小臣不同，小臣可以進退爭，而大臣不可以口舌與，故君有過，則必先治君側之人，而欲盡去君側之小人，莫若廣樹君側之正人。

說在孟子之告戴不勝也。戴不勝者，宋之賢臣，嘗進善士薛居州於王所者也。君子曰：惜哉，其不講於正君之術明矣。古之賢君，當其爲世子之時，而已近正士、聞正言，積漸久矣，故雖有小違，無難救也。今之人主，諭教既失於先時，聲色又親於臨政，此其視仁義禮樂，若天性本無之物，而重有所苦者。夫奪其所樂，進以所苦，而復取必於立談之間，雖伊周之佐不能。譬若言語之際，至微淺也；父子之間，至無已也。然而楚不可以易齊，傅不可以敵咻，一不可以制衆，故必陶染大國之風，持久而後勝之也。孰是人主而可取必於立談之間乎？束縛之，馳驟之，不得已而側席以從，而其爲不善之心，則不啻瘖者之思語、遊者之思歸也。

昔者沖人在位，元宰負扆，自疑丞輔弼之間，以至綴衣虎賁之列，無一而非善士。故一言不善，則操筆而書之矣；一行不善，則抗世子之法而教之矣。此莊嶽數年之說也。若夫齊桓之爲主，管子之爲臣，其委心自信，豈顧問哉？然而管子存，則齊桓霸，管子亡，則豎刁、易牙之徒相繼爲亂。甚矣！一傅之孤危，而衆咻之足畏也！

子謂薛居州善士也，使之居於王所，居州則誠善士也，然宋王之姿，下於齊桓；居州之才，不如管子。吾意子必朝進一居州焉分其猷，暮進一居州焉補其闕，而子以身鎮壓其間，然後可以得志。乃今曰「一居州耳」，環視王側之人，其辨慧皆足以窒居州之口，其文深皆足以致居州之罪，一不幸而居州退，再不幸而居州戮矣。即戮與退其未必然者也，而緦緦然懷見圖之憂，則其所裨於君者幾何哉？嗚呼，若不勝者好善而未知所持，是向者楚大夫之所笑也。

清王步青黄陶菴文鈔，雍正十二年映旭齋梓。

孟子之平陸一章

齊之君臣皆失職，而大賢尤罪其君焉。夫距心何罪，皆齊王之罪耳。王亦如距心之以空言任罪也，豈所望乎？且國家所與共拊循其民者，莫切於有司。有司之功罪不明，則人主無與爲治。顧通國之有司皆良，而罪在一二人，則其罪重矣；通國之有司皆不肖，而偶欲罪一二人，則其罪輕矣。蓋罪可明，而所以得罪之故不可明也。田齊之先，有賞一大夫、烹一大夫而國大治者，彼其君實能以富民爲心，故其臣亦願以殃民受罪。而宣之世變矣。廉潔者人之性也，不期而皆化爲貪，彼知廉之見惡於時也；勤敏者吏之職也，不期而皆化爲惰，彼知勤之無益於國也。此猶以失律之將禦失伍之卒，不更相譙訶即幸矣，而欲舍其上而詰其下，則至死不服。故雖孟子，不能責距心也。雖然，以距心爲竟無罪乎？此又不可。彼其耳目口體之養取之於民也，如取之於其家；而其視吾民之顛踣騰籍也，如視秦越之人肥瘠。即或愁居懾處，仰屋而竊嘆，卒無決去就以爭之者，未幾而報政者稱殿阜，即是人也；未幾而考績者書循良，即是人也。嗟乎！司牧之謂何，而民曾不得比於牛羊？言至此，距心之罪服矣；距心之罪服，而其晏然於距心之上者，亦可以距心之罪罪之矣。今夫百姓患暴露，非財不可以立屋廬，而王必不使爲都者有餘財；百姓苦饑羸，非粟不可以贍朝夕，而王必不使爲都者有餘粟。以一都言之，所見如此，所聞如此，其餘可知也；以一距心言之，蒿目而已，撫心而已，其餘又可知也。王之國是，其日非矣乎？乃王於此，亦若處不得爲之地、操無如何之心者，曰「此寡人之罪」而已。嗚呼！王即不言有罪，孟子豈不知與？王即終日罪己，齊之民豈有救與？王有罪，距心又有罪，而王與距心之政皆如故也，豈轉死之民亦有罪與？無惑乎生齒之數日耗於一日，危亡之憂歲深於一歲也。

清方苞欽定四書文，「四庫全書本」。

諸侯放恣二句

合天下皆亂人，禍成於無所懼也。夫諸侯無所懼而放，處士無所俱而横，非聖王之不作使然乎？自古極治之世，未嘗無亂人，惟立法以馭之，使無隕越而已矣。故建國以親侯，即有削地絀爵之法治天下之諸侯；廣學以造士，即有移郊移遂之典治天下之處士。是以諸侯而放恣、處士而横議者，不容於帝王之世。自周之衰也，五霸力而扶其鼎，君子斷而誅之，以爲功不足以掩罪也，然猶兼功罪者也，降爲今之諸侯，則有罪而無功矣；自政之移也，庶人激而議其上，君子聞而傷之，以爲是不足以勝非也，然猶存是非者也，降爲今之處士，則飾非以亂是矣。

今之諸侯，未有能堅明約束者也，强大者以力屈人，弱小者亦以謀致人，其敢於冒天下之不義者，非圖伯也即圖王也，偶有抑王霸之心而稍修臣節者，卒爲天下笑矣，不放恣者誰乎？今之處士，未有能束脩砥礪者也，辨有口者倡之於前，愚無知者和之於後，其敢於犯天下之不祥者，非好名也即好利也，偶有軼名利之外而輕世肆志者，已稱天下士矣，不横議者誰乎？其始國小而易制，諸侯之勢尚分，而今則七十二國之侯封并而爲七，遂人人有臨二周、問九鼎之心；其始論高而寡和，處士之與尚微，而今則掊仁擊義之流派踵而增華，遂人人有非堯舜、薄湯武之意。況中國之與夷狄互消長者也，冠裳禮樂之國既日尋於干戈，則僻在夷裔者亦得發憤修政，起而爭天下之先；又況士習之與民風共清濁者也，憑軾結靷之流既日騰其口説，則列在四民者亦必事雜言龐，退而趨禽獸之路。吾故從而爲之説曰：諸侯者，處士之淵藪也；處士者，諸侯之蝨賊也。有王者起，稱天以治諸侯，而處士之淵藪空；有聖人作，稱仁義以治處士，而諸侯之蝨賊去。

清方苞欽定四書文，「四庫全書本」。

離婁之明一章

法古道以治今時，君臣皆有責也。夫事不師古，則以甚仁之心，而至受甚不仁之禍，況不仁乎？彼縱君於此者，亦獨何哉？時至戰國，先王之遺風餘烈盡矣，其上有剛毅戾深之君，其下有阿諛順指之臣，相與蕩滅古法，而放意於兵爭之間。孟子逆知其後之無所底也，上述唐虞，下推三代，以待君臣相得之朝，講求其法而措之天下。

然而爲政之所以必因於法者，何也？政之有法也，如工之有規矩，而師之有六律也，苟爲政而可無法也，則吾謂今之人主直賢於堯舜，何則？堯舜者，古之聰明徇齊如天，好生之君也。彼不恃天區區之仁愛也，而與其臣朝議夕思，以設爲一切可遵之法，夫是以恩普德洋，澤流後世也。今仁主之仁心仁聞，萬萬不及堯舜，而曰：「我有善在，何法之遵？」嗚呼！是卻行而求前也。且夫遵先王之法，而必勞而聰明，殫而神智，創未有之軌轍，尋遺文於茫然，則其遵之也誠過。而今也不然，先王之所欲竭竭矣，所欲總總矣，遵先王者之垂衣拱手與今同，而其至治翔洽，上下同流，則今之君臣所謂日夜勉强而不得者也，其何憚而不因乎？然而先王慮之於心，成而授之於我，而必更之，必革之，則所謂智者不智，而仁者不仁也。夫紀綱正而後國立焉，紀綱廢而後國滅焉，朝野之間，惴惴莫必其命矣，而猶守要害，極兵威，疲民於耕戰，而權利於阡陌，是其所忌者在侯王。有士之君而不知山林小民之英雄，將建梃而隨其後也。誰爲爲此謀者，吾知之矣，其人必不嚴天威，不敬命者也，不惜詩書之刺譏，不念外人之悲痛者也。以訕笑古法爲堅强，以揖讓王侯爲得意，欲必伸私説，則陽譽前王，而故稱其迂緩之迹；欲盡排群議，則獨尊世主，而盡斥爲亂政之民。若夫正言極諫之人，固不忍出於其朝也。或不幸而出於其朝也，則奮奮之夫，且盡力以排之。而世主疾彼之愚忠，樂此之進利，不至舉國以從之不止，豈不哀哉！

後之明主深慮遬覽，求唐虞諧弼之佐，進三代一德之臣，鑒規矩六律之所以垂，師丘陵川澤之所以就，念仁人之所以宜於上下，思恭敬之所以異於讒賊，則天下不勞而理矣。

清王步青《黄陶菴文鈔》，雍正十二年映旭齋梓。

恭儉豈可以聲音笑貌爲哉 一句

無實而飾至美之名，宜大賢重譏之也。夫名莫美於恭儉，而世主以聲音笑貌飾之，使果可爲也，恭儉殆虚名哉？此孟子斥戰國之實不修德，而陽浮慕之者曰：「話言者我好之基，威儀者定命之本。」古先王虚心竦神，繹思至道，而後有暢肢發業之盛焉，此温恭克儉之稱，聲施至今，而識者亦無以議爲也。乃若侮奪人之不可爲恭儉，亦既章章矣。然吾入其國，頌恭主者翕然趨焉，則疑之曰：「此殆有故。」及觀其降不穀之稱，疾趨卑拜，然後知其稱恭之故，蓋在乎此也；行其庭，頌儉主者嚮然臻焉，則又疑之曰：「此自有説。」及觀其下寬恤之令，移粟移民，然後知其稱儉之故，又在乎此也。嗟夫！此所謂聲音笑貌者爾。

今夫恭儉者之有天下也，雍動在友邦，殷盈在民物，不動不言，萬國仰龍雷焉。假而曰：「聲音可爲也，笑貌可爲也。」則是誦如綸之王言，可以已亂；望如日之帝容，可以阜財也。夫容濟而實匱，物猶憎之，彼又汲汲焉逞其無良，則向之褒厲者，非畏則誦耳，豈得實之論哉？且夫恭儉者之有一國也，衆頫宗天王，獨居念鰥寡，有本有文，四國仰膏雨焉。假而曰：「爲以聲音可也，爲以笑貌可也。」則是仿齊王之擁篲，可來伊周；存衛君之敝袴，可富秦、楚也。夫朝文而暮質，人猶議之，今又滑滑焉肆其大欲，則彼之憤懣者，退有後言矣，豈愚人之心哉？

究其所謂聲音笑貌者，振矜之爲之爾。佞聲在懸，曼色在衡，則忽然而忘之矣。是其意但以之愚君子，不以之欺小人，然小人之於此，固習知其非恭儉也，而謂君子之察識反遜小人，則其待賢豪也太薄。抑其所謂聲音笑貌者，平時之飾之爾。咄嗟出於憑怒，賚予行於醉飽，則熾然而變之矣。是其意但以之誣神明，不以之掩耳目，然耳目之所及，則又深信其非恭儉也，而謂神明之鑒觀不如耳目，則其視帝天也太昏。

然則恭亦不可飾也，儉亦不可矯也。陰居厚實而陽獲顯名，初心本在於兩得。出爾反爾者，人之情；悖入悖出者，天之道，大勢亦歸於兩亡。吾爲計之，莫若反而求其實，安用此齪齪者爲哉？

嗚呼！漢之武帝必冠而見汲黯，踞廁而見大將軍，必冠是也，踞廁非也。至於海内繁費而縱告緡，置平准，嘻，其甚矣！而猶謂汲黯曰吾欲云云。何怪其對之之戇也。要之恭儉之實，惟文帝爲庶幾焉，而吾猶以其類辱絳侯爲不恭，厚賜鄧通爲不儉。

清王步青黄陶菴文鈔，雍正十二年映旭齋梓。

曾子養曾晳 二段

徽孝於一門，雖飲食已有異焉。夫子之養父，豈止一酒肉而已。然曾子之於曾晳已如此，曾元之於曾子已如彼也，不亦可觀感乎哉。今天下之最可樂者，身爲逮養之子；而最可幸者，家有賢聖之親。親無求備之情，而子餘未竭之力。是宜左右就養，必誠必信爾矣。

乃天下有仁孝之至，而反疑於未必信、未必誠者。有未必不誠、未必不信而已。妨於孝者，如曾子一門可見也。

曾子者，聖門之所謂孝子也。曾元者，亦世俗之所謂孝子也。在曾晳，有大杖責子之時，而曾子之爲父，則一出於慈愛。在曾子，有捉衿見肘之日，而曾元之爲子，則不聞其苦貧。同爲人子，固亦有難易哉。

考其爲養，則曾子有酒肉、曾元亦有酒肉也。曾子之有酒肉可必，曾元有酒肉亦可必也。而其相逕庭者固不在是。曾子之將徹也，或召鄉黨僚友，以樂親之心焉；或呼子侄昆弟，以廣親之惠焉。親酳矣，已猶不敢飲焉；親飽矣，已猶不敢食焉。蓋至請所與，而懼可知也，懼中饋之不潔，而親以爲不必頒；至問有餘，而喜可知也，喜饋酳之和齊，而親以爲有可共，則疾應之曰「有」而已。不必其果有餘也，親以爲有餘，是即有餘也。

而曾元則不然。家庭之際直情徑行，父子之間樸略少致，彼蓋習知其親之、養之，不在於酒肉也。而以爲綢繆於匕箸之間，是有所不必矣。彼蓋習知其親之、養之，有在於酒肉也。而以爲分甘於疏賤之人，是有所不繼矣。請與不請之分，相去無幾，而視請爲繁文，雖勉而亦請，亦索然無餘也。有與復進之分，相去又無幾，而視復進爲有節，雖矯而曰「有」，亦神明弗善也。是曾元而已矣。

吾聞文王之事親也，武王師而行之，不敢有加，夫加且不可，而況於損乎？如曾元之所爲，則是文王之朝，王季日三，武王可以降而爲二，文王之食上必在，武王可以不必躬親也。吾益爲曾元之子慮也。

清王步青黄陶菴文鈔，雍正十二年映旭齋梓。

子産聽鄭國之政一章

論鄭大夫之逸事，而詳及政體焉。夫乘輿濟人，在子産或自有説，而或仿此以從政，則末矣，君子所以重戒夫悦人也。時至戰國，苛刻徼繞之政深，而温惠慈和之意少，蓋天下尤尚刑名哉。然而刑名之始，不始於刑名之人，惟爲政者寛以養天下之亂源，柔以蓄天下之不肖，至於宏綱不舉，萬事墮壞，而後察察者得以承其後也。孟子憂之，借子産以立論。

子産者，非孔子所稱「惠人」耶？迹其抗大國、擊强宗，猛毅則有之，姑息則未也。以其猛立而寛成，故天下皆曰「惠」焉。而不知者顧傳其乘輿濟人一事，若欲以此蔽子産者。孟子曰：此非子産之事也。信或有之，則吾謂其「惠」，而不知爲政。何則？政者，所以利生殺也，生人而當謂之仁，殺人而當亦謂之仁；政者，所以别上下也，上勞而下逸謂之義，上逸而下勞亦謂之義。

考之周制，十一月徒杠成矣，十二月輿梁成矣，工築具而途道修，直一有司事耳，又何患其「褰裳涉溱」、「褰裳涉洧」哉？且君子居則上棟下宇，而民或露處，不聞有推宫室以覆之者；出則和鸞清道，而民或負戴，不聞有脱兩驂以授之者。曰吾有政在也：陰陽之和，不長一類；時雨之甘，不澤一物；君相之大，不阿一人。唯其平而已矣，政平則法立，法立則惠行，惠行則民樂。審如是也，雖辟人於道而不吾怨也，庸待濟乎？今夫輿也者，一夫之載；而濟也者，一人之利也。若夫爲政有體，一人服之，則一人之吏也；十人服之，則十人之吏也；推而至於坐秉國均、起操天憲，則千萬人之吏也。千萬人之吏，非千萬人服之不可，若之何日取一人而悦之哉？故爲政者知此則得矣，不知此則失矣。古制宜復，而憚違流俗之言，其敝也，井田裂、封建廢，而民生不聊；今法宜變，而惡咈世主之意，其敝也，淫樂作、慝禮興，而風俗大敗。此所謂日不暇給者也。

夷考子產之爲政也，殺一人、刑三人而天下服，以至道有遺物而莫之敢拾也，桃李垂於街而莫之敢援也。斯其犖犖大者，乘輿濟人之事，於傳無之，吾不可以不辨。吁！晉人之論「三不欺」也，謂子賤勝子產，子產勝西門豹，蓋子賤任德，子產任察，西門豹任刑也，雖然，子產之逝也，孔子泣之，所由與任察殊矣。司馬遷僅傳循吏，豈亦泥孟子之論哉。

清王步青黄陶菴文鈔，雍正十二年映旭齋梓。

而未嘗有顯者來一句

齊婦之疑其夫者，即其夫之所驕語也。夫顯者不輕就人，即齊婦豈不知之，獨往而不來，則誠異矣。謂其妾曰：良人所謂富貴人者，位高金多，吾與若不素聞者之耶。若然誠顯者也，吾聞顯者之致此物，皆有天幸，人亦何可幾及！幸得稱顯者交足矣。雖然，言有交也，必有往也，必有來也。

貴人出入，耳目攸關，豈枉臨於寒素，然或惠存知己，即損威妨重以明恭，未可知也。丈夫脱略，固其天性，豈相尋於苛謹，然或遊好未厭，即閑步過從以成歡，所必至也。今也不然，良人朝出而不還，吾與若倚門而望，獨不見高車駟馬，雍容孔都者耶。吾竊思之，以彼其人，雖執鞭咸所欣慕，而良人抗言升堂，抵掌卜夜，則其視踢躇民間，足不登大人之門者，誠霄壤也。無何，其人已嚚然過矣。昔之距今又何時？並不見此嚚然矣。良人暮出不遠，吾與子倚閭而望，獨不聞前呵後殿，厥聲殷雷者耶。吾竊思之，以彼其人，雖旁觀亦爲嘆息。而良人攝衣上堂，引滿相屬，則其視趦趄軒墀，名不列食客之籍者，猶數乘也。無何，其人已渺然遠矣。今之視昔又何時，並不聞此渺然者矣。

吾日者不與子言，而榮與辱交累其心。夫亦曰徼惠良人，一旦長者車轍，駢集門外，斯不亦里閈之光耶。而正恐蓬蓽不足揚清塵，使人謂吾夫貧士，則貌敬而心輕者有之，今何榮辱並失也。吾日者不令子知，而喜懼兩戰於中。夫亦曰赫哉顯者，萬一博戲馳逐，道過吾家，斯不亦一顧之寵耶。而又恐中饋不足給鮮濃，使人謂吾家儉薄，則外親而中恨者有之，今何喜懼盡去也。

世稱貧賤驕人，盡若彼往而不來，即酒食亦誰與樂此矣？即或富貴多態，苟至食而弗敬，將丈夫獨不能自食乎？此非可以揣摩知也，又非可以詰問得也，吾將瞯之。

清王步青《黄陶菴文鈔》，雍正十二年映旭齋梓。

彼將曰在位故也二句

兩以位言，而彼此之意俱伸矣。夫敬尸者以位，而敬鄉人者獨非以位乎？先爲之辭以處之，是曰善辨。今夫義與禮相輔而行者也，明於義之非外，則可以兼禮；明於禮之非外，亦可以精義，是有位焉。古先王若豫知今日之紛紛，而設以待辨者。如祭之有尸也，位諸西南之間也；酌之有賓也，位諸西北之間也。祭在生父，則取諸孫以象之，卑踰尊矣，而位在，則不可謂之踰尊。禮重鄉飲，則取諸長以賓之，疏踰戚矣，而位在，則不可謂之踰尊。從古以然，不足辨也。

今者子迫於敬鄉人之詰而更端焉，彼又迫於敬弟之詰而置對焉，彼將曰：「夏立而殷坐，意有同歸；舉斝而用牲，義無或殺。尸固不以弟礙也，子亦不得謂之有礙也。」則因而徐理前說，曰：「位若是重乎？以彼之尸，況此之長，若多一辭而反贅者。」然彼將曰：「灌鬯而降，主人爲之告處。昭穆而酬，詔侑爲之盡敬。尸固不因弟屈也，子亦不容謂之可屈也。」則從而覆舉曩詞，曰：「位若是貴乎？以我之長，例爾之尸，若代爲訟而無勞者。」然子坐父立，大亂之道也，而獨不可論於爲尸。當其爲尸，父不得而子也。身在父旁，則雖敬父之心，且壓於敬尸也，況敬叔父乎？彼固不知位由心制，第語子以在位，則其所必然者已。異姓爲後，朝廷之序也，而獨不可論於飲酒。當其爲賓，君不得而臣也。身在一鄉，則又無君之尊，有主之卑者也，敢私伯兄乎？子亦勿言位由心制，第復彼以在位，則其所不惑者已。此位與彼位不同所，義若因物以爲權；子言與彼言不同情，義若假名以自命，則更辨諸庸敬與斯須之間乎。

清王步青黄陶菴文鈔，雍正十二年映旭齋梓。

小弁小人之詩也 一章

詩可以怨，大賢即小弁以立教焉。夫平王之孝可議，而小弁之詩不可議也。明於當怨之故，可以教天下之爲人子者矣。且處人父子之間，此天下之至難也，而尤難處者，帝王之父子。蓋有宗社之寄，則賊亂易生；居嫌微之間，則讒構易入。處之不得其道，則天下戮辱其君父，而亦不憐其臣子，所以難也。

君子讀小弁之詩，三致意焉。蓋作此詩者，宜臼之傅也，可謂能教太子矣。而説者猥疑之，曰「怨」。嗟乎，亦知幽王之世，爲乾坤何等時哉。親若申侯，畔之而已，是路人也；賢若伯陽父，憂之而已，是亦路人也；忠厚若正月以下諸詩人，嗟歎之而已，不得不爲路人也。以路人自處，而以越人處君，則雖齎諮涕洟，其中實與談笑者等。

今更取小弁讀之，其身世，則舟流也；其本根，則壞木也；其心事，則毛裏也。哀痛幽墨，有不得已之志焉，則以天下之所棄者，虐戾之君；宜臼之所親者，本生之父也。舉天下無親幽王之人，而親之者獨有一子；在此子亦更無仁其親之事，而仁之者獨此一詩。甚矣，作詩者之爲君子也！

而説者猥疑之，曰「怨」，是必變小弁爲凱風，同儲君於七子而後可耶？今夫龍漦作孽，伊洛告災，禍亂之成，至以一笑易一國。此自依斟流彘以來，未有若斯之酷者也。使七子之徒易地處此，必將寢干枕塊以沖仇人之胸，而宜臼内德申侯爲之遣戍，外畏戎狄棄其國都。是猶以處小過者處大過，君子知其不怨矣。奈何並此詩去之哉？彼爲之傅者，於其本疏而教之以勿疏，於其不怨者而導之以怨，蓋以虞舜望平王也。彼雖萬萬不能爲虞舜，而前得免爲篡逆，後得守其宗祧，天下以爲平王能子矣，吾安得不戴之爲君？然則周鼎未遷，雖謂此一詩之力可也。今由大聖人怨慕之意以揚搉此詩，體作詩者諷諭之情以爲教天下，使人讀之，相與勉爲仁孝而耻爲大惡，則宜臼之志固可以不論也夫。

清王步青黄陶菴文鈔，雍正十二年映旭齋梓。

善政民畏之四句

政教之深淺，較其善而益見焉。蓋畏與愛孰深，財與心之所得又孰深也，而政教之差數較然矣。今夫君上之臨百姓，百相求也，百相責也。以得民之淺者，自與而以得民之深者遜之。遠皇上古之人，其必不然。然君上忽不自知，而分出於深淺之兩途；百姓亦忽不自知，而分應以深淺之至數。運之茫茫之上，致之昭昭之中，未有或誣者也。

今以政教之善者言，月吉而布，科指以明，久之而鐘鼓筦弦之聲作焉。其始肅然，其既藹然者，一代之人心也。至判爲兩代，則遂有能兼與不能兼之辨矣。則壤而賦，惟正以供，久之而忠愛惻怛之意形焉。其外澹足，其中淳固者，一事之徵應也。至畫爲兩事，則又有能致與不能致之分矣。蓋有民於此，當其散遷怠慢，上必曰：「爾其畏我哉。」及其重足一迹，上必曰：「爾其愛我哉。」然而予民以峭澗猛火，一循吏制之而有餘；予民以化日熙陽，非數聖賢釀之而不足也。即有能畏能愛之民於此，當其慄慄危懼，上必不曰：「爾僅予我以財。」及其温温不怒，上必不曰：「爾盡予我以心。」然而鄭書晉鼎，意若浮於稅賦之外，而實制其錐刀；周官召誥，意若止於綢繆之文而已，形爲詩頌也。

是故峻文深憲以明之，醲賞深罰以督之，善政之流歟，不期畏而民畏矣；家人父子以親之，家塾黨庠以訓之，善教之流歟，不期愛而民愛矣。畏非所以得民財，然財者肌膚之餘也，肌膚至親，不敢爲人主惜，何況於財，故政之於財，役御之而已矣；愛非所以得民心，然心者生死之餘也，生死至大，不忍爲人主恡，何有於心，故教之於心，攜取之而已矣。

蓋吾觀其氣象，而有能兼不能兼之辨也。虞世獸魚咸若，而兵刑之官合爲一；周王怙冒如天，而威威之文見於書。不言畏而言愛者，從其重也。若曰：「愛至矣，畏將焉往？」若夫匿文而覿武，則玩心生；命賤而威尊，則攜志見。數十年之間，而畏者將不畏焉。雖善政或不至此乎，要不如民愛者之又使民畏也。抑吾綜其事實，而有能致不能致之分也。夏后之所尚惟忠，而禹貢獨詳貢賦；姬旦之摩民以禮，而周官半屬理財。不言財而言心者，從其本也。

若曰：「心盡矣，財將焉往？」若夫鹽筴擅於國，則民氣驕；阡陌開於田，則民智挺。

數十年之間，而財將非其財焉。雖善政或不至此乎，要不如得心者之終亦得財也。

清王步青黄陶菴文鈔，雍正十二年映旭齋梓。

桃應問曰 一章

極聖人必盡之心，可以處變矣。夫大聖之用心，必不以私累也。設言舜、皋陶之處變，不可以觀人倫之至乎？且法律之事出於義，而惟仁之至者能操之；一本之愛生於仁，而惟義之盡者能全之。蓋仁者不失入於法之内，故亦不失出於法之外也；義者不違道以悦親之心，故亦不遺親以徇己之事也。

説在孟子之論舜、皋陶已。夫愛親莫如舜，執法莫如皋陶，而適有殺人之瞽瞍介其間，爲皋陶者不大難乎？曰無難也。夫立君以安人也，以天子之故歆法，則失其所以立君之心；平刑以恤民也，以天子之故逸賊，則失其所以平刑之意。故有謂親貴可議者，即大亂之道也。皋陶之於此，禁亦執，不禁亦執，況舜本不得禁乎。何也？殺人者死，此非有虞氏之法，而天地以來之法。吾行天地以來之法，所以成天子也，設有纖毫梗避於其事，則皋陶非聖人已。

然而執法莫如皋陶，愛親終莫如舜，適有應執之瞽瞍介其間，爲舜者不大難乎？曰無難也。夫得親而後爲人也，有借父立名之心，雖臨四海不可以爲人；尊富所以廣孝也，有先己後親之意，雖濟萬世不可以爲孝。故有謂民物可戀者，即禽獸之心也。舜之於此，顧天下則失親，顧親則失天下，必也棄天下而逃之乎。何也？側身窮海，此降天子爲匹夫，而即降天子父爲匹夫之父。降天子父爲匹夫之父，亦所以謝士師也，設有幾微芥蔕於其心，則舜亦非聖人已。

蓋以一夫之命爲輕於天子父之命者，此三代以下之論，非所施於上古；以父子之樂爲不如有天下之樂者，此豪傑以下之事，豈所論於聖人。法伸於宮禁，則人不可以妄殺，而海内刑措矣；親重於天下，則力無所不竭，而大孝錫類矣。此孟子仁至義盡之論，而亦桃應有以發之歟？昔淮南厲王以大罪廢，徙蜀嚴道死，而袁盎請斬丞相、御史，以謝天下，田、竇失意杯酒，而武帝殺魏其、族灌夫以悦母后，此一君一臣，何其壞法歟！漢之趙苞、魏之姜叙、五代之烏震，所扞不過一方，非有社稷存亡之寄也，而皆喪其母於賊手而不之顧，此三子者，何其不孝歟！嗚呼，仁義充塞久矣，世乃以孟子爲戲論也！

清王步青黄陶菴文鈔，雍正十二年映旭齋梓。

見義不爲無勇也二句

聖人以取義望天下，而激其本明之心焉。蓋勇生於義，義立於爲。第曰見之而已，吾何望哉？夫人有識以明內，則可帥氣使必行；有氣以充外，亦可扶識使必達。而吾終不敢謂天下大事皆取辦於識多氣少之人。夫非氣與識離而爲二也，識嘗主乎事之發，而氣嘗主乎事之成。事不可以有發而無成，故人不可以有識而無氣也。今天下事會多矣，教亦凛矣。使是非之所存，必不與利害相反，則古今安得有忠良？使好惡之所寄，必不與誹譽相違，則人心安得有廉耻？奈之何有見義不爲者？

居平私憂竊嘆，以究當世之利病，事至則循循然去之，曰「將有待也」，逮所待者既至矣，則又自誣其前日之議論，以爲狂愚，此其力尚足仗哉？夙昔引繩批根，以刺他人之去就，身臨則縮縮然處之，曰「期有濟也」，至所濟者罔聞矣，則又反訕乎賢豪之樹立，以爲矯激，此其氣尚可鼓哉？

選輭出於性生，則雖學問經術本異庸流，而舉平日之所知所能，盡以佐其浮沉之具；畏葸積於閱歷，則雖醇謹老成不無可取，而因此日之一前一卻，遂以釀夫簒弒之階。禍福何常之有，避禍深而英華銷阻，遂並其不必獲禍者而亦避之，彼其心非惡義也，惡義之可以獲禍也，然至藏身之固既得，而觀望周章久矣，爲笑於天下矣；生死何定之有，畏死極而中情回惑，將並其可以觸死者而反蹈之，是其死非合義也，不獲於義而又不免於死也，原夫賢愚之身同盡，而坊檢空裂甚矣，進退之失據矣。

若此者，謂之「無勇」，世豈有無勇之人，而可與之慷慨誓心、從容盡節者哉？是以君子治氣如嬰兒，欲其專也；用氣若大師，欲其靜也。不敢輕喜而易怒，慮其氣之旁有所泄也；不敢留力而玩時，慮其氣之内有所阻也。氣盛，故塞乎天地、行乎淵泉而無不之也；氣純，故達乎百爲、貫乎萬事無不當也。嗚呼，是亦足矣！

清王步青黄陶菴文鈔，雍正十二年映旭齋梓。

齊一變一節

兩國之變不同，而均可以至道焉。夫齊魯之季世，皆非其初矣，變之雖有難易，要之以周道爲準也。今夫一國之勢，嘗聽於開國之人，人亡而勢變，則又驅一國之人以聽一國之勢，此治亂之大較也。有賢者作，從已亂之後而力矯之，則守國之難與開國等。雖然，其致亂之淺深可考也，而其致治之遲速可推也。

請以齊、魯論。魯之先，周公是以周道治魯者也；齊之先，太公亦以周道治齊者也。

然太公以暮年戡亂，則於禮章樂舞之事未暇以詳，而後世之言兵者得托焉，托之者衆，則雖子孫亦自誣其祖宗，而浸以陰權爲立國之本，於是僖公小伯於前，敬仲九合於後，齊之規模恢然大矣，而綱維繩墨，漸即於消亡；周公以七年致政，舉凡建官立政之細並有成書，而後世之言禮者得據焉，據之者深，則雖君父已自逾其短垣，而終以臣子爲禦侮之資，於是肩隨於陳、鄭之間，依倚於齊、晉之國，魯之氣象薾然衰也，而文物聲名，尚支於不壞。是故齊之難變者數端，而陳氏不與焉。魚鹽盡守於國，則其利難散也；公族盡失其邑，則其本難固也；並妻匹嫡習爲固然，則尊卑上下之序難正也。若此者魯之所無，齊之所有；今日之齊所有，而太公之齊所無也。魯之易變者數端，而三桓不與焉。其國無奇功，則服器易守也；其戰無奇捷，則禍亂易消也；其通國大都無奇裳，則尊尊親親之風易復也。若此者至魯而半，至道而全；魯一變而周公之道得全，猶齊再變而太公之道得全也。

今有兩人於此，其一疾在本者也，其一疾在標者也。疾在本者，飲食啓處盡如平日，而其患將入於膏肓，識者爲鍼石以伐之，則其人亦稍弱矣，知其弱爲將愈之徵，則知其强爲必死之疾也，此變齊之説也。疾在標者，精神元氣不改故常，而其外若有所大苦，識者爲粱肉以衛之，則其人亦遂强矣，知其强爲體之所有，則知其弱爲體之所無也，此變魯之説也。然而齊多闊達之才，與之言更化，必抵掌而起，及其回翔馴擾，則又不能終日；魯以相忍爲國，與之談王道，則本末粲然，求其慷慨激發，則又終無一人。坐是周公、太公之初，竟不可復，而説者並移其咎於開國之人，且以爲知有今日也，豈非誣哉！

清王步青黄陶菴文鈔，雍正十二年映旭齋梓。

或問子産一節

原鄭大夫之心，而其論定矣。蓋以惠目子産，似與其行事不類也。然而古之遺愛，舍此安歸哉？今夫治有二機，刑德是也。王者尚德緩刑，霸者刑德並輳。若救時之佐，則參王霸用之。彼其忠厚之意，不必汲汲焉自明於天下，而天下終知吾意之所在，是以論定之後，刑去而德獨存，如子産是已。

夫子産相鄭，始終四十餘年，而其前受怨者一年，其後丁壯號哭老人兒啼者數年，是以或問其人？子曰："惠。"非無説也。蓋鄭之行惠，與他國異：他國鎮撫百姓而已，鄭則晉、楚歲一加兵，欲捍外則恐病民，欲便民則憂辱國，子産之行惠，與他相異：他相奉宣德意而已，子産則豪右盡與爲敵，欲養善既慮容奸，欲鉏奸又虞激變。

向非明足以察，勇足以斷，則仁亦不足以守也。而僑也明察人也，是非之數先見，雖驅天下之愚者議之，其意不惑；雖驅天下之智者議之，其意不惑。及其法立而誅必，則人亦便之矣。僑也勇斷人也，禮義之指既定，在我下者，一切使之俯首以畏我；在我上者，一切使之帥先以聽我。至於風流而令行，則國亦大和矣。

夫城峭者必崩，故惠欲其施也；母慈者子犯，故威欲其立也。一威一惠，如手足之不可獨無也。惠以主威，如砭石之期於已疾也。雖然，威必在先矣，惠必在後矣。吾觀天下之先惠而後威者有二焉：其一爲奸雄之徒，結民以豆區釜鍾之澤，使德必歸己，怨必歸君，而後以斬刈隨之，則異已者不得不附，此田常所以篡齊也。子產惟不爲田常，故先威而後惠也。其一爲君子之徒，過信其不殺一人之意，至萬端並起，群盜滿山，而後以刑誅救之，則至慈者反變爲刻，此子太叔所以終悔也。子產惟賢於子太叔，故先威而後惠也。夫去其田賦刑書之失，則可進於士；無其守禮度義之心，亦可流於霸。不王不霸之間，其子產之自處乎。地使之也，時使之也，然而子產不可及矣。

後世黄霸之治潁川，孔明之相蜀漢，皆得國僑遺意。霸惟有酷吏之才，而後能爲循吏；孔明惟有申、韓之才，而後能不爲申、韓。吾是以知名法家之於人，亦非無恩者也。夫無恩而人畏之，無威而人感之，世豈有是哉。

清王步青黄陶菴文鈔，雍正十二年映旭齋梓。

殛鯀於羽山一句

暴其罪而不戮其身，聖帝之所以待崇伯也。蓋鯀之罪不至於死，而亦不可徒生也。羽山之殛，有以夫？嘗觀帝堯之使鯀，竊疑聖人於此，何其輕於徇衆論，而緩於行天誅也。知鯀之圮族，而以四岳故用，及用之而九載弗效矣，不及其身刑之，猥以遺舜焉。是不幾以百姓爲嘗試，而骩法縱奸也哉。

及觀舜之所以處鯀，而知鯀之爲罪，固未可與共、驩並論者也。鯀所際者，天傾地陷之世，其勝任者大神大聖，而非夫尋常之智所能爲；鯀所負者，堅强婞直之才，其得罪在獨斷獨行，而非有滔天之惡以禍世。方鯀之舉以四岳，而不舉以共、驩也，蓋亦非比周乎小人者矣。方堯之不用其子以登庸，不用共工以若采，而姑用鯀治水也，蓋亦以一時之臣無出鯀右者矣。

至久而弗效，則又惡得無罪哉？舜自攝位之後權之，以爲鯀雖不殺一人，而洪水之所殺已久，是即無異於鯀殺。鯀雖殺及天下，而原其殺之者，出於治水，是終與殺人有殊。於是設爲拘囚困苦之刑，置諸東方瀕海之地。言有殛焉，是其刑也；言有羽山焉，是其地也。蜃蛟之與游，魚鱉之與守，蕩蕩默默，不能自聊。俾知百姓木處而顛，土處而病者之舉，似乎此也。汨陳之罪，亦足以正之矣，豈直不畀洪範而已哉。黜陟之不知，聲名之不及，戚戚嗟嗟，莫保厥命。俾知昔日見才太急，任事太鋭者之自致於此也。永遏之條亦足以錮之矣，豈直三歲不施而已哉。

夫惟苦其形神，而不必誅其首領，所以聖子嗣興，無礙其爲幹蠱之地也。而始則修遺功於太原，總則臚鉅典於郊祀，皆足酬曩時障水之勞。亦惟寬其肆市，而不復貸其投荒，所以黄熊復生，亦無憾於羽淵之入也。而殛之者，不爲不惜才；使之者，不爲不知人，適足見聖朝一德之美，蓋聖人之仁義交盡如此。

附：作者自記

趙岐注孟子不言「殛」字爲何？鄭玄注周禮，則云：「廢以馭其罪，廢猶放也。舜殛鯀於羽山是也。」陸德明釋云：「殛，誅也。」曲禮：「齒路馬，有誅。」以言語責之，非有刑罪也。今以尚書竄鯀於羽山證之，則鄭、陸之説，良是。但鯀死於竄所，故洪範云：「鯀則殛死。」春秋傳云：「堯殛鯀於羽山，其神化爲黄熊也。」以殛爲殺，向屬沿誤。

清王步青黄陶菴文鈔，雍正十二年映旭齋梓。

乃若其情二節

合情才以溯性，其善著矣。夫情才非性而皆出於性也，其善若此，其無不善若彼，奈何敢於誣性耶？昔者孟子之論性與孔子異。孔子之説，理氣參焉者也，故其言曰「相近」。孟子之説，論理不論氣者也，故其言曰「性善」。然置氣不言而天下之辨起矣，則仍即其流行運用於氣之中者言之，而立教乃可無弊。答公都子曰：天命之謂性，性動而有爲之謂情，性具而能爲之謂才。夫性渾然在中，可以理推而不可以迹求者也，人亦安能盡識哉？乃若情也者，動乎天機，著乎心本，覽陰陽而知太極之動，觀清濁而知流水之源，斷斷如也。

今夫饑而欲食，壯而欲室，此人所謂情也，而不可謂之情，蓋嘗屏萬物而示之以善，不啻身之於痛癢，不待教而知矣；得意則喜，見犯則怒，此人所謂情也，而不可謂之情，蓋嘗雜萬物而進之以善，不啻口之於甘苦，不移時而别矣。由此以測之於性，性善也，故情亦善也，此從本逮末之論也；情善也，則性亦善也，此推見至隱之説也。故曰善也。若夫爲不善，則亦有之。緣機逐物而自放於昏逸之地，在今名之曰暴棄之民；反道背德而甘即於頑嚚之間，在古名之曰不才之子。乃一旦舉而諉之，曰此才罪也。

嗚呼，其然哉！大鈞賦物，一實萬分，既授以沖漠之精，即並授以達此至精之具，謂有贏縮其間，則是擇聖人而盡予之才，擇賢人而多予之才，擇中人而慭予之才也；二五順播，形開神發，既畀以妙合之理，即並畀以翼此至理之資，謂有異同其間，是有以處夫終身不善之人，而無以處夫始善終惡之人，與夫始惡終善之人也。才且無不善如此，而況於情；情且無不善如此，而況於性哉？然則不善孰爲之？曰氣爲之也。在天之氣無善惡，在人之氣有善惡。然情可爲善也，乃有放殺君父而自以爲是者，是情爲氣變矣；才固無不善也，乃有始生之日而知其滅族者，是才爲氣變矣。吁，合氣與理而後可以明道，可以辟邪也夫。

清方苞欽定四書文，「四庫全書本」。

强恕而行二句

得物我之所由通，而皆備者見矣。夫仁之遠者，我與物二也，强恕以通之，即於初體何負哉？今使天下有生而不仁之人，則相循於偏私而大道可不設矣；又使天下皆生而近仁之人，則相漸於性命而學同爲無用矣。夫惟反身之成既難驟得，而皆備者之終不可以或闕也，故求仁之方立焉。要其一致之理則曰仁，齊其衆萬之情則曰恕。所謂仁者何也，存我以厚物，實能生盡天下之物，統物以觀我，實能渾全受衷之我，則誠至而仁亦至焉，恕即從仁而出矣；所謂恕者何也，不忍於一身，因知身以外之無適非身，不忍於一我，因思我所接者各挾一我，則誠未至而恕至焉，仁蓋從恕而入矣。

仁者無所於强，求仁者必作之以致其情；仁者獨以天行，求仁者務率之以幾於道。我言而若有思也，我動而若有謀也，不幾失自然歟？政惟順之至者先有所逆，逆去其嗜欲之私，而後得以公溥親萬物；逆去其鍥刻之見，而後得以慈愛利萬物，凡爲此者，期於必達吾意而已矣，意摯則情日深，古先王對時育物之道，殆取諸此而不遠焉。我立而即有與立也，我達而即有與達也，不幾外物歟？政惟欲求通者務去所隔，不隔於險阻艱難，而天下無阽危之物；不隔於喜怒哀樂，而天下無澹漠之物，凡爲此者，期於勉致吾理而已矣，理精則量日弘，古聖人博愛相容之思，殆體諸此而彌切焉。

世人當矢念之初，亦各有近仁之處，乃仁至而不自信，即仁去而不自知，以其思索之不力也。强恕者體之以平日，得之以一朝，周浹旁皇，其與心相習也久矣，高舉之而以爲生天生地之所始，豈有誣哉？君子當勢窮之日，或反有不仁之時，乃仁有缺陷而恕仍存，恕既充長而仁復見，以其剥復之不遠也。求仁者推及人之用，全無我之體，哀痛悱惻，其與天相見也易矣，精言之而以爲盡性至命之所本，詎云妄哉？天下勉强之聖賢，終勝於自然之衆庶，循理處善，一念可以有群生；天下篤實之學問，尤勝於高明之性資，致行設誠，匹夫可以容天下。夫孰非備物者，其棄此身於不仁耶。

清方苞欽定四書文，「四庫全書本」。

陶菴集卷四

啓書三十七通

啓

上座師王登水先生啓

伏念某海壖賤士，林草鄙生，抗高標於媢學之場，彈古調於無人之野。書忘寢食，思起班揚賈董而與遊；學論精微，將求濂洛關閩所未發。至若帖經墨義，耻爲繪句絺章。風變永嘉，力追正始，功非武事，高語廓清，坐是浮沉鄉校者廿年，因之蹭蹬棘闈者五舉。雖年未臻於强仕，人方濫數爲時髦，顧名已宿於文場，己亦自疑其晼晚。不謂雕蟲末技，薦諸冰雪聰明，叨居摸索之中，得騁風雲之氣。

兹蓋恭遇老師臺下，誠能體國，公以生明，龔、黄高漢吏之稱，燕、許擅玉堂之筆。方且五雀六燕，平操人物之權衡；遂令纖利小材，盡入文章之淵府。藹然骫骳，荷此甄收，感乃銘心，謝宜重繭。然而齎糧千里，方嗟趙壹之空囊；偕計公車，復迫郗詵之獻賦。是敢敬修箋記參承之禮，用以稍紓高山仰止之誠。雖其迹涉踽涼，似永叔之不登階序；或者心存永久，如任安之獨在門闌。謹瀝下情，以塵清覽；有違此語，是負師恩。

書

上座師王登水先生書

某蹇淺下材，自十有七歲而入膠庠，今二十有一年矣。生平厭薄陳言，獨好泛觀古人之書。蓋嘗求義理於六藝，求事迹於二十一史，求萬物之情狀於騷賦詩歌，求載道之器於漢、唐、宋數十家之文章，編劉規橅，涵揉檃括，放而之於詩若文之間。有一言之合道，一篇之追古，則欣然以喜至於忘食。

若今之制舉業，固未嘗屑屑以求工，然亦以爲繹聖經，尊王制，無所苟而已矣。近則深惟臧氏三不朽之旨，嘗謂古之立言傳世者，非其有得於心，則莫能爲也。夫既有得於心矣，雖有言可也，如遷、固、荀、楊、韓、歐之屬是也。夫既有得於心而有言者矣，雖無言可也，如鄙宗之叔度是也。某之所見如此，則視俗學彌不足好。比來斂華踐實，玩思性理，將求所以悟明其心，而剛大其氣，以庶幾於古之因文見道者。尋繹久之，亦復超然有見於文字語言之外。始知近代河東、餘干、新會、姚江諸君子之理學，門庭或殊，而歸趨則一。世儒舍性命而談事功，舍事功而談文章，是以事功日陋，文章日卑，而詖淫邪遁之害，浸尋及於政事而不可救。蓋天下之侹攘，數十年於兹矣。

某也粗有識知，上受罔極之恩於孔、孟，其敢貿貿焉以文人自居，以富貴利達之學術自陷也哉。重念有親在堂，不敢絶意進取，是以前此雖經屢刖，今年復隨衆入闈。屬有天幸，得出於執事之門下。恭惟執事，慈祥温惠之風，清剛廉潔之守，仁思義色，洽被遠邇。精鑒妙裁，出於誠一。闈中所得，率多奇傑卓詭之士，而某也誤廁其間，雖其才不及韓愈、蘇軾萬分之一，而執事固今之陸宣公、歐陽永叔也。世有出於宣公、永叔之門，而不竭蹷奔走，叩首函文者歟。

唯是榜放後即入南都，台旌已還青陽，是時督學有親供之召，留江陰者旬日，家間復苦京報人乞索無厭，乃歸家匄貸以遣之。而某窶貧人也，計偕在即，束裝愈難，因思執事所以甄收某者，固將望其有所樹立，不必責以區區之一見，是以不揆狂斐，輒敢自述其爲學爲文之本末，與其所以不得至前之故。熏沐拜書，仰塵清覽，伏惟執事憫其至誠也，教且誨焉，而不督其罪戾，幸甚，幸甚。

答歸恒軒書

相隔經年，實以人事牽率，心迹乖互，知有道者不我棄也。承示近著，並見教以兩先達之言：一宗秦漢，一學太僕；且欲取決於耀。耀於此事，所謂力不足者。雖其鑽窺之久，卜度之艱，亦差自謂有見，然方思取決於仁兄而未得，況敢決仁兄乎，又況敢決兩先達之言乎。唯下問諄切，不敢不有以置對。

夫謂文必宗漢，學昌黎已非其至者，宋以下姑置之，此説非也。夫漢人文章，如遷、固之史，賈誼、仲舒、劉向之奏疏，七制之君之詔令，其雄健飄忽，淳深温粹，固已極語言之妙，而宜爲學者之準則矣。

然而近代空同、大復、歷下、弇州之宗漢也，得其皮毛。唐、宋諸公之宗漢也，得其神髓。得皮毛者，似之而不似也，優孟之學叔敖也。得神髓者，不必似之而似也，九方皐之相馬也。試取遷、固諸人文字讀之，又從而深思其意，然後知昌黎所謂師其意，不師其辭，與所謂古人爲文本自得者，真超然獨見之言矣，然後知昌黎以下諸公之善於宗漢矣。若夫何、李諸公之宗漢，徒摘其成文，章絺而句繪之，天吴紫鳳，顛倒裋褐，而顧自詫其機杼之工，真不滿識者之一笑也。

今欲闢去昌黎及宋以下諸公，而直言宗漢，其説不爲不高，然不免陰翼空同、大復諸公，而反操入室之戈以向漢人也。且學漢人之文，譬如學孔子，今生孔子之後而學孔子，其能不由師傅一蹴而徑至乎？抑必如孟子之私淑諸人乎？如不免私淑諸人，則昌黎以下諸公，固吾所私淑之以學漢者矣。又有説焉，以唐宋諸公爲學漢，猶淺言之也，漢人之文，從六藝出，唐宋諸公之文，亦從六藝出。以唐宋爲學漢者，直謂得其氣脉以行文爾。若其議論之高，治擇之精，庸有遠出於漢人之上者？漢人間或有疵，如孔門之有樊須、宰我；唐宋人間出於漢人之上，如後世之有濂溪、明道。使濂溪、明道與樊須、宰我之徒，差肩而立，不問知其優劣所在矣。夫漢人之文與唐宋之文，既同出於六藝，則不學六藝又烏可以學漢哉？此説既明，則近學太僕之言，誠非卑論也。蓋太僕之學韓、歐，猶韓、歐之學西漢，皆所謂師其意不師其辭者也，皆所謂自得者也。由漢以後，有唐宋諸公；由唐宋以後，有國初方、宋諸公。國初諸公既没，當删去何、李、王、李之文，而直接以荆川、震川諸公。欲觀海者必泝江湖，欲登岸者必由津筏，此不易之論也。

放言至此，恐爲外人所訶怒，幸仁兄一覽，即焚去之。所示諸作，筆高而味長，尤善反覆婉折以極其論，真善學歐陽者。謹據愚見，以得失鐫注簡首以復。

承委詩序，因耀近日好静坐深思，不敢妄作，欲姑徐之而後發，屬計偕忙迫未果，然終不敢自外也。又承許見贈小序，幸即爲之，而於大鴻處見寄，幸甚，幸甚。

答柴集勳書

大鴻處得長箋，勖我望我，比於九鼎、大吕之賜。然所謂廬陵云云者，弟何人？斯而敢爲役，抑可謂有其志矣。唯仁兄篤實輝光之學，醇深雅健之才，博取而精出，厚積而遲發，其於古人，固當掉鞅而出其前也。

淳耀學業蕪淺，不足爲知己道。顧吾家涪翁有云，治經欲鈎其深，觀史欲馳會其事理，經、史二物，真學者之左右手也。然不治經而欲觀史，譬之持無星之秤，不足以衡物。不養其心氣，以求合於道而欲治經，譬藝無根之花，生氣盡則萎矣。日來端居静思，以求所謂養心治經者，所未有得也，仁兄其有以教我乎！

與柴集勳書癸未二月〔一〕

得第二次翰教，爲鄉邦計，至深且遠。適虞山友人來，知虞山先有此議，欲借鄭兵復荆襄，近捍神京，撫軍及南大司馬，皆以爲不可。而淮撫則力任之，一面邀請鄭兵，一面拜疏矣。乃知英雄所見，信乎其略同也。

【校勘】

〔一〕此簡爲光緒己卯本增入，出處無考。

答張子灝書

尊稿共選四十餘首，可謂過刻，然此事亦不容不刻也。所選皆的的清妙，然弟意授梓且緩。古人著述多至晚年乃定，蓋中歲所爲，或風格未成，波瀾欠老，皆他日遺恨。弟望兄爲不朽之業，遲之，深之，將來火候至足，自當泚筆慫恿，今則姑徐徐云耳。

荆川集送到，此老是歐、曾嫡派集中諸傑作，如讀春秋、周襄敏公傳、叙廣右戰功，不能指其何字何句是古，而逼真古人。惜其得意處，流入近時道學一路。然談理亦多發明，詩則必不可法。文可談理，詩不可談理也。弟亦未曾細看一過，不過信手所到，標出數處，亦見其意思所在而已。俟他日覆觀之，或更有所窺也。

答金孝章書

胸中有孝章者十年，而未得謀面，忽於棘試中聞聲相就，作合甚奇，此亦吾輩異日一段佳話也。弟濩落既久，不復嗟嘆，偉抱如吾孝章，而猶然回翮，文章尚有價乎？鱗長來敝邑，兩拜手翰。初次以鱗長暫歸，匆匆不及裁報，先後得讀包將軍傳及太夫人志略，一表孤忠，一揚聖善，此即孝章之出師表、陳情疏也，忠孝大節，略見於此矣。如命僭爲太夫人哀辭及包將軍、楚辭各一章，書素册呈正，意滿口重，辭不得流，惟執事教之。

亡友閔裴村一生苦吟，窮死草間，良可哀痛，聞其閫中，素能攻苦食淡，一子亦漸長，差可慰意也。弟已收得其遺稿，稍次第之，開歲即當授梓，尚欲細商之於左右耳。渠存日，每道孝章不去口實，而孝章可謂古道復形矣。鱗長旅況落落，幾成薦福碑。弟與同人言及輒嘆，每舉青蓮詩中「空手無壯士，窮居使人低」二語，不勝慷喟。宋史一事，大有功於學者，弟意更欲删去其不必存之傳，而於必存之傳不妨字句稍詳。昔人謂校書如落葉，掃而愈有，則知勒成一書尤難，尤難也！

答侯雲俱智含兄弟書壬午六月〔一〕

審知習靜鈐齋讀書學道之味，與時俱深，欣羨，欣羨。僕一春多爲酬應所牽，衮衮過日，因而動靜兩橛，亦多乖張。每思古人有不善，未嘗不知，知之未嘗復行，譬諸農皇之嘗藥，一遇毒螫，不復再嘗。今則明知其爲腦子野葛，而姑致牙頰間者多矣，豈不可嘆哉。業已誓心刻骨，不徹不已，其下手處，全在刻刻照顧主人公而已。「不患念起，惟患覺遲」，此八字訣也，若工夫未到，自然漫云休去，歇去。正是服食中之腦子野葛也，何如？何如？

五月中，與眉聲攜數十卷至陳園，屏迹不與人接。未幾，聞八月會試之旨，未免隨衆一行，此實萬萬非本懷，而有不得不往之勢。陶公所云「一形似有制，素襟不可易」者，我之謂矣。僕嘗語人云：「身無濟世安民之才，亦無全軀保妻子之志。」世事如此，當養晦十年，至我其誰而後出，此宿志也。今乃似馳馬入京，應不求聞達科者，心迹之間，大可憫笑也。行期在月之九日，爾後當有數月之隔，音郵諒不數數。前承訊及詩札，已寫至鄭風，大約漢、宋兩造而已，意微加讞決焉。今攜置行縢中，有暇輒續之，未能寄往，以雲俱、智含，精解懸悟，不須以此對同也。近者翼王亦事此學，視僕尤詳悉，想所欲聞，諸唯爲道自力。勉旃，勉旃。六月二日，淳耀再頓首。沖。〔二〕

明嘉定黃淳耀墨迹，上海市文物保管委員會一九六二年編印。

【校勘】

〔一〕「壬午六月」：乾隆辛巳本、四庫全書本、光緒己卯本均無，今據其生平補入。

〔二〕「六月二日，淳耀再頓首沖」：乾隆辛巳本、四庫全書本、光緒己卯本均删去，今據黃淳耀手札補入。

寄偉恭書 癸未

日夜盼家信，唯得七月中一書，心懸旌如也。知弟痁疾，此不足爲苦，想當旋復矣。聞學臺歲試，在九月中，名次前後，不知何如？然此直呼盧耳，大得失不足介意，況小者乎。

吾廷試傳臚時，見鼎甲三君，俗輩往往好此〔一〕。先上不得與者，皆嘖嘖稱嘆，以爲登仙，甚者至閉目摇頭不欲觀，蓋羡之之極也。吾此時嘆息無限，昔人謂狀元三年一個，何足多慕，此至言也。天地間自有數千年一個者，數百年一個者，數十年一個者，今人必不肯爲數千年一個的人，而必欲爲三年一個的人，已是可笑。況數月一個，又何足言乎？我近來意味甚雜。皆因終日塵中打滚，自然多走失處，又胸中横著一個「矜」字。眼見他人品骨不如我，議論不如我，意思識見皆不如我，便不免有輕蔑時俗之意。坐此學力不進，然在寵辱場中，壁立如鐵，則中庸所謂「爵禄可辭也，白刃可蹈也」，吾自信無憾。推而言之，天下國家可均也，惟中庸不可能。則過此以往，并心一向，猶冀天不絕我，三教〔二〕聖人不棄我，我終有一立腳去處，不徒然而已。弟勿憂我爲俗人所牽，俗念所染，但我當自憂處正多耳。客中無可與語，時時仰屋而嘆，買得唐詩數册、小鑒一部，誦詩至精微入妙處，讀史至得失分際處，窗虛月白，風急天高，自嘆自嗟，自解自會，真恨千載上人，不從吾遊也。目前諸公，赴館選如渴，我掩門獨坐，既無得理，而又懸念吾父吾弟，且思昔人三喪在淺土，便汲汲求人以葬。今吾家二喪未舉，爲人子孫者，亦安得曠年於外乎。兵寇交訌，倏忽不常。今趁道路略通時，且歸料理一番，如可終不謁選，竟作隱局。否則打疊身子乾淨，然後入世，鼠肝蟲臂，隨所賦予可也，不知此念是否？大約出月初十前後，可以戒行。至遲則臘月二十後，必到家矣。半月中惟有召對一著，爲意外羈留之計，恐亦未必然矣。世間事真不可做，十分勘破，可做者只有己分內事。勉之，勉之。致意同好諸君，厚積德而深養晦，乃今日事也。

【校勘】

〔一〕「俗輩往往好此」：光緒己卯本删，今據康熙丙辰本補入。

〔二〕「三教」：光緒己卯本删，今據康熙丙辰本補入。

與侯廣成書

碑文謹嚴雄整，如程不識、李光弼之兵，後半爲太史公點睛（睛），則尤千年來未經拈破者。不敢妄污佳稿，輒述所見以復。偶見呂后紀中「襄平侯紀通」索隱，以爲信子。查史、漢諸侯年表，皆云「紀成子」，則信不侯無疑矣。

乾隆辛巳本按：「此文得之秦藻齋中。」

與侯廣成書 乙酉六月二十七日（二）

蔡軍已去，欲從顧浦至白鶴江。乃聞黄都督兵爲奸細所止，亦在顧浦中，倘黄、蔡相遇，則遂聯翩而去矣，如何？如何？城中鄉兵已有解散之意，皆爲官兵退故也。目前南翔一枝已到，聞頗勁悍，其續到者應有七八百人。此則侯前隊信去，知城中有招延之意而來也。頃有從西關入者，云人心待此而固。若留之劄營倉橋，或東門以待官兵之來，亦良著也。不知台意以爲如何？家嚴云唐君辨曾聞翁丈欲招婁塘兵，劄營倉橋，今既不見至，似不如樂赴者之氣，爲不可鼓也。

【校勘】

〔一〕此簡爲光緒己卯本增入，出處無考。

答侯廣成書〔一〕

連日鄉居，昨知有約面道臺之箒，故今年入城邑中。事已略知一二，適觸熱小頓，未能過面，不審明日應晤送去□否？如應晤，則明早先詣齋頭一譚，而後聽先生訊。廣老仁丈先生教示，即刻，淳耀頓首。

【校勘】

〔一〕文集各版本均無此信，今據上海市文物保管委員會一九六二年編印明嘉定黄淳耀墨迹一書所載黄淳耀手迹補入。

答夏啓霖書

弟日來病痛，乃是於人倫物則上有透不過處。發念雖真且正，而求通不已，遂成心病，如值牆壁者然，其弊與膠滯聲色貨利者異趣而同歸。信乎無真則妄，不立真者妄之媒也。惟思善不思惡，乃做工夫入手處，思善未誠，流而爲惡，故曰：苟志於仁矣，無惡也。自今晨懺悔前過，矢不復犯。輔仁之益，實資至友，唯時賜錐劄，使其不淪於惡，幸之，幸也。所參庸義大段精詣，自半部以後，尤有風行雷動之氣，清心細對，則兄之浩氣直養，汩汩乎來，吁可畏也。其中小有商略處，或在有意建立而語脉不圓，過求深微而間成穿鑿。然亦百中之一，無乖全美。且弟隔垣而望，尤過無當，唯不敢蓄之於心而不吐，故僭注行間，或再一示研德，可乎？憶昨午晤對時，兄謂應試必不望富貴，唯順風而呼以爲行道之地，則此意不能無也。

弟退思之，資今日之科名以爲行道，決無是處，化當世莫如公，傳來世莫如書，此又不待科名。近代陳剩夫、胡敬齋之流，又何嘗藉科名耶？兄應試自無妨，且尊大人意也。但勿贅此科名意，乃大善耳。殘冬尚有十餘日，有便相晤，長箕讜言。

四庫全書本按：「此一篇得之毛純齋中。」

答侯記原書

四方之事，鄉邦之憂，紛紛然莫知其竟。大抵小急即以爲極危，小安即以爲無恙。萬方聲一概，古今一丘貉耳。日欲隱遁而終苦無法，前與德符言，欲寄迹浮遊，蓋無聊之思，究竟不是了局，奈何，奈何。承吾賢至情，今小得擺撥，便急急以來，特未能約日也。村居日長，作何工夫，以消永晝。出世經世，能并敵一嚮否？便中更寄一語爲慰也。

與龔智淵書[一]

春闈榜發，我兄又遭擯斥。刖足之嘆，賢者不免。然我輩不朽，原自有著力處，科名得失不足攖高明慮也。況時局至斯，弟雖幸邀連捷，亦仍袖手無爲，俟臚唱應點畢，决計束裝歸里，向海濱村落中尋塊乾淨土，與一二三同志讀書談道，長爲鄉人以没世而已。若使奔走長安，趨蹌要路，稱爲某某入幕之賓，某某薦舉之客，無論素性不耐煩，並非平昔切磨厚意也。

【校勘】

〔一〕此簡爲乾隆辛巳本增入，出處無考。

與龔智淵書乙酉六月十六日

今早至南關，見我兄區畫謹嚴，井井有法，所練鄉兵皆俯首承教，當由賢昆季忠憤之氣，實有以攝服之也。而偷生敗節之徒，輒哂爲螳臂當車，自斃身命。噫！讀孔孟書，成仁取義，互期無負，斯言而已。若輩無知，一任誚笑可也。

乾隆辛巳本按：「此與下三篇，俱由朱桓觀扆於龔開泰齋中得之。」

與龔智淵書乙酉六月二十九日

松陵消息傳來甚惡，舉義諸公盡血肉委地矣。銀臺公訂於今晚設祭，諒相見不遠，當即在旦夕之間，與諸公晤於地下也。

與龔智淵書乙酉七月初二日

聞兵已過太倉，漸逼葛隆鎮。愁慘之氣，城中四起，鄉兵哄然欲散，北門已有出走者。我輩第靜以鎮之可耳。此刻將造銀臺公所。明晨，期與兄握手以畢此生師友相知之誼。

與馬巽甫書甲申四月〔一〕

天崩地坼，雖欲爲曲江之哭，而不可復得矣，痛哉，痛哉。翁丈著書論古，以遣牢愁，此又今日避秦之一法也。生嘗謂前宋遺民，皆在越中，故國初諸儒承傳其學，爲一代功首。今翁丈獨抱遺經於殘山剩水間，使後世讀書種子不絕，固莫大之功也。

【校勘】

〔一〕此簡爲光緒己卯本增入，出處無考。

答王研存書乙酉〔一〕

南訊已不必言，吾輩唯有去城而鄉，雖埋名不能，而潛身必可得也。果有新縣正，必無見理，冠婚喪祭，以深衣幅巾行禮，終身稱「前進士」而已，一事不應與州縣相關，絶迹忍餓焉可也。弟之愚見如此。前世龔君賓、謝疊山，及國朝龔安節先生而在，其商略亦不過如此。弟與年翁〔二〕每事相聞，今至大關繫處，不敢不以真語就正，幾日内，弟必出城相見也。硯存老年社翁大人〔三〕。

【校勘】

〔一〕此簡爲乾隆辛巳本新收，出處無考。

〔二〕「年翁」：乾隆辛巳本、光緒己卯本均爲「年兄」，今據黄淳耀手札改回。

〔三〕「硯存老年社翁大人」：乾隆辛巳本、光緒己卯本均删去，今據黄淳耀手札補入。硯、研通。

與去非禪師書〔一〕

去歲承開士大錫鉗錘，得未曾有，自念身非子韶，乃當吾世而遇妙喜，何幸如之。知爲先和尚掃塔，刻期振錫，復蒙垂顧敝廬，其爲接引鈍根，至矣，至矣。

不肖以傷暑煩悶，便入舟，恐復稍遲，則瓢笠已去，是走急足相問，並有所質。不肖於先天一段，深信其不容擬議，無可思爲，在當人直下認取，棄邊見而證圓明，破頑空而趨正覺，然而實無所趨也，實無所證也。以無趨無證爲主宰，此一病也；以無趨無證爲妙詣，則又一病也。二六時中，動靜不分兩橛，當其動時，則即動以觀靜；當其靜時，則即靜以涵動，以本來無拂拭爲本體，以時時勤拂拭爲工夫。如此做去，不知有少分相應否？伏乞一言教之。太虛爲室，明月爲伴，開士與不肖未常少别，何有往來。今日謂不肖與開士聚頭磕腦，無不可也。更望開士深潛厚養，向折脚鐺邊，打捱幾時，以待龍天推出，勿瞎卻人天眼目，外具檀香一炷，以識皈依不盡。

【校勘】

〔一〕此簡康熙丙辰本、康熙癸未本均收，乾隆辛巳本、四庫全書本删去首尾一百餘字，光緒己卯本删去整篇，今據康熙丙辰本補。

與歸玄卿書〔一〕

舟中偶讀朱平涵史概中叙「梃擊」一案，云以張差爲非風癲者數十人，而先司寇與焉。蓋張差梃擊實有主使，其以爲風癲者小人，以爲非風癲者君子也。此係先司寇立朝大節，今疏稿中不見，或是當時連名上章，疏出他人手未可知。然胡澹菴封章亦出他人筆。今但知爲澹菴者，以其出身任之也。此事不可不增入傳中，今更推敲一二如左。

【校勘】

〔一〕此簡原附於康熙癸未本少司寇春陽歸公傳後，今移至此。

補入

致張子石書

客冬歸舟，重承年翁枉存，深慰契闊，以歸心甚勇，不及登堂，至今猶耿耿也。年翁宴居深觀，於身世之際，必當深有入手，知弟歸里後悠忽過日，傳聞四方風塵澒洞，慷喟彌襟，益悟從前學問之無根，出處之孟浪也。年翁其何以教我。茲以云渡上人還支硎附此，奉候起居。云渡，矅產也。勇棄世俗，皈心相宗。其五、七言詩亦清新有致，在方外實可語者。以支硎山中多華宗，故欲一見范先生而亦非有求也。餘唯崇照，不盡欲語。仲木年兄不及另札，乞注聲。年小弟淳耀頓首。石老年仁兄大人。沖。

馬路芝主編黃淳耀致張子石書札，素簡華章明賢書札集萃，上海人民美術出版社二〇一七年出版。

致朱萬里書

府取一事，初謂足下已有地步，得札知尚未也。已作一字致錢父母，囑其府揭中特開。又作一字致齊價老年兄，囑其留心。或自開，或再囑□□□□母以爲必得之計。□□□錢父母□□□□托□□□致改齊□□□□□□□□。足下札來時適忙極，不及作答，特此□□。不一。世祥太史契誼。淳耀頓首。沖。

馬路芝主編黄淳耀致朱萬里書札，素簡華章明賢書札集萃，上海人民美術出版社二〇一七年出版。

答張子翼書〔一〕

昨擾心不安，所許國語，敢此奉領至，付之至苻。子翼吾兄。弟金耀頓首。

明嘉定黄淳耀墨迹，上海市文物保管委員會一九六二年編印。

【校勘】

〔一〕明嘉定黄淳耀墨迹考受信人爲歸子翼，誤。歸子翼爲嘉靖、萬曆時期嘉定諸生。而受信人實爲張子翼，黄淳耀友。後兩通同。

答張子翼書

弟因有送殯之舉，今夕已宿南村，不得與兄雅集。草此馳謝，明夕得暇或來掃厨，未可知也。子翼仁兄。弟淳耀頓首。

明嘉定黄淳耀墨迹，上海市文物保管委員會一九六二年編印。

答張子翼書

昨曾□齋頭不值，此兩日適有他冗，停兩三百當索晤也，登娱又一年，换畫感謝之子翼仁兄前。弟金耀頓首。

明嘉定黄淳耀墨迹，上海市文物保管委員會一九六二年編印。

與南玄書

今日本欲索晤，緣有事來西，遂留子翼齋，不能復東。聞兄遷喬之期又在旦晚，將來便有離逖之恨耳。明嘗相詣以圖傾倒。南玄仁社兄。弟金耀頓首。

明嘉定黄淳耀墨迹，上海市文物保管委員會一九六二年編印。

答朱掄生書

高文漫綴一評，實無所當，朝間所云題目，乞從容拈出，歸時領之，即刻入舟，不及再晤。掄生社兄文壇。弟金耀頓首。

明嘉定黄淳耀墨迹，上海市文物保管委員會一九六二年編印。

與時聖昭書

弟以目胸久疏良晤，曾於求贍許見郎君府試作，清通朗潤，真有門風，爲當雀躍欠欠，知近況殊重也。適友人有欲遊南雍者，欲訊吾兄出學時雜費，乞即示之，如筆不能詳，乞約其大數。至府中雜費，望詳之也。聖昭仁兄。弟金耀頓首。

明嘉定黄淳耀墨迹，上海市文物保管委員會一九六二年編印。

答嚴孟公書

人生須得一物，與世可寶，今見蘭卷，不識此老少年便有奇手，即令首士恐一名下示。多得賴足下護持之。若在好事家幾换羊肉至可笑，用圖書□上署，甚望市如嚳第俯仰吐之耳。足下興味乃至耶，玄龍兄見問，千希致區區往返，體受罪不可言。孟公先生詞□。弟淳耀頓首。

明嘉定黄淳耀墨迹，上海市文物保管委員會一九六二年編印。

與金爾宗書

連日衮衮多累，意欲待小閑東來，而不可復得，虞山館□尚未來，冀可從容耳。馥生頃過家，云有扇付書，今得之即當寫繳，老雍剪眉之欲，固是嘉話。如明日可往，誰同往也？爾宗大兄至契。小弟淳耀頓首。

明嘉定黄淳耀墨迹，上海市文物保管委員會一九六二年編印。

與周義扶書

昨過子翼，商及約兄讀書之事，渠云曾面訂之承，慨然不棄，今當約定，幸無它赴。但所具筆墨費不過□金，以此爲歉耳。知兄高明不計也。義扶仁兄。耀弟頓首。

明嘉定黄淳耀墨迹，上海市文物保管委員會一九六二年編印。

答樂勉書

來惠過多謹拜，兜扇一種，塗中變化清風，爲貺大矣。路史諸物不敢奪所愛耳，謝謝。迫行不及面謝，乞諒之於樂勉仁兄。樂勉仁新兄至契。弟淳耀頓首。

明嘉定黄淳耀墨迹，上海市文物保管委員會一九六二年編印。

與某書

子肱文借評送到，乞爲致意，言求墨望即發歸。一扇求作畫，得蕭竦數筆乞矣，唯付仁兄至啓。弟弟金耀頓首。

明嘉定黄淳耀墨迹，上海市文物保管委員會一九六二年編印。

致某書

相與通義，何至若此。前札正因不便瑣瑣，直以簡言將意，乃復逢怒。弟湔罪矣，何敢復言。昨已囑吾兄，此物必不可歸，今如萬不可强，則乞暫留兄處，俟有公用，關係道誼者，便即支銷。目前亦有一用，但須與諸同志商委乃，可奉聞，當亦吾兄所樂聞也！權以吾兄爲貯，何如？特懸。小弟耀頓首復。

馬路芝主編黄淳耀書札，素簡華章明賢書札集萃，上海人民美術出版社二〇一七年出版。致何人待考。

與某書

長安晤言以來，倏逾半載。弟惟寂守郊居，杜門絶客，視長水猶長安，未經一至，於兄亦未得造廬而請也。

李經國、馬克編過雲樓舊藏名賢書翰，北京聯合出版公司二〇二〇年出版。

陶菴集卷五

傳祭文哀辭十四篇

傳

少司寇春陽歸公傳

少司寇歸公，名子顧，字春陽，號貞復，蘇州嘉定人。其先自唐宣公崇敬，與其子憲公登始顯。嘉靖中，昆山有光先生以文章名天下，公其族子也。父有陞以至孝聞，精韜鈴、律曆、農圃、醫卜之學。公幼從其父學，博涉經史，忠孝廉潔，出於天性。萬曆戊戌進士，繇中書舍人，遷工科給事中，會正陽門樓災，公上疏切諫，其略曰：「今天下事之最大而急者，無如青宫講學，而最可虞者，無如章奏不下。青宫輟講六年矣，中外惶惶，輔臣請之不得，禮臣請之不得，南北臺省諸臣請之亦不得。及閹寺出一言利之疏，則朝上夕報，夕上朝報，是不且輕國本，而重傷天下之心乎。章奏一切寢閣，則是非邪正不復有所别白進退，予奪不復有所剸裁，安危緩急不復有所倚仗，遂使政體鬱於上，仕路鬱於下，財鬱於帑，囚鬱於獄，此四鬱者，非所以滅凶而召和也。洪範曰：肅時雨若，蒙恒風若。漢書五行志曰：王者嚮明而治，則火得其性而不爲災。火爲鬱攸之神。今鬱結成習，遠於肅而近於蒙，故旱魃未除，炎火繼作，陛下何不仰體天心，一日盡舉實政，首令皇太子出閣講學，亟發一切章奏，以消去天下之鬱，如此則何禱不應，何災不禳，豈不鞏宗社無疆之福哉？」王文肅見之嘆曰：「真諫官也！」時神廟春秋高，福王未之國，小人睥睨兩宫間，廷臣持禄養交，黨論大起。畿輔、宣大、山西、河南、山東、吴、蜀仍歲水旱，國力漸屈。公連上章，請飭紀綱以覈實效，釋門户以破嫌疑，召致舊臣趙南星、鄒元標等以定國論，速完福藩府第趣遣之國以一群心，蠲賑災傷之民以培根本，節水衡浮費，絶方士冒請以足國用。又曰：「臣常言天下亂形已成，陛下豈以臣言爲未必驗而不信耶？言唯無驗，驗則不可爲矣。榮夷斂怨之言驗，而周轍不復西；黨錮瞻烏之言驗，而漢燼不復燃；范陽之釁既作，而嘆九齡之先見，則已晚；靖康之難既發，而翻陳瓘之抗疏，則無及。人臣甚無樂乎言之一驗，而居先見之明；人主亦何苦峻卻過計之言，而掇必驗之禍哉？」

上雅知公，嘗題「歸佛子」三字於御屏，蓋京師以公恬澹寡慾，呼爲「佛子」，語徹禁中故也。然疏多留中不下，論者惜之。公素不樂仕進，執政者亦多不喜公，故在諫垣九年，始陞尚寶司卿，繼遷太僕寺少卿。憲宗立，遷南京太常寺卿，旋轉南京通政司使。此數官皆冷曹，名遷而實抑之。時瑺禍已萌芽，而公亦病且老矣，遂上疏乞骸骨歸。詔加公刑部侍郎，許致仕。公歸而瑺禍益烈，鈎黨遍天下。公前言大略皆驗。會憲廟升遐，公聞不勝悲慟，疾寖劇。今天子嗣位改元，强起具冠帶笲易，得頣之「上九」，喜曰：「天子明聖，老臣死瞑目矣。」遂卧不起，踰月卒，年七十。

公嘗侍母沈夫人疾，母病目失明，公跪而舐之百餘日，夢有人語之曰：「母病以某日痊。」至日，雙眸烱然，蓋孝感所致也。公在朝薦一外吏，吏藏千金白粲中進公，公得金大恚，亟還其金，遂與之絶。巡視節慎庫，清奸竇，杜私交，歲成奏上羨餘四千餘金，前此例不上羨餘也。宦成無屋以居，光禄須公之彦以數椽居之，公於是始有屋。客至，麥飯葱汁，坐論文史，充如也。或勸公稍事請托爲子孫地，公笑曰：「吾猶婪也，子欲令我倚市門耶？」客慚而退。

公於書無所不窺，爲文章師法震川，不爲琱繪刻琢之辭，而正大温粹，辭達理舉。所著詩文集若干卷；工垣奏疏若干卷；删正綱目通鑑三百；輯天文、地理、兵曆、卜筮諸書爲備我集一百卷；選歷代古文詩爲天絢集二百卷，藏於家。

論曰：前史所稱廉吏多矣，或務爲名高，或齪齪苛謹無術學。若歸公在諫垣時，憂國發於至誠，所上書援據經術，通達國體，直言極諫，有賈誼、劉向之遺風焉。今吾鄉三尺童子，皆知公廉，然四方知之者鮮矣。若其進於廉者，鄉之人亦不盡知也。予故掇其大義著於篇，以授其子鏻，使傳焉。

朱君平先生家傳

友人朱行節兄弟既葬其父君平先生，復集比先生之行事，以求能爲文辭者而傳之。其言曰：「世之爲人子者，莫不欲傳其親。顧親不可以飾而傳，譬諸繪親之像，朝夕事之，像與親有毫髮不似，即子之心不安。獨於吾親之行有不及者，而爲虚美以飾之，則是以不似吾親者爲安也。珩之述吾親也，惟其似之而已。」予聞而韙之，爲掇其大略，作朱君平家傳。

先生名邦治，字士偉，號君平，嘉定之羅溪里人。父某生五子，先生其次也，幼出爲叔父某後。敏而好學，宿儒沈玉林，號爲能抗師法，從遊者常數十人，先生年十二，爲入室弟子。弱冠，補學官弟子員，往來婁東、鹿城、梁溪之間，一時賢士大夫皆自以爲不及。嘗深入七十二峰，雪月之夕，正衿危坐山中，人望而異焉。於書博覽强記，尤精春秋内外傳、莊、列、馬、班諸書，解剥脉理，分刌節度，每灑灑爲人道之。獨不喜爲章句之學，屢試京兆不第，意泊如也。

姚江朱憲副少與先生同學，先生弟畜之。既貴，延致先生於官所。嘗誤論一死囚，先生適見案牘，爲指示失入處，憲副大驚，立出之，先生終不告所出者以故。唯舉以戒子弟曰：「人命至重，爾曹他日居官，慎不可忽其爲德於陰，皆此類也。」事所後父母、本生父母，皆竭力孝道，葬祭儀節，一準朱子家禮。遇諸弟有恩。見人有急，如赴焚溺，未嘗以力不足爲辭。晚年誤爲邑令所銜，欲中以危法，捃摭無所得，乃榜諸衢曰訟朱生者，投牒過三日，竟不得一牒。令慚且悟曰：「朱生，善士也！」待之加禮焉。卒時年六十七。先生爲人莊敬樂易，雖盛夏見所狎客，未嘗裸袒，子弟有逆旨者，微示以意，悔謝即止，人方之萬石君也。

贊曰：今世所號爲傳人，率指仕宦有聲績，及繡其鞶以爲文辭者，宜先生之名不出於邑也。然史稱黄叔度，比於顔子，而言論風旨，無所傳聞，僅取荀淑、郭泰諸人相推許之言，以爲徵驗而已。夫宗族、鄉黨、兄弟、朋友之間，孔子之所以取士也。若朱生者，孔子之所謂「士」矣哉。

黄烈婦傳

黄烈婦殷氏，死於天啓改元之年，距崇禎甲申廿又三年矣。初，烈婦之家以婦死逼嫁，故諱言其死時事。烈婦父母家本農也，知哀其女之死，而不知表其女之節。而烈婦之家，及父母家皆在黄浦之東，去城邑數舍，邑之士大夫莫知也。里之人有知之者，又無能出氣力振暴之，以是久而不彰。會張子錫眉得其内兄黄廷賢所録烈婦本末視予，予聞而悲之。烈婦嫁黄龍，生一子三女，子先死歲餘，龍亦死。烈婦號哭，晝夜不輟聲，請於舅姑，願立後守節，舅姑疑其僞也，弗聽。

里人聞烈婦賢，爭欲取之。有强委禽者，夫家許之，烈婦固請守節百方，終不聽，乃跪謂其姑曰：「新婦不得已，將再嫁，幸延吾母及鄒氏姑爲别。」鄒氏姑者，龍之母黨，龍幼育於鄒，烈婦其所聘娶也。姑許諾爲延。烈婦之母與鄒氏姑至，烈婦具酒食敬進，且拜且泣曰：「諸大人良食自愛，長與膝下辭矣。」即行哭入房，爲改服狀，久之不出。既而磔磔有聲，則持刀自刎死矣。錫眉曰：「吾少時往來黄浦上，頗聞烈婦死狀，蓋頸裂向後，若狼顧者，由其用刀時，惟恐不殊，創巨故也。」又曰：「廷賢得其事於陸生文濟，陸生者，館於烈婦家，爲童子師。每言烈婦事，爲悼嘆不置云。」余怪，烈婦農家女，非夙奉姆訓知人倫之不可瀆也。智以成其謀，勇以成其死，視刎頸如拔一毛。

悲夫！國家養士三百年，一旦賊陷京師，君死社稷，朝士交臂屈膝從而臣僕焉者，麻立於燕、齊之疆，奉表勸進者，比比也。彼平日之所讀者何書哉？且夫衣賊衣，綰賊綬，其心猶禽獸也！俄而賊敗，即有背城以歸，而論者爭灦洗之曰：「是固不得已。」或曰：「宜加以官回。」視閭閻之匹婦，志烈焯焯〔一〕，與日月爭光，舍是無宜旌表者。乃二十年無聞焉，何也？以殷氏推之，則天下之仁人志士，行成而名不傳者多矣。夫名之傳，非烈婦所慮及也，獨於理有不當然者。吾是以表而出之，以遺張子使傳焉。

【校勘】

〔一〕「焯焯」：光緒己卯本改爲「卓卓」，今據康熙丙辰本改回。

先大父經歷公事略

先大父經歷公，諱世能，字濟夫，爲人忼慨倜儻，嗜義若饑渴。早孤，曾大母老無以爲養，乃應里中推擇爲掾史。適他吏舍災，田賦户口之籍皆燼，於法失火者當死，其人見公長者，即向公摶顙涕泣曰：「縣尹素奇公才，今詭云火從公發，爲我承之，必無事，而某得以公庇免，此身公之身也。」公憐而許之，縣尹不得已，即坐公死。公懼已諾之，又不忍悔，聊以事問日者，日者卦之，起賀曰：「公免一人於死，此陰德也。不惟無罪，自此當得官。」既而，上官疑其事而釋之，以掾史歷三考赴京，陞陝西平涼衛經歷。時西虜犯虎山溝，兵巡董國光檄指揮李實禦之，以公參軍事，公與李悉力捍禦三晝夜，虜不得入而退，時萬曆二十七年也。

其明年，平涼府靈臺縣[二]賊殺傷官兵，聚衆滿萬，董公率大軍至涇州。公時在軍，自請前行覘賊虛實，董公以數百騎授之，公辭曰：「偵賊不宜人多，人多則賊必以我爲挑戰，遇輒迎鬥，鬥必死。今我以數人往，易爲前卻，賊亦不以偵騎虞我，乃可得其情還報。」董公拊髀嘆曰：「經歷知兵，吾不及也。」公往詢土人，乃盡得賊要領以歸，發兵擊之，賊遂破散，其倉卒應變多此類。董公以公爲才，常委署崇信縣事。縣民獷猂難治，多逋糧。公視事六月，賦足而事辦。又委署安定監二年，革去浮費八百餘兩，皆前吏以入私橐者。或譖語公曰：「今仕宦，由科目進，雖汚墨，猶能通顯；由雜流進，雖清廉，卒得廢錮。公自視豈當至台鼎耶？何自苦乃爾。」公笑曰：「吾欲行意耳，其他吾不知也。」嘗有宗室數百人撼司道門，大罵。司道屏息不敢出，公亟白韓王，捕爲首者鎖之。宗室怒曰：「老黄辱我，伺其出，必衆擊之。」或勸公宜用衛軍自防，公曰：「是激變也。」肩輿行自若，在官七年，宗室終不能有加於公。及罷官，有出餞數十里外者，曰：「老黄好官！前事乃吾屬過耳。」平涼民愛公，及其去也，爭欲買田宅留公居之，公不可，乃已。先是，平涼府推官楊某者，忮忍人也。常欲坐一人以重辟。公召視其人，年僅二十許，其坐罪以前十年事，而所坐罪非童子能作，公乃力白其非辜。楊某知其不可奪，即縱遣之，且陽謝曰：「賴公得不枉法。」既而，陰中公以「不謹」，罷之。都御史顧公其志怒曰：「經歷，廉直吏也，今乃爲酷吏所中。」即劾罷楊某，公未離平涼，而楊已失官矣。以經歷持正抗司理，司理能罷其官，而不能以非罪殺一人，而都御史以經歷失職之故，至並擊去司理，皆近世所無有也。歸家貧甚，得郭西田一頃，耕之暇，則追逐里社，黄雞白酒相娱樂，凡數年而卒，得年六十有四。

公好陰行善，不以語人，嘉定議「折漕」，公具民疏，有勞終不自言。又常於涇陽逆旅得遺金二百餘錠，物色其主還之，不告姓名而去。其用意與俗異如此。

孫男淳耀曰：先大父臨財廉，見義勇，不卑小官，所至能行古人之事。使生當正、嘉以前，所樹立如徐晞、況鍾，豈足道哉。吏道雜而資格拘，所藴蓄百不施一，白首歸田，與庸衆人無異，亦足悲也。夫爲人子孫而匿其祖先之美，不以告於人，與人飾虚美以誣其祖先者，罪等也。用敢節録先大父事實如左，以求世之仁人君子奮筆書焉。

【校勘】

〔一〕「平涼府靈臺縣」：康熙丙辰本、康熙癸未本均作「平涼府靈臺縣」，乾隆辛巳本、四庫全書本、光緒己卯本改作「西安府靈臺縣」，今據康熙丙辰本改回。查明史卷四二地理，靈臺縣屬平涼府。

僮乙小傳

吾生四歲時，有人攜一童子售我家爲僕，髮鬅鬙覆額，其狀穉騃無識知，吾家以千錢鬻之。問其名，曰：「乙。」問其姓，曰：「張。」問其年，曰：「不知也。」與之錢，令記其數，自五六以下，則能知；至七八以外，輒愕眙不知所措，雖百方教之，終不省。家嘗以餅餻豚蹄置一橐中，令乙持至數里外饋親串家。道遇一舟，載巨石以行，挽舟者素識乙，且知其騃也。佯爲好語語乙曰：「若安往？」乙告之故。挽舟者曰：「若持橐良苦，曷不置吾舟而徒手行？」乙曰：「甚善。」遂舉橐置其舟中，行不數步，挽舟者曰：「若安能無故以橐置吾舟？宜助吾挽舟。」乙曰：「諾。」即爲負縴挽舟十數里甚力，過所遺親串家不止。又行數里，舟已泊，挽舟者始遣乙去，辭謝良久，乃行。其愚無知，爲人所狎弄，皆此類也。

每至街衢，則數童子呼噪逐之，撓挑觸擊，務得其怒以爲笑樂。或戲呼之曰「仙人」，蓋以世所稱仙人，或佯狂遊戲人間，故以爲譏云。久之，「仙人」之名遍國中。乙亦自喜曰：「吾仙人也。」然其迹頗異，嘗爲猘犬所嚙，自以意取井苔傅創處立瘥。同時爲犬嚙者，作狗嘷死。又嘗梯上岑樓，忽失足，自樓上倒墜樓下，首如杵投臼，血瀏灕被面，氣絶久之，忽躍起取水洗血，復操作如故，問其所苦，不覺也。

生不知女色，或戲問之：「若欲得妻乎？」乙笑曰：「吾手持一把秤，不識銖兩，用妻何爲？」每入市貿物，必預擇去錢之濫惡者，曰：「奈何以惡錢市人物？」及得物歸，良楛相雜，責令易之，終不可得，家人卒無如何。久之，市人知其願，亦不復與惡物，故乙所市物，視他僕反贏焉。予嘗結夏課，患客剥啄，使乙司閽。夙誡曰：「客索我，必告以他出。」乙應曰：「諾。」客至，則笑而不言，客測知其故，佯謂之曰：「若主人令若謝他客，獨不令謝我，亟入白若主。」乙如客言，走入白。予叱曰：「吾向與若言謂何？」乙曰：「果爾，是誑客也，我終不能誑。」予不得已，出見客，各道所以，相與大笑。

乙嘗拾遺金若干，執而號於市曰：「誰失金者？亟從我取去！」黠者紿之曰：「此固吾金也。」乙即隨手與金，不復問。得金者反不自慊，以數十錢勞之。乙大喜，誇於人曰：「使吾不還金，安得此錢也。」偶於演武場西，負一尸置城鋪，以稻草擁之，不時而甦。其人問姓名？不答而歸。乙死時尚不冠，髮亦有數莖白者，終不知其年。先是，鄰乏僕者，多使乙，乙皆爲盡力。或使乙貰物，未酬市價，死之前一日，亟從鄰人索價，酬所貰主，越明日死矣。生時有一篋，扃鐍甚固，至是發視之，空無所有，莫知其意云何也。

江夏生曰：吾嘗讀道家言，謂至人入水不濡，入火不熱。竊疑其言不經，及觀乙事，始釋也。乙非得道者，特以其氣蔽而愚，其遇物也格而不入，故物莫能戕焉，又況於人貌而天遊者哉！與吾遊者多識乙，乙死數年，猶思之，每責予爲傳。因記其略，以釋夫思乙者之意焉。

祭　文

祭龔默思先生文

惟昔先生，掌教吾邑。我方結童，雁鶩是執。有來鵠袍，旅進而揖。先生試之，有甲有乙。顧此骫骳，嘆爲奇逸。曰汝他年，飛騰可必。速令羈翦，無使喫蹷。我時受教，汗出如漿。自慙薄劣，斯豈敢當。既退而思，亦以自慶。我非黃童，師實水鏡。江右張公，適爲司李。見予帖經，首用嗟美。先生顧予，言差驗矣。是時衙齋，清閟如水。兩郎熊熊，亦有惲子。蘭芽玉茁，文藻紛詭。遂蒙提攜，言偕諸彥。握槧懷鉛，含豪嘯硯。窾奧開通，精微貫串。秋實互垂，春霞爭絢。是惟先生，提策以然。教誨飲食，蓋兩有焉。泰山嶙嶙，河水瀰瀰。我於先生，以管窺之。臨事能決，守成不回。棟梁天骨，英雄傑魁。下及詩章，與其翰墨。元白笙簧，蘇黃羽翮。鼎也柱車，器博用淺。別駕治中，驥足詎展。憶昔玄冬，江空日短。一別舟中，清塵遂斷。側聞歸田，辛壬之際。又幾何時，奄忽即世。隔越在遠，日月不聞。匍匐斯後，我心則慇。

嗚呼！人無賢愚，所重師友。我雖不才，知己敢負。聞訃之時，方哭我母。心死魂傷，慶吊何有。既當服闋，又歷春冬。間闢人事，灑涕無從。兹偕吾友，駕言南鶩。道指西州，一哭而去。明訓在耳，明義在心。服以悠久，猶恐弗任。蕭蕭繐幃，沉沉泉扃。何以寫誠，金石青熒。嗚呼尚饗！

祭汪無際先生文戊寅代

嗚呼！先生其有罪於天耶？大圭不琢，虛舟廓然，唯忠與孝，道周性全。吾知其無罪於天也。其有罪於人耶？目營四海，家乏一囷，郎潛白首，朝夕恪勤。吾知其無罪於人也。然而天之於先生也，予之以虛名，縶之以散地，既不得回翔於館閣之間，又降之以大戾。人之於先生也，禄之不盡其材，使之不程其器。一朝詿誤浸尋，至於不諱。反覆思之，宜若有罪也，然吾觀今之君子，處而得志於鄉，出而膴仕於朝，乘堅齒肥，紫綬垂腰，名田廣千畝，華屋刺雲霄，若而人者，皆貪殘冒没，左攫右剽，息偃在床，而以其官爲傳舍；善事左右，而蔑國典如弁髦。求之先生，無一於是焉，則豈先生之高風偉節，篤行貞操，乃即可指之爲罪，而其罪至於莫逃者哉？

吾聞天道有時而不信，人事有時而失常。曾參無殺人之實，而慈母以流言下堂；盜跖有人肝之樂，而夷齊以窮餓死亡。龔生殁而老人失涕，楊公逝而大鳥悲傷，自古及今，蓋亦多矣。今天子本降生全之賜，而先生自罹霜露之殃，又何尤乎衆口，何憾乎蒼蒼？嗚呼哀哉！朝章國論，誰與謀之。老成典型，誰與留之。鄉邦凋敝，誰與憂之。丹旐一行，漆棺萬里。巫咸不存，汗青莫紀。彼其聞訃而驚，撫柩而哭者，計必爲胡越之人，與狂易之子。若某等通家世好，重以姻連，則其深悲極痛，又不盡於一哭而已。嗚呼哀哉！尚饗。

祭張子宣文己卯

嗚呼！惟天生民，鼎鼎百年。中道夭折，有愚有賢。以子之賢，家寶國琛。與愚同盡，孰不霑襟。憶昨戊寅，月惟春首。予將遠行，子執我手。送之吴山，梅花盛開。鬚眉冰雪，巾屨瓊瑰。子具濟勝，如貙斯勇。挾我昇峰，我倦而恐。十日之飲，我舟遂西。背春徂夏，把劍歸兮。君云二豎，入我腸胃。酒湛空觴，食不甘味。我察子顔，其瘦如豕。心竊憂之，復恐子覺。子有難弟，向予亦云。勉其服餌，懇懇勤勤。及今首春，子恙加劇。我雖杜門，遣訊絡繹。疇昔之夜，子入我夢。曰病已痊，我喜色動。既覺而疑，厥祥何歟？欻報子訃，夢乃反諸。嗚呼哀哉！昨歲此時，子何壯也。今甫一期，遂成亡者。子之送予，天涯不遠。

我今送子，曷日而返。念子才氣，百夫之雄。廉悍鋭發，鷙鶻試風。思子肝膽，立談可竭。疏明豁達，裂竹見節。擾擾鬼録，登者苦多。使此人死，天道云何。伊予寡交，去皮存真。弱冠締結，不過數人。數人之中，已喪其五。閔年倍予，陶勇過我。五人之中，三出君門。曰衍曰容，皆君弟昆。衮衮十年，匍匐不暇。高才凌替，袒裼長夜。子弟畜我，我兄事子。以弟哭兄，有慟無已。魂兮歸來，釂我一觴。瀝以清淚，繼此椒漿。

祭周巢軒先生文甲申

崇禎十七，皇運中否。巨盜一呼，秦晉風靡。京師淪陷，廟社崩圮。或臣僕生，或纍囚死。駘駘籍籍，趨向一軌。誰與殉節，我師周公。歸書片紙，一何從容。訣父與母，引責在躬。訣其二弟，唯氣之同。載訣嗣人，貽孝與忠。衎衎陽陽，雉經以終。嗚呼哀哉！公没未幾，天旋日揭。龍興於南，光復舊物。褒表忠節，剗刮逆孽。帝曰有臣，汝忠汝烈。贈官易名，顯融昭晰。旅櫬之歸，適自燕都。僕守不去，神護以趨。曲蓋犀軒，樸馬素車。觀者塞路，感嘆欷歔。淳也薄劣，出公門下。知己感恩，如生我者。憶試南宫，榜放之後。奮袖而譚，公喜頷首。課我詩章，吟諷在口。命我言志，期樹不朽。翦拂陶埏，如器在手。我謝館試，公容蹙然。謂子歸矣，我亦將旋。奉親板輿，課子韋編。深之密之，水涘山巔。拜别金門，冬春冉冉。奉書不達，端居多感。大變鼎來，天崩地撼。龍髯莫攀，紙鳶空颺。反覆思公，義必自裁。翦紙爲位，北向告哀。居無幾何，果得凶問。我能信公，如公自信。公之爲人，道絶淄磷。崩山在前，目不轉瞬。觀公立朝，寧淡自將。廿年清貫，皎如冰霜。觀公嗜學，無間飲食。抱一無愧，處三不惑。孔孟有言，成仁取義。積厚養完，非襲所致。進公鈞軸，治世而平。退公山林，風高以清。不究其施，不遂其情。身是以亡，忠是以成。嗚呼哀哉！下馬有陵，招魂無路。匍匐後期，我實淹卧。萬憤填膺，偶未僵仆。庶勖將來，公步亦步。西州何在？會稽山陰。山川紆委，雲物飛沉。愴怳幽默，想像形音。爲風爲霆，爲露爲霖。元氣上羾，鈞天下臨。滌除人疴，回斡氛祲。天下再平，如公素心。然乎不然，長慟江潯。嗚呼哀哉！尚饗。

祭朱敬翁處士文

於戲，人有近古所罕聞，而顧見之於末世。行有學校所難得，而反覯之於市廛。此在浮薄之夫，往往以耳食而以皮相，而唯通識之士，則深服其處順之隤然。是以當其生也，如清濟之辨於泥涇，而流品有所不能混；當其没也，如應龍之遊於玄冥，而響象有所不能傳。蓋油油與偕，而其人遠矣；泯泯以盡，則悲悼生焉。

如吾敬翁者，人貌天遊，德周性全，大圭不琢，虛舟廓然。其處於家也，秉孝友睦姻之行；其偶於衆也，無是非同異之愆。輕千金之投，而所惜者妄語；守一畝之宅，而所耕者心田。無王彦方之高名，而德有同於遺布；無趙清獻之貴仕，而行則可以告天。是以閭里歸誠，市不二價；子弟式化，教有三遷。長君則斂聲踐實，而庸德庸言，無忝於古史之所書獨行；次君則積學工文，而真材真品，有過於今世之所稱大賢。若此者，因翁遺訓之義方，而可以卜諸子之昌後；因諸子色養之盡善，而可以占翁之永年。不謂一病不瘥，至於沉綿。加翁之身者，曾不及半通與一命；羞翁之前者，曾不及五鼎與百籩。雖道義相期者，迥有判於世俗；而傷哉貧也，能不爲之留連。某等情同世講，誼比忘年，其聆翁之話言，撰翁之杖屨，雖或以交於次君之故，而景仰愛慕，則固已在乎其先。比者聞翁有疾，冀其能痊，每因次君而刺探起居，以爲之加損一飯，豈知匍匐相救者，雖百身以贖而莫能得其稍延。唯是勉翁之嗣人，使克有立；紀翁之遺事，使或有傳。一觴爲訣，告此几筵。嗚呼哀哉！尚饗。

哀辭

金母徐碩人哀辭

徐碩人者，友人金孝章母也。予讀孝章所撰家乘，序其童年疾病，母氏推燥居濕，長而讀書結友，母爲脱簪治具，輒掩卷不忍竟讀云。若其居京師失火，母倉卒自免，又能全其貲裝。比舍有仙媪事，母能決其爲妖。孝章有所交，母能陰察其人之賢否。此三事皆犖犖大者，母之仁智有餘矣。母之没也，孝章尚未遊鄉校，今猶以奇文高行浮沉諸生間。雖遇不遇無足道者，而揆諸人子之心，即可悲也。予與孝章交，未及拜母，知母之賢，遂爲詞以申其哀焉。辭曰：

維古賢母，昭管彤兮。才行高秀，女憲崇兮。鹿車布裳，能固窮兮。剪髮還鮓，名顯融兮。激而爲奇，曰禮宗兮。有如宅平，德則庸兮。懿哉碩人，蹈厥中兮。綦縞樂貧，織紝工兮。親執家苦，必敬恭兮。陽春玉冰，林下風兮。知幽察明，大義通兮。洊雷忽震，不失容兮。曰有賢子，教必躬兮。以慈佐嚴，勖孝忠兮。春暉西傾，即幽宫兮。孝子枯居，心忡忡兮。渺予思之，清淚從兮。小人緊桑，古我同兮。各敬爾儀，勵筠松兮。音容耿然，豈其懵兮，天崩地坼，此怨終兮。

霜哺篇爲袁節母吴孺人作〔一〕

嗟予不逢兮，適此亂離。蹙蹙靡騁兮，言歸故閭。縱觀今古兮，俯仰興悲。節義皎然兮，厥志罔欺。女子事人兮，德以爲儀。一與之齊兮，終身以之。念兹賢母兮，不愧鬚眉。殺身何辭兮，睠此兩兒。泣血明心兮，白首爲期。凡百君子兮，視此女師。

乾隆辛巳本按：「此文得之秦藻齋中。」

【校勘】

〔一〕此文始收於乾隆辛巳本，四庫全書本亦收；光緒己卯本未收，今據乾隆辛巳本補入。

哀烈士辭

崇禎乙亥，賊起秦、楚，轉掠廬州、鳳陽之間。攻下城邑，火及陵寢，南畿大震。包將軍文達奉撫軍檄，偕統兵官四人進援安慶。兵械草草，人無鬬志，將軍知戰必敗，欲持重以待賊疲，而軍中爲間諜所誘，謂賊且四散，速進可收其貨寶、婦女，他將咸笑將軍爲怯，以逗撓責之。將軍不得已，亦進戰，伏兵發，官軍鳥獸散，或勸將軍跳身遁，將軍按劍叱之。矢盡援絶，遂力戰以死。將軍字行甫，其先江夏人，以死事世襲爲蘇州衛指揮同知，遂家於吴云。黄子曰：將軍之死，非死於賊也，死於他將之牽制也。夫將軍未戰而先見敗徵，可謂知兵矣。使專制而往，未必不能滅賊也。聞將軍事親孝，居職勤，慷慨固其天性，非乾没一戰，而誤得死節名者之比也。友人金孝章傳將軍事甚悉，予本孝章意，作哀烈士辭一章，志悼惜焉，辭曰：

嗟夫！子之耿著兮，竦長劍於戎行。承乃祖之豐烈兮，邅慷慨而自卬。流民横潰兮，中土俇攘。赫赫簡書兮，肅我斧斯。我豈絶裾之人兮，訣老母而自傷。豺狼衙衙兮，驅之以市人。風塵澒洞兮，天地不仁。處飛猿於櫺檻兮，雖捷巧其胡以陳。望陵樹之蕭槮兮，誠何有乎吾身。覽三軍之變態兮，抑又重夫持牢。遷逡巡以雁行兮，徒衆口之囂囂。昔許歷之進諫兮，遇馬服而采焉。鬱周處之文武兮，徒見嗤於萬年。殷清血於左輪兮，貫白刃於右拳。遂摺頤折頸而畢命兮，餘怒氣之勃然。夫豈危死之可懷兮，知予生之陷滯也。曰棄甲而遄復兮，雖壽考其足愧也。乘元氣以上羾兮，履欃槍以爲綦。扈千騎之容容兮，逢厲鬼而揖之。彼倀倀者如瞽之無相兮，今皆在乎軍中。吾欲使夫子擊賊兮，想魂魄於鬼雄。

哀岳侯辭

竊獨悲夫趙宋之不造兮，愍岳侯之精忠。死而無罪兮，禍又及宗。何皇天之不純命兮，棄中原爲戎土。〔一〕君乃進而揖寇兮，退自戕其心膂。嗟侯烈烈兮，義重於生。紉壯武而爲佩兮，編孤憤以爲膺。陳兵襄漢兮，進規伊洛。逆豫待擒兮，金源可蹷。方寢閤之受命兮，謂中興其可圖。鰲戴山而抃舞兮，誠不量其區區。臨兩河以礪劍兮，斷太行以援枹。遭醜虜之奔走兮，夜恐失其頭顱。當金牌之奉召兮，固知其鄗癰也。思矯命之爲利兮，顧臣節其尤重也。昔穰苴之專戮兮，憑君命以威衆也。若亞夫之在軍兮，雖帝至而回鞚也。今不可同於往事兮，身廢而不用也。將在軍，君命有所不受。蓋指軍中之生殺進退，如穰苴戮莊賈，亞夫堅壁不救梁是也。若將之用舍，則制於君矣。樂毅之受代是也，廉頗、李牧之不受代非也。覆又被之以僞名兮，實敷天之痛也。弘〔二〕血碧而周替兮，牧首刎而趙亡。蹇夫子之溘死兮，逢思陵之偭攘。已矣乎！檜既懦而賣國兮，浚又勇而忌賢。彼桓桓之蘄王兮，聲喑啞而失宣。無鄂侯之諫諍兮，視梅伯之焚煎。致偏安之憖憖兮，斷潮汐而忽焉。鬱松柏於專祠兮，泣冬青於廢田。

【校勘】

〔一〕「戎土」：康熙丙辰本作「戎狄」，失韻。

〔二〕「弘」：光緒己卯本爲避乾隆帝弘曆諱改爲「□」，今據康熙丙辰本改爲「弘」。

陶菴集卷六

雜著十四篇

頑山賦

黃子遊豫章，見水次有山：塊然生，黝然黑，骨然立，草木泥土，一不得附麗焉。徵其名於土人，皆不能答。黃子曰：噫，此頑山也！放於寂寞之濱，不能出雲雨。見怪物，感而作賦，且責且譽焉。

茫茫太始，厥初生山。下根坤軸，上薄玄間。擢草木而爲髮，湧金銀而發顔。含陽吐霧，祇包鬼闕。三浮瀛海，五鎮人寰。鳥飛翻兮不極，猿狖黠兮難攀。峰復峰兮崒嵂，澗又澗兮潺湲。吾獨怪夫南斗元精、西江洪秀，割爲此山，肖形惟陋；榮脉不分，首脊相沓；側瞰無林，平觀失岫。合類釜鬵，分侔飣餖。靈草避而不生，雰霞舉而莫就。巨靈擘之不能離，始皇鞭之不能走。吾得謚之曰「頑」，異古初之所授。

有如鼇岫春過，蓮崖雨遍，樹合疑屏，花開似面，樵客往而路迷，羽人來而目眩。時唯此山，頹然不變。如彼朱門，繁華相扇，季路、原思，不離貧賤。又若凛秋勁冬，千山其空，桂枝葱倩，松蓋寥籠。霰雪加而如怒，瀑泉激而生風。時唯此山，詘然匔匔。如彼亂世，干戈相雄，黄公、綺季，保其童蒙。

至若兩孤奇絶，廬嶽怪偉：翠撲雲端，繡鋪谷裏；遠喻連衡，近同壓壘。千巖仰之附庸，萬巘奔之若兒子。嗟此山之不朝，類海國之負恃。彼萬夫之仰觀，翳仁者而樂之。相陰陽而卜宅，奉牲璧而禱祈，非亘地而凌轢百國，即觸天而雲雨四陲。苟其頑也類此，復奚取於山爲？

若夫劫火揚灰，洪流滅木，澤竭伊洛之源，鐘響銅山之谷，壞碑沉滄海之濱，跛羊上廢臺之麓，則此山之堅完，雖一毫而不縮。有鋸齒之雕虎，暨修頭之赤精，日經營乎窟宅，思咀嚼乎含生。畏此山之發露，乃欻爾而遐征。彼蛟龍之跳波，雖奉土而莫爭，立此山於堤岸，類此屹然之金城。桑沃若而春美，黍翼然而秋成。合大氣於坯渾，配神功之無名。吾不知在天地者幾千萬載，豈夫人之所能輕？方丈綿邈，石閭杳冥。吾將遊六合而遄返，求至道於山英。

擬管幼安責華歆書

魏晉間人稱華子魚甚至，使果有「破壁取后」事，則其去成濟無幾耳，不應同時如陳元龍，後世如張茂先者，皆盛相推服也。此事出曹瞞傳，傳於魏武多醜詞，因而及歆，未必皆實，惜無他書辨之者。予故設爲幼安責歆之辭，而於弑后事稍爲平反，非惜歆也。所以見士君子立身，一敗而衆惡皆歸，不可不慎也。

寧頓首：子魚足下，生民不幸，大梗殷流。足下佐命於新朝，鄙人棲竄於海表，中間契闊歷數十載。既吾間關西渡，偃息州里，竊引山木不材之義，冀保狐死首丘之願，而比年以來，徵命屢下，又猥被璽書，以吾爲光禄勳，聞命驚悸，魂神飛去。比青州長吏宣諭詔旨，又盛述足下薦吾於朝，欲以自代，始知混淆國論，污黯朝聽，皆足下之罪也。

始吾與足下及根矩遊，四方之士莫不聞知。吾竊視足下居家清潔，議論持平，以爲足下異日必能明於去就，慺慺之誠，心合意同。然周旋未久，知足下意在偶時，稍復殊趣矣。然未幾，足下爲馬太傅所辟，蒞治豫章。始聞豫章吏民稱足下爲政清淨不煩，心頗韙之。然私憂足下無戎旅之才，兼值漢業式微，横流已及，雄豪虎視，跨州連城，足下職同剖符，轉側其間，交臂於陵肆之徒，接迹於縱横之儒，萬一蹉跌，進退失據。既而孫策弄兵，足下惶惑失圖，遂自稽服，乖明哲之旨，違匪躬之義，慚魯連蹈海之節，昧宣尼守死之訓。吾於此時彈指扼腕，自恨不幸言而中矣。然聞天子徵還足下，則又私幸左右，刻心改圖，以逭元責。顛趾出否，聖籍所美；收之桑榆，哲王所嘆。豈意足下猖披至此耶。

建安十九年，吾在遼東，客有從許昌來者，道足下勒兵入宮事甚悉。吾獨明其不然，蓋足下雖邂逅迷惑，乃心尚畏名義，當可不爾也。語曰：「君子惡居下流，天下之惡皆歸焉。」足下雖無其事，不得不受此名，譬諸嘗爲胠篋之人，忽爲大盜所連引，雖非其罪，人亦不惜也。今大魏受命足下，與景興、長文之徒，攝鬚理髯，噓枯吹生，談符瑞則以爲化溢於軒皇，叙征誅則以爲道高於干戚，其如寧者，不過海内枯窮之人耳。不審於足下何與，而當窘其餘生也。且夫天下至重，而潁陽有退耕之夫；千乘至輕，而秦國有舐痔之子。何者？性不可易也。

吾本匹夫，狂狷無當世志力。加自越海來歸，數履危險，衰老頑病，年過懸車，唯幸四體完具，先人之祀不乏，飯鬻足以糊口，偃仰足以順性，暇則吟咏内書，行園圃，於分足矣，實不願富貴也。今足下乃以己欲富貴，便謂人亦欲之，豈不謬哉！倘大魏慕明揚之典，足下貪薦士之名，敦迫就道，如獵狐兔，則當伏劍而死，以頸血濺安車耳，不能與足下之徒共事也。於易一過爲過，再爲涉，三爲滅頂。今足下薦吾者凡兩，已過涉矣。伏願永圖昔者周旋之誼，内省在己蹉跌之失，全丘園之餘生，赦無用之一老，詳思語默，以戒滅頂。寧再拜。

擬漢昭烈皇帝伐孫權告廟文

程篁墩集有此文，予怪其體純用四六，似宋以後文字。按三國志所載蜀群臣上先主爲漢中王表，及先主上獻帝表、即帝位告皇天后土文，皆爾雅可誦。在三國文中最爲近古，篁墩文不類也。輒本其意改爲之云。

嗣皇帝、臣備敢昭告於太祖高皇帝、世祖光武皇帝、孝愍皇帝七廟神靈：臣備聞夷羿篡夏，羲和黨惡，仲康誅之，夏道復興。今漢室凌遲，曹操篡盜，厥惡什倍於羿；賊臣孫權竊據江表，包藏禍心，與操首尾爲逆。備以權父堅，權兄策，仍世裂土，戴履國恩，納其信使，約爲唇齒。赤壁之役，備親董戎旅，撲討於操，使權得保其疆土，克有遺育。而權滔天泯夏，恣心極禍。日者前將軍關羽進討國賊，圍樊、襄陽，摧破七軍，功在漏刻，權不念同仇之憤，不惜君父之難，乃陰遣賊將吕蒙等掩襲我荆土，殺戮我戍士。臣羽忠壯一節，臨敵致命，權方撊然受操僞爵，公爲逆賊支黨，闕翦王室。普天切齒，萬姓同恨。

備惟皇漢歷世二十有四，踐年四百二十有六，大物未改，天命尚在。今權侵敗王略，罔顧天顯，此而不誅，社稷將頓，格人群正，僉謂曰然。臣備謹以章武元年九月二日親率六軍，恭行天罰。以丞相諸葛亮輔太子禪，留守成都，以飛騎將軍張飛出閬中，虎牙將軍趙雲出江州，建威將軍黄權出江北，侍中馬良出武陵，五溪諸蠻罔不率，俾將軍向寵等各率所部，擐甲以從。即日奮劍東指，水陸並進，賊徒逆黨，是伐是殛。惟備闇弱否德，庶憑炎精祖宗威靈相助之福，所向必克。是用告於神靈。臣備臨師不勝戰懼之至。

紀信贊

提一匕首劫萬乘之君於壇上，則其人必死，然亦有不死者。將羸卒數千人卒遇强敵數萬，進無所援，退不及避，則其人亦必死，然亦有不死者。其不死亦各有道。方漢困滎陽時，羽視高帝猶俎上肉耳，信乃詐而脱之，此復以何道求不死哉？知必死而爲之，此信之所以爲真知忠義烈丈夫也！當是時陳平夜出女子數千人於東門外，楚兵四面擊之，信乘王駕，詐爲漢王誑楚，漢王因以得跳（逃）。後世以爲奇計，然微信，漢王亦必虜，信功非陳平所及。贊曰：

君臣義薄，爾報爾施，遇非國士，誰能死之。漢方東面，士集如雨，其遇將軍，不過噲伍。及圍滎陽，智不及謀，千金可捐，士惜其頭。明明將軍，意痛義激，命自我有，致之則力。蕭蕭神靈，沉沉鬼雄，唯帝之休，我又何功。

國初群雄贊

韓氏發難，摇動中州。陳王念鬼，王昌僞劉。日月既出，陰精乃收。犀舟欲東，載沉載浮。韓林兒。

滁陽鵲起，交臂群雄。始基王業，屢躓怚中。室有許負，身侔吕公。英靈降升，依我沛宫。郭子興。

真逸靡聞，乘釁豨突。借面雖優，窺天則蹶。一羊兩狼，不死如髮。殺械既成，其亡也忽。徐壽煇。

僞漢揚塵，假署江濱。智慚走魏，勇亞坑秦。狼夫求勝，悁悁不已。始横當塗，終殲左里。遺孤銜玉，煩我折箠。陳友諒。

明氏之興，依阻險要。繕兵禮士，衆頗皃藻。什一取民，彼肱其良。通我信使，成此畫疆。一傳沖亂，乃底滅亡。明玉珍。

九四糾族，烏鈔吴下。奉羯名順，爲狼心野。師無嚴律，客不長者。衝棚自天，喪其城社。張士誠。

慊慊察罕，虎步中原。擴廓繼之，不勝而奔。太原挺命，朔漠歛魂。運移智惑，事去忠存。擴廓。

友定落魄，起於草菅。提戈閩海，輸粟燕山。乳藥不死，轘市血殷。雷憑王旅，天殛民頑。陳友定。

黄巖貪亂，聚兵海岸。始獻悃誠，繼懷瞞讕。東莞知時，保境迎師。屈盤豹略，婉孌龍姿。方國珍、何真。

高叔英像贊

崒然而見者，高子之骨遒蒼，穆然而藏者，高子之神清泚。前觀百世者，高子之洞曉壬奇；捷中秋毫者，高子之精能弓矢。若此者，舉非高子也。必也風光本地，描之不成，面目本來，畫之不似，夫然後謂之高子。

書李貞孝傳後

永思嚴先生取古人之奇節懿行，與夫大事之俶詭不恒見者，必考證其年月世代，以補輯通鑑之中大約司馬文正公之所不及載，載而未及詳者。先生不獨於史才爲優，蓋表彰遺逸亦其雅好然也。常爲李貞孝傳示予，曰：「斯人亦何讓於古，不可以不入列女傳。異日，子必爲史官，其識之毋忽。」逾年，而貞孝之嗣子陳箴言遂以傳紀乞於予。嗟夫！貞孝不以情死，而能定嗣以承宗祧之重，此所以見取於先生也。然貞孝之志操如是，使得爲男子而遇今日君父之難，豈不能以一死自全其節哉。惟能死而後可以不死，貞孝之謂夫。時甲申之陽月也，某讀而有感焉，特書於其後。

題李龍眠畫幀

李龍眠畫羅漢渡江，凡十有八人，一角漫滅；存十五人有半，及童子三人。凡未渡者五人。一人值紙壞，僅見腰足。一人戴笠攜杖，衣袂翩然，若將渡而無意者。一人凝立遠望，開口自語。一人跽左足，蹲右足，以手捧膝，作纏結狀；雙屨脱置足旁，回顧微哂。一人坐岸上，以手踞地，伸足入水，如測淺深者。

方渡者九人。一人以手揭衣；一人左手策杖，目皆下視，口呿不合。一人脱衣，雙手奉之而承以首。一人前其杖，回首視捧衣者。兩童子首髮鬅鬙，共舁一人以渡；所舁者長眉覆頰，面怪偉，如秋潭老蛟。一人仰面視長眉者。一人貌亦老蒼，傴僂策杖，去岸無幾，若幸其將至者。一人附童子背，童子瞪目閉口，以手反負之，若重不能勝者。一人貌老，過於傴僂者，右足登岸，左足在水，若起未能；而已渡者一人捉其右臂，作勢起之。老者努其喙，纈紋皆見。

又一人已渡者，雙足尚跣，出其履，將納之；而仰視石壁，以一指探鼻孔，軒渠自得。

按，羅漢於佛氏爲得道之稱，後世所傳高僧，猶云錫飛杯渡，而爲渡江艱辛乃爾，殊可怪也。推畫者之意，豈以佛氏之作止語默皆與人同，而世之學佛者徒求卓詭變幻、可喜可愕之迹，故爲此圖以警發之歟？昔人謂太清樓所藏吕真人畫像，儼若孔、老，與他畫師作輕揚狀者不同，當即此意。

題楊青之畫册

楊芳青之浮沉里中，三十年口無雌黄，遇酒輒笑。生平喜作畫，而不自貴重。此册爲耘軒作，乃踰年始成，滃淡布置絕勝平日，知其用意於知己深矣。予嘗謂：鑒古人書畫，當以優劣爲真贋；鑒故人書畫，當以真贋爲優劣。出於古人者苟劣矣，雖真者吾猶黜之，况贋者乎。出於故人者苟真矣，雖劣者吾猶貴之，况優者乎。耕軒試以吾言思之。

請祀張大參公鄉賢狀

故宦大中大夫、資治少尹、江西布政使司、右參政張公諱恒，由萬曆乙卯科舉人，庚辰科進士。全忠全孝，有守有爲。學古入官，師召、杜之循良，而器兼方、虎；立身行道，抱閔、曾之誠篤，而文比淵、雲。

方擢巍科於大廷，即以孤立而補外。茶陵筮仕，治衆如烹小鮮；興國守官，理劇若批大郤。褰賈琮之帷幔，使赴愬咸得盡言；去子産之蒺藜，擊强宗絶無鯁避。歲丁凶饉，則仿古制社倉，如清獻之救災吴越；兵弄潢池，則殲僞漢遺種，如士燮之威震諸蠻。既晉職於秋官，遂恤刑於兩浙。原法意於銖兩輕重之際，情可矜，罪可疑，鐵案不摇，真覺操三尺者爲律；拔人命於詿誤紛糾之中，死不冤，生不濫，讞稿具在，奚止活千人者受封。兩造不宿春，而「半升」之謡以興，建昌守從無滯事；千金捐橋税，而中璫之焰以息，夏中丞屢有美言。爲臬副而時相不敢爭利於湖，轉藩參而士民猶欲借公於郡。凡諸卓異，簡不勝書。他若益藩王折節下交，臨政無撓於朱邸；吴明卿登壇唱和，當官罔貸其伯兄。謝顧端文銓席之推，不以君子附君子；絶陸冢宰重囚之囑，不以要人視要人。兩卻饋金，而暮夜不欺；一過鄰封，而酷吏改德。洎乎辭榮聖世，囊止一琴；勇退急流，年方逾艾。羊叔子恩存去後，峴山餘墮淚之碑；李令伯心切堂前，魏闕有陳情之表。

補過盡忠於畢世，承歡聚順者廿年。至若三徑就荒，長守杜門之轍；數椽墊隘，時聞還券之言。接後進藹若春風，戢家人肅如朝典。隻字不通於當路，而遇「折漕」諸議，則必盡言；一介不取於他人，而周族黨緩急，略無難色。詩歌餘事，得風騷漢魏之遺；理學至深，晰濂洛關閩之要。刻有因明、徹蔀，合爲明志一書。總之陰德如耳鳴，公不自言，故子孫僅傳其什一；文章如枝葉，世有知者，則淵源皆發於性情。原其澤及於人，止是誠能動物。迄今建昌祠爲名宦，合十三郡而弦頌如新；因思瞬邑自有鄉賢，何二十年之俎豆尚闕？伏乞俯從輿論，批祀泮宫。庶彝好在人，江右無獨專之仁義；而典型追古，海壖有不墜之風聲矣。

左翁號説

時子聖昭謂予曰：「吾年已壯而道未成，學古人爲文章而無所合於世，竊自嘆其相左也。因以『左翁』自號，子幸爲號説以廣之。」予曰：「子且貴右而賤左乎？子且伸右而絀左乎？子且以左右之名爲一成而不易者乎？」

今夫客見主人，主人在左。及出而登車，則主人虚左以待。左同也，或以貴，或以賤，何也？古者官制尚左，四近之臣左輔右弼，周公左，召公右。及漢設二相，周勃爲右相，位次第一。陳平爲左相，位次第二。左一也，或以貴，或以賤，何也？北之揖尚左，南之揖尚右，吾嘗與燕趙之人遇於途，吾趨而左，彼趨而右，各以不讓相訝也，或爲道其所以，乃釋然而去。左一也，或以貴，或以賤，何也？今且班十人於此，子適居四五之間，子以左人爲左，子之右人又以子爲左；子以右人爲右，子之左人又以子爲右，是左右之名幾未有定也。而安在左伸而右絀乎？且夫世有貴於我者，吾右之；及吾與之談，彼方嗟老嘆卑，戚戚然若不可以生。世有賤於我者，吾左之，然彼亦有以自雄其曹也，蓋未嘗不樂。是故重物輕我，雖趙孟不樂也；重我而輕物，雖林類、榮啓期樂也。雖然，是猶不足以勖子。

我聞天地之位北高南下，以東爲左，故記有之曰「天地左海」。試與子往而觀焉，背負日月，胸蕩江湖，三歲一周，流波相薄。以一羽投之，渺然不知其所泊也。子誠虚其心，實其腹，文必揚乎。三代兩漢之波，而不爲干禄，學必湛乎。孟、荀、韓子之淵而不惑乎俗，是子之道如海。而外物之投子者，直一羽而已。子爲左，孰能爲之右哉？時子作而笑曰：「汰哉！黄子之言思深哉，黄子之以此益我也。」遂書之爲左翁號説。

上谷五子新撰評詞

評詩者，以深穩端潤爲上，以怒張筋脉，屈折生柴之態爲下。惟文亦然。唐之能言者二，宋之能言者五，皆充然粹然，不得已而奇生焉爾。予往以此告記原，記原不狂予言，故其爲文，緩急豐約，動中精要，章止句絶，餘思滿衍，蓋才高氣奇，而能以什一藏千百者，視世之求高求奇，而卒於不高不奇者，相去萬萬矣。記原博覽墳籍，抉精剔華，詩古文皆斐然可觀。

柳子之推昌黎曰：「猖狂恣睢，肆意有所作。」裴晉公則譏之曰：「恃其絶足，往往奔放。不以文立制，而以文爲戲。」予嘗以此論古人之文，奇逸者多溢出於理，而守法者或不足於奇，蓋自班、馬已然，況其他乎。若幾道之於時文，則可謂奇矣，法矣。昔評其文，如園林雨過，雕葩刷芒；又如上帝陰兵，截然而下，今亦無以易斯言。

研德與幾道同齒，其好古力學，亦相頡頏，評研德之文，必也清新俊逸乎。秋水芙蓉，依風獨笑，清新之謂也；千金駿馬，注波騰澗，俊逸之謂也。昔少陵以此目太白，而後世小儒之言，以爲少陵輕太白，故僅比之庾、鮑，此囈語耳。夫文至於清新俊逸，則天下之美盡矣。幾道、研德所爲詩古文甚雄富，今但論其時義如此。

雲俱之文，吾欲以輕清蔽之。或曰：雲俱沉思獨往，不阡不陌，汗瀾卓詭，詰曲幽異，讀者爲之舌撟而不能下，口呿而不能合，輕清果足以蔽之乎。曰：子不見雲之在天乎？頃刻百變，而不知輕清故也。地產之精者，莫如金玉；瑞者，莫如麟鳳。然而麟不能爲鳳，金不能爲玉者，輕清不足也。是故輕清而後能變化，變化而後謂之奇。

智含今世之聖童也，八九歲時，爲文操筆立就，淵然有奇氣可誦。今其年僅成童耳，於經史無不窺，於騷賦古文詞無不學，即其制舉業，亦屢變而益工矣。或曰似成弘名家，或曰似漢、魏間文字，雖予亦不能異也。予聞湯義仍先生傳世之文，皆十餘齡時所作，然竊怪義仍先生，古文詞不能遠過其時義，今智含之時義，固已突過義仍矣，其古學日進，如水湧而山出，今之君子，胡足以方之。

孔子廟置卒史碑跋

長士所藏孔子廟置卒史碑爲世間善本。其舅氏應菴先生深於六書之學，題語妙有思理，予嘗借觀累年。乙酉季夏，避暑南郵，出以歸之。嗚呼！文武之道，未墜於地。異日詩書復出牆壁間，當再與長士評之。

補入

評點李長吉集語

李憑箜篌引　空山句：「聲過之也。」江娥句：「聞之而然也。」昆山句：「形容聲。」十二句：「帝京門十二也，古樂府琅琊王篇有『長安門十二』之句。」石破句：「聲激之使然。」末評：「結三句皆夢中所見。」**殘絲曲** 總評：「吴正子云：『言晚春之景。』」緑鬢句：「女客也。」縹粉句：「白也，酒也。」**還自會稽歌并序** 臺城句：「應制也。」身與句：「哀也。」脉脉句：「卸所佩也。」末評：「雕、率半。」**出城寄權璩楊敬之** 末評：「率。」**示弟** 緗帙句：「行李不增。」病骨句：「去時。」人間句：「時命不常，即末句意。」何須、抛擲句：「此二句，言不可定。」末評：「率。平易似不出賀手，沖淡拙率，尤賀之佳佳處。」**竹** 三梁、一節句：「二句見史記趙世家。」末評：「半。」**同沈駙馬賦得御溝水** 宫人句：「照水正妝。」繞堤句：「白石砌。」拂岸句：「緑水。」別館句：「流響也。」暫得句：「即于祐意。」末評：「半。」**始爲奉禮憶昌谷山居** 掃斷句：「居官陸沉。」末評：「率。」**七夕** 末評：「本二句，忽説至此，信手拈來。率。」**送沈亞之歌并序** 紫絲句：「馬鞭。」家住句：「此下賦在家東襄景。」擲置句：「應礦。」古人句：「或孟明，或管仲事。」末評：「率。」**咏懷二首** **其一** 梁帝句：「相如棄此二君而死。」末評：「率。」**其二** 驚霜句：「白髮。」苦蘗句：「欲著黄衣爲道士也。」末評：「清溪魚飲不宜食也，比己命薄宜隱不宜仕也。率。」**追和柳惲** 杯酒句：「即竹葉。」沙暖句：「謝寄書。」末評：「率。」**春坊正字劍子歌** 提出句：「結用斬蛇事。」末評：「半。」**貴公子夜闌曲** 末評：「劉須溪云以玉帶爲冷，其怯可見。」**大隄曲**　莫指句：「向也。」今日句：「難見。」明朝句：「易老。」末評：「此二句似纔夏忽秋意。率。」**蜀國弦**　驚石句：「形容蜀弦之聲。」末評：「半。篇中全不及弦，而字字是弦。」**蘇小小墓**　水爲句：「鳴也。」西陵句：「下音户。」末評：「率。」**夢天**　遥望句：「九州。」末評：「半。」**唐兒歌**　總評：「原注：杜豳公之子。」末評：「雕而其實率。」**緑章封事**　總評：「原注：爲吴道士夜醮作。」石榴、溪女句：「二句似言五月炎熱而疫癘盛時作也，染白雲言夏雲之氣如火之色也。此徐文長解太穿鑿，後董解元爲是。」願攜句：「結意自傷。」末評：「雕而雕，董懋策云：『題爲吴道士夜醮也，短衣小冠，指吴也。揚雄，賀自況也。』」**河南府試十二月樂詞并閏月**　**正月**　官街、早晚句：「此二句言光景之迅。」**二月**　酒客句：「承上送別。」末評「徐云：『結句下古樂府焦仲卿妻孔雀篇形容其死，有「命如南山石，四體康且直」之句，此亦用南山之石以形容酒客之死也，死者因金翹歌舞之化即化爲望夫之意，背寒則僵死矣。』董云：『人祝壽則稱南山，言不死也。南山可死，況酒客乎，即天老之意。』」**六月**　帔拂句：「生羅，湘竹。」**七月**　夜天、池葉句：「『極』字無人能下，言荷葉初小至七月，則小到極矣。」**九月**　翠錦句：「指菊。」**閏月**　末評：「諸首半者多。」**天上謡**　末評：「半。」**浩歌**　南風、帝遣句：「桑田滄海之意。」箏人、神血句：「見箏人之美而神蕩，故曰『神血未凝身問誰』，即胡然而天之意也。」漏催句：「夜易曉。」衛娘句：「易哀。」末評：「半。」

秋來 誰看句：「正句已看。」末評：「雕。」

秦王飲酒 總評：「古樂府有秦王卷衣歌名。」洞庭句：「兩腳以吹笙而來。」銀雲句：「言天將明而報一更以勸酒也。」仙人句：「天明故煙輕。」末評：「雕。」

洛姝真珠 花袍句：「此句指舊所歡。」金娥句：「思遠人也。」八牕句：「作下牕日高未起。」市南句：「反蘭風句。」楚腰句：「反紅弦句。」牽雲句：「總反前意。」末評：「雕。董懋策云：『小孃當是娼耶。白馬指舊，而陸郎指新耶。』吾謂曰，絲以上咏真珠。市南以下蓋指狎邪女。反結之，嘆幽貞言外有意。以爲一事，不應上云蘭風桂露，下又云無秋涼也。」

李夫人 夫人句：「言夫人死時。」末評：「雕。」

走馬引 暮嫌句：「襄陽客見嫌也。」末評：「結句，徐渭云：『但知嫌劍而不知自嫌，譏襄陽客。』非也。言己能持劍向人而不能自照，所以不免於見嫌。感己不遇，故云爾耳。率。」

湘妃 長伴句：「竹爲益。」離鸞句：「吟弄之曲。」巫雲句：「忽説巫山神女與湘妃同是孀居。」末評：「雕。題是湘妃，而詩止言湘竹九山，五句吟弄之苦，而湘妃之哀怨不必言矣。」

南園十三首 無心句：「不作曲。」

其十 末評：「蔡邕知柯亭竹。下三句與憶邕何干？似謂不用竹爲笛，但以爲竿耳。」總末評：「十三首多率。」

金銅仙人辭漢歌并序 夜聞句：「言榮謝如旦暮。」天若句：「古今奇語。」末評：「半。」

古悠悠行 總評：「感逝惜時之作。」白景句：「日。」碧華句：「月。」末評：「半。」　**黃頭郎**　總評：「似當時有泛舟之役，而長吉爲其家人惜別。注耽樂而忘歸，恐非。」好持句：「末句待歸之意。」末評：「雕。」　**馬詩二十三首**　**其一**　末評：「亦不遇意。」　**其五**　何當句：「亦不遇意。」　**其六**　鬣焦句：「不遇。」　**其七**　東王句：「自負神速。」　**其八**　末評：「言赤兔不似果下馬可羈策。」　總末評：「多率。」　**申鬍子觱篥歌并序**　休睡句：「諷之使出幕。」　**湖中曲**　末評：「約晚漏盡時與之會耶。半。」　**黃家洞**　雀步句：「即狀箭鏃墜沙之聲。」高作句：「此言洞酋射也。」竹蛇句：「以上皆黃家洞之景。」聞驅、官軍句：「二句狀洞兒之不畏官軍，而官軍自相殺也。」　**屏風曲**　蝶棲句：「狀屏風之畫。」團回句：「屏風圍燈燭也。」末評：「雕。」　**南山田中行**　冷紅句：「花也。」　**貴主征行樂**　末評：「雕。」　**酒罷張大徹索贈詩時張初效潞幕**　末評：「寒不能寐。」　**羅浮山人與葛篇**　總評：「山人，一作『山父』。」千歲句：「鬼工亦啼狀，其織之精也。」蛇毒、江魚句：「二句狀洞中熱，以致乞與之意。」末評：「徐云：『戒勿吝也。』董云：『玩文，似吳姬織葛，而山父乞與之詞。』雕。」　**仁和里雜叙皇甫湜**　總評：「原注：湜新尉陸渾。」安定句：「美人豈指湜耶，前宗人豈自謂耶。」末評：「率。」　**宮娃歌**　末評：「雕。」　**堂堂**　總評：「失寵之作。」末評：「雕。」　**勉愛行二首送小季之廬山**　**其二**　欲將句：「以身博祿也。」庭南句：「拱柳，小柳。」　**致酒行**　總評：「干祿不得之作也。」誰念句：「言已亦不必自念幽寒，以足上句。」末評：「率。絶無雕刻，真率之至者，賀之不可及，乃在此等。」

長歌續短歌 總評：「亦干禄不得之作也。」末評：「率。」

公莫舞歌并序 長刀句：「刀與箏相向如割。」日炙、腰下句：「二句妙甚，非鬼神不能道。」芒碭句：「揚劉。」末評：「妙絶！」

昌谷北園新筍四首 末評：「率。」

惱公 總評：「惱公者，猶亂我心曲也，今方言可愛者，反曰『可憎』。」歌聲句：「如其圓。」添眉句：「言翠也。」單羅句：「狀屏風。」古時、今日句：「二句是想夢熊、憶斷虹來，專致之極。如精衛填海，愚公鑿山也。」骨出句：「想成瘦。」

感諷五首 **其二** 青蠅句：「讒者亦安在哉？」

其四 末評：「劉須溪云：『托之君平、康伯，而舉世可見，安能免此。其妙在言外。』」

酬答二首 **其一** 柳花句：「似言公子佩内家之香，而柳花偏打之，即螻蟻也解尋好處意。」

謝秀才有妾縞練改從於人秀才引留之不得後生感憶坐人製詩嘲謝復繼四首 **其四** 邀人、端坐句：「二句言不相憐之狀。」總末評：「後花游曲云『煙濕愁車重』，則此紅輪當是車輪耶。別淚能重，淚之多可知矣。」

潞州張大宅病酒遇江使寄上十四兄 木窗句：「篇中無侈語，蓋指蝪迹。」

賈公閭貴壻曲 末評：「不著題一語，自是妙。」

夜飲朝眠曲 末評：「篇中但言朝眠，而夜飲自見。」

王濬墓下作 古書、神劍句：「碑沒，劍毁。」

贈陳商 李生句：「即仰高山之意。」顛頓句：「此句不承上二句，另言去禮節而任顑頷也。」**後園鑿井歌**　末評：「日升而天曉，然後汲井，後二句不欲日没也。」**開愁歌**　總評：「原注『筆下作』，一作『花下作』。」**昌谷詩**　紆緩句：「原注：近武后巡幸路。」燒桂句：「原注：谷與女山嶺阪相承，山即蘭香神女上天處也，遺几在焉。」**摩多樓子**　總評：「即出塞曲。」**猛虎行**　總評：「四言。吴正子云：『似言猛政也。』」**苦篁調笑引**　總評：「古樂不作諷荒淫。」**拂舞歌辭**　總評：「拂舞鳩辭，鳩者老人杖頭飾，取不噎也。大抵是餉老祝壽樂舞之辭。」末評：「結一句『邪，頑，腥』三字，似亦諷徒壽而不德之意，猶言縱使得壽亦非正氣，即秦漢求仙之例。」**箜篌引**　末評：「諷味幾亂邦不入。」**江南弄**　水風句：「風雲因竹而生。」渚暝句：「因暝故如一幅。」末評：「雕。」**榮華樂**　總評：「原注一作『東洛梁家謡』。當是男嬖如鄧、董之儔，既云梁家之子弟矣，非男嬖矣。」**相勸酒**　總評：「曲終奏雅，亦有諷耶。」伏願句：「如前淫飲安得鴻名，故曰諷。」中有句：「其樂安在，故曰諷。」**瓊華樂**　總評：「似亦諷求仙。」**梁臺古愁**　蘆洲、寥落句：「二句言方春而忽秋也，宫殿墟矣。」**公無出門**　總評：「即小招四方上下俱不可往。故曰『公無出門』，蓋有意於棄世違俗，罷干歇進也。」**神弦曲**　總評：「以下三者並是寫秦俗尚巫。」**神弦**　末評：「離之楚辭，何以辨非屈宋。」**蘭香神女廟**　總評：「原注：三月中作。」**溪晚涼**　玉煙、銀灣句：「玉煙銀灣並杜撰，卻自是好。」溪汀句：「無情有情。」

江樓曲 總評：「此當壚婦憶其夫。」曉釵、抽帆句：「鬢爲南風所催，容華不久，故語南風遠，其抽帆而歸。」

染絲上春機 白袷句：「玉郎白袷乃桃葉所寄也，倒句。」

呂將軍歌 將軍句：「不用。」玉闕句：「長城。」榼榼句：「唐百官佩魚，取『鯉』字即李姓，至武后易以龜，取甲義武姓也，舊注未是也。」傳粉句：「指孱帥。」桓山句：「請試。」遥聞句：「技癢。」末評：「刺葉言神驥之辛苦，蜀水憤蹇蹄之安樂，結意是怨。」

官街鼓 末評：「神仙可以死，而漏聲不絶，極意形容。」

許公子鄭姬歌 總評：「原注鄭園中請賀作。許公子當是秦人，偶入洛而買歡鄭姬者，又當戚畹。」銅駝句：「酒色。」桂開句：「似以鄭尚屬曲中之侶，非許所能專意。」

題歸夢 末評：「魚目不瞑，言勞思不寐也。」

假龍吟歌 總評：「房琯先隱終南山，聞龍吟，寺僧以銅碗潛戞效之，琯不能辨。」末評：「自雲弄以上俱形容銅杯之假龍，其下言隱終南之龍去也。」

感諷六首 其六 十日句：「君恩濃至如十日並照。」

夜來樂 末評：「曉起入朝也。此指貴戚或武臣之少年，語意似咏倡。」

嘲雪 總評：「托言雪從西至中國，如何遠客然。」

高平縣東私路 今夕句：「狀私路爲秋所不到。」末評：「上四句狀私今之景而無人居也，下四句狀私路之景而古有人處也，依希避秦之意。」

崑崙使者 麒麟句：「冢上石器。」虬龍句：「松也。」

聽穎師琴歌 蜀國句：「聲清。」芙蓉句：「聲凄。」越王句：「起下句。」清臣句：「聲和。」渡海句：「聲幽。」誰看句：「聲雄壯。」誰看句：「以書法縈裊鈎連，比聲之不斷也，玩『誰看』二字非以兩者比琴，言兩者不足看，以形容琴也。」末評：「妙甚。」

清黄陶菴評本黎二樵批點李長吉集，福建人民出版社二〇一一年出版。

陶菴集卷七

史記評論〔一〕六十二篇

【校勘】

〔一〕「史記評論」：光緒己卯本作「史記論略」，據康熙丙辰本改回。

五帝本紀

堯、舜、禹、湯或以爲謚，或以爲皆名，或以堯、舜、禹爲名，湯爲號。予謂皆非也。謚法起於周公，以堯、舜、禹、湯爲謚者，固不足據。而以有鰥在下曰虞舜及來禹等文，證其爲名，則亦非也。史傳多追稱之詞，如左傳石碏稱陳桓公方有寵於王，戰國策馮煖謂梁王曰，齊放其大臣孟嘗君，此類甚多。二典亦當時史臣所記，舜、禹皆追稱耳。以來禹爲君稱臣名，則禹敷土爲臣書君名乎？堯之祖稱藝祖、文祖，堯稱神宗，豈得君臣皆名，漫無所別乎？孔子於老彭已不斥其名，如堯、舜、禹果名，豈得屢見於書乎？按秦始皇制曰：「朕聞上古有號無謚，中古有號，死而以行爲謚。」則堯、舜、禹、湯皆號也，生爲號，死爲謚。

太史公五帝紀贊以「百家言黄帝，其文不雅馴」，又歷敘己所采於長老及春秋、國語與他説之足以參古文者，而成是篇。則凡騎龍鑄鼎諸詭異事，乃太史公所謂不雅馴，棄如涕唾者也。今人乃掇其棄餘，而津津豔稱之，何哉？又太史公史贊皆有超識，司馬貞妄譏之，以爲不能備論，遂别爲述贊櫽括通篇，每人置評，事雖不遺，意見則猥陋矣。

夏本紀

「帝禹立而舉皋陶薦之，且授政焉。而皋陶卒，封皋陶之後於英、六，或在許，而後舉益任之政〔一〕。」先舉皋陶，後舉益，此他書所未及。孟子謂禹、皋陶見而知之，此可證也。太史公紀三代以前事多荒忽，吾取二三策耳。

【校勘】

〔一〕「政」：原脱，據史記夏本紀補。

殷本紀

微子去商，殷紀及微子世家，皆謂與太師、少師謀。太師名疵，少師名疆，見於周紀，世以比干爲少師者，誤也。

秦本紀

子長爲本紀者三：後世皆不與焉，秦也，始皇也，項籍也。以是繼五帝、三王之後，可乎？曰不可。不可則曷爲紀之？曰此即「正統」之説也。歐陽子有言：「居天下之正，合天下於一，斯正統矣。堯、舜、夏、商、周、秦、漢、唐是也。」蘇子有言：「孔子删書，而虞、夏、商、周皆曰書，湯、武王、伯禽、秦穆公皆曰誓，以爲正統之説，其誰曰不可？」子長之本紀，其即歐陽子、蘇子之論所從出也。夫子長豈不知秦、項爲天下之公惡也哉，以爲政固嘗繼周而有天下矣。籍固嘗專天下之約矣，吾從其繼周而有天下，與夫專天下之約者，而爲之本紀，非進秦、項於三代也。雖然，秦自始皇以前，固西戎附庸之國爾，籍雖專天下之約，未嘗一天下而稱帝也。爲有天下之始皇立紀則可，爲西戎附庸之國，與未一天下之項籍立紀，則不可。故秦與始皇宜合而爲一，籍宜降而爲傳。

世以秦爲伯益之後，以柏翳、伯益爲一人，蓋據秦本紀，大費輔禹平水土，佐舜調馴鳥獸，鳥獸多馴服，是爲柏翳之語。而以尚書、孟子之文推之，舜時自益外，無平水土及調馴鳥獸者，遂以爲即益也。按杞東樓公世家〔一〕云：「柏翳之後，至周平王封爲秦，項羽滅之，垂、益、夔、龍，其後不知所封，不見也。」是則益、翳爲兩人，而秦非伯益之後明矣。世儒讀史沿誤，此其一端。

三族之罪始於秦文公，而商鞅因之。漢祖名爲除秦苛政，然始定天下，即族信、越；文帝甫除收孥相坐律令，旋族新垣平，是後武帝數興大獄，而秦法遂終漢世不變。吾故謂漢非雜霸也，雜秦耳。嗚呼，秦之遺孽毒甚矣哉！秦自穆公三置晉君以後，嘗與晉更相强弱，至六卿内相攻晉始不能有加於秦，然晉尚爲一也。至智伯死，分其國爲韓、趙、魏而晉析爲三矣。夫以全晉之勢尚與秦更相强弱，析而爲三，則安望其能支秦哉。吾故曰：三晉爲諸侯，秦取天下之大竅也。

【校勘】

〔一〕「杞東樓公世家」：史記卷三六作陳杞世家。

秦始皇本紀

左丞相去疾、將軍馮劫與李斯同諫二世，二世下去疾、斯、劫吏，案責他罪，去疾、劫曰：「將相不辱。」自殺。斯卒具五刑。夫去疾、劫能諫其君，又能引分自裁，亦賢者也。惜其與李斯同事，不能早決去就，相攜闇朝，駢首并命，哀哉！

項羽本紀

楚之擊漢也，非身在行間，則不勝。田榮反齊地則必自擊之，彭越反梁地則又自擊之。雖所向摧破，而兵力疲矣，故漢一舉而覆之垓下。自古以弱敵彊者，勾踐、樂毅、漢高皆善用合從之法者也。

拔興於楚而敗者，項梁。梁之才非勝、廣、武臣及也。爲秦將而敗者，章邯。邯之才非司馬欣、董翳及也。爲項籍將而敗者，龍且。且之才非薛公、曹咎及也。梁驕章邯，邯破之；章邯驕楚，楚破之；龍且驕韓信，信破之。驕者，敗之媒哉！

義帝始能奪羽軍將之，又能遣沛公入關而不遣羽，故有英氣，然非其材足以制羽也。羽方起事，挾帝爲奇貨，以令天下，事濟之後，自當不免。帝蓋遊其彀中，而不知也，悲夫！

楚漢之際，六國蠭起自立，唯田氏最與楚齮齕，而陰德於漢甚大。初田儋救魏，爲章邯所殺，儋從弟榮收兵走東阿，邯追圍之。項梁聞榮急，乃引兵擊破章邯，邯走而西。是榮之復振，皆項氏力也。微梁，榮且蟲出矣。及梁既追章邯，邯兵益盛，梁使趣齊兵共擊章邯。榮乃要楚、趙殺田假一門三人。楚、趙義不忍殺，則終不出兵。夫假固齊王建弟也，齊人以儋死，故立之。既已逐之矣，又必欲殺之，又以楚之義不忍殺也，覆用爲讎，坐視項梁之敗，不義甚矣。項羽由此怨榮，入關後分王田都、田安，榮距都殺安，盡并三齊之地。羽北伐，而漢遂得劫五諸侯兵，乘間東向矣。雖榮之舉事，非以爲漢，而實陰爲漢用也。吾故曰：田氏最與楚齮齕，而陰德漢甚大。田橫[二]死，高帝爲之流涕，帝固心德田氏也夫。

鴻門之會，項王、項伯東向坐，亞夫南向坐，沛公北向坐，張良西向侍。按古人尚右，故宗廟之制皆南向，而廟主則東向。主賓之禮亦然。儀禮鄉飲酒禮篇，賓復位，當西序，東面是也。韓信得廣武君東向坐，西向對，而師事之。項羽得王陵母置軍中，陵使至，則東向坐，陵母欲以招陵。周勃不好文學，每召諸生說事，東向坐責之，皆以東爲尊。然則鴻門坐次，首項王、項伯，次亞夫，次沛公也。

項王立六國後，樹秦敵，此入關以前事，非入關以後事也。項羽破秦爲西楚霸王矣，復封諸侯王將相，此正與酈生立六國後之策暗合。後著用前著，所以敗也。景陵鍾氏論羽如此愚，謂不然，羽率諸侯兵西入關，不過以破章邯軍，爲諸侯冠耳。此時諸侯所推戴之懷王尚在楚，先入關有功之沛公不可殺，從入關之諸侯各有功，不分王之，將置何地乎？盜亦有道，羽既稱諸侯長，能一切以無道行之乎？羽失天下，正坐背約，宰割不平，故田榮、陳餘首發兵端，而沛公乘之於外，不可云失在分封也。子房雖發八難，前勸漢王捐關以東予信、越等，後又勸漢王益封信、越，使人自爲戰，其所異於酈生者。立六國後則不復爲漢用，立信、越則漢將也。

【校勘】

〔一〕「田横」：光緒己卯本脱「田」字，今據康熙丙辰本補。

高帝本紀

劉辰翁曰：「自項梁以來，攻定陶不下，攻外黄未下，而通行無忌，殆欲汲汲赴要害擣虚邑耳。此最兵家要妙，令人不及掩耳，得敵去爲幸，何暇追襲，此横行之道也。若每邑頓兵，得寸失尺，畏首畏尾，聲實皆喪。故高祖攻昌邑未拔，過高陽，攻開封未拔，攻潁川。蓋深喻此獨宛强大，追敵近，復過而西，則前後相應，非他邑比也。故子房憂之。」云云。須溪此言可謂深得楚漢用兵之略矣。李密與唐太宗並爭天下，徐洪客獻書於密，以爲大衆久聚，師老厭戰，難以立功，當乘進取之機，因士馬之鋭，沿流東指，直向江都，執取獨夫，號令天下。」密壯其言而不用。李淵欲引兵西趨長安，猶豫未決，世民曰：「兵貴神速，吾席累勝之威，撫歸附之衆，鼓行而西，長安之人，望風震駭，取之若振槁葉耳。若淹留自弊於堅城之下，坐縻歲月，衆心離阻，則大事去矣。」淵從之，遂克長安。此成敗之機也，然亦惟秦、隋之弊，故漢、唐得行其乘間襲取之謀。使國猶有人，固危道也。前高祖而入秦者，周章至戲，卻矣。章豈非推鋒直往者乎？魏延以夏侯楙怯而無謀，欲假精兵五千直從褒中出，十日可到長安，而令孔明從斜谷來與之會，亮以爲危計不用。當時夏侯楙雖怯，而司馬懿在朝，謀士如林，非可以聲勢恐喝取也。自子房不敢易宛，而延欲以偃兵空虛之國視魏，謬哉！此兵法所貴於知己知彼也。

馬疏班密，向有定論。然亦論其行文耳，其叙事處互有疏密。如高帝紀：「高祖爲亭長，乃以竹皮爲冠，令求盗之薛治，時時冠之，及貴，常冠，所謂『劉氏冠』也。」史記書此，似謾然取致爾。而班史於高帝八年中補出，爵非公乘以上，無得冠劉氏冠。此班密於馬也。項羽本紀「丁壯苦軍旅，老弱罷轉餉」，本以起下「挑戰決雌雄，毋徒苦民父子」語，遷於高帝紀中自削之。固乃仍其削處，而以羽語入列傳，兩處皆少生色矣。此班疏於馬也。他可類推。

呂公好相人，見高祖狀貌重敬之，引入坐上坐。蕭何曰：「劉季固多大言，少成事。」塵埃中識天子，酇侯且難之，況他人乎？高祖得天下後，所封皆故人所愛，所誅皆仇怨，何不廣也？戛羹之怨，不忘其嫂，亡賴之言，必反其父。孰謂乃公大度者？石勒少時爲李陽所辱，僭號後，乃能優容之，彼羯胡[一]且如此，而高帝不能惜哉！

息者，男女之總稱，俗以女爲弱息，蓋本史記呂公謂高祖：「臣有息女，願爲箕箒妾。」而誤以息爲女也。息訓生，戰國策：「左師公曰：『老臣賤息舒祺，最少，不肖。』」祺，左師子也。

【校勘】

〔一〕「羯胡」：乾隆辛巳本、四庫全書本、光緒己卯本均因避諱删，今據康熙丙辰本補入。

呂后本紀

呂后死，産、禄欲爲亂。其不敢即發者，非獨憚絳侯、朱虚也，以灌嬰、齊王連兵於外故也。韋孝寬破尉遲迥於外，而楊堅篡周；魏元忠破徐敬業於外，而武曌篡唐。比事觀之，嬰之功大矣。

高帝憂趙王如意，左遷周昌相之，豈特以其貴彊故哉？昌曾力爭廢太子事，爲呂后德，庶幾呂后不復作惡也。然后殘忍，豈復顧念前事一木彊人，適速之斃耳。劉辰翁謂：「高帝托人，必得如信、布者乃可，否則能調護兩宫間，如滕公輩，又否則能以言語微意感動如陸生。」予謂帝處此決無上策，果托人如信、布，必挾趙王爲奇貨，摇動天下矣。滕公、陸生輩居外廷，非有如辟陽侯朝夕存側者。且以留侯之智，吕后使建成侯劫之，何滕公、陸生之能爲也！無已，其如齊悼惠王之尊魯元公主乎？又無已，其如朱虚侯章之妻吕禄女乎？

文帝本紀

予讀文帝紀，即位將一年，乃修代來功，群臣請立太子。下詔欲擇諸侯王昆弟，及賢有德義者。群臣固請，始許之。又立趙幽王太子遂，王遂弟辟彊及齊悼惠王子朱虚侯章，東牟侯興居，然後立其三子爲王，次第可觀，以爲有王者舉動。及讀齊王傳，始誅諸吕時，朱虚侯章功尤大，大臣許盡以趙地王章，盡以梁地王興居。及文帝立，聞朱虚、東牟之初，欲立齊王，故黜其功。二年，王諸子，乃割齊二郡，以王章、興居。始知帝所爲假仁者耳。射鈎、斬袪之恨，霸者猶能忘之，今乃小嫌黜人大功，豈公義乎？

田横之海島，尉佗之蠻夷，皆足以爲中國患。佗材非弱於横者也，高帝於横則召之，怵以不來則加誅，至自殺而後已。於佗則因而立之，何也？横與帝俱嘗南面稱王，故以臣之示武。佗不起中國，故以封之示恩。召横時，初定天下，兵力尚完。封佗時，征荼、征布、征信、征豨，兵力殫矣。帝之屈伸操縱如此。

禮　書

孝文帝好道家之學，以爲「繁禮飾貌，無益於治，躬化謂何耳，故罷去之」。是謂有其内而無其外。漢武「招致儒學之士，共定禮儀，十餘年不就」，至大初之元改正朔，易服色，可謂鋭意禮樂矣，而神仙土木征伐之事日盛。謂有其外而無其内。

律　書

律書先謂「律爲萬事根本」，「而兵械尤所重」，以下竟言兵。「太史公曰」一段，又言文帝之能息兵，突接「書曰」七正、二十八舍，則叙律之應歷以原律所自來，而後始言律數末復歸之於神爲生數成聲之本，其理微妙，其文簡質變化，定非褚先生所能辦也。

封禪書

太史公作封禪書，此後人所謂「謗書」者也。起云「自古帝王曷嘗不封禪」，爲下文舜、禹封禪張本。繼云「蓋有無其應而用事者矣，未有睹符瑞而不臻乎泰山者也」，爲下文秦始皇封禪張本。繼又云「雖受命而功不至」云，爲下文漢高、漢文不及封禪張本。又云「故其儀闕然堙滅，其詳不可得而紀聞云」，便見封禪爲曠絶之事，而非世主所當舉行者也。「尚書曰」一段，舜之封禪不過如此，禹遵之亦無神仙可記。至孔甲失德之君，始聽於神而禨祥之説，後世紛紛傅會，如太戊、高宗則不過修德勝災而已，至周世郊社之舉，亦未始及於神仙，此所以爲三代盛隆之際也。周衰道廢，而西畤、鄜畤始興於秦，此武帝祠神君親祠竈之濫觴也。管仲設辭以拒桓，孔子存禘而不論。自秦開禱祀之端，始皇承之，益以八神之説，杳渺無稽。而齊人奏五德之運，燕人爲方仙道，則謬悠之説，流傳於此二方。此武帝時海上燕、齊迂怪之士之濫觴也。三神山之説極幻，而秦皇信之，封禪之後十二歲，秦亡。甚矣，封禪之無益，後之人主知此，亦可以悟矣。於是結之曰「此豈所謂無其德而用事者耶」，以見漢武固無德，而尋秦皇之覆轍者也。以下敘秦時山川百神之祀，以見其淫黷無稽。而漢興，高祖草創不及釐正，漢文稍惑於新垣平之説，俄厭怠而止。孝景亦無所興，以見文、景之爲賢君也。此下鄭重其辭以接之曰「至今天子」，「今天子初即位，尤敬鬼神之祀」，以見古者之封禪不過以告成功，而武帝之封禪乃在於求神仙也。始於求神君，終則崇信李少君，於是燕、齊之士翕然來臻，競述其鬼談訞説以惑帝，而帝終已不悟矣。其紀文成、五利、公孫卿之言皆鄙倍幻誕，中人以下皆不信。而帝酷喜之，菁見而以爲德星，天旱而以爲乾封，直書其事而已，宛然一始皇矣。文章之妙如此，至其筆法往往見於單句隻字之間，其屢用「或曰」字、「蓋」字、「焉」字、「若云」字，皆疑辭也。茅順甫曰：「文幾三千言，而前後血脉貫串如一句。」誠然哉。

太史公封禪書之妙，全在叙舜、禹、三代，及秦始皇事爲案，而入武帝後，隱然見帝之異於舜、禹、三代，而同於始皇。諸先生節之，自「尤敬鬼神之祀」以下，爲孝武本紀，神氣索然矣，所謂續鳧截鶴者。

太史公八書中封禪、河渠、平準乃耑爲譏武帝而作，然河渠書當另看，蓋塞宣房有憂民之心焉，是其倦於神仙時也。

平準書

予嘗謂漢之文、景能富而不能教，蓋每歲下復除蠲恤之令，此善政也，幾於王矣。然漢文從晁錯言，輸粟拜爵，至得爲大庶長，大庶長之官食萬二千石矣，乃亦以輸粟得之。孝景又募民輸粟贖罪，則不軌之民恃富而犯法者，固不能無也。是以漢武之初，雖家給人足，至於錢貫朽，粟腐敗，而兼并豪黨之徒武斷於鄉曲，宗室有土，公卿大夫以下爭於奢侈，室廬輿服僭於上，無限度，此皆禮義鮮少之故也。不待武帝靡耗中國，而已知其不可久矣。漢有最不可解者，坐酎金失侯之法也。夫通侯之先，固嘗竭智力與高帝定天下者也，使之出金助祭，猶曰包茅縮酒，遺意存焉，然已異乎古矣。乃至不如斤兩，及金色惡輒以此削國，所坐者微而闕，翦功臣之後，大無謂也。豈漢世封爵太多，食邑既廣，縣官不能支，而設法以削之耶。當時坐此法者甚多，武帝時至百餘人。太史公見之平準書中，則朝廷微意皦然矣。

卜式者，富人之學黃老者也。弟壯，出分，獨取畜羊百餘，田宅財物盡予弟。式入山牧十餘年，羊至於千餘頭，買田宅，而其弟盡破其業，式輒復數分予。此在陶、白輩優爲之，然有長者之意焉。漢擊匈奴，式上書願輸家之半。縣官助邊，自人情言之，非欲官則言冤，而式兩皆無之，非果不欲官也，彼操老氏欲取故與之術，知時主所急在財，而細其綸，芳其餌，投竿跪膝，而以釣武帝也。乃詘於公孫弘，久不見報，數歲乃罷。人之處此，亦可以倦而休矣，式行之不厭，明年又持錢二十萬予河南守，以給徙民，助貧人者籍。天子乃以式終長者，而三年中驟躐九卿，進官少府，居奇貨者孰善於式哉？且當式時告緡之事將起，式逆知海内財匱，天子眈眈富民，不久家且破，故不如先事輸財，不唯免禍，又以得官。及式相齊，而楊可告緡，遍天下中家以上大抵皆遇告。杜周治之，獄少反者。使式此舉稍遲，必無幸矣。未幾，以言鹽鐵算船事致天子不悅，稍詘其官，又因天旱求雨進言曰：「縣官當食租稅而已，今弘羊令吏坐市列肆，販物求利。亨弘羊，天乃雨。」斯言也，雖謂有大臣之風可也。太史公平準書以式語作結，雖其意在於譏武帝，而亦有取於式也夫。

吳太伯世家

傳曰：「父不受誅，子復讎可也。」子胥之父奢以無罪見殺於平王，其兄尚駢首并命，爲子弟者有至痛焉。員也倒行逆施，以快其悁悁之忿，君子固不深誅也。若曰誅之，則傷人子之心；與之，則悖君臣之義，置而不道可也。獨員之進專諸於公子光，以成其弒僚之謀，則吾不能無憾焉。諸樊兄弟四人，以其先王愛季子札欲立之，讓不肯立，諸樊乃欲兄弟以次更立，必致國於季札。及餘昧卒，欲授季札，季札復讓逃去，於是吳人立餘昧之子僚爲王。夫光爲諸樊之子，季札不立，則光當立固也。然僚業爲國人所援立而爲君矣，札則逃之，光則弒之，而員也以急欲報吳之故，進人於光側而速其弒焉。是不亦傷君臣之彝，而大逆天道也哉。語曰：伐國不問仁人。如子胥者，難與並爲仁矣。

齊世家中載管、晏事，吳世家中載子胥事，越世家中載范蠡事，鄭世家中載子產事，蓋皆掇其大者，而管、晏、子胥另立傳，范蠡又入貨殖傳，子產又入循吏傳。太史公之惓惓於五子至矣，獨不爲季札地乎？豈以其讓國大節已見吳世家中，欲別立傳無可稱述乎？愚謂管、晏事功既詳見齊世家，而本傳止摘其一二逸事，如札讓國之外，豈無可論者？即觀樂事已足別立一傳矣。札爲聖人所許，乃不得與管、晏比，太史公於此恐失大書特書之義也。

蘇子由謂春秋諸侯國而不人者三，楚始稱荆，僖元年稱楚人，文九年書楚子，自是遂與春秋齒；而吳、越終春秋不人，蓋吳、越雖戰勝攻取，而無禮義以自將，故吳亡而越亦微。至於楚，雖禮義不足道，而亦無愧於齊、晉。故其後遂與戰國相終始。由是觀之，禮義豈誣也哉？按三國皆僭稱王，其爲蠻夷等也。吳以强陵中國時，越志在復讎，皆非有仗義之舉。獨莊王破陳爲縣，從申叔時之諫而復之；鄭伯肉袒即麾軍退舍；宋華元以情告即罷兵解圍。此三事者，信乎其爲霸主也。子由所謂禮義當指此，使當時能革僭號，則桓、文何足道哉。

齊太公世家

太史公諸世家敘諸侯事，而王室始亂，伯主代興，皆謹書之。如厲王之奔，宣王之立，幽王之弑，周東徙雒，秦始列爲諸侯，小白、重耳、宋襄、楚莊之立，卒與申生之殺及敵國相滅，各國臣子之弑其君，皆三致意焉。而於孔子之生卒，及相魯尤詳，至書魯隱公初立者，以爲作春秋地也。此等義例，皆不愧良史。

管子天下才也。其始委質子糾而事之，襄公既弑，則惟恐子糾之不得立也。而其爲子糾謀，則亦有未善焉。春秋時，列國亡，公子之在外，而終得反國自立者，外必有强國主之，内必有强臣應之，然後可以得志。

管子一出，即奉子糾奔魯，夫魯相忍之國也，豈可恃哉？彼莒、衛爲小白外主，高、國爲小白内主，莒、衛合則足以敵魯，而管子在外，固不能敵高、國也，管子盍求大國如秦、晉者而請命焉，而陰結其大夫之足以制高、國者，以爲腹心，然後求入，如不得入，亟爲逃死之計可也。乃竟貿貿然出，于于然入，徼倖於射鈎之一中，而懈不復備，遂使子糾生竇之殺如屠豕然，豈不惜哉！

夫晉文當奚齊、卓子既弑之後，晉人來迎，可以入矣，其不入者，畏内變也。及間關十九年，輔之以秦穆之威，而後敢入，吕甥、郤芮復懷反側，微勃鞮之告，則文公幾於不免。甚矣，亡公子自立之難也。向使子糾幸而先入，高、國謀之於内，小白攻之於外，事猶未可知也，況不得入乎？有如秦、晉主子糾於外，則彼小白初立，又安敢以不義脅鄰國使殺其兄弟，而束縛其臣以歸於己乎？吾故曰：管仲天下才也，而其爲子糾謀則未善也。意者子糾非伯才，天固將開小白而使之主盟中國歟？

甚哉，郤克之忿戾也！使於秦、齊，齊君使夫人帷中而觀之，夫人笑之，笑者固無道矣，克連兵東伐，至欲得齊君之母以爲快，不已甚乎！且齊使至晉，郤克嘗執四人殺之於河内矣。笑人之使，而欲執其國母，刑人之使者，當何如乎？宜其無後於晉也。

齊襄公笞主屨者茀，及管至父殺襄，茀以身死之。齊莊公笞宦者賈舉，及崔杼弑莊，舉以身助之。笞茀者，襄公以見公子彭生而失屨，茀無罪也。笞舉者不知何事，笞之當不當未可知也。而二人之報其君，逆順不同如此。人之善惡，固天性哉。

田、闞相爭，子我殺於成子，而齊亡。曹、馬相軋，曹爽殺於仲達，而魏亡。

魯周公世家

魯公伯禽之初受封，之魯三年而後報政周公。周公曰：「何遲也？」伯禽曰：「變其俗，革其禮，喪三年然後除之，故遲。」太公亦封於齊，五月而報政周公。公曰：「何疾也？」曰：「吾簡其君臣禮，從其俗爲也。」及後聞伯禽報政遲，乃嘆曰：「嗚呼，後世其北面事齊矣！夫政不簡不易，民不有近，平易近民，民必歸之。」

黄子曰：此非周公之言。今按此説，斷乎其爲謬也。夫分茅胙土，南面而君，一國以長子孫，以成教化，在周公固當爲百世計，其於伯禽必非率爾遣之而已也。計魯國之人民風俗，與伯禽立政之繁簡，報政之遲速，皆必有面命而手畫之者。伯禽特奉行其意耳，豈待報政之後始訝其遲，而乃徐問其所以立國之故歟？又豈待太公報政之速，始服其簡，而嘆其子之智不出此歟？且國無成俗，顧轉移何如耳。以朝歌之污染，聖人猶能變之，今治魯不至若朝歌之難也，何三年之内立法一定，遂坐視其後世之北面於齊，而莫之能改歟？

考魯公之國，在成王踐阼之初，周公攝政方始也，審以太公之法爲善，則失之於魯，猶可移之於周，今乃三年而定東土，七年而還政，然後營洛邑，居九鼎。先是官政尚未次序，至是乃作周官，官别其宜，乃作立政，以便百姓，則其涵濡漸漬，更有甚焉。而洛誥、無逸等篇，訓辭諄復，卒亦不聞有所謂簡易之説，何歟？夫三年者，報政之常期，虞廷三載考績，孔子爲政亦曰三年有成。伯禽之報政即孔子之成也，此而尚以爲遲，則必出於一切苟且之法然後可。吾不知其何以爲周公歟？不但此也，太公聖人之亞，治國必當有法，豈有五月報政之理歟？爲此説者，戰國謬悠之談，而太史公采之，淮南子采之，韓詩外傳采之，則皆義理不精，好奇輕信之故也。

衛康叔世家

衛伋壽、晉申生事極相類。伋壽至性既類申生，而晉獻以烝齊姜生申生，衛宣以攘伋婦齊女生壽，亦相類。齊女譖伋，驪姬譖申生，亦相類。申生死無後，伋壽死亦無後，亦相類。獨壽爲齊女所出，其母譖伋而壽死之，此尤人情所難。甚乎哉，孝子之不得於頑嚚也。

宋微子世家

作微子世家言，而箕子、比干附見焉，不幾重微子而輕箕子、比干乎？箕子國於朝鮮，比干絶無後，故二子皆不得别立世家。使爲箕、比立傳，則與微子不類；設以箕、比之故，降微子而同傳，則微子爲宋祖，又無可降之理。故牽連書之，而贊復以孔子之言終之。此太史公筆法所在。

蘇子由曰：「聖人雖與人同處，而其中浩然與天地同量，彼其食粟衣帛，蓋有不得已耳，而況與人爭利哉？」此爲周公而發，予最愛此論，以爲非坡公所及。蓋封武庚於殷，封微子於宋，舉蔡叔之子胡爲卿士，周公之心與堯、舜一也。坡公非武論直是敢於背誕。

路史云：「以微子之賢，吾君之子，而商人父師之，顧乃使之代商後，而邦之宋。宋爲故亳，商之舊都，民之被商之澤者，固未忘也。使微子少異其志，則全商之地，亦非周矣。成王、周公方且晏然命之，不少爲疑，卒以安堵，非聖人之盛德，能如是乎？」此論可與子由相發。

晉世家

晉世家叙文公入立，吕省、郤芮作亂事，繼以文公修政施惠百姓，賞從亡者及功臣，大者封邑，小者尊爵。未盡行賞，因襄王以弟帶難出居鄭地，來告急於晉。晉初定，欲發兵，恐他亂起，是以賞從亡未至隱者介子推，推亦不言禄，禄亦不及。此一段實補左氏所未及。子推從亡在狐、趙之列，不應文公忘之。文公方有事圖伯，亦不宜忘其功臣，使來者聞而解體也。賞未及推者，不獨内外倥偬，亦以推功大宜受封邑，未及區處耳。如左氏所載則文公憒憒甚矣，安能圖伯。

晉勝楚於城濮，歸而行賞，狐偃爲首。或曰：「城濮之事，先軫之謀。」文公曰：「城濮之事，狐偃説我毋失信。先軫曰『軍士勝爲右』，吾用之以勝。然此一時之説，偃言萬世之功，奈何以一時之利，而加萬世功乎？」賞則先萬世之利，戰則徼一時之功，此文公之所以止於伯歟？不然，雖爲西伯可也。戰則徼一時之功，賞則先萬世之利，此文公之所以終能伯歟？不然，雖爲宋襄可也。

晉悼公問治國於師曠，師曠曰：「唯仁義爲本。」仁義二字，自孔、孟而外，無人能道，而曠以一瞽矇發之，大哉言乎！太史公書之亦是特筆。

楚世家

莊王即位三年，不出號令，日夜爲樂，令國中曰：「有敢諫者死無赦！」伍舉入諫。莊王左抱鄭姬，右抱越女，坐鐘鼓之間。伍舉曰：「願有進。隱曰：有鳥在於阜，三年不蜚不鳴，是何鳥也？」莊王曰：「三年不飛，飛將衝天。三年不鳴，鳴將驚人。舉退矣，吾知之矣。」居數月，淫益甚。大夫蘇從乃入諫。王曰：「若不聞令乎？」對曰：「殺身以明君，臣之願也。」於是乃罷淫樂，聽政，所誅者數百人，所進者數百人，任伍舉、蘇從以政，國人大悦。按楚王之淫樂不聽政，乃術也。彼陰以此別其臣下，從吾於樂，又從而諂諛之者，不肖人也。苦口力諫者，賢臣也。故一朝聽政，所誅者皆不肖，所進者皆賢。誅進以數百計，而無過舉焉。齊威王之烹阿封墨亦然。予故謂殷高宗之三年不言，與楚莊之三年不聽政，其所操王霸之術不同，而其用意相似，不然，此三年之久以亡國有餘矣。

同爲人子也，伍胥走以報父讎，伍尚死以殉之。同爲人臣也，鄖公弟欲殺昭王以報父讎，鄖公以身事之。同爲人友也，專諸刺王僚以成伍胥之伐楚，申包胥哭秦以攻之。包胥吾無議矣，尚正也；胥權也，鄖公欲爲胥而不能者也。父死不能報讎，讎之子蒙難過之，而欲剚刃焉，非勇也。鄖公之弟矯其兄而甚焉者也，無爲戎首，不已多乎？奈何其以身事之也？若專諸者，小人之雄，刺客之靡，好勇而不知義者也。

楚王郟敖名員，子胥亦名員。郟敖之後爲靈王，靈王之後爲平王。子胥、平王時人相去不遠，而犯郟敖名何也？如以楚蠻夷〔一〕，無諱，則前此晉靖侯名宜臼，而周平王亦名宜臼，是君同臣名也。穆王名滿，王孫滿亦名滿，是臣同君名也。豈世次稍遠，便不復諱耶？

【校勘】

〔一〕「夷」：康熙丙辰本、康熙癸未本爲避諱省空，乾隆辛巳本、四庫全書本、光緒己卯本均改爲「夷」。

越世家

勾踐反國七年，拊循其士民，欲用以報吳。大夫逢同諫曰：「國新流亡，今乃復殷給，繕飾備利，吳必懼，懼則難必至。且鷙鳥之擊也，必匿其形。今夫吳兵加齊、晉，怨深於楚、越，名高天下，實害周室，德少而功多，必淫自矜。爲越計，莫若結齊，親楚，附晉，以厚吳。吳之志廣，必輕戰。是我連其權，三國伐之，越承其弊〔二〕，可克也。」按同言乃合縱之計也，但不以此爲名，陰用之耳。其後吳與齊、晉爭伯，兵連於外，輕鋭盡死，越乃乘虛入之，同之言無一不驗，可謂奇計矣。乃不發於種、蠡而發於同，越多才如此，豈可辱乎？

三家滅智伯，燕昭破齊湣，亦合縱也。漢王破項羽，但以己綴其兵而已，不與力戰，而韓、彭、英布輩，犄角撓之，亦合縱也。吴、蜀之得以抗魏，亦合縱也。小弱敵强大，千古不外此法。

【校勘】

〔一〕「弊」：光緒己卯本作「敵」，今據康熙丙辰本、康熙癸未本、乾隆辛巳本、四庫全書本改爲「弊」，史記勾踐世家亦作「弊」。

趙世家

穆王西巡狩，見西王母，樂之忘歸。譙周曰：「予嘗聞之，代俗以東西陰陽所出入，宗其神謂之王父母。」或曰：「池名，在西域。」有何據乎？徐偃王反，穆王日馳千里馬，攻徐偃王，大破之。譙周曰：「徐偃王與楚文王同時，去周穆王遠矣。且王者行有周衛，豈聞亂而獨長驅日行千里乎？」此二説，並言其事非實也。夫荒忽之事，固不可以意揣，然大約秦以前事，自六經以外，雖左氏不無浮誇，況其他乎？秦火之後，購書爲難，故漢初僞書雜出，多繇閭閻小夫肆其狡獪，而學士不察，雖堯幽囚，舜野死，太甲殺伊尹，亦信爲實，然良可嘆也。

趙武靈曰：「服奇者志淫，則是鄒、魯無奇行也。俗辟者民易，則是吴、越無秀士也。」

奇行之奇，言放僻也。苟服奇而民志即淫，則鄒、魯章縫便可，以此必其中無奇衺乎？苟俗僻而民行皆陋，則吴、越文身便可，以此必其中無秀士乎？語意如此。索隱訓鄒、魯好長纓，爲奇服，夫冠之有纓，法服也，何奇之有？

主父胡服騎射，與公子成、趙文等議論，其辭雄俊博辨，勢如河決。當其將三軍攻中山，攘地北至燕、代，西至雲中、九原，欲從雲中、九原直南襲秦，乃詐自爲使者入秦，欲自略地形，因睹秦王之爲人也。此其膽志才略，豈特兒視六國諸君而已哉？雖以秦政方之，蔑如也。使主父不死，縱不能取秦，亦當與之更相雄長，如秦穆、晉文之時，而六國倚以自固，則可以不爲蠶食，彼衡人齗齗，安所施其謀乎？主父之失，在於令弱子治國，而身略地於外，彼公子章之能亂，日侍其側而不知，肥義非應變之才，又使之輔其弱子，謬矣。又欲分趙以王公子章，猶豫不決，而「沙丘之變」起矣。自古雄傑非常之主，經營四方，而内忘其肘腋之禍，皆不知大道故也。吾感主父之事，益嘆聖賢修身齊家窮理知人之學，萬萬世不能易也。

肥義者，趙武靈王之先世貴臣，而武靈以六尺孤付之者也。公子章與田不禮之將爲變也，李兑以下皆知之，義亦自知之，事固有大於此者乎？義盍言於武靈亟去田不禮，而以他人代之，羽翮既鎩，凶謀自寢，此上策也。不然，則將順武靈之旨，亟勸其封章於代，而徐爲之圖可也。又不然，則請於主父以盜賊出入爲辭，析符爲驗，此後主父召王，合符則往，不合則不往，亦防奸之一法也。今義不告於主父，徒與信期輩私憂竊嘆，其慮奸人矯命召王，不過以身嘗之而已，卒之身死而禍不得弭，豈非不善處死之故哉？夫肥義爲主父、信臣言之未必不聽，即不聽亦當致位而去，授政能者，未必其不能制章也。計不出此，遂使沙丘之禍，主父父子俱死，豈不惜哉！彼惠文王之不死，特偶耳。嗚呼！吾讀史得二人焉，晉荀息、趙肥義，皆守咫尺之義，而不知大道者也。

魏世家

新序云：「文侯師子夏，友田子方，敬段干木，此名之所以過於桓公也。卜相則成與璜，此功之所以不及五伯也。」予謂戰國之主，賓友賢士者，皆以爲名而已。彼以賢人君子之言爲迂緩不切於用，而猶欲藉其名以震耀鄰國，故厚爲禮貌，而不委以事權也。夫文侯過矣，而國家待浮名之士，則當參用其法，如諸葛亮之於許靖是也。晉之於殷淵源，唐之於房次律，皆怵其高名，置以台輔，事安得不敗乎？

韓世家

趙、魏攻我華陽，韓告急於秦，秦不救。韓相國謂陳筮曰：「事急，願公雖病，爲一宿之行。」陳筮見穰侯，穰侯曰：「事危乎？故使公來。」陳筮曰：「未急也。」穰侯怒曰：「是可以爲公之主使乎？夫冠蓋相望，告敝邑甚急，公來言未急，何也？」陳筮曰：「彼韓急，則將變而他從，以未急故復來耳。」穰侯曰：「公無見王，請令發兵救韓，八日而至。」策士遊説之言，蟬連不竟，欲其意之達也，此獨三言而畢，穰侯已立發兵矣。談言微中，可以解紛，豈不善哉？因此悟文章家操筆執簡，有纚纚千言，究其實不如數語者。詩人鋪張物狀，作帝京篇、長安古意，而言盡意餘，有不如五七言一小絶者。無他，指事切情，入人胸膈故也。

田敬仲完世家

「取我田疇而伍之，取我衣冠而褚之」，鄭人之謗子産也。大臣之謀國也，先威而後惠，威折則惠不孚矣。德施，人之所欲，君其行之。刑罰，人之所惡，臣請行之。田常之欺齊侯也，奸臣之竊國也，先惠而後威，惠結則威不怨矣。諸葛武侯，蜀之子産乎；司馬仲達，魏之田常乎。

孔子世家

甚矣！王安石之愎而不通，狠而不遜也。孔子適魯、適衛、齊、宋、鄭、陳、蔡，此以何爲哉？而安石曰：「烏在其爲行道。」太史公作孔子世家，附諸侯國之後，此特筆也。孔子黽、蒙布衣，據魯親周，使列之本紀，則非其心也。然而大聖人梗概，又不可夷於列傳，故特爲世家以抗之。當西漢儒風尚微，黃老恣横之日，太史公能尊尚孔子不遺餘力如此，豈非豪傑之士哉？安石乃曰：「處之世家，仲尼之道不從而大；置之列傳，仲尼之道不從而小。」甚矣！其愎而不通，狠而不遜也。

陳涉世家

三國時人謂劉玄德能亂人而不能治。觀陳涉、吴廣輩，舉事草草，軍無紀律，涉所遣諸將徇地者輒反他所。吴廣爲田臧所殺，勝不能討，因而將之。所信用朱房、胡武皆小人無識者。以至人情不附，六月而敗。蓋勝本庸材，初不能亂人者也，以秦之虐百姓，人人思叛，獨難其首事者，會勝攘臂一呼，不覺響應耳。太史公稱其所置遣侯王將相竟亡秦，蓋時勢使然，初不繇勝。蓋勝生而稱王，死而有謚，久而血食於碭，幸矣。抑亦人心惡秦之故，而不忍死勝哉。

外戚世家

太史公外戚世家首論三代廢興，皆本女德，而歸之於命。今以其世家中所載諸后考之，信矣其爲命也。呂后取張敖女爲孝惠帝后，愛之，欲其生子萬方，而終無子，命也。高帝崩，諸御幸姬戚夫人之屬，呂后皆幽而殺之，獨薄姬以希幸，故得出從子之代。文帝立，遂爲太后，亦命也。竇太后始以良家子，當賜諸王，爲家在清河，趙近家，請其主遣宦者吏，「必置我籍趙之伍中」。宦者忘之，誤置代中。姬涕泣不欲往，强之乃行，竟爲文帝后，亦命也。王太后已嫁金王孫，生一女，其母以卜筮當貴，奪之金氏，怒而内之太子宮，太子幸之，太子者景帝也，後遂爲景帝后，生武帝。亦命也。衛子夫爲平陽主謳者，武帝過主，主盛飾良家子十餘人見帝，帝弗悦，既飲，謳者進，上望見，獨悦子夫，幸之，遂入宮爲皇后，亦命也。

寵辱推遷，禍福倚伏。當其賤也，塵埃不足以喻其微；及其貴也，天霄不足以喻其遠。雖萬乘之君，愛憎予奪，且莫能自主也，而況下之者哉？信矣其爲命也！

荆燕世家

田生受營陵侯澤金，陰爲設謀，令其子事吕后所幸大謁者張卿，説其順吕后意，立吕産爲王，以爲張卿功。産立，吕后喜。生乃復説張卿，令説吕后立營陵侯澤，太后從之，乃立澤爲瑯琊王。田生勸澤急行，毋留，出關，太后果使人追之，不及。按當時吴、楚、齊、代諸王，皆就封在國，澤雖不出，吕后亦不能盡滅劉氏，而吕産既王，幾亡漢室，田生此謀，所以爲澤則善矣，爲漢則我不知也。

蕭相國世家

高帝多封蕭何，故欲首其位次，以群臣推曹參，無以難之。得鄂君明其功，乃定。及後帝以何爲民請苑，械繫之，得王衛尉明其無罪乃釋。此兩人皆有功於何者，然爲鄂君易，爲王衛尉難。鄂君當分封時已知帝旨在何，其言雖當，阿帝意也。衛尉進言在帝盛怒時，使小人自爲功名，媒孽人短，則一言之下，何爲齏粉矣。今衛尉能反覆明其無罪，又譏帝之失，真骨骾臣也。鄂君卒以得封，而衛尉不聞受賞，帝於直言，蓋勉强從之者歟。

蕭何素不善曹參，論相則以參爲可，此何之所以爲賢也。曹參素不爲何所善，爲相則一遵何法，此參之所以爲賢也。

十八元功位次，蕭何位第一，而其封止八千户。曹參第二，而萬六百户。尊何之位，所以重謀臣也。廣參之邑，所以厲戰士也。

留侯世家

子房以五世相韓故，破産報讎，既乃説項羽求韓諸公子横陽君成立之，爲韓至矣。然當其以太公兵法説沛公，沛公善之，嘗用其策，良爲他人言，皆不省，曰：「沛公殆天授。」此時已心歸沛公矣。彼韓王成者，泯泯無所表見，良豈不知其不足以取天下哉，是故横陽既立，良仍從沛公入定關中。及羽將擊沛公於灞上，良周旋項伯、項王、亞父間，不顧危死。沛公王漢中，良送至褒中，勸其燒絶棧道，以固項羽心。又説項王曰：「漢已燒絶棧道，無還心矣。」乃以齊王田榮反書告項王。項王以此無西憂漢心，而發兵北擊齊。此時韓成固在也，而良無一不爲漢王者。或謂成未死以前，良爲韓；既死以後，始爲漢，豈其然哉？計成即不死，良從之國，亦不過教以自固一方，保韓血食而已。至取天下之圖，終以屬漢，良必當爲漢外應，舉兵撓楚，如彭越之往來梁地，燒楚積聚也。

留侯招致四皓，以輔翼太子。自楊維禎及胡儼、王守仁皆謂四皓隱者，不可得致，良因〔一〕高帝所素重，遣人僞飾以誑帝也。予讀之笑曰：是何待四皓之深，而待高帝之淺哉？彼高帝越國而知柏直、馮敬之能否，前數十年而知吴王濞之將反，此其知人之明，不既高出千古哉？使良遣人僞爲四皓，不過偉其衣冠，敏其應對而已，而其真僞終不可掩，事一敗，而太子無完理矣。彼四皓者，特戰國豪傑之士，田光先生之流耳，意氣刎頸，固其常也。以高帝謾罵輕士故不至，以太子卑辭安車故至，無足怪者。且以帝所至敬無如子房，次則叔孫通，又其次則周昌也，三人反覆言之而不聽，而四皓回其意於立談之頃，此豈徒以其名哉？劉曄〔二〕有言：對雄主非精神不接。四皓之精神固有以接帝也，三子之論謬矣。

帝遣太子將兵擊英布，即晉獻公遣申生伐翟之意也。有功位不益，無功則受禍，四人策之如指掌，豈亦僞爲者能如是耶？太史公紀四皓説建成侯纚纚數十言，使書策不可信，則並不信有張良畫策事可也，疑四皓非真則不可也。

良數以太公兵法説沛公，沛公善之，嘗用其策。良爲他人言，皆不省，良曰：「沛公殆天授。」後分封時，帝使自擇三萬户。良曰：「始臣起下邳，與上會留，此天以臣授陛下。」留侯始終自負如此，孰敢以爲大言哉？若曲逆侯則不然，曰：「非魏無知，臣安得進？」良、平之高下，於此可見。

或問：張良狙擊始皇博浪沙中，誤中副車，大索十日不得，豈有術與？曰：非術也。

秦法太重，秦虐太深，天下之人重足側目久矣。彼始皇直孤立耳。當秦滅魏時，購求張耳、陳餘，耳、餘乃爲陳里監門，反以其名令於里中。耳、餘且不可得，況子房哉？漢武任酷吏，作「沈命法」，曰群盜起不發覺，覺而捕弗滿品者，二千石以下〔至〕小吏主者皆死。其小吏畏誅，雖有盜不敢發，恐不能得，坐累府，府亦使其不言，上下相爲匿，重誅之不足以督奸如此。

【校勘】

〔一〕「因」：康熙丙辰本、康熙癸未本、乾隆辛巳本、四庫全書本均爲「因」，光緒己卯本改爲「固」，今據上述諸本改爲「因」。

〔二〕「曄」：康熙丙辰本、康熙癸未本、乾隆辛巳本、四庫全書本均作「曄」，光緒己卯本爲避康熙帝諱改「燁」作「煜」，今據康熙丙辰本等改回。

絳侯世家

絳侯、條侯皆以大功臣下獄。絳侯免，條侯不免者，絳侯以益封更賜盡予薄昭，薄昭爲言薄太后，太后以冒絮提文帝，明絳侯不反，而條侯在七國反時，以漢委吴、楚，爲梁王所怨，重以沮王信封迕竇太后，安得不死哉？嗚呼！狶膏棘軸，所以爲滑也，然而不能運方穿，淳于髡之所以教騶忌也，吾因條侯事爲之三嘆。

管晏列傳

管子立政，盡於「與俗同好惡」一語。晏子立朝，盡於「節儉力行」一語。

老莊申韓列傳

太史公曰：「世之學老子者，則絀儒術；學儒者，亦絀老子。道不同不相爲謀。」按儒之爲道，内外合者也。老子有内而無外者也。是二者，皆有竊焉。而人之竊老也易，竊儒也難。今夫儒之爲學，有仁義以本之於内，有禮樂以制之於外。故不仁不義，則非内也，無禮無樂，則非外也。内是而外非，則並非其内也；外是而内非，則並非其外也。夫唯合其一，而離其一者之不可以爲儒，故人之竊之也難。若夫老子之道，則曰無爲自化、清静自正而已，而其所以用世之具，略而不言。若曰：世有得吾意者則可以自合耳，此猶廣廈數十，虛其半而不居，則庇其廊廡者至矣。是故申、韓之刑名托之，良、平之權謀托之，漢文帝之恭儉托之，曹相國之儻蕩托之，汲黯之强直托之，田叔之長厚托之，鄭當時之任俠托之，白圭之貨殖托之，其餘爲此學者林立蠭起，不可勝數，而行事無一相類者，則以老氏未嘗爲之外也。雖然，老子之學，陰主於爲我，故竊之者多。沈刻靜悍之士，濡柔謙下，欲取故予，以濟其所欲。蓋其體與用皆托於不可見，故人之竊之也易。嗚呼！昔之人竊其易，今之人竊其難，難者終不可竊也。則禹步舜趨，自命曰儒者，儒者固如是哉。

韓非、李斯、孫臏、龐涓、蘇秦、張儀、龐煖、劇辛，或同師，或同學，或同遊，相善而皆飾智相激，以成其妒媢之私。斯讒非而殺之，煖敗辛而殺之，涓誘臏而刑之，臏又誘涓而殺之，秦激儀而用之，儀又短秦而反之。此數子者，大約傾危之士哉。獨煖之殺辛各爲其主，而辛以輕煖見殺，煖差無罪，然凶終之禍，此爲極矣。吾是以嘆管、鮑之敻絶千古也。

伍子胥列傳

程篁墩以子胥報讎爲處變之定理，而責其入郢之後，不能投戈解甲，辭吴歸隱。何燕泉則以太子建，固子胥之君也，則從出亡，建爲鄭所殺。子胥當於入郢之後，伐鄭以報讎，如此則忠義大著，可以塞宰嚭之口，卻屬鏤之劍。予謂兩公之論非也。夫子胥乞食江上，幾死昭關，一亡虜耳。藉吴之力，以報其不共戴天之讎。讎既雪矣，德獨可無報乎？投戈解甲，辭吴歸隱，是可以報吴之德乎？太子建出亡在鄭，鄭人善之，建乃甘心爲晉外間，欲以滅鄭求封。故定公與子産誅殺建，其罪當矣。即子胥力能伐鄭，義且不可，況不能乎？

吾故曰：二公之論皆非也。

商君列傳

施伯勸魯君殺管仲，魯君不從，而桓公卒相仲以伯齊，齊霸而魯益衰。公孫痤勸魏王殺商鞅，魏王不從，而孝公卒用鞅以强秦，秦强而魏益弱。夫公孫痤將死之言耳，若施伯固在魯，何其後竟没没耶？將魯廢其言，而亦不能用其人耶？抑智足以知人，而力不逮耶？

白起列傳

白起爲秦大將，連兵於外，所屠戮以百萬計，殺氣上干於天，雖微應侯之譖，豈得良死哉？然其於秦則可謂有大功者。秦負起，起不負秦也。方起始進，有穰侯主之於内，故得立功。及范睢扼穰侯吭而奪之位，則必以起爲穰侯之黨，日夜慮其軋己者也。不待蘇代之説，而殺機已發矣。

孟子荀卿列傳

黄子讀孟子荀卿列傳，嘆曰：太史公之尊孔、孟，闡儒術至矣。漢人以孔子、墨翟並稱，而孟子者當世與説士並稱者也。太史公出，孔子之道始獨尊，而孟子始得以繼孔矣。此傳始孟子，終荀卿，中騶忌、騶衍、淳于髡、慎到、騶奭之徒，錯見焉。而其傳則以孟、荀立名。孟、荀雖並稱，而首引孟子書，對梁王者先之，且以「夫子罕言利」爲比，傳即繼之云「受業子思之門人」，又云「孟軻乃述唐、虞、三代之德，是以所如不合」，又云「序詩、書，述仲尼之意，作孟子七篇」，則孟子之源流較然，而此傳之爲尊孟子而作無疑矣。其下述騶衍之術，迂誕不經，重爲時王所尊禮，以見孟子言王道而所如不合，乃有國者之醜也。因復以仲尼之困陳、蔡，伯夷之餓首陽，與孟子之在齊、梁間爲比，其嘆息爲何如哉？繼又曰「或曰伊尹負鼎而王」云云，非以美騶衍也。

太史公稱「或曰」者，皆甚不然之辭，觀封禪書及他傳中可見也。蓋當時之稱騶衍其論云云爾，此下即接淳于髡數子之學術，見時所尊尚，不過此類，而以荀卿終之。荀雖非孟比，然其所著書切於事理，與騶衍等相反，則已爲當世所絀廢，死蘭陵矣，如孔、孟者又何望哉？末後叙公孫龍等數家，以見群言殽亂，而孔、孟之書足爲萬世法也。太史公大旨如此。其文捭闔不羈，若滅若没，讀者類求之於筆墨蹊逕之内，故雖以譙允南之精識，而猶謂其好奇也，人固難與知言哉。嗚呼！黄、老爭鳴之後，不眩不亂，毅然一之於孔、孟，豈非豪傑之士哉？雖孔子世家、仲尼弟子列傳中不無踳駁，君子觀其大意可也。

孟嘗君平原君信陵君春申君列傳

四公子之徒，信陵君尚矣，不可及已。其次則平原君，而孟嘗、春申，吾無取焉。信陵之用舍去就，魏之存亡係焉。侯嬴畫竊符之謀，毛、薛陳歸魏之義，此三人者皆天下奇士，信陵能用之，所以爲賢也。平原才識遠不逮信陵，其納韓上黨，至使邯鄲受圍，流血千里，趙幾再亡國矣。然而區區之心，固存於趙也。其從李同也，有紓國之忠；其釋趙奢也，有改過之勇。至於陷身虎口，終匿魏、齊不肯出，壯哉烈士之風也！春申納女以篡楚，孟嘗助敵以傾齊，一則身死李園，一則子孫滅絕，皆天道也。世多馮煖收責，及復孟嘗相位事，然愚謂孟嘗與五國破齊時，煖曾不能進一正言，如毛、薛之於信陵者[一]，其孜孜三窟，小人之謀耳，何遽出雞鳴狗盜上乎？

孟嘗之才，孟嘗之得士，皆不下信陵也。而其在國也專，信陵不及也，何以知其專也？曰孟嘗入秦，秦王欲相之，既而囚，欲殺之，孟嘗得以計免歸，此於秦直私憾耳。乃能以齊爲韓、魏攻楚，而因使韓、魏攻秦，且借兵食於西周，是孟嘗之意不但能行於齊王，而三晉亦且服之矣。使信陵之在魏若此，何至救趙之義舉久抑不行，至竊符而後遂哉？吾是以益嘆信陵不失人臣之大節，而孟嘗惑於蘇代之言，不果伐秦爲可恨也！

四豪中，相士之眼獨信陵爲最，平原不能知毛遂，孟嘗不能知馮驩，春申不能知朱英，雖取效不同，其不知人一也。信陵得一老監門，尊爲上客，於他國得一賣漿人，一博徒〔二〕步往見之，卒用其力，顯名諸侯。而此三人者，皆當世狎侮戲笑之餘也，不知以何道得之，相士若此，雖取天下可也。

如姬竊符，舞陽奉使，不見下落。舞陽爲秦人所誅無疑，太史公蓋不屑書耳。如姬雖一女子，能以報父讎故德信陵君，不愛一死，可謂有烈丈夫之風矣，不知魏王殺之耶，抑赦之耶？

【校勘】

〔一〕「者」：康熙丙辰本、康熙癸未本、乾隆辛巳本、四庫全書本均有，光緒己卯本删去，今據上述各本補入。

〔二〕「徒」：康熙丙辰本、康熙癸未本、乾隆辛巳本、四庫全書本均無，光緒己卯本增，今從光緒己卯本。

范睢蔡澤列傳

秦之用穰侯也，穰侯之舉白起也，戰勝克敵，拓地千里，自商君以後，功未有加焉者也。計穰侯功應侯羈旅入秦，所欲得者相位耳，使其挾富强之説，以與穰侯角，是自困之道也。大驕侈，秦王以少主在位，所惡聞者莫如太后之專權，而穰侯爲宣太后弟，太后在則穰侯不可得去，故并言太后以去穰侯，此范雎之所以巧發奇中也。然所言者，人主骨肉之間，故略見端緒，久之而後敢發。若蔡澤之於雎則不然。雎已譖殺白起，所任鄭安平、王稽復敗，秦王臨朝而嘆，雎固日夜欲釋相位久矣，然不得其人而釋之，則雎不安；得其人而釋之而不出於雎，雎亦不安，故雎姑俟焉。及澤宣言將代雎位，而雎召之，故迕其旨，厲其色，以觀澤之能否。而澤之所言，皆足以中雎之疾，反覆連辯，而不爲屈，則雎固深知其爲辨士，而可以動秦王矣。於是言之秦王，推之相位，於已有避賢之美，於澤有推轂之恩，爲雎計者，無出於此。此澤之所以功發奇中也。

樂毅列傳

或曰：樂毅破齊之事偉矣，獨留莒、即墨未拔。夏侯太初以爲樂生方恢大綱，以縱二城收民明信，以待其弊，王業可就。不幸垂成而敗。信有之乎？曰樂生推鋒乘勝，盡下齊城，至五歲後兵力倦矣，强弩之末，不能穿縞，而即墨則田單在焉。莒則太子法章在焉。田單死守即墨，莒人共立法章爲王，以距燕。此二城之中，人心皆有所屬，非向者七十餘城之比，故堅守不下耳，豈樂生能拔而故留之乎？曰使燕王不聽讒，不以騎劫代生，則莒、即墨可下乎？曰下之而不能有也。齊自田常以來，小惠之結於民者深矣，湣王以兼并之故，爲諸侯所怨，而不聞有峻刑酷罰加於民者，有士如王蠋尚能守死爲齊，則民心固未盡忘齊也。燕既并齊城，拓地千里，五國必將忌之矣，以復齊爲名，一合而軋燕，此勢之所必出也。曰然則爲樂生者奈何？曰破齊戮湣王尸，求齊疏屬之賢者而立焉。戮湣王則可以雪子噲之讎，立疏屬則可以釋兩國之憾，旋師而去燕，其伯矣。惜乎楚莊復陳之後，數百年不聞此舉。

廉頗藺相如列傳

趙使樂乘代廉頗，頗怒攻樂乘，樂乘走，廉頗遂奔魏之大梁。趙使趙葱及齊將顔聚代李牧，李牧不受，趙使人微捕，得李牧斬之。頗、牧名將也，將在軍，君命有所不受，苟利社稷，專之可乎？曰：否。君命有所不受者，蓋指軍中之事有所誅殺避就，而君從中制之，則將守便宜，可以不受也。若孫武斬莊賈，而景公赦之；亞父以梁委七國，而景帝督戰，此可以無受也。若將之用舍，則存乎君矣，易將而將，不受是反也。〔頗、〕牧皆不知大義者也。在戰國，以樂毅爲正；在後世，以岳武穆爲正。

田單列傳

田單之用火牛，妙在先有神師一著，彼先聞神師之語，以爲此即神助，故大驚潰散耳。

若知其爲牛，敵軍不懼矣。後世有群盜用火牛法拒官軍者，以鎗中牛鼻，牛痛皆反走觸賊，賊遂敗。

太史公叙王蠋事於田單傳後，而以齊亡大夫感王蠋之死，乃相聚如莒，求法章立之，是以齊存亡係於一布衣，其尊蠋至矣。但此傳止以田單立名，而蠋若牽連得書者。故秦少游譏之。如曰田單王蠋列傳，則大善矣。

魯仲連鄒陽列傳

戰國士大抵皆爲秦用，其始終擯秦者，虞卿、魯仲連兩人而已，兩人皆居趙，虞卿指畫秦人情僞如掌，爲趙約縱於齊，奪秦人之氣，有功於趙甚大。魯連不若也。然虞卿所見止於一國而已，魯連義不帝秦，有儒者之風焉，有天下之志焉，虞卿不若也。虞卿受萬户印而能輕之，仲連不受而逃之，故後世獨稱魯連。雖然，聊城之書是亦不可以已乎，奈何教人以反？

鄒陽獄中上梁孝王書，比物連類，似從李斯諫逐客書脱出，而言重詞複則過之。蓋陽爲羊勝、公孫詭所譖，其人不可直斥，故反覆曉譬，期於梁王之自悟而已。太史公以爲「抗直不撓」，不過指其末數語，篇中桀狗吠堯，跖客刺由，則以狗盗自比，不亦甚哉。以陽與魯連同傳，此太史公之失也。

屈原列傳

楚，大國也，秦王誑懷王以欲。會屈平諫曰：「不如無行。」懷王不聽，卒行入武關。秦伏兵絶其後，因留懷王以求割地。秦之得以執懷王者，以其從行無人也。趙國强大不如楚，而澠池之會，秦終不能有加於趙者，以有藺相如在也。楊廉夫責屈子以不能從行，然屈子誠臣耳，應變之才不及相如，往亦無濟也。嗚呼！往則危，不往則示弱，而卒保其君以返，此相如之才所以爲大過人也，儒者猶訾之不置，其亦過刻矣。

李斯列傳

秦未亡也，爲秦滅六國者先亡矣。造作陰謀，遣人齎持金玉遊説諸侯，可下者厚遺之，不則利劍刺之。離其君臣之計者，李斯也，爲趙高所構，卒具五刑。家世爲秦將，將三十萬衆北逐戎狄，收河南，築長城者，蒙恬也。與其弟毅相繼受戮。爲秦大將拔趙、破荆、降魏，定燕、齊者，王翦也。幸獲首丘，而其孫王離卒虜於項籍。蓋秦以詐力取天下，天厭其德，故佐秦者無一得免耳。彼周召之徒，秉德輔世者，後裔延八九百年不絶，善惡之報何如哉？

李文饒論亡國之鬼神不平，多出妖淫之色破人家國，引妹喜、驪姬等爲證。予謂不獨此也，又有佞巧之人焉。秦滅六國，趙高以趙氏疏屬得事始皇，扶蘇、胡亥皆死其手，秦之公族大臣、名將，爲所誅殺略盡，而秦遂以亡。是亦女戎之類也。語曰「亡秦必楚」，吾謂趙亦有力焉。

張耳陳餘列傳

張耳、陳餘皆反覆之士也。當其佐陳涉欲王楚，耳、餘以爲示天下私不可，及從武信君下趙，則又勸其自王以填趙，何相背之戾也？鉅鹿之事，耳責餘以必死；及相見時，遽收其將印。此耳過。漢東擊楚，使使告陳餘，欲與俱。餘要以必殺張耳。此餘過。及耳從韓信擊斬餘泜水上，至并殺其故主趙王歇，則耳罪之大者也。刻木爲人而拜之，猶不可以析而爲薪，況所常北面事之者乎？始以趙王歇被圍之故，責餘以死，既乃以惡餘之故，并殺趙王歇，何相背之戾乎？論者止以張、陳凶終爲口實，而不及耳之殺歇。甚矣，君臣之義之不明於亂世也！

黥布列傳

「布所幸姬疾」云云，至「布使人追不及」。按賁赫即無奸狀，亦自可殺，蓋事左右求容，此齊威之所以烹即墨也。布無術學，當斷不斷，反受其亂。雖然，布不足惜也。爲項王擊殺義帝，死有餘辜矣。

薛公策黥布三計，桓譚譬之於弈。以取吴、楚，并齊、魯及燕、趙爲廣道地〔一〕之謂；以取吴、楚，并韓、魏，塞成皋，據敖倉爲趨遮要爭利之謂；以取吴、下蔡，據長沙，以臨越爲守邊隅趨作罫〔二〕之謂。論甚善，然據敖倉、塞成皋，此在楚、漢爭衡爲上計，而於布反爲中計，何也？蓋此時漢之大勢已定，不可以巧襲而力爭也，故當以遊兵略地，以示進取，得寸則寸，得尺則尺，而於漢所必爭之地，則謹避之也。若漢之取秦，唐之取隋，皆直走關中者，秦、隋根本之地皆虚也。經營天下，各有時勢，不可執一如此。

【校勘】

〔一〕「廣道地」：桓譚新論作「廣地道」。

〔二〕「作罫」：桓譚新論作「作罫目」。

淮陰侯列傳

高帝之於韓信，未嘗親見其狀貌，熟察其計畫，以蕭何一言之故，遂拜爲將，將又不足，而至大將。此類兒戲，然卒用此得天下，何也？蓋帝不知信而知何，以何之不妄，而知信之可用也。圖天下者，豈能人人耳而目之哉？得數人可信者足矣。

韓信謂漂母曰：「吾必有以重報母。」母怒曰：「大丈夫不能自食，吾哀王孫而進食，豈望報乎？」詳母怒信之意，蓋謂其落魄至是，雖自食且不能，豈有富貴之日？我但憐汝故食之，若云相報，知汝不能也。後人誤看，至謂漂母有眼，當與黄石老人同類而稱，則失太史公意矣。大抵太史公於英雄貧困失路無門之日，皆極力摹寫，發其孤憤，如蘇秦、張儀皆見笑於其妻，陳涉見笑於耕者，陳平見笑於其嫂，黥布見笑於時人。此類甚多。蓋漂母飯信而不望報，是以信爲溝壑也，其意益深痛不忍讀矣。後信就封至楚，召所從食漂母，賜千金，不聞此母卻之，則其非異人明矣。

諸葛武侯出師表有云：「苟全性命於亂世，不求聞達於當時。」予嘗嘆息其言，此潛龍之學也。人固有徒步取將相，提百萬衆，呼吸雷風，而不能全其性命者。如韓信未遇時，凡歷數死，丐食淮陰則可以餓而死，少年悔之則可以鬥而死，亡楚歸漢則可以亡虜死，至連敖坐法，兵在其頸矣，屬有天幸遇滕公，故得不死。非信之能自必其不死也，而功成之後卒以反死，嗚呼！性命之於人甚矣哉！非大賢亞聖，其孰能全之。

龍且爲楚將，陳平以骨骾臣稱之，以善戰如黥布，而且能擊破布。計其人亦非淺淺者。囊沙之戰，且以輕信被殺耳。使信威望素高，且有畏心，堅壁清野，持牢不戰，信未必不坐困也。秦人伐趙，戒士卒無得泄武安君爲將者，卒殺趙括，坑士四十萬，有以夫。

張丞相列傳

張丞相傳筆法甚奇，因蒼嘗爲御史，而周昌、趙堯、任敖、曹窋皆以嘗爲御史大夫，故牽連得書本傳。以蒼起，以蒼結，一傳中包數小傳，統看又仍是一傳。蒼傳後係以申屠嘉事，見漢相如嘉者，即不可多得也。然嘉非完人，以才能忌晁錯，欲生端誅之，至反爲所賣，故贊語以無術學少之，而其題止曰張丞相傳。

酈生陸賈列傳

陸賈服儒之服，言儒之言，而其全身遠害，排難解紛，功立而無可指名，事成而不爲權首，則似深於黃、老之學者，特外以儒術文之耳。賈素善辟陽侯，乃勸辟陽侯交朱建者，蓋心知辟陽侯所爲不法，禍將及已，故嫁之於建也。及孝文誅辟陽客，以建嘗爲畫策，捕治之，建遂自剄，而賈獨全。此則學黄、老者之微巧也。先輩多謂陸生有功儒術，恐非至論。

劉敬叔孫通列傳

婁敬言都關中之利甚至，而高帝以群臣言疑未能決，及留侯明言入關便，即日車駕西，都關中。帝之從留侯如此。當在秦宫中時，樊噲諫帝急還灞上，帝亦不聽噲，而聽良。夫噲與敬之言，皆與良無異，兩人又先發，而帝必欲決之於良，帝與良固終身以之者也。明於擇人，而簡於應事，真帝王之略哉。

袁盎晁錯列傳

賈誼之絀也，以絳、灌；晁錯之死也，以竇嬰。微嬰，袁盎固不能殺錯也。貴戚大臣之足以操人寵辱生殺之權如此。

張釋之馮唐列傳

文帝與馮唐論頗、牧之事，唐謂帝雖得頗、牧，弗能用。上怒起入禁中良久，復出召唐，使畢其説。唐不過一白首老生耳，乃於衆中面折人主，人主虚顔受之，如朋友之間相與詰難反覆者。且唐之意在發明魏尚無罪，使在後世，必疑其爲尚私人，不唯言不見用，身且得罪矣。今文帝乃即日令唐持節赦尚。推此類也，左右近習，豈能蔽之哉？蓋漢初，懲二世深居之蔽，故天子與小臣親近如此。是時袁盎、張釋之輩皆得出入禁中，而盎至引卻幸姬之坐，則漢以後不復有此事矣。非無盎也，無文帝親近小臣也。嗚呼！君臣隔絶，則君益尊，臣益卑，雖開之使言，而不敢盡其説，天下之不治，皆坐此哉。

萬石君張叔列傳

萬石君門德可觀，而建、慶輩立朝，獨無矯矯風節，使當患難，固發蒙振落之類耳。魏之王祥，吴之孟宗，皆稱純孝，而於國事獨無匡救，皆萬石君類也。衛綰婦女之簡柙，直不疑道家之小數，周文佞倖之氣態，雖高下微分，君子不取。獨張歐以忠厚濟景帝之綜核，其庶幾乎？

田叔列傳

梁孝王使人殺吴相袁盎，景帝召田叔按梁云云。田叔於此可謂善處人骨肉之間矣。

然國之所恃以立者法也。梁王親使人賊殺天子之謀臣，而以太后故置不問，則法亡，法亡則國削。夫梁王在議親議貴之例，可以無誅。而王之幸臣公孫詭、羊勝之徒，實導王爲邪，不可以不殺。殺勝、詭以塞天下之怒，而貰梁王以安太后之心，此法意也。田叔盡燒獄詞，一切不問，雖號知大體者，而於處事未爲盡善。善夫韓安國之説孝王出勝、詭也，微安國，則景帝母子兄弟之間不全。

李將軍列傳

李廣非大將才也，行無部伍，行陣不擊刁斗，人人自便。此以將數千騎逐利乘便可耳，遇大敵則覆矣。太史公叙廣最自得處，在爲上郡太守，以百騎遇匈奴數千騎，射殺其將，解鞍縱卧。然此固裨將之器也。若夫堂堂之陣，正正之旗，進如風雨，退如山嶽，廣豈足以與乎此哉？衛將軍將數萬騎，蹂躪邊廷，未嘗挫衄，其將略優於廣遠矣。且出雁門時，廣所將萬騎，乃爲敵所得，而霍去病以八百騎斬捕過當。必謂廣數奇，而去病天幸，恐非論之得平者也。淮南王謀反，止憚青與汲黯，而不聞及廣。太史以孤憤之故，叙廣不啻出口，而傳衛將軍以姊子夫寵幸，若不直一錢者。然隨文讀之，則廣與青之優劣終不掩。

平津侯列傳

主父偃言九事，八爲律令，其八不傳，而其一爲諫伐匈奴，引秦皇、高帝之失策，而推之於虞、夏、商、周，其文辭甚美。然至進身之後，則又盛言朔方之便，以難公孫弘，上從其言，竟立朔方郡，是其與先資之言蓋不啻枘鑿而矛盾也。然偃也行之不疑，而武帝不以此疑偃，公孫弘不以此詰偃，何哉？蓋帝之初用偃，不過喜其文辭，而於窮兵黷武之失未嘗有悟；及偃窺帝意，竟以置朔方之便迎之，則帝固樂其合己而忘其前言矣。弘非辯不足以詘偃，蓋知帝意已堅，則詘偃適所以忤帝，故佯爲不勝，以從之也。嗚呼！佞邪之臣，敢爲誣罔如此。

汲鄭列傳

武帝之知汲黯，至以古社稷臣許之，其敬禮黯過於丞相弘、大將軍青遠甚，然黯之言無一用者。黯廷斥公孫弘、張湯，而天子愈貴幸弘、湯。黯言與胡和親無起兵，而天子欲征匈奴。黯言勿以渾邪王故誅當死者五百餘人，上默然不許。及其後棄之淮南，黯遂爲諸侯相，終其身。然張湯之誅，天子聞黯嘗勸李息發其罪，而息畏湯不言，遂按誅息，則又未嘗不思黯言也。如武帝者可謂善善而不能用矣。原黯之迕帝有三：曰數直諫也，曰褊心怨望也，曰帝好儒術，黯好黄老也。此三者之中，惟怨望則黯失也。

酷吏列傳

酷吏傳以郅都爲首，都公廉有節概，其不從景帝救賈姬事，雖汲長孺當此，不是過也。爲治雖先嚴酷，然能擊强宗，未可竟謂之酷吏。唯其扼臨江王於垂死之時，不予刀筆作書，則其用心過忍，而處人父子之間，亦遠愧田仁矣。且臨江王爲太子，以母栗姬失寵故廢，非有悖逆不道也，而都禁切之如此者，所以阿帝意也。卒爲竇太后所怒，中危法死，都固有以取之哉。權文公至謂都剛而無虐，怒而中節，吾不敢以爲信。

臺諫者，權臣之鷹犬也。酷吏者，人主之鷹犬也。夫權臣假臺諫以擊去其所不快者，莫甚於宋之秦檜、韓侂胄，而人主假酷吏以箝制天下者，莫甚於漢之武帝、唐之武曌。帝外事四裔，内興土木，使海内蕭然繁費，盜賊四起，而帝又不能無事於興利也，故怵民之不服，而不得不用張湯、杜周之流。武曌以女主篡唐，多行不義，故怵民之不服，而不得不用周興、來俊臣之流。彼湯、周之酷，所以謟武帝；而興、俊臣之酷，所以謟武曌也。嗚呼！人臣以阿諛順旨之故，至於賊殺不辜，塗炭天下，則其處心積慮爲何如哉？然漢、唐酷吏，非刑死即族誅，天道之於人亦不遠矣。

大宛列傳

張騫爲漢使留夷中十三年，歸不失漢節，視蘇武少六年耳，匈奴與妻有子，亦與武相類。然天子意在開邊，而騫以郎應募奉使，君子所不爲也。其言大夏可通，又以失侯故，欲連烏孫，斷匈奴右臂，以爲己功名之地。自是妻烏孫，取宛馬，迄無窮歲，則固蘇武之罪人也。雖隕首邊廷，亦不得與武比節，況生還哉？雖然，騫有賢孫猛，武之後反無聞焉，何也？

太史公自序

世多謂太史公序六家要指，進道德而絀儒術。予按，此非遷意，乃述其父司馬談之言也。遷進孔子於世家，退老子於列傳，左儒右老，一覽可知。今述其父談之言，乃獨推道家者，蓋談本學黄、老，此論必其精神所寄，遷不敢没，故謹識之爾。若其與上大夫壺遂相答問語，發明六經大旨，隱然欲繼春秋於五百載之後，豈絀儒術者之言哉？且其言曰：「予聞之先人曰：『伏羲至純厚，作易八卦。堯、舜之盛，尚書載之，禮樂作焉。湯、武之隆，詩人歌之。春秋采善貶惡，推三代之德，褒周室，非獨刺譏而已也。』」是談於六經之旨亦非牴牾者，其謂儒者「博而寡要，勞而少功」，蓋是指當時俗學之弊耳。以辭害意，雖班固且不免，況其他哉。

陶菴集卷八

吾師録 三十二則

小引

孔子曰：「三人行，必有吾師焉，擇其善者而從之。」況吾人乎！此録輯於壬申仲冬，取古人言行之可法者，牽連比附，各以類從，始於攝心，終於養生。凡三十二條，壬午季夏，料簡筆札，得之故紙中，因繕書一册，一以自證，一勖偉恭。

攝心一

趙清獻公曰：「吾晝之所爲，夜必焚香告天，所不可告者，則不敢爲也。」陸九韶隱居山中，晝之所爲，夜必書之。元許魯齋亦然。二程遺書，張天祺自約數年，自上床便不得思量事。不思量事後，亦須强把這心寄寓在一個形象。司馬君實言：「吾得術矣，只管念一個中字。」朱子語録：「趙叔平平生用功，以一器盛黑豆，一器盛白豆，中置一虚器，才一善念動，則取白豆投其中；惡念動，則取黑豆投其中，至夜倒虚器中豆，觀其黑白，以驗善惡念之多寡。初時黑多白少，久之漸平，又久之則白多黑少，又久之則黑亦無。」國朝張文定公邦奇每日晨興拜天，取易、詩、書要語：「乾，元亨利貞」，「敕天之命，惟時惟幾」，「我其夙夜畏天之威，於時保之」云云者，對天默誦數遍。官翰林時，有觀頤録，每夕考過。此諸公所行，疏密不同，皆攝心法也。若能直下見性，便不須如此捉捺。然人日在是非窠臼中，寸陰未轉，尺波已興，故必有神秀之時時拂拭，而後有惠能之本無拂拭也。

思　誠二

周萊峰先生學道紀言曰：「思誠字難認。」杜正獻公曰：「士君子作事行己，當履中道，不宜矯飾。」此誠字别。陳了翁謂：「元城絶欲，是真絶欲，不動心故。」此誠字又别。韓魏公立朝與士大夫語，退息與家人言，一出於誠，門人或從公數十年，記公言行，相與反復考究，表裏皆合，無一不相應。此誠字又别。曹彬爲世祖掌茶酒，太祖嘗從求酒，彬曰：「此官酒，不敢與。」自沽酒以飲太祖。太祖曰：「世宗舊吏不欺其主者，獨曹彬耳！」此誠字又別。魯簡肅公飲於酒肆，中使問掌托何事以對，公曰：「飲酒人之常情，欺君，臣子之大罪。」竟以實對。此誠字又別。魏公知永叔不以繫辭爲孔子書，又多不以文中子爲可取，中書相會累年，未嘗與之言及也。此誠字又別。胡文定謂徐先生曰：「莫安排。」此誠字又別。元城嘗不快曰：「司户實有贓而吾不以告，吾其違温公教乎？」後讀揚子云：「君子避礙，通諸理。」方釋然，言不必信此而後可。此誠字又別。高允恐負翟黑子，此誠字又別。以上誠字，仔細體認，或在言，或在事，或在言前，或在言後，或顧行，或顧理，不知何者可以致力。元城言行一致，表裏相應，遇事坦然，常有餘裕，其效如此。

主　敬三

邵康節百泉山中，嘗雪夜，人猶見其儼然危坐。尹和靖在平江累年，凡百嚴整有常。遇飲酒聽樂，但拱手安足處，終日未嘗動。康節何等風流人豪，而自簡如此，朱子謂其心地所以虚明，推得天地萬物之理。和靖才識，朱子謂是程門中之鈍者，只於敬上用力，終亦有成，人可不以尹自勉乎。

慎獨四

吴顧悌疾篤，妻出省之，悌命左右自扶起，冠幘加襲，令妻還。南齊劉璡兄瓛，夜隔壁呼璡共語，不答。方下床著衣立，然後應。瓛問其久，璡曰：「向束帶未竟。」此所謂不欺暗室者非耶。吾輩居平，謔浪笑傲之時多，齋莊肅敬之時少，欲求此心不放，難矣。

懲忿五

李習之問一禪師：「如何是黑風吹船飄墮羅刹鬼國？」師云：「李翶小子，問此何爲？」李怒形於色。師笑曰：「發此惡心，即是飄墮鬼國也。」調心之難如此。王巖叟著魏公别録云：「凡人語及其所不平，則氣必動，色必變，辭必厲，唯公不然。更説到小人忘恩負義，欲傾己處，辭和氣平，如説尋常事也。」噫，魏公蓋幾於犯而不校者。予賦性素褊，往歲偶有所觸，書片紙自箴曰：與一物校者，其人小甚矣！爾時於此覺稍有得力，近默自省，乃多留著爲累，豈楞嚴所謂隔日瘧者耶。

室　慾六

乖崖帥蜀時，仕蜀者不挈家，止帶給澣濯紉縫二人。乖崖悦一姬，中夜心動而起，繞屋而行，但云張咏小人，張咏小人，後稍令自近。及將歸，出帖子議親云：某家室女，房奩五百千。以禮遣之，果未嘗有犯也。

趙清獻帥蜀日，悦一伎，謂直宿老兵曰：「汝識某伎所居乎？」曰：「識之。」曰：「爲我呼來。」去已二鼓不至。復令人速之，旋又令止。老兵忽自幕後出，公怪問之，兵曰：「某度相公不過一個時辰，此念息矣，雖承命，實未嘗往。」夫乖崖之勇也，閱道之清也，而皆未免强制，人欲洵可畏哉。然兩公之賢於人者，正以其能制也。蘇子卿嚙雪冰天，猶與胡婦生子。胡忠簡飛章遠竄，乃爲黎倩題詩。是皆一念不能自持耳。故曰：忍過事堪喜。

平　心七

趙康靖公概口未嘗言人短，與歐陽文忠公同知制誥，後亦同秉政。及文忠被謗，康靖密申辨理，至欲納生平誥敕，而文忠不知也。范景仁爲諫官，趙閱道爲御史，以論陳公事有隙。熙寧中，介甫執政，恨景仁，數毁之於上，且曰：陛下問趙抃，知其爲人。他日上以問閲道，對曰：「忠臣。」上曰：「卿何由知其忠？」對曰：「嘉祐初，仁宗違豫，鎮首請立皇嗣以安社稷，豈非忠乎。」既退，介甫謂閲道曰：「公不與景仁有隙乎？」閲道曰：「不敢以私害公。」夫爲德於人而必欲使人知之，與必施諸其所嘗受德之人，皆淺之乎爲丈夫耳。古人於君父之前，進退榮辱之際，而能平心忘愛惡若此，真學道之驗。

直心八

魏陳元方東郡賣小宅，家人將就直矣。元方曰：「此宅甚好，但無出水處。」買者因辭不買。晉庾亮所乘馬「的顱」，殷浩以爲不利主，勸賣之，亮曰：「安有己之不安，移於人乎。」宋司馬温公居西京日，令老兵賣所乘馬，云此馬夏來有肺病，若售者先語之，老兵笑其拙。噫，此釋氏所謂直心道場也。吾人立誠，當自不妄語始。

一心九

雜念不勝驅除，正坐本心間斷之故。間斷既久，介然之頃，便欲雜念頓釋，雖顔子不能。晝夜操持不怠，則此心自當漸清。盤銘之辭，與揚子江宿浪之譬，真善喻也。每思孟敏墮甑不顧，雖是細事，亦足以觀人胸中擺脱得下，故不知不覺之間，自能如此。而史臣不知，以爲有分辨而已，此豈林宗之見哉。吾輩試自念，只與人接幾句話，而將迎之意纏擾不已，此其出孟敏下亦遠矣。今直於一切世故都打得破，自毀譽欣戚以至死生禍福，一切視之如一，則此心自定。易曰「艮其背，不獲其身。行其庭，不見其人」，此學之的也。

張思叔讀孟子，至「志士不忘在溝壑」，忽然自悟，始覺有得力處。可見古之有志於學者，直是不有其身，故能專志於道。不然，一暴十寒之病，且不能免，其去不學者幾何哉。此張文定公與魏子才書，非真實爲己者不能道。

無　心十

負苓者謂薛收曰：「吾子所服者道，而猶有嘆，是五藏六府不能無受也。」李文靖公庭前藥闌壞，如不聞見。左右請葺之，公曰：「安可以此事動吾一念乎？」夫人心虛靜則明，雜擾則暗。蜀山人董五經之類，久居深山，遂能前知，蓋空生明也。初機學人，動靜分作兩橛，膠膠擾擾，安得正定。伊川先生曰：「説無心便不是，只當云無私心，夫無私心則無心矣。」

調心十一

程子謂洒掃應對，與佛家默然處合。見一學者忙迫，先生問其故，曰：「欲了幾處人事。」曰：「某非不欲周旋人事者，曷嘗似賢急迫。」朱子論主一無適云：「主一只是心專一，不以他念雜之，無適只是不走作。如讀書時只讀書，著衣時只著衣，了此一件，又做一件。身在這裏，心亦在這裏。」此皆先儒直指調心法示人。

近周叔夜先生有言：「因事之煩冗而動躁火也，治之有二：其一自解云，待我逐頭清來；其一自解云，事完之後，卻有何事，閒亦何用。此躁之在事前者，治法如此。若在事後者，治法亦有二：其一自解云，人生安能無勞；其一自解云，此勞未必無益此身，不必太惜。」此治躁之骨髓也。推之榮辱禍福，皆可以此心對治。

遷改十二

羅仲素與楊龜山講易，至乾九四爻云：「伊川説甚善。」即鬻田走洛問之。胡憲學於譙定，初未有得，定曰：「心爲物潰，故不能有見，唯學可明耳。」憲曰：「所謂學者，非克己功夫耶？」即日思歸精此學。兩賢之從善如流若此。朱子言南軒爲人明快，嘗與閑坐立，見什物之類不齊整處，謾言之，雖昏夜亦即時令人移正。敬夫之改過不吝若此。易曰：「風雷益，君子以見善則遷，有過則改。」言遷善之速，如雷厲風發而後爲益也，對此宜知自省。

養　量十三

周茂叔爲合州判官，部使者趙抃惑於譏言，臨之甚威，茂叔處之超然。通判虔州，抃守虔，熟視其所爲，乃大悟。執其手曰：「吾幾失君矣。今而後乃知周茂叔也。」韓魏公知揚州，王荊公爲僉判，每讀書達旦，略假寐，日已高，亟上府，多不及盥漱，魏公意其夜飲放逸。一日，從容謂曰：「君年少，毋廢書，不可自棄。」荊公不答。退而言曰：「韓公非知我者。」故熙寧日録中，短魏公爲多。每曰：「魏公形相好耳。」作畫虎圖詩詆之。及魏公薨，作輓詩，猶不忘少年之語。夫趙、韓皆當世賢者，始猶失之，二公人固未易知也。乃一則臨之以威，而猶超然；一則勸之以學，而遂爲憾。度量相越如此。蓋涵蓄深沉，此濂溪之所以自得也；剛褊躁露，此荆公之所以速敗也。

對　境十四

有器局人，大都胸次不亂，所以做事有力，若小事便已動心，則大事不可爲矣。後漢孔融爲袁譚所攻，自春至夏，戰士所餘裁數百人，流矢雨集，戈矛内接。融隱几讀書，談笑自若。晉桓温欲移國祚，伏甲設饌，廣延朝士。因此欲誅謝安、王坦之。王甚遽，問謝曰：「當作何計？」謝神意不變，相與俱前。王之恐狀，轉見於色；謝之寬容，愈表於貌。望階起席，方作洛生咏諷，浩浩洪流。桓憚其曠遠，乃趣解兵。古人於生死關頭整暇如此，所謂重内者輕外也。

澹　泊十五

范文正公爲舉子時，讀書南都。留守有子居學，見公食粥，歸告其父，以公厨食饋公，既而悉已敗矣。留守子曰：「大人聞公清苦，故遺以食物，而不下箸，得非以相浼爲罪乎？」公謝曰：「非不感厚意，但食粥安之已久，今遽享盛饌，後日豈能啗此粥乎？」石徂徠介讀書南都，時侍郎王濟聞其困窮，因餉客，授以盤餐，卻而不受，曰：「今日固好，明日如何？」二賢者使繼得人饋，可以不乏美食，則從之乎？士非可受無功之食者，此食豈以爲憂於不繼，蓋以口腹累人，君子之所不居也。二賢之意，蓋有在矣。

清　介十六

黄子廉每飲馬，投錢水中。范丹嘗看姊病，設食，丹留錢而去，姊追送之。里中芻蕘僮更相怒曰：「言汝清高，豈范史雲輩而云不盜吾菜乎。」丹嘆曰：「吾之微志，乃在僮豎之口，不可不勉。」遂棄錢而去。

宋傅欽之侍郎求介秦觀以見陳師道，知其甚貧，因懷金以饋之。及睹其貌，聽其議論，竟不敢以出口。

程伊川見韓侍郎維於潁川，韓早晚伴食，禮貌加敬。一日，韓密謂其子彬叔曰：「先生遠來，無以爲意，我有黄金藥楪一，似可爲先生壽，未敢遽言之，我當以他事使汝侍食，從容道吾意。」彬叔如戒啓。伊川曰：「頤與乃翁道義交，故不遠而來，奚以此爲。」詰朝遂歸。持國曰：「我不敢言，正爲此耳。」夫清者，士人之大節也。然如黄、范二君所爲，則亦近於獵名矣。必也其後山乎，其伊川乎。

節　儉十七

仇泰然守四明，與一幕官極相得。一日，問曰：「公家日用多少錢？」對曰：「十口之家，日用一千。」泰然驚曰：「何用許多錢？」對曰：「早具少肉，晚羹菜。」泰然曰：「某爲太守，居常不敢食肉，只是吃菜。公爲小官，乃敢食肉，定非廉士。」自此遂疏。

司馬文正公答劉蒙言書曰：「光居家，食不敢常有肉，衣不敢常衣帛。」又曰：「光自結髮以來，實不敢錙銖妄取於人，取之也廉，則其施之人也靳，亦其理宜也。今日士大夫服御華侈，交際稠疊，既不能繼，而取諸非分以益之，於是名節掃地矣。攻苦食淡，自是吾輩本色，其他拌人嫌怪耳。」

自　立十八

後漢梁鴻，少孤。詣太學受業，同房先炊已，呼鴻童子及熱釜炊。鴻曰：「童子不因人熱者也。」滅竈更然火。范丹嘗使兒捃麥得五斛，鄉人尹臺遺之一斛，屬兒莫道。丹後知，即令并送六斛，言麥已雜，遂誓不取。晉王裒嘗自刈麥，諸生有密爲裒刈麥者，裒遂棄之，於是莫敢往佐。唐皇甫無逸爲益州長史，嘗夜宿人家，遇燈炷盡，主人將續之，無逸抽佩刀斷衣帶以爲炷。此四公者，可謂能自樹立矣。

過厚十九

漢劉寬行遇失牛者，就寬車中認去，寬下車步歸。有頃，認者得牛送還，謝曰：「慚負長者。」寬曰：「物有相類，幸勞見歸，何爲謝之。」晉朱沖鄰人失犢，認沖犢以歸。後得犢於林下，大慚，以犢還沖，沖竟不受。夫文饒之行近於中，若巨容其猶有未忘於心者乎。君子爲行，使人無以自容，則過矣。然以視世之攘袂而爭者，則二賢皆吾師也。

恕物二十

韓魏公論近世宰相，獨許裴晉公，又嘗云：「若晉公簡點著，亦有未盡處。」君子成人之美，不言可也。邵伯溫讀文中子，至「諸葛武侯無死，禮樂其有興乎」，因著論駁之，以爲孔明霸者之佐，雖不死，未必能興禮樂。康節見之，怒曰：「使汝如武侯，尚不可妄論，何況萬萬不及乎。」古人立心忠厚，雖論議史册上事，亦不輕置予奪如此。其待同時人，又可知矣。故曰：論人當於有過中求無過，不當於無過中求有過。

薄責二十一

北齊崔暹好薦人士，言邢邵宜親重。言論之際，邵遂毀暹，文襄不悦，謂暹曰：「卿説子才長，子才專言卿短，此癡人也。」暹曰：「子才言暹短，暹説子才長，皆是實事，不爲癡也。」宋盧多遜與李昉相善，昉待之不疑。多遜知政，多毀昉，人以告昉，昉不信之。後太宗語及多遜事，昉頗爲解釋，太宗曰：「多遜毀卿一錢不直。」昉始信之，太宗由是目昉爲善人。夫人非聖人，自無每事盡善之理。吾業與之親暱，則長善救失，與有責焉。不能匡正，乃從而訾訐之，以是爲直，可乎？先儒謂無口過易，無身過難；無身過易，無心過難。夫其易者且不能，況難者乎。故君子不談人過，一以養德，一以遠怨，雖他人有談者，正容以止之可也。

規諷二十二

秦氏當國時，洪忠宣公、鄭亨仲資政、胡明仲侍郎、朱新仲舍人皆在謫籍，分置廣東。方務德爲經略帥，待之盡禮。秦對一客言曰：「方滋在廣部，凡得罪於朝廷者，必加意護結，得非欲爲異日地乎？」客曰：「非公相有云，不敢輒言。方滋之爲人，天性長者，凡於人，惟以周旋爲志，非獨遷客然也。」秦悟曰：「方務德卻是個周旋的人。」其疑遂釋。當時使一憸巧者承其間，微肆一言，方必得罪，而諸公不得安迹矣。言者可謂君子。

嚴陵王大卞赴曲江守，過南安，謁張先生子韶，從容言大卞頃在檢院，以羅彥濟中丞章去國。其後彥濟自吏書出守嚴，遂遷避於蘭溪。彥濟到郡，遺書相邀曰：「與君有同年契，何爲爾。」不得已復還，既見，密語云：「前此臺評，乃朱新仲所作，托造物之意以相授。一時失於審思，至今爲悔。此事既往，今適守韶，而朱在彼邂逅，有弗愜，爲之奈何。」張揣其必將修怨，即云：「國先爲君子爲小人，皆在此舉。」王悚然曰：「謹受教。」至則降意彌縫，終二年不見分毫形迹，若本自相善也。夫秦客語婉，子韶語峻，蓋所對之人不同耳。而一言造福，則其爲仁人之心一也。彼順口諛人者，不過求其感悦，避其嫌怪，而不知貽害多矣。奈何以人之生死榮辱，爲己結納之具耶。

方便二十三

宋大觀中，有葛繁者，嘗爲鎮江守。有士人問其所行，繁曰：「予始者日行一利人事，嗣後或二或三，或數四，或十餘。積十餘年，未嘗少廢。」又問何以爲利人事，繁指坐下足杌曰：「此物置之不正，則蹙人足，予爲正之。若人渴時與杯水，皆利人事也。但隨其事而利之，上自卿相，下至乞丐，皆可以爲，唯在乎常久而已。」按葛公所謂利人事，即儒者之仁術，釋氏之方便也。隨時可行，隨人可行，隨地可行，但不宜以此望報耳，望報則與世俗無異矣。

分　別二十四

韓退之送孟琯序：「善雖不吾與，吾將强而附；不善雖不吾惡，吾將强而拒。」崔評事墓銘：「苟親矣，雖不肖收之如賢；苟賢矣，雖貧賤待之如故人。」此吾所欲低頭於昌黎處也。

愼　交二十五

漢侯霸欲友王丹，霸子見丹，下車拜，丹答拜，霸子曰：「大人方願交歡，奈何拜小子？」丹曰：「君房有是言，丹未許也。」魏張遼與其護軍武周有隙，就刺史温恢求交胡質，質辭以疾。遼出遇質，問其故。質曰：「古人之交，多取知其不貪，奔敗知其不怯，聞流言不信，是以可終。武伯南身爲雅士，往者將軍稱之不置，而今以睚眦成隙，如質才薄，豈能終好？故不願也。」古人愼交，不輕許與如此。今人知己滿地，疾病相問訊，飲食相徵逐。及遇毫髮事，輒掉臂不顧，甚有賣酈兄之友，彎射羿之弓者，故擇而後交，勿交而後擇。

求全二十六

郭林宗謂仇季智曰：「子嘗有過否？」季智曰：「吾嘗飯牛，牛不良，搏牛一下。」管寧泛海舟覆，曰：「吾嘗一朝科頭，三晨晏起，過必在此。」夫二賢之自責如此，則其平生無大過可知矣。 跅弛士固不修小節，然必在小事上劄定脚，做大事始無失耳。

李彌遜謂胡邦衡曰：「人生亦不解事事可稱，只做得一兩節好，便好。」朱子謂胡後來喪名節，未必非斯言有以入之。 今人只思做一兩節好事，目前當爲者漫不簡點，則并此一兩節亦做不成矣。

惜陰二十七

伊川先生曰：「今農夫祁寒暑雨，深耕易耨，播種五穀，吾得而食之。百工技藝，作爲器物，吾得而用之。介冑之士，披堅執鋭，以守土宇，吾得而安之。無功澤及人，而浪度歲月，晏然爲天地間一蠹，唯綴緝聖人遺書爲有補爾。」中峰禪師云：「入世間，則忠於君，孝於親，以盡其義，不可不忙。出世間，則親師擇友，朝參暮叩，以盡其道，又不可不忙。唯孜孜以安閑不擾爲務，而不肯斯須就勞者，聖人斥之爲無慚人。」今吾輩既不能爲有用之學，而於自了漢亦未能究竟，所謂夢覺兩愧負也。

讀　書二十八

朱子誨門人：「聖賢言語只在仔細看，別無術。」又云：「書只貴熟讀，別無法。」又云：「法在讀了一遍，又思量一遍。思量一遍，又讀一遍。」先儒讀書法如此。向見一書，載張安道問蘇明允，以子瞻方讀何書。答云：「方温漢書。」安道驚曰：「書要讀第二遍耶？」初以爲安道自矜敏捷耳，今思之，殊不然。蓋古人讀第一遍時，必須精熟此書，未熟更不讀他書，不待他日又温也。他日坡公有云：「故書不厭百回讀，熟讀深思子自知。」則豈止讀第二遍耶。司馬温公嘗言：「學者讀書，少能自卷首讀至卷尾，往往從中，或從末，隨意讀起，又多不能終篇。」光性最專，猶患如此。從來唯見何涉學士，案上唯置一書，讀之自首至尾，正錯校字，以至終篇。未終，誓不他讀。此學者所難。温公所言，正安道所謂一遍。

處　困二十九

胡忠簡貶時，李似之侍郎書十事以贈。一曰，有天命，有君命，不擇地而安之；二曰，唯君子困而不失其所亨；三曰，名節之士，猶未及道，更宜進步；四曰，境界違順，當以初心對治；五曰，子厚居柳築愚溪，東坡居惠築鶴觀，若將終身焉；六曰，無我方能作爲大事；七曰，建立功名，非知道者不能。八曰，□□天者任之，必將大有摧抑；九曰，太剛恐易折，須養以渾厚；十曰，學必明心，記、問、辨、説皆餘事。予謂此十事，豈唯遷謫者所宜佩服，凡吾輩書諸紳可也，銘諸座右可也。予又憶張横浦有言曰：「爲物所逆而動心，此怨天也。」吾輩所遭，豈能事事如意，要以耐煩爲主。

順運三十

伊菴權禪師每至日暮，必流涕曰：「今一日又過矣，未知來日功夫何如？」韓持國與程子語，嘆曰：「今日又暮矣。」程子對曰：「此是常理，從來如是，何嘆爲？」公曰：「老者行去矣。」曰：「公勿去可也。」公曰：「如何能勿去？」程子曰：「不能則去可也。」予謂誦伊菴語可以惜陰，誦正叔語可以順運。

卻病三十一

宋李畋九河公語録云：「畋苦痁。既瘳，請謁。公曰：『子於病中曾會得移心法否？』畋對：『未也。』公曰：『人能於病中移其心，如對君父，慎之靜之，自愈。』」金史楊雲翼嘗患風痺，得稍愈，哀宗問愈之之方，對曰：「但治心耳。心和則邪氣不干，治國亦然。」予謂：此真刀圭之最良者也。未病時得此可以不病，已病時得此可以愈病。予昔在雲間，大病，四體如炙，此心頗覺忙亂。因而自問曰：如果此病不起，只索委順，忙亂無益也。遂一念不動。至晚，汗下如雨，病竟痊。

養　生三十二

伊川先生曰：「世間有三件事甚難，可以奪造化之力：爲國而至於祈天永命，養形而至於長生，學而至於聖人。此三事，功夫一般，分明人力可以勝造化，自是人不爲耳。」謂張繹曰：「吾受氣甚薄，三十而寖盛，四十、五十而後完。今生七十二年矣，較其筋骨於盛年，無損也。」又曰：「人待老而後保生，是猶貧而後畜積，雖勤，亦無補矣。」繹曰：「先生豈以受氣之薄，而後爲保生耶？」先生默然曰：「吾以忘生徇欲爲深耻。」他日歸自涪州，氣貌容色髭髮皆勝平昔。門人問何以得此，先生曰：「學之力也。大凡學者學處患難貧賤；若富貴榮達，即不須學也。」觀先生語，則知學道、養生本是一串事。但學道者雖養生，亦爲學道。養生者雖學道，亦爲養生耳。予嘗十日九疾，生産作業之事，既不能自力，而讀書作文亦皆苦不能精，思止坐氣薄耳。自今於喜怒哀樂上理會，即病即藥不須外求也。

陶菴集卷九

自監録一　一百六十七則

小引

愚倣古人遺意作自監録，每日所爲，夜必書之。兼考念慮之純雜，語言之得失，自辛未三月十一日始，勿忘勿遺，勿示他人。司馬文正公語晁補之曰：「吾無過人者，但生平所爲，未嘗有不可對人言者耳。」陳井巨中勸學文曰：「凡不可與父兄師友道者，不可爲也；凡不可與父兄師友爲者，不可道也。」宇文公諒，雖闇室，必正衣冠端坐。嘗挾手記一册，識其首曰：「晝有所爲，夜則書之，其不可書，則不敢爲。天地鬼神實聞斯言。」愚置此册，實倣古人遺意。但古人喫緊處，在知其不可則不爲，若諱過不書，與書而不改，猶不書也。四月十九日識。

又云「自監」之名，古有之，今當以困學紀爲名，日夕觀此二字，庶有所儆〔一〕。

晦菴曰：「人若於日間閑言語省説得一兩句，閑人客省見得一兩人，也濟事。若渾身都在鬧場中，如何讀書？人若無事，用半日靜坐，半日讀書，如此一二年，何患不進？」

工夫既不專一，慙愧刻責之念復安可少？

昔有人靜坐三年，出關卻呆了。此象山所謂爲善累心。諺云：「閑時做得忙時用。」若用不著，何取於做？

韓魏公論人爲善，難在持久，計日計月而爲之者甚多也。何孟春燕泉有言曰：歲月如流，一日減一日，一歲無一歲。少而壯，壯而老，老必死，人豈不知？而鮮克知惜人，蓋有不及老而死者矣。子有美酒，何不日鼓瑟？宛其死矣，他人入室，此非知自惜者。陶侃言：「大禹惜寸陰，今人當惜分陰。」功名事業一繫於天，道德文章則在乎己，閑散處亦悠悠不得。賈島於驢背上思詩，舉手作推敲勢，大尹騎從之來，竟不見不覺。朱子謂：「『推敲』二字，關甚利害，直恁用力。所以後來詩極精高。吾人學是何等大事，卻全悠悠不肯著緊用力，反不如彼做没要緊事，可謂倒置。」晦菴之所以策勵乎學者至矣。

群居謔浪，敗德之尤。自後除不得已赴燕外，必不得妄自過人，淹留竟日。

楊忠襄爲友人誘至伎女家，歸而流涕自責，取衣冠毁之。自守不足者，當以忠襄爲師。

昔賢每燕集，值女樂，未嘗流盼，以拇指掐中指，至明日指痕尚在。吾輩自檢當如此。

近日有一事長進處：人有爭心者，總不與之辨；己所長，不欲使人知。

「謔毁」二字，近日頗覺消除，然充類至盡，此二字尚在，只爲尚在，所以復發。

昔賢别程先生數年，問其得力，曰：「止去得『矜』字爾。」先生喜曰：「可謂善學。」我今亦逐節除去，去得一節，其餘便可漸減。邵子始學於百原，堅苦刻勵，冬不爐，夏不扇，夜不就席者數年。人知先生風流人豪，豈知其勤苦如此。

龜山閑居和樂，色笑可親，臨事裁決，不動聲色。與之遊者，雖群居終日，嗒然不語。飲人以和，而鄙薄之態自不形也。偶見俗人，便有厭而逃之之意，未曾主敬故也。

此事如逆水撑篙，行得一尺，又退一尺，行過的總不算；又如快馬收繮，常若不及；又如千仞峰頭，下臨絶澗，一失足便到底，他人無下手處。

「將聖賢言語作一場話説，學者之通病。」又云：「學力未能勝舊習，正如藥力未能除舊病。頃刻學力不至，則舊習仍在；一日不服藥，則舊病復作。學力勝，則無此疾矣。」右，薛文清語二則，讀之通身汗下，此二則正指吾輩通病，然必是薛公自經體貼出來。

「行第一步，心在第一步上；行第二步，心在第二步上。三步、四步，無不如此，所謂敬也。如行第一步，而心在二步、三步之外，行第二步而心在四步、五步之外，即非敬矣。處事皆然。」文清語。

斯須照管不到，則外好有潛勾竊引之私，不可不察。不戲謔，亦存心養氣之一端。

人當危險處、疾病處、戰陣處、祭祀祈禱處，則邪心有所攝而不萌，若能常如此時，何患學道無成。

醉後省察，未嘗無過。甚矣！酒之爲狂藥也。

識欲沉，氣欲鋭，力欲定，膽欲決，眼欲明，口欲訥。

不愧屋漏，大丈夫之事也。吾身心之際可愧多矣，過而不改，是尚得以爲人乎？書此自警。

「耻之於人大矣。今人耻其甚不足耻者，而甚宜耻者，反以爲固然，誠可憫痛！人有至尊至貴在身，而爲物欲所驅，日逐煩惱匆忙，所謂莫被他謔是也。象山欲高著眼，看破世人爲此。」萊峰語。

蕩滌塵埃，涣然出於萬物之外，常想鳳凰翔於千仞氣象。勿以小小逆順爲喜怒，勿以小小得失爲重輕，勿以小小毁譽爲榮辱。

萊峰曰：「初聞得事來便手忙脚亂，到後來亦只如此，何須忙得。」

自家所行者正，毁譽得失，那裏管得許多。王西室當言即言，當行即行，更不顧忌利與害。然尋他不是處，又没有。喫緊在此句，若不知顧忌而行，則爲介甫之執拗矣，其害尤大。

夜來思量了許多，明日一些也無用，可笑！此是妄想底公案。

昔者文王問於鬻子：「敢問人有大忘乎？」對曰：「有。」曰：「敢問大忘如何？」曰：「知其身之惡而不改也。」正説著吾輩庸人，隨來即應，隨過即掃。應前不動些子，掃後不留些子。

鄧文潔云：「逐日查己過。」我輩宜逐刻查己過，一刻不查，不啻去而萬里。

日月遄往，只思一日易過，便知百年猶是。

應事接物時，念頭多爲所動，豈非欲人敬我、愛我耶？列子以舍者争席爲進境，蓋多一分周旋，即減一分天機也。昔人「莫安排」三字可味。

欲見其所不見，視人所不窺；欲得其所不得，修人所不爲。

有韓語予：有時流曾會予者，極相譏切，乃至以爲極惡。初聞之殊復介介。噫！此等妄人，雖善詆訾人，亦何異蟋蟀之鳴、蒼蠅之聲耶！予胸中以此介介，要是俗念未忘，須蕩滌剗除，勿使毫毛宿留於庭宇，則善矣。

金貴百煉，唯人亦然。若不向鬧動處打過一番，只是兀兀堆堆，閉關面壁，縱饒閉之又閉，面之又面，一經鬧動，便已納了敗缺也。爲他不曾實歷故。

予有懶處俗事、怕見俗人之病，蓋自揣志强才弱，事事對付不過。因思效法古人善藏若愚者，欲待他日身處事任，猛力做得一二事，不枉此生。今知此念非也，先儒教人變化氣質，未有不以勇猛精進爲主者，應事接物，雖微小，亦不肯放過。故云：「在人情、物理、事勢上做些工夫，若撇卻目前，妄圖異日，便知異日有做不得處，蓋一有厭事心，心已爲事累矣。」吾向嘗論呂端云：「小事模糊，大事不模糊。」畢竟是中人句。當真正英雄，小事亦不模糊。丈夫處事，當如獅子捉兔，須用全力，不然是苟且，非善藏也。

學古人要學第一等古人，雖力不能至，不敢不勉。

高明之士易悟難修。初學一有悟入，當如窶兒得珠，珍重保守，若倏得倏失，如夜光明月在手中，空過一番，有何交涉？

做功夫到微密處，著力不得，開口不得。

洪景盧曰：「士之處世，視富貴利禄當如優伶之爲參軍，見紛華盛麗當如老人之撫節物，觀金珠珍玩當如小兒之弄戲劇，遭横逆機阱當如醉人之受辱罵。」

在我者有愧焉，不可以人之譽我而輒喜也；在我者無愧焉，不可以人之毁我而輒懼也。

獨立不懼，是何等氣概。

濁世之善者難於古人，閭閻之善者難於士大夫。

不學無義，唯機械變詐之是務，雖名爲士大夫，一市井小人耳，何足道哉。

徐仲車曰：「言其所善，行其所善，思其所善，如此而不爲君子者，未之有也；言其不善，行其不善，思其不善，如此而不爲小人者，未之有也。」

澡身虛心曰齋戒，深居靜室曰安處，收心復性曰存想，遺形忘我曰坐忘。此攝生之大略也。

在雲間聞吾邑歲試案已發，而家報未來，名次或恐不前。今向此處把住念頭，莫待臨時又生膠擾。

只將喜、怒、哀、樂、愛、惡、欲七字微細分別，便見通身病痛。我兩日不熱而煩、不寒而慄，或爲試事、或爲疾病、或爲思家，刻刻流轉，累心之至，乃至累身，可以悟矣！

儉化謂我「不耐煩」，良信「耐煩」二字，予聖藥也。

養生之理，與學道亦不相背。

盛德者物不能擾，形不能病。形不能病，以物不能擾也故。善學者，臨生死而色不變，疾痛慘切而心不動，由養之有素也，非一朝一夕之故也。

二程語録：「宜體認。」學道若不至此，便不成丈夫。

一月來，以患瘍故，學力俱退，向所得力處，皆成話説矣。豈非以疾痛慘切而動其心者乎？推此言之，一事做不得，一處去不得矣。可爲猛醒。

多驚、多怒、多憂，只去一事，所偏自正。

心氣定便和，無疾。

宋史稱：「横渠先生居南山時，左右簡編，俯而讀、仰而思，有得則識之。或中夜起坐，取燭以書。其志道精思，未始須臾息，亦未始須臾忘也。」

吾性易怒、易憂，最宜戒。

復之三曰：「頻復，厲。」巽之三曰：「頻巽，吝。」執持不固之弊如此。

尹和靖受業伊川門下，欲不復應舉。伊川謂：「子有母在，未可如此。」和靖歸，白其母云云，伊川然後許之。朱子在漳州日，一士人自泉來謁，自言心厭舉業，欲從問學。朱子以其非父母命令歸，得請再來，始無所礙。夫問學，美事，然既妨禄仕，亦必出於親命，乃可自遂。不然，不得乎親，非所以爲學也。餘冬録。

元劉敏中嘗與同儕各言其志曰：「自幼至老，相見而無愧容，乃吾志也。」

勝國王紹文處士臨終書示其子孫，語云：「利人之事可周旋處，雖獨力亦當自爲；害人之事於戲謔中，一念不可妄發。」

宋胡宿每語後進：「富貴貧賤，莫不有命。當修身俟時，毋爲造物者所嗤。」

上蔡語録：「命雖淺近也，要信得真。將來做田地，就上面下工夫。」萬事真實有命，人力計較不得。吾生平未嘗干人，在書局亦不謁執政。或問之，對曰：「他安能陶鑄得我。」自有命在，若信不真，風吹草動便生恐懼憂喜，枉做卻閑工夫，枉用卻閑心力。信得命便養得氣，不挫折也。張忠定云：「只一個信，五年方做得成。」此事誰不當念之。

周氏紀言記章鄧山，自言「少年多病，後因念聖賢教人理，性情遂於喜怒上調停，自此一向無病」。予多病，當以此自治。

黄昏時須靜坐乃睡，明日方有精神。若一日勞役至晚，乘困倦便睡，明日精神殊減。

吴康齋詩云：「由來氣質已偏枯，俗染彌深愈失初。於此不加鏖戰勇，卻從何處著工夫。」

楊慈湖云：「爲物所逆而動心，此怨天也。」

凡事到前，且教胸中泰然，急亦無用。

細思「驚憂」二字，總没用處。蓋事之小者，既不足用吾驚憂；若至生死窮通，則又有命矣。山谷曰：「青山白雲，江湖之水浩然，可復有不足之嘆耶。」

萊峰先生記言，予喜誦之，以其平易切實，於我輩中人以下者尤相近。燈下録數則，以當座右銘。

「謀身無萬全之策，不如委命之爲安；處世無百中之慮，不如任理之爲適。」若能事事信得命，過省多少煩惱。餘見吾師録。

夫子温、良、恭、儉、讓五字，都要想見其氣象。謝安迎桓温時，氣象常要想，劉寬下車還牛，氣象常要想。想之者，所以變化氣質也，不然想也没用。

王龍溪去官之日，僚友餞送，意氣自如。若加一分意氣，便不自如矣。「人心本是活物，怎教他定得？今人流放於物欲，此是樞都不在臼子裏，若要拿定此心，則是樞都死煞了。須是終日開闔，而不出臼子方是。」此龍溪語。予春來在有爲上用功，乃至欲遏捺之，使一念不起，遂成心疾，不唯臨事不得力，反受其累。觀此語，不覺泮然、涣然。龍溪之學，今人病其近禪，要之未可輕訾也。

妄語如因人以宛轉其語，便是小人之態。只看朱子與人書，不肯少有依違，便是其心之忠信也。依違之病，予最耻之，然一時不能免，觀此可戒。

操練軍士，正爲殺賊，遇賊放過，操練何用？平時講究道理，一遇境界便即隨波逐流，何益之有？念此可痛。

慈湖遺書云：「學者涵養有道，則氣味和雅，言語閑靜，臨事而無事。」

剋日成功，如箭筈離弦，直造棚的，此立志樣子也；耐心持久，如磨杵作針，不計歲月，此用功樣子也。

勞生以徇物，不亦愚乎？遺物以偷生，不亦鄙乎？愚則吾不知，鄙則不免矣。

多思預算，決定無益。聖人所謂思患預防，蓋是指人事可盡者耳。

張文定邦奇觀頤録序曰：「夫人情於既往之愆，孰能無懼？懼而復忘之，與不知懼者等耳。今日之懼，吾又懼其復爲前日也。」於戲！以吾方懼之心，又懼夫懼之或失也。朽索之馭六馬不足以喻，乃敢放焉而自肆者，何哉？昭事録序曰：「予年二十四五，官翰林時，則有觀頤録，每夕紀過以觀所頤，厥後侍養家食，窘迫拂抑，時攖於中。而鄉居僻絶，乏朋友之助，深用自懼。每日晨興，焚香拜天，取易、書、詩要語，『乾：元、亨、利、貞』『敕天之命，惟時惟幾』『我其夙夜畏天之威，於時保之』云云者，對天默誦數過，蓋以天與此心爲類師也」云云。前輩實能畏天省過如此。予數月以來，無毫髮之益，心過日積，口過日增，歲月之已去者，如火銷膏而不知也；精力之已耗者，如積水竭於螘漏而不覺也。於乎！困而不學者，予之謂夫。張公，鄞縣人。嘉靖間爲兵部尚書。

張文定與人書又云：「外不能不與衆周旋，而中竊厚自植立，恐恐然唯懼有愧於平日之所誦讀，蓋亦已艱矣。」

文定公又與人書云：「君子素位而行，當跪而跪，當拜而拜，苟中乎禮，即與飢食渴飲者何異。」

文定中庸傳曰：「體天之道，必法天之强。」或曰：「何如其能强也？」曰：「勖。」「何如其能勖也？」曰：「思。」曰：「奚思？」曰：「思帝命之不易，其不容不力矣。」今夫儕我者之命我也，且猶肅然以承之，況上帝之命乎？人之命入吾耳，感吾心而已也，而猶惕然念之，而況帝命之根吾心而不拔，引翼吾前而不少息乎？且大化之往也無窮，來也無止，往吾弗及，而來將不吾復，茲吾於萬古内一受命也，而可無勖乎？

昔張天祺自約：「自上床後，不得思量雜事。」趙州參禪自云：「此心於二六時中，唯粥、飯兩時爲雜用。」汝今只簡點此心，一日不雜者有幾？不患念起，只患覺遲，此至言也。

富貴不可輕也。然人不能輕富貴，則不能處富貴。捕虎者未嘗畏其爲虎，故帖耳妥尾而唯吾之擒。知其爲虎而畏之，則必爲所噬矣。正學語。

勿以無益害有益。

日月易逝，陶士行所謂「分陰可惜」，非欺我也。在吾輩雖秉燭以繼日，猶嫌其速，而況堪以謔浪嘯傲，荒其日力乎？

病中思昔人語云：「曾於病中會得移心法。」蓋移其心，如對君父，慎之靜之，自愈也。

予生平躁而多怒，每痛戒之。嘗觀陶淵明買僕遺其子書曰：「此亦人子也，宜善遇之。」文中子曰：「僮僕稱其恩，可以從政矣。」故所畜長鬚赤腳，未嘗遽以疾言厲色加之。至過從友朋之家，讀書夜分，蒼頭侍側，則必先命之寢而後安。今歲有韓兄不鄙而招我，愛我至甚，少陵所謂「憐君如弟兄」，不啻過矣。季秋之廿一日，受風作疾，寒熱並作，劇於冰炭，幸仲含兄脉之藥之，而廿三日汗猶未發。伏枕自念古人於病中得移心法，慎之靜之，自愈。此時藥力已行而心固不亂也。廿四日疾少間，廿五日能履地矣。兩日偶有所需，館使不能時應。至午後，予遂大怒，而疾言厲色者稍稍露矣。夫予於無病之時，館使嘗聚談謳吟乎其間，而予不之怒。予至是而怒耶，予之怒非所以衛生而養德也。寫至此，適有韓出相問，因告之故，遂不及書竟而止。此一時之忿，蓋亦因病而躁，與庸人無異。

今夕病中自省：能臨事無將迎否？事過無沾戀否？能喜怒哀樂得其平否？能口無雌黄否？能重内輕外否？能刻刻内顧主人翁否？凡此皆耀所知之而不能力行者也。數日來已被疾病勘破，因思八月廿三日午後大病時，卻能置生死度外，一心不亂。略愈便起雜念，打算世情，籌量身事。細思之，畢竟何益？若能把持心境，常如廿三日午後，病當自愈矣。

讀書須一言一句自求己身，方見古人用心處。欲進道須謝外慕，乃得全功。

讀書先令心不馳走，則言下理會。少年志氣方强時能如此，事半古之人，功必倍之。

讀書須精治一經，知古人闢捩，然後所見經傳，知其指趣。所謂膽欲大而心欲小，不以世之毁譽、愛憎動，此膽欲大也；非法不言、非道不行，此心欲小也。文章乃其粉澤，要須探其根本，本固則世故之風雨不能飄摇。古人特立獨行者，用此道耳。忠信孝友，立則見其參於前，在輿則見其倚於衡，當久而能安之。若但繡其鞶帨，安能美七尺之軀哉？

學問以自見其性爲難。誠能見其性，坐則伏於几，立則垂於紳，飲則列於尊，彝食則形於籩豆，升車則鸞和與之言，奏樂則鐘鼓爲之説。故見己者無適而不當。至於世俗之事，隨人工拙，君子有所不暇。

學問須從治心養性中來，濟以學古之功。三月聚糧，可至千里，但勿欲速成耳。通知古今在勤讀詩書，文章宏麗在筆墨追古。至於夜行之行，不見之美，極須留意。略説人之常病有十種：喜論人之過，不自訟其過，嫉人之賢己，見賢不思齊，有過不改而必文，不稱事而增論，與人計較曲直，喜窺人之私，樂與不肖者遊，好友其所教試。反己而思，一日去其一，則十日亦盡去矣。數十年先生，但用文章提獎後生，故華而不實，諸生寡過，可讀郭林宗傳，觀茅季偉田仲乙，安用文章也。

致遠者不可以無資，又當知所向。聞其道理之曲折，然後必致而無悔。鈎深而索隱，温故而知新，此治經之術，所以使人知所向也；博學而詳説之，别支離以趨簡易，此觀書之術，所以使人知道理之曲折也。夫然後載司南以適四方而不迷，懷道鑒以對萬物而不惑。曾子曰：「尊其所聞，則高明矣；行其所知，則光大矣。」聞道也，不以養口耳之間而養心，是謂尊其所聞。在父母之側，則願如舜、文王；在兄弟之間，則願如伯夷、季子，是謂行其所知。若欲速成，患人不知，好與不己若者處，求賢於俗人，學者之通病。無此四病則善矣。

好學之士常病人我，最難調伏，能日三省此事，去道不遠矣。古人治水九年於外，三過門而不入，然而不矜不伐；則於世間，知書能文，亦不足驕人矣。

某人文學當大成，但願極加意於忠信孝友之地，甘受和，白受采，不用文章照映今古。乃所望者，治經欲鈎其深，觀史欲馳會其事理，皆須精熟涉獵。士朝而肄業，晝而服習，夕而計過，無憾而後即安，此古人讀書法也。

右，黄文節公刀筆數則，喜其論文行皆切學人。膏肓病中録之，無一字不當，佩服。

心氣不定，常如猿猱相似，一物來攪便諸念紛起，畢竟作何把握。能把握得的，又只在眼前，如何偏主張不得？要知只是工夫間斷，所謂一暴十寒也，到近日則十寒無一暴矣。

先儒云：「要如爲九層之臺，須大著腳始得。」念之！念之！

多觀古人法言，亦只是説話，全不濟事。只如近日所看古人語録不少，摘其一言一句，行得徹底，亦儘可無愧爲人。若旋忘，則是枉卻一番功夫也。

汝今也，莫將精神浪費也，莫汲汲皇皇，今日讀一書，明日要用；今日做一事，明日要成，但該做的事，該讀的書，只恁做去讀去。我友龔僉化説：「我不耐煩。」此病誠有之。不耐煩生於欲速，欲速甚害事。我自知而自不能改，可愧也。歲月易逝，勿作閑事消費功夫，眼前朋友疏也得，密也得，毀也得，譽也得，諸小試前也得，後也得，只逐日做正經功夫，每夕查一日過失，無負學道初念。

自衒其所長最可耻〔二〕。

向嘗見「讀書善養氣」語，未深見其妙，今乃知「養氣」二字，是讀書第一要領。我今必須擺脱萬慮，使此心清清空空，常如十五歲以前時，自然清明來。昔人云：「韓子因學文而見道。」良不誣也。我向來看得語録太多，障蔽聰明，總是没幹。聖賢一句、二句，用之不盡，何須許多？然不讀書時，又防此心茅塞，山谷所謂「對鏡則面目可憎，向人亦語言無味」者。故知書本上義理時時澆灌，不爲無益，但莫作説話過去，須如象山，每事要討著落耳。

前過山積，思之但益愧悔。愧悔何用？只求將來莫如既往耳。每日兀兀地早起，轉眼一日已過，可爲畏懼！可爲畏懼！

過字要認明白，不是行一過當事，説一過當話，纔謂之過。凡應事接物時，存一將迎心、留滯心、籌算心，此心便生種種葛藤，雜暗而不光明矣。心既雜暗，處事便不得當，諸惡連類而起矣。所謂學人，當從本原處用力，若末流上，縱然補救得一二事，畢竟病根尚在，他日復發。論語所謂「克、伐、怨、欲，不行焉」是也。然吾輩初機學人，滲漏亦非一處，故動時尤須檢點。先輩云：「吾輩試自念：與人接幾句閑話，而將迎之意纏擾不已，其去不學者幾何？」細思此種將迎起於何處，須與掃除一空，坦然豁然，則動静如一，而學問有入手處矣。若静時惺惺，一動便覺忙亂，濟得甚事。

先輩云：「要人感悦怕人怪，此私心也。」今試從應事接物時静察之，若此念洗滌不盡，如何便要學道？

文潞公富貴福壽古今無比，致仕歸洛，年已八十。神宗見其康强，問：「攝生亦有道乎？」潞公對：「無他，臣但能任意自適，不以外物傷和氣，不敢做過當事，酌中恰好即止。」神宗以爲名言。

人簡默最好。予每對平日狎習之友，輒信口溢發，往往及人短長，大不可也！前夕女揚先生酒間語予云：「人有無心之言，而受之者大不能堪。予嘗見毁於一達者，今終身皆受其累。」予聞之悚然。噫！吾輩雌黄雖不足爲重輕，要之，亦是殺機未盡，當思以身受毁此中，斷未釋然，則人之受毁亦猶是也。嘗憶一書載一先正語云：「我看天下無一個不好底人。」此等胸次，直是大不可言。

與人談論，若意有不可即，當説出，其人未必不以我爲是也。如度其人意不可回，我力不能救正，亦當付之默然。莊子所謂「正容以悟之」，亦一道也。切不可隨順其人，以求感悦。蓋其人意見已差，又得一助，自此再無挽回矣。韓魏公與歐陽公同在政府，知歐公不喜文中子，又以繫辭爲非孔子書，每會未嘗語及，此爲可法。

紫柏云：「凡天下賢愚，交遊淺深，人情反覆，傷心動念，皆不可私定臧否，蓋大家處在無明窟中，豈無差謬？」至言哉！常念此言，喜憎毀譽何自而起？

「不能鋭，因以鈍爲體；不能動，因以静爲用。」唐子西語可味。

陶石簣志王性海墓，載其語云：「直心易，深心難；有功之功易，無功之功難。」此進一步語也。彼所謂易者，吾尚以爲難，況其難者乎。

人能暴吾過者，吾師也；人能是非吾言者，教我者也。切不可當面錯過，反生嗔忿。

怕聞俗言，怕處俗事，怕見俗人，皆大病也。脱灑人何入不得。

閑人少見，閑話少説，自是寡過法門。

古人不可輕議，先輩不可輕詆。

心逐物移，便不中節。即怒時驗之可見。

怕人非笑則好事不敢爲，要人感悦則不好事不敢不爲。推之一言一動亦然。

人之處世，如舟行江湖中。如予所處，蓋無風未能行耳，尚未遇惡風逆浪、檣傾楫摧時也。無風時易悶，惡風時易怕，欲他日不怕，且學今日不悶。

勿與庸人謀事，勿與俗人共事。

吾自察悠悠忽忽，畏難而不能持久，懦莫甚焉。昔人弦韋之佩，吾其從弦乎？書以自警。

清虚則明，雜擾則暗，心體只是如此。朱子大學注以「虚靈不昧」訓「明德」，確不可移。

朱子大學序云：「俗儒記誦詞章之習，其功倍於小學而無用；異端虚無寂滅之教，其高過於大學而無實。」數語道得破，説得盡。

聖賢論學，知、行二者必不相離，離之不可以爲學。近世王伯安拈出「良知」教人，蓋以知透處，行即在内，不知行不到者，知亦不到。大學之「格致」，即中庸之「德性」、「問學」，論語之「學思」也。今以爲格去之「格」，其謬甚矣。今有人端居户庭，偶披圖籍，見輿地之廣大，道里之曲折，歷歷在目，遂毅然與人言之，以爲周行四方者，莫我若也，然欲其出門遠適，則東西不辨矣。若實曾遍歷者，身到之處，自然知得鑿鑿，他日再往，自不待問人矣。近世有學者閉關三年，出關時卻成呆人，滿腹見解畢竟何益？愚於「良知」之説未嘗實見得，是斷不敢左象山而右晦翁也〔三〕。

聞剥啄聲惡之，見雜人厭之，心之易動如此。

管幼安自訟曰：「一朝科頭，三晨晏起。」蘇明允譏王介甫曰：「蓬首垢面而談詩書。」予於古人長處無一得，而短處恒類之，可爲深戒。

雜念營營不能當下掃卻，此非孟氏之所謂茅塞者耶？欲身心輕安，難矣。

「行厲而容寂，知言而能默，榮譽弗喜，辱毀弗戚。」此王荆公題元長老像也。浮屠人乃能如此，吾輩讀聖賢書，於榮辱得失尚未能擺脱，何以學道？

我身如匹練，不可使墨汁稍污〔四〕。

「脱灑」二字甚粗，然學道也須從是入〔五〕。

周萊峰問林與川：「少時多病，長而反壯，用何道而能然？」與川云：「只是行其所無事，節飲食，寡嗜慾而已。」此外更有一法。古人有語云：「紅杏難禁雨，青松耐歲寒。」老遲因性慢，無病爲心寬。」「寡嗜欲」是「節飲食」之本，若食少心煩，伐命必矣。

予昔與友人言志，予云：「欲作一好縣令，以及民最便也。」友人云：「汝性不耐煩，做不得。」予悚然服之。大抵不耐煩，始於欲速，欲速則不達，不達則愈不耐煩矣。今蚤閲周氏紀言有云「耐煩」二字，千古秘方，然須辨認引子，清切方驗。引子者，看自己一生立定主意如何：如主意在卿相，此方便是三斗醋、三斗薑是已；主意在仙佛，此方便是調火候、降火性是已；主意在聖賢，此方便是不遷不貳、勿助勿忘、不厭不倦是已。奇方易得，真引難求。辨之不精，鄧綰甘笑駡，師德謁相門，益重其病耳。

洪皓在冷山，有詩云：「一夕之飢不可忍，蘇武當時十九年。」學者遇不堪事，當以古人極不堪事自想。

山谷題跋多名言可誦，略摘三則，皆可終身誦之。書贈韓秀才曰：「治經之法，不獨玩其文章，談説理義而已。一言一句，皆以養心治性，事親處兄弟之間，接物在朋友之際，得失憂樂，一考之於書。」書與洪龜父曰：「龜父筆力可扛鼎，他日不無文章垂世，須要盡心於克己，全用其輝光以照本心。」書與侄榎曰：「視其平居，無以異於俗人，臨大事而不可奪，此不俗人也。」

心與事原不相離，學者未能即事明心，所以靜時不失，動時便失了。程朱格物盡之矣。陸象山亦云：「近日於人情、物理、事勢上做些功夫。」

靜時最要養，未曾養者，多不中節。

遇貴勢則致敬，遇貧賤則否；遇名人則謹言，遇庸衆則否；遇强悍則怵懼，遇巽懦則否；遇得意則發舒，遇困窮則否，此等皆小人、俗人之態。又有一等，以貧賤驕富貴，以後進藐先輩，以血氣禦侵侮，以激昂處窮愁，亦皆不學之過。只每事平心何等好。

子魚翁謂予病當由心鬱。昔人謂：「治病先治心，讀書作文只宜隨力待時。」此予要藥也。治心之一説，予嘗以之勸人。亦嘗怪聞初上人臨病不能治心，以致不壽。身病乃自不能排遣，故是根器下劣，可不猛省。〔六〕

臨事錯誤處甚多，歡喜處、忙亂處皆宜三思。

東坡云：「徐徐而爲之，十年之後，何事不立。」

貪饕損福，兼非攝生之道，戒之。

細思此事，直須動静交攝，然非宴居獨處爲静，應事接物爲動，切莫分作兩橛。

陳仲醇曰：「丈夫處世，談笑言論當防識者在傍。」至言哉！吾嘗衆中察人，有以言色悦人者，未嘗不心鄙之，切勿自蹈此失。

謝上蔡云：「透得名利關，方是小歇處。」今之士大夫真能言之鸚鵡也。吾今於此二字正未得破，切莫嘵嘵多言。

是夕忽然不樂，蓋心受外境摇撼。故憶子魚翁向予言治心之説，甚愧不能盡，尤愧聞此言時作平常義觀。

唐子雅以偶立人簷下被毆，蓋其人新娶妾，慮有窺伺也。子雅有佻達名，此事無有諒之者。「瓜田李下」，古人言真不可忽。

時子求述其邑風氣刻薄，且席間談鋒甚囂，乃知多言固是厭事。晉人云：「豈有名士終日妄語？」向見朱脩能飲次，默然不言，爲之自失。喧呶中少一語，是少一過也。

既要做好人，安得世法圓融，又安得世俗人皆愛吾，吾求無愧屋漏而已。

前數日連赴友人招。久病初愈，嗜酒顛狂，既昧尊生，又乖養德，應是讀頤卦未熟耳。

世味中，割舍得淨才好脱灑，多思多憂，皆緣未曾割舍，若浸尋不出，終是俗人而已。

人事往來於吾心，膠膠擾擾，終不能靜，似此兩日，雖詩書亦無處浸灌也，可嘆。

心欲安靜，慮欲深遠。

二十日來，不加檢點，衮衮應酬，甚非靜養之道。信乎此事一失，便不可挽。

聞人談惡事不加阻遏，復從諛使談，便如自談一般。

人有失，宜諱之，雖過端彰露，若無與名教，便當優容。昨飲中談一友過事，此大罪也。

簡言工夫難做，言動相連，多動便不能少言。

閑事少思，閑言少説，閑人少接，閑地少去，閑書少看，閑文少作，若能如此，雖終閑也好。

「散、亂、昏、沉」四字，總不易脱，離此即就彼。二十日内，多受散亂之病。

爽口味多終作疾，快心事過反爲殃。豈獨事哉？快心説話，不可容易説出。

信得命過也，好比來與大人體勘，得命字甚明，直是不可力爭。

董子曰：「積善在身，如長日益加，而人不知也。」此言最爲有理。吾自察向來矜矜把持之日，過惡終少，近日放弛，便覺輕言妄動，不可枚舉。

日日查己過，刻刻查己過。

「自念平生病痛，苦於輕言，苦於貪味。苦於忿懥，無含宏之度。苦於懦弱，無剛特之操。反觀内省，何曾脱得小人氣味？而今學問，更何所求？倘能改去此病，何樂如之？雖死無憾。」此萊峰先生自儆語也。近裏著己，真實學問人苦心如此。予尤喜其一字一句，可作不肖箴砭，故書而誦之。

灌而溉之，勿使其蕭索也；芟而薙之，勿使其蕪穢也。山谷曰：「士大夫三日不讀書，則面目可憎，語言無味。」

羅近溪曰：「悉滌塵埃，晶光天日，大丈夫胸次如此。」

昨酒中露一刻薄語，醉後起一邪慾念，甚悔甚悔！邪念一起，輾轉相附而生，甚是可畏。昔人所謂「蔓難圖」也。

凡事口説便不妙，自己做工夫，雖生平極密之友，極親之人，總與他説不得〔七〕。

心清則神清，神清則氣清。

凡事只畏「精誠」二字，精誠而不能立事者，未之有也。方士説内養，總是襲取工夫，蓋彼所知者，無暴其氣而不知持其志也。氣，一則動志，若養到純熟，自然有些效驗，但臨事用不著，一經撓亂便失之耳。

予遇事不能做徹，此是大病。

予受氣本薄，而復以多思敗其氣，可爲悚惕。蘇子云：「安心是藥更無方。」

人我心，得失心，毀譽心，寵辱心，輕輕放下。

造物安排已定，畢竟人算計不得也。然須要盡我之事，我事未盡，如何怨得造物？曾見大豐之歲，農夫有不耕而穫者否？

剛者陽德也，出世入世皆不可無，然聖人皆是體剛而用柔，故曰：「天德不可爲首。」

士遇利害窮達，若碌碌如衆人，便不必讀書。

【校勘】

〔一〕「又云自監之名，古有之，今當以困學紀爲名，日夕觀此二字，庶有所儆」：四庫全書本、光緒己卯本删，今據乾隆辛巳本補入。

〔二〕此則光緒己卯本增入，出處無考。

〔三〕「左象山而右晦翁也」：四庫全書本、光緒己卯本改爲「右象山而左晦翁也」，今據乾隆辛巳本改回。

〔四〕此則光緒己卯本增入，出處無考。

〔五〕此則乾隆辛巳本、四庫全書本有，光緒己卯本刪，今據乾隆辛巳本補入。

〔六〕「亦嘗怪聞初上人臨病不能治心，以致不壽。身病乃自不能排遣故是根器下劣，可不猛省」：光緒己卯本刪，今據乾隆辛巳本補入。

〔七〕此則乾隆辛巳本、四庫全書本有，光緒己卯本刪，今據乾隆辛巳本補入。

陶菴集卷十

自監録二十二則

雲棲蓮池大師記岳忠武降筆事：「有士人扶乩請仙，忠武至，或問之曰：『將在外，君命有所不受。王當日何以不矯命破金而後歸？』神以乩振几三下曰：『君輩真白面書生耳！吾不奉君命，將士誰奉吾命乎？』」今夕偶讀史至李懷光養子事有感。懷光與逆臣朱泚通謀，其養子石演芬告之，懷光責演芬曰：「吾以爾爲子，奈何負我？死甘心乎？」演芬曰：「天子以太尉爲股肱，太尉以演芬爲心腹，太尉既負天子，演芬安得不負太尉乎？」此言足以證忠武之言不謬矣。忠孝一理也。不忠之人，爲子者叛之，微獨養子而已。李璀，懷光真子也，懷光欲反，璀密言於上，懷光敗，璀亦自殺。夫以璀之賢，而不能全其孝於叛君之父，何有於將士乎？即忠武矯命伐金，雪不共戴天之恥，萬萬不可與懷光同日而語。然挾其軍威以抗君命，尚得謂臣節乎？忠武慷慨通大義，平日在軍中，必無日不以忠孝勵其下，君召不奉，詔亦何以示下哉？五百年來説者紛紛，非忠武自言之，誰有見及此者？文山云：「下則爲河嶽，上則爲日星。」忠武之靈，固赫赫在人世也。

朱子稱周子爲政，精密嚴恕，此四字足盡政要。精密嚴，所以行其恕也。

未忙先做，事至卻閑。

所謂將在軍，君命有所不受者，閫外之事不從中制也，如穰苴之斬莊賈，亞夫約軍中不得馳驅，天子按轡徐行是也。若夫將之生殺進退則制於君矣，苟將之生殺進退不制於君，是無君也。於乎，宋岳侯、元脱脱知大義也夫！

韓魏公遇事劄定脚做，張太岳與人書云：「二十年前有一宏願，願以其身爲蓐薦，使人寢處其上，溲溺之，垢穢之，吾無間焉。」二公是何等骨力。吾嘗謂太岳之才似魏公，但彼元氣多，此霸氣多耳；學行之高不如王荆公，但荆公執著爲人所欺，太岳卻欺他不得。大抵任天下事，識以主之，膽以輔之，强力以濟之，缺一不可也。我朝方正學是何等骨力，何等學術，真聖人之徒也。惜應變之才是其所少，使其處平世遇中材以上之君，定有可觀，建文時如何濟事？因思程正叔、朱元晦，處建文時，不過如方正學耳〔一〕。

友人談趙玄錫被逮事云：「吾兩日多憂，今思做秀才勝做御史，不憂矣。」予爲一笑。噫！御史美官也。一被逮而人遂不願爲之，榮辱倚伏，詎有定耶？等而上之，李斯相也，而至不得牽東門之犬；陸機將也，而至不得聞華亭之鶴。將相之爲禍如此，世人知將相之禍，而不知遠禍於不爲將相之先，可謂愚之益愚矣。

朱子曰：「學者視天下事，以爲己所當然而爲之，則雖甲兵錢穀籩豆有司之事，皆爲己也。以其可以求知於世而爲之，則雖割股廬墓敝車羸馬亦爲人耳。」

楊椒山，年十一歲即能代兄收糧。收納記算，卯酉點查俱不錯誤，我輩獨是何許人？

苻堅之來，其勢決不可當矣，而孰知勝負不可料乎？所以謝太傅任之爲高。阮判之至，其禍決不可逃矣，而孰知倚伏不可必乎？所以劉元城安之爲得。

古人膽力直是可畏，如覆楚、復楚、椎秦等事，何等堅猛沉摯！子胥、包胥事皆即成，子房事不成，而佐漢亡秦，則亦終成。以三子觀之，荆卿不足道矣。

能爲流俗人所不敢爲，能不爲流俗人所不敢不爲，才是豪傑。

所謂豪傑者，見得定後猛力做去，更不顧人是非毀譽，韓魏公是也。然須看是非我者爲何等人。王介甫不分賢愚，一以爲流俗，所以謂之執拗。

【校勘】

〔一〕「我朝方正學是何等骨力」至「不過如方正學耳」：四庫全書本、光緒己卯本均删，今據乾隆辛巳本補入。